LISA KLEYPAS, que publicó su primera obra de ficción a los veintiún años, es autora de más de veinte novelas románticas históricas, muchas de las cuales han figurado en las listas de best sellers estadounidenses. Entre ellas *El precio del amor, La antigua magia, Secretos de una noche de verano, Sucedió en otoño, El diablo en invierno, Dame esta noche* y *Donde la pasión nos lleve*, publicadas por Vergara. También ha publicado con éxito dos novelas románticas de contexto actual, *Mi nombre es Liberty* y *El diablo tiene ojos azules*. Ha ganado, entre otros premios, el Career Achievement Award del *Romantic Times*. Vive en el estado de Washington con su esposo Gregory y sus hijos Griffin y Lindsay.

Su página web es *www.lisakleypas.com*

Título original: *When Strangers Marry*
Traducción: Albert Solé
1.ª edición: octubre 2012

© Lisa Kleypas, 1999, 2002
© Ediciones B, S. A., 2012
   para el sello B de Bolsillo
   Consell de Cent, 425-427 - 08009 Barcelona (España)
   www.edicionesb.com

Printed in Spain
ISBN: 978-84-9872-717-3
Depósito legal: B. 15.228-2012

Impreso por NOVOPRINT
             Energía, 53
             08740 Sant Andreu de la Barca - Barcelona

Una boda entre extraños

LISA KLEYPAS

Una carta de Lisa Kleypas...

Querida lectora:

Hace casi una década, publiqué mi primera novela con Avon Books, *Only in Your Arms* [Sólo en tus brazos]. Desde entonces, la novela romántica ha cambiado —y yo también—, así que decidí darle un buen repaso y un nuevo título, *Boda entre extraños*. Tenía dos razones para cambiar el título. En primer lugar, quería que estuviese acorde con el nuevo espíritu del libro; en segundo lugar, el título original no le había parecido excesivamente memorable ni siquiera a mi propia madre.

En *Boda entre extraños*, lo pasé en grande redescubriendo la historia de Maximilien Vallerand y su prometida robada, Lysette. La promesa del amor de este hombre, apuesto pero misterioso, resultará irresistible para ella, pero Lysette no sabe cuál es el secreto que oculta Maximilien.

Espero que disfrutes visitando de nuevo a la familia Vallerand, o quizá conociéndola por primera vez. Y, como siempre, gracias por tu apoyo y estímulo, mientras huimos juntas al mágico mundo de las novelas románticas.

Con mis mejores deseos de amor y felicidad,

LISA

A mi padre, Lloyd Kleypas.

Por creer siempre en mí,
y alentarme a que dé lo mejor de mí misma...
por ser alguien en quien siempre puedo
confiar y con el que puedo contar...
y por hacerme sentir fuerte
incluso cuando me estoy apoyando en ti.
Estoy tan orgullosa de ser tu hija.
Siempre con amor,

Prólogo

El sonido de los puños golpeando la carne llenaba la habitación. Hecha un ovillo con los brazos sobre la cabeza, Lysette permanecía inmóvil mientras gritos ahogados brotaban de su garganta en carne viva. Su rebelión había sido aplastada hasta tal punto que lo único que quedaba de ella era la firme decisión de sobrevivir a la acometida de su padrastro.

Gaspard Medart era un hombre de escasa estatura pero constitución muy robusta y, fuerte como un toro, solía compensar con su vigor su falta de inteligencia. Cuando estuvo seguro de que Lysette no ofrecería más resistencia, se incorporó con un gruñido de furia y se limpió en el chaleco los puños ensangrentados.

Lysette tardó un minuto en darse cuenta de que Gaspard por fin había terminado. Apartó los brazos con cautela y ladeó la cabeza. Su padrastro se alzaba sobre ella con los puños todavía apretados. Lysette tragó saliva, sintiendo el sabor de la sangre, y logró erguirse hasta quedar sentada en el suelo.

—Bien, ahora ya conoces las consecuencias de desafiarme —masculló Gaspard—. Y a partir de ahora, cada vez que se te ocurra aunque sólo sea mirarme con impertinencia, te lo haré pagar muy caro. —Alzó un puño ante el rostro de Lysette—. ¿Lo has entendido?

—*Oui.* —Lysette cerró los ojos. «Que esto se haya terminado de una vez», pensó febrilmente. «Que esto se haya terminado de una vez...» Con tal que él se fuera, estaba dispuesta a no hacer ni decir nada.

Fue vagamente consciente del resoplido de desprecio que exhaló Gaspard mientras salía de la habitación. La cabeza le dio vueltas mientras se arrastraba hasta su cama y se incorporaba penosamente hasta quedar de pie. Se llevó una mano a la mandíbula magullada y la tocó con mucho cuidado. Un sabor salado le llenó la boca, y se apresuró a escupir. La puerta crujió y Lysette le dirigió una mirada llena de recelo, temiendo que su padrastro hubiera vuelto. Sin embargo, era su tía Delphine, quien había buscado refugio en otra habitación durante los peores momentos de la rabia de Gaspard.

Delphine, conocida por todos como *tante*, era una de esas infortunadas solteronas que no consiguieron encontrar un esposo cuando estaban en edad de casarse y por consiguiente se veían relegadas a vivir de la siempre incierta caridad de parientes que aceptaban su presencia de mala gana. Sus facciones regordetas permanecieron contrariadas en una mueca de exasperada preocupación mientras contemplaba el rostro contusionado de Lysette.

—Estás pensando que merezco el castigo —dijo ella con voz enronquecida—. Sé que lo piensas. Después de todo, Gaspard es el cabeza de familia... el único hombre de la casa. Sus decisiones tienen que ser aceptadas sin cuestionarlas. ¿Estoy en lo cierto?

—Es una suerte que no haya ido más allá —dijo Delphine, consiguiendo que su voz sonara a la vez compasiva y condenatoria—. No hubiera podido aguantarlo. —Fue hacia Lysette y la cogió de la mano—. Déjame ayudarte...

—Vete —murmuró Lysette, quitándose de encima su mano regordeta—. No necesito tu ayuda ahora. La necesitaba hace diez minutos, cuando Gaspard estaba golpeándome.

—Tienes que aceptar tu destino sin resentimiento —dijo Delphine—. Convertirte en la esposa de Étienne Sagesse tal vez no vaya a ser tan terrible como te imaginas.

Lysette dejó escapar un gemido de dolor mientras se subía penosamente a la cama.

—Delphine, tú no crees eso. Sagesse es un canalla y un cerdo, y nadie que tenga dos dedos de frente dirá lo contrario.

—*Le bon Dieu* ha decidido por ti, y si es voluntad suya que seas la esposa de semejante hombre... —Delphine se encogió de hombros.

—Pero no ha sido Dios quien lo ha decidido. —Lysette clavó la mirada en el umbral vacío—. Fue Gaspard.

Durante los dos últimos años, su padrastro se había gastado todo el dinero que el padre de Lysette les había dejado después de morir. Para volver a disponer de efectivo y recuperar el crédito perdido, Gaspard había dispuesto que Jacqueline, la hermana mayor de Lysette, contrajera matrimonio con un rico caballero que tenía tres veces su edad. Ahora le tocaba el turno a Lysette de ser vendida al mejor postor. Había pensado que Gaspard no lograría encontrarle un esposo peor que el que había elegido para Jacqueline, pero su padrastro había logrado superarse a sí mismo.

El futuro esposo de Lysette era un plantador de Nueva Orleans llamado Étienne Sagesse. Durante su único encuentro Sagesse había justificado los peores temores de Lysette, comportándose de una manera grosera y llena de prepotencia, y llegando al extremo de, medio borracho, ponerle las manos en el escote en un torpe intento de tocarle los pechos. Eso había parecido divertir muchísimo a Gaspard, quien alabó la hombría de aquel ser repugnante.

—¿Lysette? —Delphine seguía inclinada sobre ella, llenándola de disgusto con su presencia—. Quizás un poco de agua fría para lavar tu...

—No me toques. —Lysette apartó la cara—. Si quieres ayudarme, haz venir a mi hermana. —Pensar en Jacqueline hizo que sintiera un tremendo anhelo de ser consolada.

—Pero su esposo tal vez no le dé permiso para...

—Tú díselo —insistió Lysette, bajando la cabeza hacia el cabezal cubierto de brocado—. Dile a Jacqueline que la necesito.

Un silencio sepulcral invadió la habitación después de que Delphine se hubiera ido. Lamiéndose los labios hinchados y llenos de grietas, Lysette cerró los ojos e intentó hacer planes.

Los malos tratos de Gaspard sólo habían servido para intensificar su determinación de encontrar una salida a la pesadilla en la que se encontraba atrapada.

A pesar del dolor de sus magulladuras, Lysette dormitó hasta que el sol de la tarde se hubo desvanecido y la habitación empezó a oscurecerse con las sombras del crepúsculo. Al despertar, encontró a su hermana junto a la cabecera de su lecho.

—Jacqueline —susurró, al tiempo que sus labios doloridos esbozaban una sonrisa torcida.

Tiempo atrás, Jacqueline habría llorado ante el dolor de Lysette y la habría tomado en sus brazos para consolarla. Pero la Jacqueline del pasado había sido sustituida por una mujer frágil y extrañamente encerrada en sí misma. Jacqueline siempre había sido la más guapa de las dos hermanas, su pelo era liso y de un rubio rojizo mientras que el de Lysette era rizado, y la piel pálida y perfecta de Jacqueline contrastaba con las pecas de Lysette. Sin embargo, Lysette nunca había sentido celos de su hermana mayor, porque Jacqueline siempre se había mostrado muy cariñosa y maternal con ella. Más, de hecho, que su propia madre, Jeanne.

Jacqueline puso una mano perfumada sobre el cabezal de la cama. Lucía un peinado a la última moda y su rostro había sido cuidadosamente empolvado, pero ningún artificio podía ocultar el hecho de que había envejecido mucho desde su matrimonio.

—Jacqueline... —dijo Lysette, y se le quebró la voz.

El rostro de su hermana estaba tenso, pero reflejaba compostura.

—¿Finalmente ha ocurrido? Siempre temí que terminarías provocando a Gaspard. Te advertí que no debías desafiarlo.

Lysette se apresuró a contárselo.

—Quiere que me case con un plantador de Nueva Orleans... un hombre al que desprecio.

—Sí, Étienne Sagesse —fue la seca réplica de su hermana—. Ya estaba al corriente de ello incluso antes de que Sagesse llegara a Natchez.

—¿Lo sabías? —Lysette frunció el ceño, perpleja—. ¿Por qué no me advertiste lo que planeaba Gaspard?

—Por lo que he oído decir, Sagesse no es un mal partido. Si eso es lo que quiere Gaspard, entonces hazlo. Al menos así te verás libre de él.

—No, tú no sabes cómo es ese hombre, Jacqueline...

—Estoy segura de que Sagesse no se diferencia en nada de los demás hombres —dijo Jacqueline—. El matrimonio no es tan malo, Lysette..., al menos comparado con esto. Mandarás en tu propia casa y ya no tendrás que estar pendiente de *maman*. Y después de que hayas traído al mundo un par de niños, tu esposo ya no visitará tu cama con tanta frecuencia.

—¿Y se supone que he de conformarme con eso durante el resto de mi vida? —preguntó Lysette, sintiendo que se le hacía un nudo en la garganta.

Jacqueline suspiró.

—Siento no poder servirte de consuelo. Pero me parece que ahora necesitas más la verdad que unas cuantas frases hechas. —Se inclinó sobre la cama para tocar el hombro magullado de Lysette, y ésta torció el gesto en una mueca de incomodidad.

Jacqueline apretó los labios.

—Espero que a partir de ahora serás lo bastante sensata como para tener cuidado con lo que dices cuando Gaspard ande cerca. ¿Podrías intentar al menos fingir obediencia?

—Sí —dijo Lysette de mala gana.

—Ahora iré a ver a *maman*. ¿Qué tal ha estado esta semana?

—Peor que de costumbre. El médico dijo... —Lysette titubeó, con los ojos clavados en la extensión de damasco bordado que colgaba sobre el cabezal. Al igual que el resto del mobiliario de la casa, estaba raído y ajado por el paso del tiempo—. A estas alturas, *maman* no podría levantarse de la cama ni aunque quisiera —dijo con un hilo de voz—. Todos esos años de fingir que era una inválida y no salir nunca de su habitación la han debilitado. Si no fuese por Gaspard, gozaría de perfecta salud. Pero cada vez que él empieza a gritar, ella toma otra dosis de tónico, corre las cortinas y duerme durante dos días. ¿Por qué se casó con él?

Jacqueline sacudió la cabeza con expresión pensativa.

—Una mujer tiene que adaptarse a lo que se le ofrece. Cuando papá murió, la juventud de *maman* ya había quedado muy atrás y hubo pocos pretendientes. Supongo que Gaspard le pareció el partido más prometedor.

—Podría haber optado por vivir sola.

—Incluso un mal esposo es mejor que vivir sola. —Jacqueline se levantó y se alisó las faldas—. Me parece que iré a ver a *maman*. ¿Se ha enterado de lo que acaba de ocurrir entre tú y Gaspard?

Lysette sonrió amargamente mientras pensaba en toda la conmoción que habían suscitado.

—No veo cómo podría haber evitado enterarse.

—Entonces estoy segura de que se encontrará muy alterada. Bueno, con nosotras dos lejos, puede que haya un poco más de paz por aquí. Eso espero, por el bien de *maman*.

Mientras Jacqueline se iba, Lysette siguió con la mirada a su hermana mayor y se volvió sobre el costado. Le dolía hasta respirar.

—De alguna manera —murmuró con abatimiento—, esperaba un poco más de simpatía.

Cerrando los ojos, se puso a planear febrilmente. No se convertiría en la esposa de Étienne Sagesse... sin importar lo que tuviese que hacer para evitarlo.

1

Nueva Orleans

Philippe y Justin Vallerand estuvieron dando una vuelta por los bosques y luego bajaron hacia el pantano, abriéndose paso alrededor de hoyas de barro, pinos y sicomoros. Bastante altos para su edad, los dos muchachos eran delgados y desgarbados porque aún no habían llegado a desarrollar la robusta musculatura de su padre.

Sus facciones lucían el sello de la arrogancia innata de todos los Vallerand. Los mechones de sus abundantes cabelleras negras les caían sobre la frente en una serie de rebeldes oleadas, y largas pestañas negras enmarcaban sus ojos azules. Quienes no los conocían nunca eran capaces de distinguirlos, pero por dentro eran todo lo distintos que pueden serlo dos muchachos. Philippe era amable y compasivo, alguien que seguía las reglas incluso cuando no entendiera sus razones. Justin, en cambio, era implacable, detestaba la autoridad y se enorgullecía de ello.

—¿Qué vamos a hacer? —preguntó Philippe—. ¿Cogemos la canoa y buscamos piratas río abajo?

Justin rió desdeñosamente.

—Tú puedes hacer lo que quieras. Yo pienso visitar a Madeleine.

Madeleine Scipion era una guapa morena, hija de un comerciante de la ciudad. Últimamente había mostrado algo más que un interés pasajero en Justin, aunque sabía que Philippe estaba prendado de ella. La joven parecía pasarlo en grande enfrentando a un hermano con otro.

El rostro sensible de Philippe reveló la envidia que éste sentía.

—¿Estás enamorado de ella?

Justin sonrió y escupió.

—¿Amor? ¿A quién le importa eso? ¿Te he contado lo que dejé que le hiciera la última vez que la vi?

—¿Qué? —quiso saber Philippe, cada vez más celoso.

Sus miradas se encontraron. De pronto Justin le dio un cachete en la sien y se echó a reír, para luego echar a correr entre los árboles perseguido por Philippe.

—¡Vas a decírmelo! —Philippe cogió un puñado de barro y lo arrojó contra la espalda de Justin—. Te obligaré a...

Ambos se detuvieron en seco cuando vieron un movimiento cerca de la canoa. Un chiquillo vestido con ropas harapientas y un sombrero de ala caída tiraba de la embarcación. La cuerda con la que ésta había estado amarrada cayó de sus manos cuando se dio cuenta de que acababan de descubrirlo. Cogió rápidamente un hatillo de tela y huyó.

—¡Intentaba robarla! —dijo Justin.

Los gemelos olvidaron su reciente disputa y corrieron lanzando alaridos guerreros en pos del ladrón que escapaba.

—¡Córtale el paso! —ordenó Justin. Philippe fue hacia la izquierda, desapareciendo detrás de un macizo de cipreses que dejaban caer sus barbas de musgo sobre las fangosas aguas marrones. En cuestión de minutos consiguió rebasar al chico y se plantó ante él justo más allá del bosquecillo de cipreses.

Al ver los violentos temblores del muchacho, Philippe sonrió triunfalmente y se pasó un antebrazo por la frente cubierta de sudor.

—Lamentarás haber tocado nuestra canoa —jadeó, yendo hacia su presa.

Respirando pesadamente, el ladrón echó a correr en dirección contraria y chocó con Justin, quien lo agarró de un brazo y lo levantó del suelo. El chico dejó caer su hatillo y soltó un alarido que hizo reír a los gemelos.

—¡Philippe! —chilló Justin, esquivando los débiles puñetazos del chico—. ¡Mira lo que he atrapado! ¡Un pequeño *lutin* que no siente ningún respeto por la propiedad ajena! ¿Qué deberíamos hacer con él?

Philippe contempló al infortunado ladrón con la mirada llena de censura de un juez.

—¡Tú! —ladró mientras se contoneaba ante el chico que se retorcía—. ¿Cómo te llamas?

—¡Soltadme! ¡No he hecho nada!

—Sólo porque te hemos interrumpido antes de que lo hicieras —dijo Justin.

Philippe silbó al ver los verdugones rojizos y los arañazos llenos de sangre que cubrían el cuello y los delgados brazos del chico.

—Les has ofrecido un buen banquete a los mosquitos, ¿verdad? ¿Cuánto tiempo llevas en el pantano?

El chico, que no paraba de debatirse, consiguió darle una patada en la rodilla a Justin.

—¡Ah, eso duele! —Justin se apartó la negra cabellera de la frente y fulminó al chico con la mirada—. ¡Ahora sí que se me ha acabado la paciencia!

—¡Suéltame, perro!

Muy irritado, Justin alzó la mano para darle un capón a su cautivo.

—Yo te enseñaré modales, muchacho.

—Justin, espera —lo interrumpió Philippe. Era imposible no sentir simpatía por aquel niño irremisiblemente atrapado en la presa de su hermano—. Es demasiado pequeño. No abuses de tu fuerza.

—Qué blando que eres. —Justin se burlaba, pero su brazo bajó—. ¿Cómo sugieres que le hagamos hablar? ¿Lo tiramos al pantano?

—Quizá deberíamos... —comenzó a decir Philippe, pero su hermano ya iba hacia el agua, arrastrando consigo al niño que gritaba.

—¿Ya sabes que ahí dentro hay serpientes? —dijo Justin, alzando en vilo al chico y preparándose para tirarlo al agua—. Y son venenosas.

—¡No! ¡Por favor!

—Y caimanes, también, que sólo esperan la ocasión de zamparse a un chiquillo como... —Su voz se disipó en el silencio cuando el sombrero del chico cayó al pantano y se alejó flotando sobre las aguas. Una larga trenza roja cayó sobre el hombro del muchacho, cuyas delicadas facciones ya no se hallaban ocultas por el sombrero.

Su ladrón era una chica, de la edad de ellos o quizás un poco mayor. Pasando los brazos alrededor del cuello de Justin, se agarró a él como si estuviera sosteniéndola sobre un pozo de llamas.

—No me tires al agua. *Je vous en prie.* No sé nadar.

Justin la apartó un poco y bajó la mirada hacia aquel rostro, pequeño y sucio, que estaba tan próximo al suyo. Parecía una chica corriente, guapa pero no excepcional, aunque eso costaba saberlo con todo el barro y las picaduras de mosquito que cubrían su cara.

—Bueno —dijo Justin lentamente—, parece ser que estábamos equivocados, Philippe. —Sacudió a la chica, que no paraba de protestar, para hacerla callar—. Silencio. No voy a tirarte al agua. Creo que puedo encontrar un uso mejor para ti.

—Justin, dámela —dijo Philippe.

Justin sonrió con expresión sombría y le volvió la espalda a su hermano.

—Ve a divertirte en algún otro sitio. La chica me pertenece.

—¡Es tan mía como tuya!

—Yo soy el que la ha capturado —dijo Justin como si tal cosa.

—¡Con mi ayuda! —gritó Philippe, muy indignado—. ¡Además, tú tienes a Madeleine!

—Quédate con Madeleine. Quiero a ésta.

Philippe frunció el ceño.

—¡Deja que sea ella la que escoja!

Se miraron con expresión retadora y de pronto Justin se echó a reír.

—Que así sea —dijo; su ferocidad se había convertido en un lánguido buen humor. Meció a la muchacha en sus brazos—. Bueno, ¿a cuál de nosotros quieres?

Lysette sacudió la cabeza, demasiado débil y agotada para entender lo que se le estaba preguntando. Llevaba dos días terribles yendo a través del pantano, mojada, cubierta de suciedad y segura de que un caimán o una serpiente venenosa la matarían en cualquier momento. El calor y la humedad sofocantes ya eran bastante espantosos, pero la proliferación de insectos casi la había hecho enloquecer. No pararon de morderla y picarla a través de la ropa hasta que cada centímetro de su piel ardió con un escozor abrasador. Lysette incluso había empezado a pensar que no sobreviviría al viaje infernal que había emprendido, y no le había importado. Cualquier cosa, incluso una muerte horrible en un pantano de Luisiana, sería preferible a una vida entera con Étienne Sagesse.

—Vamos, no tenemos todo el día —dijo con impaciencia el muchacho llamado Justin. Lysette se debatió, pero los flacos brazos de él eran sorprendentemente fuertes. Apretó la presa con que la sujetaba hasta que ella volvió a quedarse quieta con un gemido de dolor.

—*Mon Dieu,* no había necesidad de hacerle daño —dijo Philippe.

—No le he hecho daño —replicó Justin, indignado—. Sólo la he apretujado un poco. —Dirigió una mirada de advertencia a Lysette—. Y volveré a hacerlo si no se decide de una vez.

La mirada de Lysette fue del imperioso y moreno rostro del muchacho que la sostenía en sus brazos hasta las facciones, más claras, del que permanecía de pie junto a él. Comprendió que eran gemelos idénticos. El que se llamaba Philippe parecía un poco más bondadoso, y había un vestigio de compasión en sus ojos azules que Lysette no percibía en el otro. Tal vez pudiera convencerlo de que la dejase marchar.

—Tú —dijo desesperadamente, mirando a Philippe.

—¿Él? —se burló Justin mientras dejaba que los pies de Lysette tocaran el suelo. Con un bufido despectivo, la empujó hacia su hermano—. Ahí la tienes, Philippe, haz lo que te apetezca con ella. De todos modos no la quiero.

Luego cogió el hatillo y lo examinó, descubriendo un puñado de monedas atadas dentro de un pañuelo, un vestido enrollado y un peine de ámbar.

Incapaz de detener la inercia del empujón, Lysette chocó con el otro muchacho. Las manos de él subieron hacia sus delgados hombros y la mantuvieron en pie.

—¿Cómo te llamas? —preguntó.

Su voz era inesperadamente amable. Lysette se mordió el labio inferior y sacudió la cabeza, al tiempo que los ojos se le llenaban de lágrimas. Se despreció a sí misma por aquel momento de debilidad, pero estaba agotada y medio muerta de hambre, y apenas podía pensar.

—¿Por qué querías llevarte la canoa? —preguntó Philippe.

—Lo siento. No debería haberlo hecho. Deja que me vaya... no volveré a molestaros.

Philippe la miró detalladamente de pies a cabeza. Lysette soportó el examen con resignación. Nadie había dicho nunca de ella que fuese una gran belleza, ni siquiera en sus mejores momentos. Ahora, después de su viaje a través del pantano, estaba cubierta de barro y olía muy mal.

Mientras la miraba, el muchacho pareció llegar a una decisión.

—Ven conmigo —dijo, cogiéndola de las muñecas—. Si estás metida en problemas, quizá podamos ayudarte.

Lysette enseguida se alarmó. Sospechaba que el muchacho tenía intención de llevarla ante sus padres. En tal caso, la conducirían de vuelta a la propiedad de Sagesse en cuestión de horas.

—No, por favor —suplicó, tirando de su brazo aprisionado.

—No te queda otra elección.

Lysette lo empujó lo más fuerte que pudo al tiempo que trataba de clavarle los codos y las rodillas. Él la derrotó con humillante facilidad.

—No voy a hacerte daño —dijo Philippe, echándosela al hombro y pasándole el brazo por detrás de las rodillas. Lysette soltó un alarido en el que la rabia se mezclaba con la desesperación mientras se debatía impotente sobre su espalda.

Justin contempló a su hermano con un sardónico fruncimiento de ceño.

—¿Adónde piensas llevarla?

—Con nuestro padre.

—¿Con nuestro padre? ¿Y para qué vas a hacer eso? Lo único que hará será obligarte a soltarla.

—Es lo correcto —dijo Philippe con tranquilidad.

—Idiota —masculló Justin, pero lo siguió de mala gana mientras su hermano sacaba a su nueva adquisición de la orilla del pantano.

Lysette dejó de resistirse hacia la mitad de la pendiente, tras decidir que sería más prudente conservar las escasas fuerzas que le quedaban para afrontar el destino que le estuviera reservado. No podría escapar de las garras de aquel par de fanfarrones. Cerró los ojos, sintiendo que empezaba a marearse.

—No me lleves con la cabeza apuntando hacia el suelo —dijo con voz pastosa—. Si lo haces, vomitaré.

Justin habló desde detrás de ellos.

—Se está poniendo un poco verdosa, Philippe.

—¿De veras? —Philippe se detuvo y dejó que los pies de Lysette descendieran hacia el suelo—. ¿Prefieres caminar?

—Sí —dijo Lysette, tambaleándose levemente. Los hermanos la cogieron cada uno de un brazo y la guiaron. Aturdida, Lysette miró a uno y otro lado, y fue entonces cuando comprendió que los muchachos tenían que pertenecer a una familia muy rica. Al igual que otros hogares de plantadores en el exclusivo distrito del pantano, la casa daba al *bayou* St. John, un dedo de agua que iba desde el lago Pontchartrain hasta el río Mississippi. El sol del atardecer relucía lánguidamente sobre el blanco y el gris pálido del exterior de la casa principal. Grandes verandas enmarcadas por gruesas columnas blancas circundaban los tres pisos. Numerosas arboledas de cipreses, robles y magnolios habían sido plantadas alrededor de la capilla, el ahumadero y lo que parecían ser los alojamientos de los esclavos.

Lysette sintió que el estómago se le revolvía de una manera muy desagradable cuando los muchachos la llevaron por un tramo de escalones que subían hacia la puerta principal de la casa. Pasaron por un oscuro y fresco vestíbulo a lo largo del que se alineaban hileras de oscuros bancos de caoba.

—¿Padre? —llamó Philippe, y una mujer de piel oscura y expresión sobresaltada le señaló una habitación que quedaba justo más allá de los recibidores gemelos que bordeaban el pasillo. Los muchachos llevaron su carga a la biblioteca, donde su padre estaba sentado detrás de un enorme escritorio de caoba. La estancia se hallaba espléndidamente amueblada, las sillas tapizadas con una delicada seda amarilla que hacía juego con el motivo en amarillo y lapislázuli que adornaba las paredes. Pesados cortinajes de muaré de lana escarlata, recogidos, enmarcaban las ventanas.

La atención de Lysette fue de la habitación al hombre del escritorio. Éste mantuvo la mirada apartada de ellos mientras trabajaba. No llevaba chaleco, y la camisa blanca se pegaba húmeda a los contornos de su musculosa espalda.

—¿Qué ocurre? —dijo una voz muy grave que hizo que un escalofrío descendiera por la espalda de Lysette.

—Padre —dijo Philippe—, sorprendimos a alguien junto al agua cuando intentaba robar nuestra canoa.

El hombre sentado al escritorio juntó los papeles en una pulcra pila.

—¿Oh? Bueno, espero que le enseñarais las consecuencias de poner las manos en una propiedad de los Vallerand.

—De hecho... —comenzó a decir Philippe, y tosió nerviosamente—. De hecho, padre...

—Es una chica —soltó Justin.

Evidentemente aquello atrajo por fin la atención de Vallerand, que, volviéndose en su asiento, miró a Lysette con fría curiosidad.

Si el diablo decidiera alguna vez asumir una apariencia humana, Lysette estuvo segura de que sería exactamente así: amenazadora, atractiva, con una nariz imperiosa, una boca áspera y hosca y malvados ojos oscuros. Vallerand era una criatura de virilidad desbordante, con el intenso bronceado y la prestancia de alguien que pasaba una gran parte de su tiempo al aire libre. Aunque Lysette era más bien alta, la presencia dominadora de Vallerand la hacía sentirse casi diminuta. El hombre se puso en pie, se apoyó en el escritorio y la escrutó perezosamente, al parecer muy poco entusiasmado por la visión en su biblioteca de una muchacha cubierta de barro.

—¿Quién eres? —preguntó.

Lysette sostuvo sin pestañear su mirada escrutadora mientras consideraba distintas maneras de vérselas con él. Vallerand no parecía ser la clase de hombre que se dejaría conmover por las súplicas lacrimosas. Tampoco se sentiría impresionado por las amenazas o el desafío. Había una posibilidad de que conociese a la familia Sagesse, quizás incluso de que mantuviera una estrecha amistad con ellos. La única esperanza de Lysette era convencerlo de que no merecía que se molestara en ocuparse de ella.

Antes de que Lysette atinara a responder a la pregunta, Justin exclamó:

—¡No quiere decírnoslo, padre!

Vallerand se apartó del escritorio y se acercó a Lysette, quien no fue consciente de que estaba retrocediendo ante él hasta que chocó con la sólida forma de Philippe detrás de ella. Vallerand extendió la mano hacia Lysette, deslizó sus largos dedos bajo su barbilla y le levantó la cara. Luego se la volvió hacia un lado y hacia el otro, examinando desapasionadamente los daños causados por su viaje a lo largo del *bayou*. Lysette tragó saliva bajo la presión de sus dedos encallecidos. El imponente pecho de Vallerand quedaba a la altura de su cara, la negra sombra del vello visible bajo el delgado tejido de su camisa.

Ahora que lo tenía tan cerca, Lysette vio que los ojos de Vallerand eran de un castaño muy oscuro. Siempre había pensado en el castaño como un color muy dulce, pero aquellos ojos proporcionaban una prueba innegable de lo contrario.

—¿Por qué querías llevarte la canoa?

—Lo siento mucho —dijo Lysette con voz enronquecida—. Nunca había robado nada antes. Pero yo tenía más necesidad de ella que ustedes.

—¿Cómo te llamas? —Vallerand la obligó a levantar la

barbilla con los dedos un centímetro más—. ¿Cuál es tu familia?

—Es muy amable al interesarse de esa manera por mí, monsieur —dijo Lysette en una rápida finta, perfectamente consciente de que la amabilidad era lo último que motivaba a Vallerand—. Sin embargo, no tengo ninguna necesidad de su ayuda y no deseo causarle molestias. Si me deja marchar, seguiré mi camino y...

—¿Te has perdido?

—No —se limitó a responder ella.

—Entonces estás huyendo de alguien.

El titubeo de Lysette se prolongó demasiado.

—No, monsieur...

—¿De quién?

Lysette apartó de su barbilla los dedos de Vallerand, al tiempo que una irremediable sensación de derrota empezaba a adueñarse de ella.

—No tiene ninguna necesidad de saberlo —dijo secamente—. Déjeme marchar.

Él sonrió como si se sintiera complacido por aquel destello de temple.

—¿Es usted de Nueva Orleans, mademoiselle?

—No.

—Ya me parecía a mí que no. ¿Ha oído hablar de la familia Vallerand?

De hecho, Lysette había oído hablar de ella. Mientras contemplaba el esbelto y moreno rostro del desconocido, intentó recordar lo que se decía acerca de los Vallerand. El apellido había sido mencionado en la mesa durante la cena, cuando Gaspard y sus amigos se pusieron a hablar de política y negocios. Varios plantadores de Luisiana habían llegado a figurar entre los hombres más ricos de la nación, y Vallerand era uno de ellos. Si recordaba correctamente, la familia poseía enormes extensiones de tierra, las cuales incluían el bosque más allá del lago Pontchartrain. Los amigos de Gaspard habían dicho con un cierto resentimiento que Maximilien Vallerand, el cabeza de la familia, era amigo y asesor del nuevo gobernador del Territorio de Orleans.

—He oído hablar de usted —admitió Lysette—. Es un hombre importante en Nueva Orleans, *n'est-ce pas?* Sin duda tiene muchas otras cosas de las que preocuparse. Le pido disculpas por mi pequeña transgresión, pero obviamente no he causado ningún daño. Y ahora, si no le importa, me gustaría irme.

Lysette contuvo la respiración y empezó a volverse, sólo para que la enorme mano de él se cerrara suavemente alrededor de su brazo.

—Pero es que sí que me importa —le dijo con dulzura.

Aunque el contacto no tenía nada de violento, dio la casualidad de que los dedos de Vallerand se posaron sobre uno de los moretones más dolorosos infligidos por Gaspard. Lysette tragó aire con una brusca inhalación y sintió que se ponía blanca, mientras sentía cómo todo su brazo palpitaba con una súbita agonía.

La mano de Vallerand cayó inmediatamente, y la miró con fijeza. Lysette se apresuró a erguirse, e hizo todo lo que pudo para ocultar el dolor que le había causado. Cuando Vallerand habló, su voz fue todavía más suave que antes.

—¿Adónde planeaba ir en la canoa?

—Tengo un primo que vive en Beauvallet.

—¿Beauvallet? —repitió Justin, mirándola con desprecio—. ¡Eso queda a veintincinco kilómetros de aquí! ¿Es que nunca has oído hablar de los caimanes? ¿Y de los piratas del río? ¿No sabías lo que te podía ocurrir dentro del pantano? ¿Quién te has creído que eres?

—Justin —lo interrumpió Vallerand—. Basta.

Su hijo se calló al instante.

—Recorrer semejante distancia yendo sola es una empresa muy ambiciosa —comentó Vallerand—. Pero tal vez no planeaba ir sola. ¿Iba a encontrarse con alguien durante el camino? ¿Un amante, quizá?

—Sí —mintió Lysette. De pronto se sintió tan cansada, sedienta y confusa que vio danzar chispazos plateados ante sus ojos. Tenía que alejarse de aquel hombre—. Eso es exactamente lo que he planeado, y está usted interfiriendo en mi plan. No permaneceré aquí ni un solo instante más. —Dio media vuelta y fue ciegamente hacia la puerta, consumida por el deseo de escapar.

Vallerand la detuvo al instante, deslizando un largo brazo alrededor de su pecho mientras el otro rodeaba su nuca. Lysette apretó los dientes y dejó escapar un seco sollozo, sabedora de que había sido derrotada.

—Maldito sea —susurró—. ¿Por qué no se limita a dejarme marchar?

La voz de él, suave y profunda, le hizo cosquillas en la oreja.

—Tranquila, no voy a hacerle ningún daño. Estése quieta.

Miró a los gemelos, quienes a su vez los contemplaban con fascinación.

—Marchaos, los dos.

—Pero ¿por qué? —protestó Justin con vehemencia—. Nosotros la encontramos, y además...

—Ahora. Y decidle a vuestra *grand-mère* que deseo que se reúna con nosotros en la biblioteca.

—¡Él tiene mis pertenencias! —dijo Lysette, lanzando una mirada acusadora a Justin—. ¡Quiero que me sean devueltas!

—Justin —dijo Vallerand en voz baja.

Con una sonrisa, el muchacho se sacó del bolsillo el pañuelo anudado con las monedas y lo arrojó a una silla cercana. Luego salió por la puerta antes de que su padre pudiera hacerlo objeto de ninguna reprimenda.

A solas con Vallerand, Lysette se retorció impotentemente en su presa. Él la contuvo sin ninguna dificultad.

—Te he dicho que te estuvieras quieta.

Lysette se quedó rígida cuando sintió que él le subía la camisa de un tirón, dejando al descubierto la maltrecha carne de su espalda.

—¿Qué está haciendo? ¡Basta ya! No consentiré que se me trate de esta manera, arrogante...

—Cálmate. —Le embutió el extremo de la camisa en la parte de atrás del cuello—. No tienes nada que temer. No siento ningún interés por tus... —Hizo una pausa y añadió sardónicamente—: encantos femeninos. Además, normalmente prefiero que mis víctimas estén un poco más limpias que tú antes de abusar de ellas.

Lysette dejó escapar un jadeo ahogado y clavó las uñas en la dureza del antebrazo de él cuando sintió el contacto de su mano en la espalda. El fino vello de su nuca se erizó en respuesta al roce de los dedos masculinos. Vallerand localizó diestramente el nudo que ataba el paño empleado para ceñirle los senos bajo el brazo derecho de Lysette.

Comprendiendo que ninguna resistencia impediría que él hiciese lo que deseaba, Lysette se ahorró el esfuerzo de plantarle cara.

—No es usted un caballero —masculló, torciendo el gesto mientras él aflojaba el vendaje.

El comentario no pareció afectarlo en lo más mínimo.

—Cierto —dijo, y apartó la áspera tela que había mantenido aplastados sus pechos debajo de la camisa.

A pesar de su desazón al ver cómo un desconocido la dejaba medio desnuda, Lysette no pudo contener un suspiro de alivio cuando el escozor de la apretada tela fue apartado de su magullada espalda. Sentir el contacto del aire fresco en su piel húmeda la hizo estremecer.

—Tal como pensaba —le oyó murmurar a Vallerand.

Lysette sabía muy bien qué era lo que estaba viendo: los moretones que le había dejado la paliza administrada por Gaspard hacía ya una semana, las hinchazones de las picaduras de insectos, el amasijo de señales causadas por los rasguños y los arañazos. Nunca se había sentido tan humillada, pero de algún modo y a medida que el silencio se prolongaba, dejó de importarle lo que pensara él. Estaba demasiado exhausta para poder mantenerse en pie por sí sola. Su mentón bajó hasta que su mejilla quedó apoyada en el hombro de Vallerand. No pudo evitar notar su fragancia, el aroma a limpia piel masculina que se mezclaba con los tenues vestigios de los caballos y el tabaco. Aquel olor tan masculino resultaba inesperadamente atractivo. La nariz y la garganta de Lysette se abrieron para aspirar más a fondo, mientras que toda ella comenzaba a relajarse contra el sólido peso del cuerpo de él.

Un extraño estremecimiento la recorrió de arriba a abajo

cuando las puntas de los dedos del hombre descendieron por su espalda, a lo largo de su columna vertebral. No esperaba que un hombre tan enorme fuese capaz de tocar con tanta delicadeza. De pronto se le hizo difícil pensar, y toda la escena quedó cubierta por una espesa niebla que prometía el olvido. Lysette luchó por permanecer consciente, pero debió de perder el sentido durante unos segundos, porque luego no guardaría ningún recuerdo de cómo él había vuelto a bajar la camisa sobre su espalda, y sin embargo de pronto estaba cubierta y Vallerand le había dado la vuelta dejándola de cara a él.

—¿Quién fue? —le preguntó.

Lysette sacudió la cabeza y habló a través de unos labios resecos y agrietados.

—Da igual.

—Mademoiselle, no está en condiciones de desafiarme. No me haga perder el tiempo, y no pierda el suyo. Limítese a decirme lo que quiero saber, y luego podrá descansar.

Descansar. La palabra hizo que Lysette sintiera cómo todo su ser se estremecía de anhelo. Estaba claro que él no la dejaría marchar, y ofrecerle resistencia no tenía ningún sentido. Después, se prometió a sí misma. Luego pensaría en cuál iba a ser su próximo paso y haría un nuevo plan. Mientras tanto, tenía que recuperar las fuerzas.

—Fue mi padrastro —dijo.

—¿Su nombre?

Echando la cabeza hacia atrás, Lysette miró dentro de los oscuros ojos de él.

—Primero prométame que no le avisará de que estoy aquí.

Una breve carcajada se ahogó en la garganta de Vallerand.

—No voy a hacer tratos contigo, *petite*.

—Entonces ya puede irse ir al infierno.

Los dientes de Vallerand destellaron en una breve sonrisa. Estaba claro que se sentía más divertido que irritado por su desafío.

—De acuerdo, prometo que no lo avisaré. Ahora dime cómo se llama.

—Monsieur Gaspard Medart.

—¿Por qué te pegó?

—Hemos venido de Natchez para mi boda. Yo desprecio a mi prometido, y me he negado a cumplir el compromiso matrimonial que acordó mi padrastro.

Las cejas de Vallerand se elevaron ligeramente. Hasta que una joven criolla se hubiera casado, se consideraba que su padre —o su padrastro— era su dueño y señor absoluto, en la misma medida en que luego lo sería su esposo. Desafiar los deseos de un progenitor, especialmente en lo tocante al matrimonio, era impensable.

—La mayoría de las personas no le censurarían a un hombre que disciplinara a una hija rebelde en semejantes circunstancias —dijo él.

—¿Y usted qué haría? —preguntó Lysette con voz apagada, conociendo ya la respuesta.

—Yo nunca le pegaría a una mujer —dijo él sin la menor vacilación, dejándola muy sorprendida—. Sin importar cuál fuese la provocación.

—Eso... —La voz pareció quedársele pegada a la garganta—. Eso es una gran suerte para su esposa, monsieur.

Vallerand extendió la mano hacia ella y devolvió a su lugar con dedos muy delicados un mechón de cabellos que se le había movido del sitio.

—Soy viudo, *petite*.

—Oh. —Lysette parpadeó con sorpresa, preguntándose por qué la información hacía que sintiera una extraña punzada en el centro de su cuerpo.

—¿Dónde se aloja tu padrastro?

—En la casa de monsieur Sagesse —dijo Lysette, y reparó en el súbito destello que apareció en los ojos de él.

Vallerand guardó silencio durante unos instantes, antes de volver a hablar con una voz suave, casi aterciopelada.

—¿Tu prometido es Étienne Sagesse?

—Sí.

—¿Y tú te llamas...? —insinuó él.

—Lysette Kersaint —susurró ella, derrotada—. Supongo que conocerá a los Sagesse, monsieur.

—Oh, sí.

—¿Sois amigos?

—No. Entre nosotros existe una cierta animosidad.

Lysette consideró la información. Si a Vallerand no le gustaban los Sagesse, sería un poco más fácil procurarse su ayuda.

—¿Max? *Qu'est-ce qu'il y a?*

Una mujer de edad avanzada y cabello plateado que llevaba un magnífico vestido de muselina color lavanda adornado con encajes entró en la biblioteca. Frunció el ceño con consternación cuando vio lo sucia que estaba Lysette.

—Ésta es mademoiselle Lysette Kersaint, *maman*. Una visitante de Natchez. Al parecer se ha visto separada de su familia. Los chicos la encontraron fuera y me la han traído. Haz que preparen una habitación, ya que pasará esta noche con nosotros. —Dirigió una mirada inescrutable a Lysette—. Mi madre, Irénée Vallerand —murmuró—. Ve con ella, *petite*.

Pese a su obvia curiosidad, Irénée se abstuvo de hacer ningún comentario y extendió una mano hacia Lysette en un gesto de bienvenida. Las gentes de Nueva Orleans eran hospitalarias por naturaleza, y ella no era ninguna excepción.

—*Pauvre petite.* —Chasqueó la lengua en señal de simpatía—. Ven conmigo. Haré que te preparen un baño, y luego tienes que comer y dormir.

—Madame... —comenzó a decir Lysette con voz trémula—. Tengo que...

—Ya hablaremos más tarde —dijo Irénée, y avanzó hacia ella para cogerla de la mano—. *Allons*, niña.

—*Merci,* madame —murmuró Lysette dando su conformidad y fue de buena gana con ella, sintiéndose más que deseosa de escapar a la presencia de Maximilien Vallerand. Tenía intención de recuperar las fuerzas lo más deprisa posible y dejar la plantación a la primera oportunidad que se le presentara.

Dos horas después, una Irénée muy agitada se acercó a su hijo. Max estaba de pie ante la ventana de la biblioteca con una copa en la mano.

—¿Cómo se encuentra? —le preguntó sin volverse.

—Se ha bañado, ha comido un poco y ahora está descansando. Noeline le puso un ungüento en los rasguños y las picaduras de insecto. —Irénée se reunió con él junto a la ventana y contempló el pantano sumido en el silencio—. Recuerdo que hace muchos años conocí a la madre de Lysette, Jeanne. Jeanne es una Magnier, y los Magnier eran una familia que antaño vivió en Nueva Orleans pero lamentablemente no produjo hijos que hiciesen perdurar el apellido. Me acuerdo de que Jeanne era una mujer de una hermosura excepcional, y es una lástima que su hija no haya heredado su belleza.

Max sonrió distraídamente, acordándose del rostro pecoso de la chica, sus desafiantes ojos azules y su trenza roja medio deshecha. Estaba claro que Lysette Kersaint no era una belleza convencional. Sin embargo, había algo en ella que hacía que la deseara. No superficialmente o como un mero capricho del momento, sino con un anhelo que impregnaba todo su ser. Lysette prometía algo muy poco habitual: una intensidad de sensación, una plenitud que finalmente satisficiese aquel deseo que llevaba tanto tiempo atormentándolo.

Ya se había dado cuenta de que bajo el deseo también había una insistente curiosidad. Quería llegar a conocerla, poner al descubierto las facetas de una joven más resuelta, franca y llena de desesperación que nadie a quien hubiera conocido jamás. Lysette iba a ser suya. Bien sabía Dios que Étienne Sagesse nunca estaría a su altura.

—¿Sabes con quién va a desposarse, *maman*? —preguntó.

Las finas cejas oscuras de Irénée se unieron cuando frunció el entrecejo.

—Sí, me ha hablado del acuerdo matrimonial con Étienne Sagesse.

—Sí, el hombre que hizo caer la deshonra sobre mi esposa, y sobre mi apellido. Me parece que lo más apropiado es que ahora yo se lo haga pagar a Sagesse tomando a su prometida.

Su madre lo miró como si se hubiera convertido en un desconocido.

—¿Qué quieres decir con eso de que «tomarás» a su prometida?

—Y entonces —murmuró él con voz pensativa—, un duelo será inevitable.

—¡No, no lo permitiré!

Él le dirigió una mirada burlona.

—¿Cómo planeas detenerme?

—¿Serías capaz de causar la ruina de una joven inocente sólo para acabar con Étienne Sagesse? Lysette Kersaint no ha hecho nada para perjudicarte. ¿Quieres que tu conciencia cargue con ella durante el resto de tu vida?

—Yo no tengo conciencia —le recordó él con aspereza.

Irénée inspiró hondo.

—Max, no debes hacerlo.

—¿Preferirías verla casada con un hombre como Sagesse?

—¡Sí, en el caso de que la única alternativa sea ver cómo causas su ruina y haces que termine en las calles!

Cuando vio el horror que había en los ojos de su madre y supo que ella lo creía capaz de lo peor, Max se sintió dominado por un súbito impulso de demostrarle que estaba en lo cierto.

—No terminará en las calles —dijo fríamente—. Yo correré con su sustento después, naturalmente. Un precio muy pequeño, considerando la oportunidad que me habrá proporcionado.

—Puedes estar seguro de que su padrastro te retará a duelo.

—No sería el primer duelo que he librado.

—*Alors*, tienes intención de violar la inocencia de Lysette, establecerla en una residencia donde será objeto del desdén de toda la sociedad decente, y batirte en duelo con un padre ya entrado en años que intenta vengar el honor de su hija después de haberla visto sumida en la ruina...

—Padrastro. Que no vacila en levantarle la mano, podría añadir.

—¡Eso no justifica tu conducta! ¿Cómo puedo haber criado a un hombre tan perverso como tú?

La parte decente de Max —lo poco que quedaba de ella— se removió incómodamente ante las palabras de su madre. Sin embargo, la perspectiva de poder vengarse por fin del hombre que le había arruinado la vida lo atraía demasiado. Dejar de aprovechar la oportunidad que se le ofrecía le era tan imposible como hacer que su corazón cesara de latir.

—Te lo advierto, *maman*: no interfieras. Hace años que espero esta oportunidad. Y no malgastes tu simpatía con la chica. Te garantizo que la compensaré adecuadamente en cuanto todo haya terminado.

2

El vestido que Lysette traía consigo había quedado irreparablemente manchado por su viaje a través del pantano. La mañana siguiente a su llegada, Irénée le proporcionó un vestido azul pálido que le iba muy bien, aunque el cuello alto y sus intrincados pliegues resultaban más apropiados para una matrona que para una joven de su edad. Aun así, Lysette agradeció la bondad y la generosidad de la anciana. Poder llevar ropa limpia y librarse de la suciedad y la pestilencia del *bayou* suponía un gran alivio.

—Tienes mucho mejor aspecto, *ma chère* —dijo Irénée bondadosamente.

Lysette murmuró unas palabras de agradecimiento, al tiempo que se preguntaba cómo una mujer que tenía tan buen corazón podía haber criado a un hijo como Maximilien Vallerand. El hombre al que acababa de conocer tenía que haber sido una aberración, porque estaba segura de que el resto de la familia no podía ser como él.

—¿Tiene usted más hijos, madame Vallerand? —preguntó.

—Sí, tengo dos hijos más jóvenes, Alexandre y Bernard, quienes han ido a Francia y no tardarán en regresar. —Irénée se acercó un poco más y añadió, en un tono conspiratorio—: Tengo allí a una prima con cinco hermosas hijas, todas ellas por casar. Los animé a que fueran a hacerles una larga visita, con la esperanza de que Alexandre o Bernard se interesarían por una de las chicas y regresarían con una esposa.

—Frunció el entrecejo—. Sin embargo, o las chicas no son tan atractivas como me aseguró su madre, o mis tercos hijos están decididos a no casarse nunca. Dentro de dos meses deberían estar aquí.

Como si le leyera los pensamientos a Lysette, Irénée añadió:

—Puedo asegurarte que Alexandre y Bernard no se parecen en nada a su hermano. Pero Maximilien no siempre ha sido así. Ha sido durante los últimos años cuando se ha vuelto tan amargado. Padeció una gran tragedia en el pasado.

Lysette estuvo a punto de soltar un resoplido de incredulidad, pero logró contenerse a tiempo. ¿Padecer? El varón tan seguro de sí mismo y poseedor de una espléndida salud al que había conocido el día anterior no parecía haber pasado por grandes padecimientos. Ahora, después de una buena noche de sueño, se sentía lista para vérselas con él. Vallerand no volvería a aprovecharse de ella. Una cosa era segura: le daba igual lo que tuviera que hacer, porque no consentiría que se la volviera a poner en manos de Gaspard Medart, para luego verse entregada a Étienne Sagesse.

Su madre le había dicho a menudo que el destino de una mujer era padecer y soportar todo aquello que *le bon Dieu* quisiera enviarle. Y en el pasado *tante* Delphine había dicho que incluso el peor de los esposos era preferible a no tener un esposo. Bueno, eso estaría muy bien para algunas chicas, pero no para ella.

Lysette sintió que el corazón empezaba a latirle más deprisa cuando entraron en el salón, una habitación pequeña y aireada decorada en tonos rosados y marrones y con brocado de flores de color crema. Un magnífico acabado holandés cubría la madera de roble blanco. Ventanales impolutos que iban desde el suelo hasta el techo dejaban entrar el sol velado por las brumas de Luisiana. Los pequeños sofás barrocos y sillones color verde musgo estaban agrupados juntos para invitar a la conversación íntima. Al ver que la habitación se hallaba vacía, Lysette empezó a relajarse.

Entonces oyó la voz de Vallerand en la entrada detrás de ella.

—Mademoiselle, usted y yo tenemos unas cuantas cosas de las que hablar... —comenzó a decir Vallerand, pero se interrumpió abruptamente cuando Lysette se volvió hacia él.

La miró con una expresión cautivada. Lysette le devolvió la mirada fríamente al tiempo que se preguntaba qué sería lo que él parecía encontrar tan fascinante. Ciertamente su apariencia había mejorado con un baño y un poco de ese sueño que tanto necesitaba. No se hacía ilusiones de que Vallerand pudiera encontrarla hermosa, ya que ni siquiera el más vigoroso de los cepillados podía domar su vaporosa explosión de rizos rojos, y los dos días anteriores pasados a la intemperie habían hecho que sus pecas proliferasen hasta un grado alarmante. Su figura era esbelta pero no tenía nada de espectacular, con senos pequeños y caderas inexistentes. Sus facciones eran agradables, pero su nariz era un poco demasiado ancha y sus labios excesivamente llenos para lo que dictaba la moda.

Mientras el silencio se prolongaba, Lysette sometió a Vallerand a una insolente inspección, abarcándolo por completo con el tipo de mirada que ninguna dama debería dedicar jamás a un caballero. Vallerand era todavía más impresionante y viril de lo que recordaba: bronceado, alto y musculoso, sus cabellos negros como la pez, sus ojos oscuros y llenos de audacia. Hacía que los jóvenes a los que Lysette había conocido en Natchez pareciesen inmaduros e inexpertos. Se preguntó irónicamente si Vallerand sería un ejemplo típico del criollo de Nueva Orleans. Que Dios la ayudara si había más como él merodeando por la ciudad.

—Sí, tenemos mucho de que hablar —dijo Lysette con decisión. Mientras Irénée tomaba asiento en un sofá tapizado de brocado, Lysette fue hacia una silla cercana, tratando de aparentar más calma de la que sentía. Se sentó y miró a Vallerand con expresión retadora—. En primer lugar, monsieur, me gustaría saber si tiene intención de enviarme a la plantación de los Sagesse.

El que fuera tan directamente al grano no pareció ofender a Vallerand. Apoyando un hombro en el quicio de la puerta en una postura que no podía ser más informal, la observó con atención.

—No si usted no lo desea, mademoiselle.

—No lo deseo.

—¿Por qué no acepta el compromiso? —preguntó Valle-rand sin inmutarse—. Muchas jóvenes se sentirían extrema-damente complacidas de poder casarse con un Sagesse.

—Yo no veo que haya nada que aprobar en él. Su carácter, sus modales, su apariencia: ni siquiera su edad es de mi agrado.

—¿Su edad? —Vallerand frunció el ceño.

—Étienne Sagesse tiene treinta y cinco años. —Lysette sonrió provocativamente mientras añadía—: Es muy mayor.

Vallerand respondió con una mirada irónica, como si fue-se obvio que él y Sagesse eran coetáneos.

—Un hombre de treinta y cinco años dista mucho de tener un pie en la tumba —dijo secamente—. Sospecho que toda-vía le quedan bastantes años de vida por delante.

—Lysette, si te casas con Sagesse, puedes estar segura de que no te faltará de nada —intervino Irénée. El comentario le ganó una mirada de advertencia por parte de su hijo.

—Eso carece de importancia —dijo Lysette—. Antes pre-feriría ser pobre que casarme con un hombre al que desprecio. Y ya le he dejado muy claras cuáles son mis objeciones a mon-sieur Sagesse. Para empezar, no entiendo por qué pidió mi mano. Mi dote es despreciable, y aunque provengo de una fa-milia irreprochable, no puede considerarse que seamos aris-tócratas. Y obviamente no soy ninguna gran belleza. —Se en-cogió de hombros—. Hay docenas de mujeres que servirían igual de bien a su propósito.

—¿Qué me dice de ese primo suyo que vive en Beauva-llet? —preguntó Max—. ¿Qué esperaba conseguir ponién-dose en contacto con él?

—Con ella —lo corrigió Lysette—. Marie Dufour, y su esposo Claude. —Los Dufour eran una próspera familia de granjeros. Lysette recordaba a Marie como una mujer ama-ble y compasiva que se había fugado con Claude por amor—. Marie y yo siempre nos tuvimos mucho cariño de pequeñas —agregó—. Pensé que los Dufour podrían apoyarme en mi rechazo de los deseos de mi padrastro, y quizá permitirme vivir con ellos.

El rostro de Vallerand era una máscara de calma.

—Yo podría ayudarla a ganar un poco de tiempo —ofreció—. Dos o tres días, por lo menos. Puede escribir una carta a su prima, explicándole el dilema en el que se encuentra, y permanecer aquí hasta que ella le haya respondido. Si su prima desea ayudarle, la confiaré a la tutela de los Dufour antes de que monsieur Medart pueda llegar a ponerle un dedo encima.

Lysette frunció la frente con expresión pensativa.

—Mi padrastro y los Sagesse no tardarán en saber que me encuentro aquí. Cuando vengan a por mí, usted no podrá impedir que me lleven con ellos.

—Podemos alegar que usted enfermó después de su odisea a través del pantano. El médico de la familia afirmará que sería peligroso que se la trasladara antes de que haya completado su convalecencia.

—Pero el médico sabrá que no estoy enferma.

—El médico dirá lo que yo le indique.

Lysette consideró la propuesta, mientras la aguda mirada de Vallerand permanecía posada en ella.

—La presencia de mi madre asegurará que su reputación no sufra ningún daño —le dijo éste sin dejar de observarla.

—¿Por qué quiere ayudarme? —preguntó ella con recelo.

Una sonrisa sutil danzó en las comisuras de los labios de Vallerand.

—Porque tengo muy buen corazón, naturalmente.

Lysette dejó escapar una carcajada de incredulidad.

—Perdóneme si no le creo. ¿Cuál es la verdadera razón? Supongo que le complacería enormemente impedir que monsieur Sagesse llegara a tener algo que desea, ¿verdad?

—Sí —dijo él sin inmutarse—, ésa es precisamente la razón.

Lysette sostuvo su mirada oscurecida por los párpados entornados, perfectamente consciente de que él le estaba ocultando algo.

—¿Cuál es la causa de la animosidad que existe entre usted y Sagesse?

—No tengo intención de hablar de eso. —Cuando Lysette abrió la boca para seguir interrogándolo al respecto, él continuó bruscamente—: ¿Escribirá la carta sí o no, señorita Kersaint?

—Sí, lo haré —dijo ella con lentitud, pese a la sospecha que había ido creciendo en su interior. No quería confiar en Vallerand, pero no tenía elección—. Gracias, monsieur.

Un destello de satisfacción brilló en los oscuros ojos de él.

—No hay por qué darlas.

Max acompañó a Lysette a la biblioteca y la sentó a su propio escritorio, disponiendo ante ella portaplumas, pergamino y tinta. De pie detrás de su silla, Max contempló la coronilla de la joven, donde su brillante cabellera había sido recogida en una gruesa trenza enroscada. Un color demasiado intenso, dirían muchos, con los rizos rígidamente ordenados conteniendo reflejos casi purpúreos en las profundidades del rojo. Max no podía evitar sentirse fascinado por la facilidad con que se alteraban los tonos, por toda aquella exuberante masa de rizos que parecían pesar demasiado para que el esbelto cuello de Lysette pudiera sostenerlos.

Lo que el día anterior sólo eran meros impulsos había pasado a convertirse en una resolución irrevocable en cuanto la vio aquella mañana. Hacía años que no deseaba con tanta intensidad a alguien. Lysette era hermosa de una manera tan irresistible como poco convencional, sin que el atractivo que suscitaba en él tuviera nada que ver con algo tan banal como las proporciones clásicas. Todos sus rasgos estaban llenos de firmeza, las líneas de sus pómulos, su mandíbula y su cuello dibujados con impecable pureza. Y Max nunca había visto nada tan invitador como aquella generosa abundancia de pecas... quería seguir sus senderos por todo el cuerpo de Lysette, y hacer que su lengua tocara cada una de ellas.

El hecho de que Lysette fuese demasiado joven para él importaba poco en este caso. El dominio de sí misma de que daba muestra en todo momento era realmente notable para una muchacha de tan tierna edad. Estaba claro que Lysette no le tenía ningún miedo: lo trataba como si fueran iguales, sin prestar ninguna atención a los años que los separaban.

Max sintió que se le aceleraba el pulso a medida que las imágenes sexuales desfilaban por su mente, y obligó a su atención a que se centrara en el momento actual.

—¿Necesita ayuda con la carta, mademoiselle Kersaint?

Las profundas comisuras que enmarcaban los carnosos labios de ella temblaron con una breve sombra de diversión.

—Sé escribir muy bien, gracias.

Max había conocido a muchas mujeres, de mucha mejor cuna que ella, que eran prácticamente analfabetas. Una buena parte de la sociedad criolla consideraba que un exceso de educación resultaba perjudicial para una mujer. Medio inclinándose y medio sentándose en el escritorio, Max se volvió hacia ella.

—Ha recibido educación, entonces —comentó.

—Sí, gracias a mi padre. Contrató a una institutriz para mí y mi hermana Jacqueline. Nos enseñó a leer y escribir, y a hablar el inglés así como el francés... Estudiamos historia, geografía, matemáticas; incluso llegamos a estudiar uno o dos volúmenes de ciencias. Pero después de que mi padre muriese, la institutriz fue despedida. —Cogió un portaplumas de plata grabada y lo hizo rodar entre los dedos—. Y de todos modos, ya no había mucho más que pudiera enseñarnos. La educación de una mujer no puede ir más allá de cierto punto, lo cual lamento enormemente.

—¿Y de qué le serviría una mayor educación?

Ella sonrió y le devolvió sin pestañear la mirada provocadora que le estaba lanzando él.

—Quizá, monsieur, tengo otras ambiciones aparte de servirle de yegua a algún pomposo aristócrata al que asusta muchísimo la idea de que su esposa sea más lista que él.

—Tiene un elevado concepto de su propia inteligencia, mademoiselle Kersaint.

—¿Le molesta? —Su voz era tan suave como la seda.

Max estaba completamente fascinado por Lysette, con su mente profundamente centrada en ella y su sangre comenzando a hervir ante el reto que le presentaba. Santo Dios, cómo quería acostarse con ella.

—No, no me molesta.

Ella sonrió y alisó el pergamino que tenía delante.

—Si no le importa, monsieur, preferiría disponer de unos cuantos minutos de intimidad, mientras empleo mi inadecuado cerebro femenino para componer unas cuantas líneas coherentes. ¿Tendría tal vez la amabilidad de corregir mis faltas de ortografía después?

Lo que él deseaba examinar no era su ortografía. Max se las arregló para esbozar una fría sonrisa, cuando todo su cuerpo lo instaba a que le subiera las faldas, se la sentara en el regazo y estuviera disfrutando de ella durante horas.

—Me voy de aquí confiando plenamente en sus habilidades —dijo con una sonrisa de respuesta, y la dejó mientras todavía era capaz de hacerlo.

Apenas había conseguido imponerse a su deseo desbocado para cuando regresó al salón. Irénée lo saludó con evidente alivio.

—Sabía que no te aprovecharías de ella, después de todo —le dijo cariñosamente—. Agradezco al cielo que hayas cambiado de parecer.

Él le lanzó una mirada vacía de toda expresión.

—No he cambiado de parecer acerca de nada.

El semblante de Irénée se llenó de tristeza.

—Pero la carta que estás permitiendo que le escriba a su prima...

—Esa carta nunca será enviada. Si voy a colocarla en una situación comprometida, no quiero que una maldita prima interfiera en ello.

Su madre lo miró con una mezcla de sorpresa y consternación.

—¿Cómo puedes hacer algo semejante? ¡Nunca hubiese creído que pudieras llegar a aprovecharte así de una mujer!

—Me crees capaz de cosas muchísimo peores, *maman* —dijo él en un tono de voz súbitamente cargado de amargura—. ¿No es así?

Irénée se apresuró a apartar la mirada de él, incapaz de replicar, su rostro ensombrecido por una mezcla de pena e impotencia que lo llenaron de furia.

Los Medart llegaron a la casa de la plantación mucho antes de lo que había esperado Max. Al parecer, ellos y los Sagesse estaban visitando todas las residencias que había a lo largo del camino del pantano en un esfuerzo por obtener cualquier clase de información acerca de la joven que supuestamente se había perdido. Cuando Max e Irénée confirmaron la presencia de Lysette en su propiedad, los Medart sintieron un obvio alivio.

El desprecio ya firmemente establecido que Max sentía por Gaspard Medart quedó redoblado en cuanto lo conoció. Medart era menudo, musculoso y de rostro pétreo, sus ojos como trocitos de obsidiana. Pensar que aquel fanfarrón tan pagado de sí mismo le había dado una paliza a Lysette llenó a Max de una hostilidad que le costó ocultar.

Medart iba acompañado por una mujer corpulenta cuyos cabellos habían sido inexpertamente oscurecidos con café. Una expresión frenética había quedado congelada en su rostro. La *tante*, supuso Max, y sospechó que no habría presentado muchas objeciones a los malos tratos de que Medart había hecho objeto a su hijastra.

—¿Dónde está? —inquirió Medart, que transpiraba profusamente. Su mirada recorrió ávidamente la habitación, como si medio sospechara que el objeto de su búsqueda se escondía detrás de una silla—. ¿Dónde está Lysette? Traédmela inmediatamente.

Max les presentó a su madre, y todos tomaron asiento mientras el ama de llaves, Noeline, se presentó con una bandeja de refrescos. Los criollos tenían por costumbre no hacer nunca nada con prisas. Las visitas siempre discurrían con una pausada languidez, y casi todas las conversaciones se iniciaban con el ritual de contar historias de la familia y efectuar el recuento de una larga sucesión de antepasados. Las gentes de Nueva Orleans jamás confiaban en un desconocido con el que no tuvieran al menos un pariente común. De hecho, todos se hallaban tan familiarizados con sus respectivos árboles genealógicos que al menos diez generaciones de primos lejanos y parentela distante podían llegar a ser meticulosamente examinadas hasta que la conexión buscada por fin hubiera quedado establecida.

Gaspard Medart, sin embargo, estaba demasiado impaciente para seguir la costumbre.

—Quiero ver a mi hijastra de inmediato —exigió—. No tengo tiempo para charlas. Tráigala aquí ahora mismo.

Irénée miró a Max con expresión de asombro ante la grosería de aquel hombre. Max volvió un rostro inexpresivo hacia Medart.

—Por desgracia, monsieur, tengo que darle algunas noticias bastante preocupantes.

—¡Se ha vuelto a escapar! —estalló Medart—. ¡Lo sabía!

—No, nada de eso. No se alarme. Es sólo que ha sucumbido a unas fiebres.

—¡Fiebres! —exclamó la *tante*, obviamente conocedora de las mortíferas plagas que azotaban la ciudad de vez en cuando.

—Parece que no se trata de nada grave —dijo Max en un tono tranquilizador—, pero naturalmente he mandado llamar al médico de la familia para que la examine. Hasta que llegue, sería peligroso molestarla. Está descansando en una habitación de invitados del piso de arriba.

—Insisto en verla ahora mismo —dijo Medart.

—Ciertamente. —Max empezó a levantarse, y luego preguntó—: ¿Puedo dar por sentado que usted ya ha padecido las fiebres antes?

—No.

—Entonces será mejor que no vaya a visitarla. A la edad de usted, su vida podría llegar a peligrar si contrajese las fiebres por haberse acercado a Lysette.

—Quizá —se apresuró a interceder la *tante*—, deberíamos volver mañana después de que el médico la haya examinado, Gaspard.

Irénée contribuyó con el tono persuasivo de su voz.

—Le aseguro, monsieur Medart, que cuidaremos muy bien de ella.

—Pero las molestias... —dijo Delphine, y su corpachón se estremeció mientras hacía un gesto de impotencia.

—No es ninguna molestia —replicó Irénée con firmeza—. Ahora lo único que importa es el bienestar de Lysette.

—¡No tengo ninguna prueba de que esté aquí siquiera! —chilló Medart.

—Está aquí —le aseguró Max.

Medart torció el gesto.

—Conozco su reputación, monsieur. Y sé que le ha jurado enemistad al prometido de Lysette. ¡Si está tramando alguna clase de ardid, se lo haré pagar muy caro!

Irénée se inclinó hacia delante y dijo con convicción:

—Le prometo, monsieur Medart, que su hijastra estará a salvo con nosotros. No le ocurrirá nada malo. —Miró a Max y añadió, con un filo cortante como el acero en su tono—: Me aseguraré de que así sea.

Después de un poco más de persuasión, los Medart se fueron, convencidos en apariencia de que no les quedaba otra elección. Max dejó escapar un ruidoso suspiro de alivio cuando oyó las ruedas del carruaje en el camino.

—Son despreciables —masculló.

Irénée apretó los labios en señal de disgusto.

—Saben que estamos mintiendo, Max.

Él se encogió de hombros.

—No pueden hacer nada al respecto.

—De buena gana se la habría entregado a los Medart si no fuera por los moretones que tiene en la espalda. No quiero que Lysette se vea expuesta a una nueva sesión de la disciplina de monsieur Medart.

—Ahora empezarán a correr los rumores —masculló Max con una oscura satisfacción—. Daría una fortuna por ver la cara que pone Sagesse cuando Medart le cuente que tengo a Lysette.

—Lysette estaría más segura con Étienne que contigo —lo acusó Irénée—. ¡Al menos él planea contraer matrimonio con ella!

—Lysette encontrará mucho más agradable una aventura conmigo que el matrimonio con él.

—Qué cruel y amargado te has vuelto —dijo Irénée con asombro—. Y qué decepcionado se sentiría tu padre si pudiera verlo.

Dolido, Max la miró hoscamente.

—Si él hubiera pasado por lo que he tenido que pasar yo, probablemente reaccionaría de la misma manera.

—Eso demuestra lo poco que conocías a tu padre —replicó Irénée a su vez, y salió de la habitación con la espalda muy rígida.

Aunque se sentía muy disgustada con su hijo mayor, Irénée aún no había descartado la posibilidad de que pudiera ser redimido. Mientras desayunaba en su habitación, discutió la situación con Noeline, el ama de llaves. Noeline, una mujer esbelta y atractiva que poseía un sentido innato de lo práctico y una clara inclinación a decir sin rodeos lo que pensaba, llevaba quince años siendo ama de llaves en la plantación de los Vallerand. Tal como había esperado Irénée, ni un solo detalle de su invitada, o de las intenciones que Max tenía para con ella, habían escapado a la observadora mirada de Noeline.

—No puedo creer que realmente tenga intención de causar su ruina —dijo Irénée al tiempo que se llevaba la taza de porcelana a los labios—. Lysette es una joven decente, y no merece verse involucrada en la enemistad que mi hijo le profesa a Étienne Sagesse.

Las facciones color café de Noeline permanecieron inexpresivas, pero un destello pensativo apareció en sus ojos.

—Monsieur Vallerand está demasiado deseoso de vengarse de Sagesse como para pensar en ninguna otra cosa.

—Supongo que así es —dijo Irénée de mala gana—. Pero Noeline, no puedo creer que Max vaya a ser tan malvado como para seducir deliberadamente a una joven inocente.

—El señor no es ningún malvado —replicó Noeline, yendo al tocador y disponiendo en pulcras hileras los cepillos y las diminutas botellas—. Sólo es un hombre, madame. Y no puede mantener alejado a un hombre de una chica tan guapa, igual que no podría atar a un sabueso con una ristra de salchichas.

—¿Piensas que Lysette es guapa? —Irénée frunció el ceño pensativamente—. He de admitir que al principio no me lo pareció. Pero cuanto más tiempo hace que la conozco, más atractiva parece volverse.

—Tiene algo que le gusta mucho a monsieur —observó Noeline secamente—. Se lo oye crujir como el aceite en una sartén cada vez que ella entra en la habitación.

—Noeline —la riñó Irénée mientras reía sobre su taza de té.

El ama de llaves también sonrió.

—Es así, madame —insistió—. Y cuando el señor la mira, tiene algo más que venganza en la cabeza. Es sólo que no quiere admitirlo.

Cuando Lysette estuvo segura de que su padrastro se había ido de la propiedad, fue en busca de Vallerand. Éste acababa de fumarse un puro y beberse una copa en la veranda delantera, y un hilillo de humo se elevaba perezosamente de un plato de cristal. Su atención permanecía centrada en un magnífico pura sangre que un mozo traía de los establos. Al parecer Vallerand se disponía a cabalgar hasta la ciudad.

Al oír los suaves pasos de Lysette en la veranda, Vallerand se volvió hacia ella. Su mirada se hallaba velada por los párpados entornados, y su boca mantenía una curva casi desdeñosa que la hizo sentirse extraña. Verlo hacía que le entraran ganas de sobresaltarlo, de pillarlo con la guardia baja... Se preguntó qué podría hacer Vallerand si ella se limitaba a ir hacia él y besaba su firme, tentadora boca y luego quitaba el rígido corbatín blanco de su cuello. Ningún hombre la había afectado nunca de aquella forma. Quería sentir el roce de sus mejillas afeitadas, y pasar suavemente sus labios sobre los suyos, y percibir el calor de su aliento en la piel. Vallerand parecía tomarse un poco demasiado en serio a sí mismo, como si estuviera muy necesitado de que algo —o alguien— se riera de él y lo desarmara. Si fuera su esposa, Lysette haría algo al respecto.

Aquel pensamiento tan sorprendente hizo que se preguntara cuánto tiempo llevaba viudo, y cómo había muerto su esposa. Estaba claro que ése era un tema prohibido en la casa de los Vallerand. Ni siquiera Irénée, siempre tan habladora, se mostraba dispuesta a responder a las preguntas de Lysette sobre aquel tema.

Lysette ofreció a Vallerand una sonrisa dubitativa.

—Supongo que mi padrastro se enfadó mucho cuando no le permitió verme.

—Mucho.

—Bien. —Se detuvo ante él, y su altura la obligó a echar la cabeza hacia atrás. Cielo santo, aquel hombre era enorme—. ¿Le creyó cuando le dijo que yo estaba enferma?

—No, no me creyó.

—¿Y aun así se fue? —Lysette se mordisqueó el labio inferior y frunció el ceño—. Yo hubiese esperado que hiciera valer sus derechos ante usted.

—Su padrastro está intentando evitar un escándalo —replicó Vallerand—. No hará valer sus derechos ante mí. Y mientras esté en mi casa, nadie puede obligarme a que la saque de ella.

—¿Ni siquiera las autoridades locales?

Él sacudió la cabeza.

—Mantengo una excelente relación con el gobernador Claiborne.

Ella dejó escapar una breve carcajada.

—Está claro que puedo considerarme afortunada al haber hecho amistad con un hombre tan influyente. —Lysette sacó de su manga la carta a Marie, y le entregó el sobre sellado con cera—. Mi carta. Le ruego que la haga entregar lo antes posible. Es importante.

—Soy consciente de la importancia de la carta, mademoiselle.

Lysette lo miró con curiosidad, preguntándose por qué su presencia parecía hacerlo sentir incómodo. Quizá no le gustaba que fuese tan franca y nunca se andara con rodeos. Supuso que Vallerand tenía que estar acostumbrado a las refinadas damas de Nueva Orleans, quienes seguramente no corrían a través de los pantanos y desafiaban a sus familias.

—Monsieur Vallerand —le dijo con dulzura—, le pido disculpas por todas las molestias que le he causado. Para compensarlo por su hospitalidad, le prometo que me iré de aquí lo más pronto posible. Si mi prima Marie no quiere acogerme en su casa, entraré en el convento de las ursulinas.

Él sonrió, al parecer divertido por la idea.

—Una monja con los rizos rojos de una bruja. —Una nota extraña, casi acariciante, se había infiltrado en su voz.

Lysette sonrió avergonzada al tiempo que se llevaba una mano a su cabellera caóticamente sujeta.

—Sin duda ellas insistirían en cortar todo este desorden.

—No —dijo él sin perder un instante—. Es precioso.

Lysette casi se ofendió, pensando que Vallerand se burlaba de ella. Pero cuando él siguió contemplándola con aquella mirada impasible y oscura, se dio cuenta de que era sincero. Y eso llevó a otra comprensión, todavía más asombrosa: la de que Maximilien Vallerand se sentía tan atraído por ella como ella se sentía atraída por él.

La atracción nunca llegaría a tener consecuencias, naturalmente. Sin embargo, lo encontró interesante, de todas maneras. Un súbito calor afluyó a su rostro, y se apresuró a apartar la mirada.

—Buenas tardes, monsieur —murmuró y se fue, andando tan deprisa que las faldas casi se le enredaron alrededor de los tobillos.

—¿Cómo, otra vez aquí esta noche? —susurró Mariame, abriendo la puerta de par en par y dando la bienvenida a Max al interior de su casa, ubicada en el barrio del Vieux Carré donde vivían los cuarterones, cerca de Rampart. Sus gruesas pestañas descendieron mientras se concentraba en aflojar el corbatín almidonado de Max—. Creía haber satisfecho todos tus deseos anoche.

Ocho años antes, el primer protector de Mariame había dado por finalizado su acuerdo sin ningún miramiento, con lo que tanto ella como su hijo ilegítimo se quedaron sin dinero y sin hogar. Desesperada, Mariame había empezado a hacer el equipaje para regresar a la casa de su madre y vivir con ella. Cuando Max supo que su amante la había abandonado, no vaciló en ir a verla. Mariame era una de las mujeres más hermosas de Nueva Orleans, y él llevaba mucho tiempo admirándola.

Mariame no intentó ocultar su asombro ante la oferta que le hizo Max de convertirse en su protector. «Casi todos los hombres quieren vírgenes», había dicho. En Nueva Orleans había incontables jóvenes hermosas, la mayoría de ellas fruto de la mezcla de sangres, a las que se había preparado para convertirse en amantes de los ricos plantadores y hombres de negocios criollos que podían permitirse el lujo de mantenerlas. *Placées*, se llamaba a aquellas chicas tan ávidamente buscadas, y la mayor parte de ellas disfrutaban de grandes lujos.

El comentario de Mariame ante su oferta hizo reír a Max.

—La virginidad me importa un comino —le había dicho—. Quiero la compañía de una mujer hermosa e inteligente. Fija tus propios términos, Mariame: te deseo demasiado como para regatear.

Su admiración había aliviado inconmensurablemente la pena y el orgullo herido de Mariame. Los desagradables rumores que corrían acerca de Vallerand habían llegado a sus oídos, y llevaba tiempo preguntándose si serían ciertos. Sin embargo, dado que había visto la soledad en los oscuros ojos de Max y la delicadeza de sus maneras, decidió confiar en él.

En los ocho años transcurridos desde entonces, Mariame nunca había lamentado su elección. Max era un amante muy tierno, un generoso sustentador y un buen amigo. Aunque se había asegurado de que Mariame no trajera al mundo ningún hijo suyo, pagó el dinero necesario para que el hijo de Mariame fuera educado en París. Las joyas y vestidos que le había ido dando a lo largo de los años bastarían para permitirle vivir rodeada de lujos durante el resto de su vida, y a ella no le cabía ninguna duda de que cuando Max pusiera fin a su relación, le entregaría una suma extravagante en concepto de despedida.

Porque Max había sido bueno con ella, Mariame tomó la resolución de que nunca pondría obstáculos a sus deseos. Cuando Max decidiera que lo suyo había terminado, lo dejaría partir sin protestar. No deseaba encadenarlo a ella, y había evitado sabiamente enamorarse de él.

Una sonrisa iluminó el rostro de Mariame mientras pasaba los brazos alrededor de los hombros de Max. Alta y de cuerpo esbelto, no le resultó nada difícil ponerse de puntillas y rozar sus labios con los suyos. Sin embargo, esa noche Max no respondió tal como ella había esperado. Estaba insólitamente preocupado, turbado por algo.

—No he venido aquí para eso —dijo Max, desenredándose de su abrazo.

Mariame fue a servirle una copa.

—¿Y entonces para qué estás aquí, Max?

—No lo sé —dijo él, y empezó a dar rápidos paseos por la habitación.

—Siéntate, *mon cher*, por favor. Me pone nerviosa verte ir de un lado a otro como un tigre hambriento.

Max hizo lo que le pedía, y tomó asiento en el sofá sin que su mirada meditabunda pareciese centrarse en nada en particular.

Mariame se acomodó en el sofá junto a él, dejando que sus largas y esbeltas piernas colgaran despreocupadamente de uno de los muslos de él. Le entregó una copa de coñac.

—Esto tal vez te ayudará a relajarte.

Él tomó la copa y bebió un largo trago, sin apenas apreciar la excelente calidad del licor.

Los dedos de Mariame subieron por su muslo siguiendo un camino que les era familiar.

—¿Estás seguro de que no quieres...?

—No —masculló él, apartándole la mano.

Mariame se encogió de hombros.

—*D'accord*. —Una sonrisa, curiosa y astuta, rozó sus labios—. *Alors*, podrías contarme algo más acerca de esa mujer que tienes alojada en tu casa.

Max le lanzó una mirada sardónica, comprendiendo que los rumores se habían propagado todavía más deprisa de lo que él esperaba.

—Los gemelos se tropezaron con mademoiselle Kersaint cuando intentaba huir de un matrimonio no deseado.

—Ah. —Las perfiladas cejas de Mariame se elevaron expresivamente—. No son muchas las mujeres que se atreverían a hacer tal cosa. ¿Quién es el que aspira a ser su esposo, *bien-aimé*?

—Étienne Sagesse.

Los dedos de Mariame dejaron de jugar con el hombro de Max.

—Sagesse... *bon Dieu*. Qué extraño que la chica acudiera a ti, de entre todas las personas, en busca de refugio. ¿Qué vas a hacer?

—Voy a aprovechar la situación, naturalmente.

—Ten cuidado, Max —dijo Mariame en tono de preocupación—. Ya sé que no te detendrás ante nada con tal de que Sagesse pague por lo que hizo hace tantos años. Pero si recurrieras a abusar de una inocente que se ha confiado a tu cuidado, luego lo lamentarías. —Una sonrisa llena de cariño flotó en sus labios—. Tienes una conciencia, *mon cher*, por mucho que pretendas lo contrario.

Una sonrisa reluctante pasó por el rostro de Max.

—Me alegro de que pienses eso. —Echó la cabeza hacia atrás y contempló los paneles de madera de ciprés que cubrían el techo—. Mariame —dijo, cambiando abruptamente de tema—, tú ya sabes que nunca pondré fin a nuestra relación sin haberte dejado bien situada antes.

—Nunca he temido que fueras a dejarme en la miseria —replicó Mariame tranquilamente. ¿Sería aquélla la primera señal de que el interés que sentía por ella empezaba a desvanecerse?—. Algún día —continuó diciendo—, me gustaría llevar mi propia casa de huéspedes. Es algo en lo que tendría mucho éxito.

—Sí, lo tendrías.

—¿Debería empezar a hacer planes para ello?

—Algún día. Si es lo que quieres hacer. —Le acarició suavemente la mejilla—. Pero todavía no.

El jueves habitualmente era el día de estar en casa para los Vallerand, cuando las amistades y los conocidos de Irénée los visitaban y charlaban un rato mientras tomaban una taza de café rebajado con achicoria. Desgraciadamente, Irénée se había visto obligada a mantener alejadas las visitas a causa de la presencia de Lysette.

—Lamento perturbar sus hábitos —dijo Lysette.

Irénée la hizo callar alegremente.

—No, no, tomaremos café juntas, sólo nosotras dos. En estos momentos tu compañía me resulta mucho más divertida que la de mis amistades, quienes siempre vienen con los mismos cotilleos para que vayamos dándoles vueltas semana tras semana. Tienes que hablarme de tu madre, y de las amistades que tenías en Natchez, y de tus pretendientes.

—A decir verdad, madame, he llevado una existencia muy recluida. A mi hermana y a mí no se nos permitía tener pretendientes. De hecho, rara vez nos relacionábamos ni siquiera con nuestros primos o parientes varones.

Irénée asintió para que viese que la entendía.

—Si nos guiamos por los patrones de hoy en día, esa manera de educar a las jovencitas ya se ha quedado muy anticuada. Pero conmigo también fue así. Nunca leí un periódico hasta después de haberme casado. No sabía nada del mundo exterior. Pasé muchísimo miedo cuando me llegó el momento de salir del capullo protector de mi familia y asumir mi lugar como la esposa de Victor Vallerand. —Irénée sonrió, con un tenue brillo de diversión en los ojos mientras se acordaba de la muchacha que había sido en aquel entonces—. Mi *tante* Marie y mi madre me acompañaron a mi lecho matrimonial y me dejaron sola allí para que esperase a mi esposo. ¡Oh, cómo les rogué que me llevaran de vuelta a casa! No quería ser una esposa, y mucho menos la esposa de un Vallerand. Victor era todo un hombretón, y su presencia me intimidaba muchísimo. Me aterraba pensar en lo que iba a exigir de mí.

Intrigada, Lysette dejó su taza.

—Evidentemente luego todo fue bien —observó la joven.

Irénée dejó escapar una risita.

—Sí, Victor resultó ser un buen esposo. No tardé en enamorarme profundamente de él. Los hombres de la familia Vallerand son engañosos, ¿sabes? Por fuera se muestran dominadores y arrogantes. Sin embargo, cuando es llevado por la mujer adecuada, un Vallerand hará lo que sea con tal de complacerla. —Cogiendo una cucharilla de plata grabada, Irénée echó un poco más de azúcar dentro de su café y lo removió—. Listo —dijo con satisfacción—. Me gusta que mi café esté negro como el diablo y dulce como el pecado.

—Madame, ¿cómo era la esposa de su hijo? —preguntó Lysette como si tal cosa—. En su opinión, ¿supo llevarlo adecuadamente?

La pregunta hizo que Irénée se pusiera visiblemente tensa. Titubeó durante largo tiempo antes de responder.

—Corinne era la chica más hermosa y malcriada que he conocido... estaba demasiado pendiente de sí misma para ser capaz de querer a nadie más. Nunca consiguió llevar a Max como era debido. Una lástima, porque no habría necesitado hacer gran cosa para que Max fuese feliz.

—El suyo no fue un buen matrimonio, entonces.

—No —murmuró Irénée—. Creo que nadie diría que lo fue.

Para gran decepción de Lysette, no estaba dispuesta a revelar nada más acerca de la misteriosa difunta esposa de Vallerand.

Toda la existencia de los Vallerand se vio bruscamente perturbada cuando Justin intentó entrar en la casa sin ser visto pasada la medianoche, manchado de sangre y luciendo las señales que le habían dejado los golpes recibidos en una pelea. Max lo llamó a capítulo de inmediato y se lo llevó a la cocina para administrarle una buena reprimenda. Lysette oyó la discusión desde su habitación. Abrumada por la curiosidad, fue sigilosamente hasta el inicio de la escalera y aguzó el oído.

—¡No puedes tratarme como si yo fuera un niño! ¡Ahora ya soy un hombre!

—Eso es lo que tú dices —fue la mordiente réplica de Vallerand—. Pero un hombre no les busca las cosquillas a otros hasta hacer que se peleen a puñetazos con él por mero entretenimiento.

—No fue por entretenimiento —dijo Justin con vehemencia.

—¿Por qué te has peleado, entonces?

—¡Para demostrar algo!

—¿Que eres rápido con los puños? Eso no te llevará muy lejos, Justin. Pronto alcanzarás la edad en que las peleas a puñetazos se convierten en sesiones de esgrima, y entonces te manchará de sangre las manos.

—Entonces seré como tú, ¿verdad?

Sorprendida por aquellas palabras, Lysette se sentó en la sombra del último escalón y escuchó con atención.

—Por malo que sea, yo nunca llegaré a ser peor que tú —lo acusó el muchacho—. Lo sé todo acerca de ti, papá. Y también conozco tus planes para Sagesse y mademoiselle Kersaint.

Un silencio lleno de tensión siguió a esas palabras. Finalmente Vallerand gruñó:

—Tengo razones sobre las que tú no sabes nada.

—¿No? —se burló Justin.

—Al parecer has oído los rumores.

—¡He oído la verdad!

—Nadie conoce la verdad —contestó Vallerand con voz átona.

El muchacho le escupió una palabra terrible y salió corriendo de la cocina. Lysette se apresuró a apartarse de la escalera y huyó hacia su cama, queriendo evitar que la sorprendieran escuchando a escondidas. Cuando estuvo a salvo debajo del cubrecama, clavó la mirada en las sombras sin verlas y se preguntó si había oído correctamente al muchacho. ¿Cuál era la palabra que Justin le había lanzado a su padre? Había sonado como «asesino».

Pero no podía haberlo oído bien, pensó, profundamente turbada, y sus puños se apretaron rígidamente contra el cubrecama.

3

Max estuvo fuera todo el día siguiente, atendiendo ciertos asuntos en la ciudad. En respuesta a las preguntas de Lysette, Irénée replicó que había ido a ver al gobernador Claiborne.

—¿Cómo ha llegado monsieur Vallerand a tener tan buena relación con el gobernador? —preguntó Lysette, fascinada.

Irénée se encogió de hombros.

—No estoy del todo segura, dado que Max rara vez habla conmigo de sus actividades políticas. Sin embargo, sé que cuando Claiborne asumió el cargo, pidió a mi hijo que lo ayudara a negociar con los criollos y fuera dando forma a sus propuestas para hacer que resultaran más aceptables. Al igual que les ocurre a la mayoría de los americanos, el gobernador no siempre entiende nuestra manera de hacer las cosas. Y como a Max le deben muchos favores tanto los criollos como los americanos, suele ser capaz de persuadirlos a todos para que se muestren de acuerdo con las decisiones políticas de Claiborne. Max también ayuda a apaciguar el descontento en la ciudad cuando Claiborne ha hecho algo que no debía. —Chasqueó la lengua al tiempo que añadía, en un tono de desaprobación—: Estos americanos siempre están creando problemas.

Al igual que la mayoría de los criollos, Lysette consideraba que los americanos eran unos bárbaros, con escasas excepciones. Toscos y carentes de refinamiento, los americanos sólo pensaban en el dinero, les gustaba beber demasiado y enseguida perdían la paciencia con los criollos porque éstos siempre preferían hacerlo todo poco a poco.

Sólo los americanos podían llegar al extremo de mal gusto que representaba sustituir el cotillón y los bailes de cuadrilla criollos por la giga y el galope a la escocesa. Sólo a unos hipócritas como los americanos se les ocurriría criticar el hábito criollo de pasar el domingo descansando en vez de permanecer sentados en el duro banco de una iglesia desde la mañana hasta la noche.

Cuando la mañana estuvo un poco más avanzada, Lysette exploró la plantación a su antojo, protegiéndose el cutis con una sombrilla para evitar una proliferación de las nunca bienvenidas pecas. Sin embargo, su energía habitual enseguida se vio minada por el calor, y no tardó en percibir un molesto dolor en las sienes. De regreso a la casa, centró su atención en la labor de punto que le había proporcionado Irénée. El intenso calor del verano no tardó en invadir incluso las partes de la casa más resguardadas del sol. La transpiración hizo que las prendas se le pegaran a la piel, y Lysette empezó a tirar de ellas con irritación.

Cuando Irénée se retiró para echar una cabezada de mediodía, declarándose fatigada por el calor, Lysette hizo lo mismo. Entró en su habitación, se quedó en ropa interior, y se acostó sobre las frescas sábanas blancas. Una criada desenrolló el *baire*, una red de gasa que mantenía alejados de la cama a los mosquitos. Con los ojos fijos en el baldaquino que se extendía a dos metros por encima de su cabeza, Lysette esperó a que el sueño tomara posesión de ella. Aunque ya habían transcurrido tres días desde su trayecto por el pantano, todavía no se había recuperado por completo de él. Estaba agotada, y hasta los mismos huesos le dolían.

Justin entró en la biblioteca sin hacer ruido y la recorrió rápidamente con la mirada. El calor de la tarde hacía que la estancia resultara asfixiante. Los libros dispuestos en hileras interminables parecían observarlo como centinelas desde lo alto de sus anaqueles.

La mole del escritorio de caoba de Max, con todos sus misteriosos cajones y compartimientos, se alzaba entre las ventanas protegidas por las cortinas. Su visión hizo que un escalofrío descendiera por la espalda de Justin. Cuán a menudo había visto a su padre sentado a ese mismo escritorio, la cabeza inclinada sobre documentos y libros. Los cajones estaban repletos de llaves, recibos, papeles y pequeñas cajas fuertes; y entre todo aquello, esperaba Justin, se hallaría el objeto que andaba buscando. Fue rápidamente al escritorio y lo registró, examinando los contenidos de cada cajón.

Usó la horquilla para el pelo que había cogido prestada de la habitación de Irénée para abrir una pequeña caja que contenía documentos. La cerradura se abrió con un chasquido de protesta, y Justin lanzó una cautelosa ojeada por encima del hombro antes de mirar dentro de la caja. Más recibos, y una carta. Una carta sin abrir. Un destello de triunfo brilló en los ojos de Justin. Se guardó la carta dentro de la camisa, cerró la caja y volvió a dejarla donde la había encontrado.

—Esto —murmuró para sí— saldará la cuenta que tengo contigo, *mon père*.

Lysette durmió hasta bastante después de la hora de la cena, e Irénée se aseguró de que su sueño no fuera interrumpido. Cuando despertó, la habitación estaba oscura y el frescor del anochecer ya había llegado. Todavía medio dormida, Lysette se puso un vestido amarillo claro y fue al piso de abajo.

—Ah, por fin has despertado —dijo la animada voz de Irénée—. Pensé que sería mejor dejarte dormir todo el tiempo que quisieras. Ahora debes de tener hambre, ¿hmmmm? —La anciana la cogió del brazo y se lo apretó afectuosamente—. Los gemelos y yo ya hemos comido. Max llegó hace un momento y está cenando. Puedes acompañarlo en la *salle à manger*.

Pensar en comida hizo que Lysette sintiera náuseas.

—*Non, merci* —consiguió decir—. No tengo nada de hambre.

—Pero has de comer algo. —Irénée la empujó suavemente hacia el comedor—. Tenemos un *gumbo* delicioso, y pámpano relleno de cangrejo, y pasteles de arroz calientes...

—Oh, no puedo —dijo Lysette, sintiendo que se le cerraba la garganta al pensar en los suculentos platos.

—Tienes que intentarlo. Estás demasiado delgada, querida mía.

Cuando entraron en el comedor, Lysette pudo ver el reflejo de Max en el espejo de marco dorado sobre la chimenea de mármol. Max estaba sentado a la mesa y la luz de la lámpara arrancaba destellos a sus cabellos negros como el ala de un cuervo.

—Buenas noches, mademoiselle. —Con la cortesía innata de un caballero criollo, se levantó y ayudó a Lysette a tomar asiento—. *Maman* me dice que ha dormido mucho tiempo. —La evaluó con la mirada—. ¿Se encuentra bien?

—Sí, muy bien. Es sólo que no tengo demasiado apetito.

Irénée chasqueó la lengua.

—Asegúrate de que come algo, Maximilien. Yo estaré en la habitación de al lado con mi bordado.

Lysette miró partir a la anciana con una sonrisa en los labios.

—Su madre es todo un carácter, monsieur.

—De eso no cabe duda —convino él irónicamente.

Una criada entró en el comedor para depositar un plato ante Lysette. Nada más contemplar el pescado humeante dispuesto sobre pasteles de arroz frito, sintió que la bilis empezaba a subirle por la garganta. Cogió un vaso de agua y bebió un pequeño sorbo, con la esperanza de que eso le calmaría un poco el estómago.

—He oído que hoy ha ido a ver a su amigo el señor Claiborne —observó después.

—Sí. —Max hincó los blancos dientes en un trozo de pan de corteza dorada.

—¿De qué estuvieron hablando? ¿O fue algo demasiado complicado para que una simple mujer pueda entenderlo?

Su pulla arrancó una fugaz sonrisa a Max.

—La administración de Claiborne se encuentra bajo asedio. El gobernador intenta reunir toda la información posible antes de que sus enemigos acaben con él.

—¿Quiénes son sus enemigos? ¿Los criollos?

Max sacudió la cabeza.

—No, no se trata de los criollos. Son refugiados de Francia y Santo Domingo, y un pequeño pero muy ruidoso puñado de americanos. Entre los que figura Aaron Burr, quien en este preciso instante se encuentra en Natchez.

—¿El antiguo vicepresidente de Estados Unidos?

—Sí. Corren rumores de que Burr se ha embarcado en una misión de reconocimiento para reclutar hombres en una confabulación para hacerse con la posesión del territorio de Orleans.

—Eso tiene que haber puesto muy nervioso al gobernador.

Max se retrepó en su asiento y la observó sin dejar de sonreír.

—Lo cual es muy justificable. Claiborne es joven y carece de experiencia. A sus adversarios políticos les encantaría desacreditarlo y separar el territorio de la Unión.

—¿Es usted de los que desean que Luisiana alcance la condición de estado?

—Cuento con ello —replicó él—. Cuando los americanos se hicieron con el territorio hace dos años, juré lealtad a Claiborne. Desgraciadamente, los americanos no han hecho honor a su promesa de admitir a Luisiana en la Unión.

—Pero ¿por qué?

—Aseguran que nuestra población todavía no se encuentra preparada para obtener la ciudadanía.

—No veo por qué... —comenzó a decir Lysette, y se calló al sentir un súbito mareo. Cerró los ojos, y cuando los abrió, vio que Max la miraba fijamente.

—Está muy pálida —murmuró—. ¿Se siente mal?

Lysette sacudió la cabeza.

—Yo... estoy bastante cansada, monsieur. —Se apartó torpemente de la mesa—. Si me excusa, subiré a mi habitación.

—Por supuesto. —Él la ayudó con mucho cuidado, rodeándole el codo con su robusta mano—. Siento verme privado de una compañía tan encantadora durante la cena. Para ser una mujer, es capaz de llevar muy bien una conversación.

Lysette rió, y luego dirigió una sonrisa a aquellos oscuros ojos que la contemplaban con un destello de diversión.

—Ya replicaré a eso mañana, cuando me encuentre mejor.

Él le sostuvo la mirada por un instante, y luego su mano se apartó de bastante mala gana del brazo de Lysette.

—Que descanse bien —murmuró, y permaneció de pie mientras ella salía del comedor.

Lysette subió la escalera sintiendo que las piernas le pesaban como si se hubieran vuelto de plomo. Cuando entró en su habitación, se llevó la mano a la cara, sabiendo que algo no iba bien. Un sudor frío cubría su piel. Más transpiración corría entre sus pechos y debajo de su corpiño, y estaba impaciente por quitarse todas aquellas prendas que la oprimían.

Había un cuadrado de papel blanco en su cama, cuidadosamente colocado sobre la almohada. Lysette frunció el ceño con curiosidad y tomó el papel. Cuando vio de qué se trataba, su corazón dejó de latir.

—La carta —susurró, descubriendo de pronto que le costaba respirar. El sobre tembló en sus manos. Era su carta a Marie, sin abrir y sin entregar. Vallerand le había asegurado que la carta sería enviada. ¿Por qué había mentido? ¿Y cuál era su propósito al retenerla? ¡Oh, Dios, ella ya había sabido que no podía confiar en él!

Decidió que iría inmediatamente a hablar con Max. Entonces su cabeza palpitó con una súbita punzada de dolor, y sintió un dolor en la espalda desde lo alto de la columna vertebral hasta las caderas. Blanca de indignación, Lysette aferró la balaustrada con una mano resbaladiza y dio inicio al largo descenso. Cuando había bajado la mitad de los escalones, vio a Vallerand saliendo del comedor.

—Tiene algo que explicarme, monsieur —dijo, sintiendo la lengua extrañamente pastosa.

Él fue hacia la escalera.

—¿Qué es lo que he de explicarle, mademoiselle?

Lysette alzó la carta.

—¿Por qué me mintió? Mi carta a Marie... ¡se la ha quedado! Nunca tuvo ninguna intención de enviarla. —Sacudió la cabeza impacientemente para acallar el zumbido que resonaba en sus oídos—. No lo entiendo. —Vio que él empezaba a subir hacia ella y trató de retroceder escalera arriba. El estruendo que resonaba dentro de su cabeza le impedía pensar—. ¡No se acerque!

El rostro de Vallerand mostraba una tranquilidad inhumana.

—¿Cómo se ha hecho con ella?

—Eso no importa. Dígame por qué. ¡Ahora, maldito sea! Dígame... —La carta cayó de su mano enervada y terminó encima de un escalón—. Me voy. Prefiero estar con Sagesse a tener que soportar su presencia un solo minuto más.

—Se quedará —dijo él secamente—. Tengo planes para usted.

—Maldito sea —murmuró Lysette, sintiendo el humillante escozor de las lágrimas en los ojos—. ¿Qué es lo que quiere de mí? —Se llevó las manos a la cabeza en un esfuerzo por detener el palpitar que sentía dentro de ella. Si al menos cesara. Si al menos pudiera calmarse lo suficiente para pensar.

De pronto el rostro de Vallerand cambió.

—Lysette... —Extendió los brazos hacia ella para sujetar su forma bamboleante, y sus manos se cerraron alrededor de su cintura.

Ella trató de apartarlo.

—¡No me toque!

El duro brazo de Vallerand se deslizó alrededor de su espalda.

—Deje que la ayude a subir a la habitación.

—No...

Mientras se esforzaba por liberarse, sintió que se desplomaba encima de él. Su cabeza cayó débilmente sobre el hombro de Vallerand al tiempo que sus manos colgaban fláccidamente junto a sus costados.

—¿Max? —preguntó Irénée, que había salido del salón en cuanto oyó toda aquella agitación. Noeline la seguía—. ¿Hay algún problema? *Mon Dieu*, ¿qué ha pasado?

Vallerand ni siquiera la miró.

—Haz venir al médico —ordenó secamente, y alzó del suelo a Lysette, curvando los brazos por debajo de sus rodillas y su espalda. Cargó con ella como si no pesara nada, sin prestar atención a sus gemidos de protesta.

—Puedo andar —sollozó ella, tirando débilmente de sus manos—. Bájeme...

—Calla —dijo él con dulzura—. No te resistas.

El trayecto hasta su habitación sólo requirió unos segundos, pero a Lysette le pareció que duraba una eternidad. Su mejilla reposaba sobre el hombro de Vallerand, al tiempo que sus lágrimas iban mojando el firme lino de su camisa. Lysette tenía calor y sentía náuseas, y estaba espantosamente mareada. La única cosa sólida que había en el mundo era el duro pecho de Vallerand. De alguna manera, en su desdicha, olvidó lo mucho que lo despreciaba, y agradeció el sólido sustento de sus brazos.

Por un instante se sintió mejor, pero cuando Vallerand la puso en la cama, toda la habitación giró vertiginosamente a su alrededor. Era como si estuviera hundiéndose dentro de una oscuridad asfixiante. Manoteando a ciegas, extendió los brazos en un esfuerzo por salvarse. Una mano apartó delicadamente los cabellos de su frente que ardía.

—Ayúdeme —susurró Lysette.

—No pasa nada, *petite*. —La voz de Vallerand era suave y reconfortante—. Yo cuidaré de ti. No, no llores. Agárrate a mí.

Lysette continuó debatiéndose en un débil intento de escapar de la nube abrasadora que había descendido sobre ella. Trató de explicarle algo a Vallerand, y él pareció entender sus frenéticos balbuceos.

—Sí, lo sé —murmuró—. Estate quieta, *petite*.

Noeline, que los había seguido al interior de la habitación, miró por encima del hombro de Max y sacudió la cabeza con expresión sombría.

—Es la fiebre amarilla —dijo—. Cuando llega tan deprisa es terrible. He visto a algunos estar sanos un día y caerse muertos al siguiente. —Dirigió una mirada de conmiseración a la figura que sufría en la cama, como si un rápido fallecimiento fuese inevitable.

Max miró al ama de llaves con expresión hosca, pero se aseguró de que su voz siguiera siendo tranquila y pausada.

—Trae una jarra con agua fría, y un poco de esos polvos... ¿qué fue lo que les dimos a los gemelos cuando la tuvieron?

—Calomelanos y jalapa, monsieur.

—Bueno, pues date prisa —gruñó él, y Noeline se fue inmediatamente.

Max bajó la mirada hacia Lysette, quien estaba murmurando incoherencias. Le apartó suavemente las manos de la camisa y tomó sus dedos que ardían entre los suyos.

—Oh, demonios —masculló, presa de un miedo que no había vuelto a experimentar en años, desde que los gemelos habían sucumbido a aquella fiebre que podía ser mortal. Volvió a alisarle los cabellos, y una violenta maldición escapó de sus labios cuando notó lo mojados que estaban en las raíces.

Irénée estaba de pie detrás de él.

—Su muerte ciertamente frustrará tus planes, *mon fils* —dijo en voz baja.

Max no apartó la mirada de Lysette.

—No va a morir.

—La enfermedad ha llegado demasiado deprisa y con demasiada fuerza —murmuró Irénée—. La fiebre ya la hace delirar.

—No vuelvas a hablar de eso delante de Lysette —dijo él secamente—. Se pondrá bien. No voy a permitir que sea de otro modo.

—Pero Max, ella no puede entender...

—Puede oír lo que estamos diciendo. —Se incorporó y la miró fijamente—. Quítale la ropa y báñala con un paño frío. Cuando llegue el médico, dile que no debe hacer nada sin mi permiso. No quiero que la sangre.

Irénée asintió, acordándose de cómo casi habían perdido a Justin durante su combate con la fiebre, cuando lo habían sangrado demasiado.

Irénée y Noeline se turnaron junto a Lysette durante las primeras cuarenta y ocho horas. Irénée ya no se acordaba de todo el trabajo y la paciencia que requería cuidar a un enfermo de fiebre amarilla. La espalda le dolía a causa de las horas de inclinarse sobre la cama y pasar la esponja con agua fría por el cuerpo de Lysette. Los violentos accesos de vómito, el delirio y las pesadillas, el penetrante olor de los baños de vinagre que le daban: todo aquello era repelente y agotador.

Max se interesaba a menudo por el estado de la joven, pero el decoro le impedía entrar en la habitación. Aunque no se habló de ello, Max sospechaba que Justin había tenido algo que ver con la carta, porque conocía la inclinación a crear problemas que tenía su hijo. El muchacho iba por la casa como un espectro, rehuyendo a su padre y a su hermano.

En momentos como aquéllos, cuando los adultos se hallaban ocupados en otras cosas, normalmente los gemelos aprovechaban la oportunidad para saltarse las normas, faltando a las clases con su preceptor y saliendo de la casa para ir a ver a sus amigos o hacer travesuras en la ciudad. En aquella ocasión, sin embargo, se mostraban desusadamente tranquilos. Una tétrica neblina parecía haber descendido sobre la casa, el silencio interrumpido únicamente por los gritos incoherentes de Lysette durante los peores períodos del delirio.

Esta vez, cuando la familia de Lysette volvió a la casa de los Vallerand, se fue de allí sin abrigar ninguna duda de que era cierto que estaba extremadamente enferma. A Delphine se le permitió visitarla en su habitación, pero la joven no la reconoció. Gaspard se mostró muy abatido mientras se iban, porque estaba claro que Lysette tenía pocas probabilidades de sobrevivir a la fiebre.

En un arranque de melancolía, Justin comenzó a quejarse de la molestia que suponía tener en casa a una invitada enferma.

—Ojalá esto terminara de una vez, de la manera que sea —dijo con voz átona, mientras él y Philippe estaban sentados en la escalera—. No soporto que todo el mundo tenga que ir de puntillas, y los ruidos que ella hace, y que toda la casa apeste a vinagre.

—No durará mucho más —comentó Philippe—. Le oí decir a *grand-mère* que no vivirá otro día.

Se quedaron helados cuando oyeron un débil grito procedente del piso de arriba. De pronto su padre salió de la biblioteca y pasó junto a ellos sin decir palabra. Subió los escalones de dos en dos. Los gemelos se miraron, sorprendidos.

—¿Crees que ella le importa? —preguntó Philippe.

El joven rostro de Justin se endureció en una mueca de desprecio.

—Lo único que le importa es que ella no muera sin haberse aprovechado de ella.

—¿Qué quieres decir? —Sospechando que su hermano le ocultaba algo, Philippe lo agarró de la manga—. Justin, ¿qué es lo que tú sabes y yo ignoro?

Justin se liberó el brazo con brusquedad.

—No te lo diré. Lo único que harías sería intentar defenderlo a él.

Irénée trató en vano de calmar a la muchacha que se retorcía y no paraba de dar vueltas en el paroxismo del delirio.

—*Pauvre petite!* —exclamó.

Nada parecía ser capaz de tranquilizar a Lysette. Ni bebía ni descansaba, y ninguna medicina lograba permanecer dentro de su cuerpo el tiempo suficiente para que pudiera llegar a hacerle algún bien. Irénée se dejó caer cansadamente en la silla junto a la cama y contempló el inquieto debatirse de Lysette.

—No... no deje que él... Oh, por favor, por favor. —El hilo de voz subía y bajaba monótonamente.

Irénée comenzó a extender la mano hacia la esponja y la jofaina, con la intención de enfriar la fiebre con más agua. Dejó escapar un jadeo de sorpresa cuando su hijo apareció en la habitación oscurecida.

—¿Max? —exclamó—. ¿Qué haces? No deberías estar aquí. Lysette no está vestida.

—Me importa un comino.

Apartó de un manotazo los tenues pliegues del *baire* y se sentó en el borde de la cama. Su oscura cabeza se inclinó sobre el cuerpo de la joven que no paraba de retorcerse.

—Max, esto es indecente —protestó Irénée—. Debes irte.

Haciendo como si su madre no estuviera allí, Max apartó las sábanas enredadas del cuerpo sudoroso de Lysette. Su camisón humedecido por la transpiración se había vuelto transparente al pegarse a la piel, y no servía para ocultar su desnudez. El rostro de Max permaneció fruncido en una mueca de tensión mientras apartaba del rostro de Lysette sus cabellos enmarañados y la cogía en brazos. Toda la fuerza de su voluntad se hallaba centrada en la figura que no paraba de estremecerse mientras se acurrucaba contra su pecho.

—Chis —susurró sobre la sien de Lysette al tiempo que le rodeaba la cabeza con la mano—. Apóyate en mí y descansa. Sí. Calla, *petite*. Con eso sólo consigues agotarte.

La joven se aferró a él y murmuró incoherencias.

Max la incorporó sobre la cama y extendió la mano hacia la esponja mojada. Se la pasó por la cara y el pecho a Lysette, apretándola hasta que el agua fresca corrió en hilillos por su piel y empapó sus propias ropas.

—Estate quieta, Lysette. Deja que yo cuide de ti. Duerme. No corres ningún peligro, *ma chère*.

Pasado un rato, el contacto de sus manos y la dulzura con la que le hablaba tranquilizaron a la joven, que se relajó. Max cogió la taza de la mesilla de noche y la acercó a los labios de ella. Lysette se atragantó y trató de resistirse, pero él siguió insistiendo y no paró de persuadirla y apremiarla hasta que ella tragó un poco de la medicina.

Max volvió a acostarla delicadamente sobre el colchón y la cubrió con la sábana. Luego volvió la mirada hacia el rostro asombrado de su madre.

—Dile a Noeline que traiga sábanas limpias —dijo—. Puede ayudarme a cambiar la cama.

Irénée por fin encontró la voz que había perdido.

—Gracias por tu ayuda, Max. Ahora ya me ocuparé yo de ella.

Max cogió un peine de la mesilla de noche y empezó a pasarlo sobre la masa de enredos que enmarañaban los cabellos de Lysette.

—Estás agotada, *maman*. Ve a descansar un poco. Yo cuidaré de ella.

En un primer momento Irénée no supo cómo replicar a una proposición tan disparatada.

—¿Qué? Vaya sugerencia más ridícula. Sería faltar al decoro. Además, los hombres no saben cómo hay que cuidar a un enfermo. Eso es una ocupación de mujeres. Hay que hacer ciertas cosas que...

—El cuerpo de una mujer no es un misterio para mí. En cuanto a tratar la fiebre, cuidé de los gemelos cuando la tuvieron. ¿Recuerdas?

—A decir verdad, lo había olvidado —admitió Irénée—. Estuviste magnífico con los gemelos cuando enfermaron. Pero ellos eran tus hijos, y esta joven inocente...

—¿Piensas que voy a violarla? —preguntó Max con una sonrisa torcida—. Ni siquiera yo soy tan degenerado, *maman*.

—*Mon fils*, ¿por qué quieres asumir esta carga? —le preguntó ella con suspicacia.

—¿Y por qué no debería hacerlo? Me interesa mucho su bienestar. Ahora vete y descansa. Soy perfectamente capaz de cuidar de ella durante unas horas.

Irénée se levantó de mala gana.

—Le diré a Noeline que ocupe tu lugar.

Sin embargo, Max no permitió que Noeline o ninguna otra persona lo sustituyeran. Desde aquel momento, pasó cada minuto junto al lecho de Lysette, las mangas de su camisa enrolladas por encima de sus codos mientras se esforzaba por hacer bajar la intensa fiebre de la joven. Era incansable y asombrosamente paciente.

Irénée nunca había oído decir que ni siquiera un esposo hiciera tanto por una esposa. Todo aquello era inexplicable. Estaba consternada, pero no se le ocurría ninguna manera de interceder. Carecía de todo control sobre Max. Si sus hermanos hubieran estado en casa quizá se habrían ofrecido a obligarlo a salir de la habitación de la enferma, pero los días iban transcurriendo sin que llegaran y Max seguía en el dormitorio de la joven como si tuviera todo el derecho del mundo a permanecer allí.

Un lobo merodeaba por los sueños de Lysette, acechándola hasta que ella echó a correr y enseguida se desplomó. El lobo se acercó a ella, sus dientes relucían cuando se inclinó sobre su cuerpo tendido en el suelo, y de pronto comenzó a despedazarlo. Lysette gritó al sentir que todo su cuerpo estaba siendo desgarrado. Un instante después el lobo se había esfumado, ahuyentado por el sonido de una voz llena de dulzura.

—Estoy aquí..., todo va bien. Calla... Estoy aquí. Estoy aquí.

Lysette se sentía rodeada por un calor asfixiante que le abrasaba los pulmones. Con un grito de agonía, luchó por escapar a él. Sintió que una mano muy fresca le acariciaba la frente. Desesperada, quiso encontrar un poco más de consuelo.

—Por favor —dijo, y gimió de alivio cuando la caricia dadora de vida regresó y el frescor recorrió su cuerpo, aliviando aquel fuego insoportable.

Los ojos del lobo volvieron a observarla, reluciendo diabólicamente en la oscuridad. Lysette se apresuró a volverse, llena de pánico, y su cuerpo chocó con el duro pecho de un hombre y sus rígidos brazos.

—Ayúdame, por favor...

—Me has sido prometida en matrimonio —oyó que decía la voz de Étienne Sagesse, y alzó la mirada hacia su rostro para contemplarlo con horror. El deseo ardía en los ojos entornados de él, y sus labios relucían de humedad. Lysette se apartó y se encontró frente a frente con su padrastro.

El rostro de Gaspard estaba deformado por la rabia.

—¡Te casarás con él! —La golpeó y volvió a alzar la mano.

—*Maman!* —gritó ella al ver cerca a su madre, pero Jeanne se apresuró a retroceder al tiempo que sacudía la cabeza.

—Haz lo que dice tu *beau-père*. Tienes que obedecerlo.

—No puedo...

El duro borde de una taza fue apretado contra sus labios,

y Lysette se echó atrás al sentir un sabor amargo. La presencia detrás de sus hombros de un brazo duro como el acero no le permitió batirse en retirada.

—No —boqueó mientras su cabeza se inclinaba hacia atrás hasta encontrar un hombro que no cedió bajo su peso.

—No te me resistas, *petite*. Bébetelo todo. Buena chica... Vamos, sólo un poco más.

Abriendo la boca con un jadeo ahogado, Lysette obedeció la cariñosa invitación. Entonces vio la forma oscura de un hombre que se movía a través de una espesa niebla. Él la ayudaría... tenía que hacerlo. Lysette fue desesperadamente en pos de él, corriendo y corriendo hasta que una gran puerta de hierro le cortó el paso. Agarrándose a los barrotes, los sacudió con violencia.

—¡Espere! ¡Déjeme entrar! Espere...

El lobo había ido tras ella. Lysette podía sentir cómo se aproximaba. Su gruñido atravesó la noche neblinosa. Aterrada, Lysette tiró de la puerta, pero ésta se negó a abrirse. Unas fauces terribles se cerraron sobre su cuello.

—Calla. Estate quieta, tienes que descansar.

—No dejes que me haga daño...

—Estás a salvo en mis brazos, *ma chère*. Nada te hará daño.

Un paño mojado recorrió su espalda, sus piernas, su cuello y sus brazos. La taza volvió a ser alzada hacia sus labios.

—Otra vez —le ordenó suavemente aquella voz—. Otra vez.

Lysette se sometió mientras el lobo describía círculos sigilosos en torno a ella. Tomándola entre sus fauces, la arrastró hacia las sombras mientras ella le gritaba con voz aterrorizada que se detuviera... pero él se negaba a soltarla... nunca la dejaría marchar...

Lysette emergió de las capas de oscuridad, elevándose poco a poco con un penoso esfuerzo hasta que logró abrirse paso a través de la superficie de un profundo sopor carente de sueños. Estaba acostada sobre el estómago en una habitación iluminada por la tenue claridad ambarina de una lámpara en el rincón. Parpadeando, volvió la cabeza hacia la luz y apoyó la mejilla en el colchón. La cabeza, el cuerpo y los brazos le pesaban tanto como si se los hubieran lastrado con bolsas de arena. Largas caricias llenas de frescor empezaron a ir y venir lentamente por su espalda, y Lysette emitió un débil sonido de gratitud.

Una mano descendió sobre el lado de la cara que había vuelto hacia la luz y comprobó delicadamente la temperatura de su piel.

—Estás mucho mejor —dijo una voz familiar—. La fiebre ha remitido, gracias a Dios.

Lysette abrió los ojos con asombro al reconocer la voz.

—¿Monsieur Vallerand? —preguntó, todavía medio adormilada—. Oh, no. Es usted.

Un dejo de diversión se percibió en su dulce voz.

—Me temo que sí, *petite*.

—Pero..., pero... —No sabiendo qué decir, Lysette se hundió en un silencio perplejo. ¿Quién lo había dejado entrar en su habitación? Porque seguramente Vallerand no había cuidado de ella mientras estaba enferma. Fragmentos de recuerdos pasaron flotando por su cansado cerebro: la voz que rogaba e insistía, los fuertes brazos, las manos llenas de delicadeza que habían atendido sus más íntimas necesidades. No se lo podía creer.

Se dio cuenta de que estaba desnuda en la cama, con una delgada sábana bajada hasta las caderas y la espalda completamente al descubierto. Aquello rebasaba los límites de su entendimiento, y no supo cómo debía reaccionar.

—No estoy vestida —dijo con voz quejumbrosa.

Vallerand se inclinó sobre ella. Se había arremangado y el cuello abierto de su camisa revelaba la sorprendente abundancia de rizos negros que cubrían su pecho. Una oscura sombra de barba cubría su rostro bronceado, y estaba despeinado. Bajo sus ojos oscuros había unas profundas ojeras.

—Lo siento —le dijo, aunque la disculpa no sonó demasiado sincera—. Resultaba más fácil cuidar de ti de esta manera.

Lysette se puso tensa al sentir el contacto de su dedo en la curva caliente de su oreja.

—Tranquilízate —murmuró él—. No voy a abusar de una mujer en tu estado. —Hizo una pausa antes de añadir, con expresión impasible—: Esperaré hasta que te encuentres mejor.

Pese a lo consternada que estaba, Lysette no pudo evitar que una risita escapara de sus labios.

—¿Cuánto tiempo he estado enferma? —preguntó con voz pastosa.

—Casi tres semanas.

—Oh, *mon Dieu* —dijo ella, sintiendo que se le secaba la boca. Se volvió con un movimiento torpe y buscó las sábanas mientras se ruborizaba al darse cuenta de que tenía los pechos desnudos.

Vallerand no pareció reparar en aquella exhibición mientras la ayudaba a acomodarse. Le cubrió los pechos con la sábana y remetió ésta debajo de sus brazos. Lysette contempló con asombro su oscuro rostro mientras él ponía bien las almohadas detrás de ella con toda la habilidad de una experta enfermera.

Como si entendiera las necesidades de Lysette sin precisar que se las expresase, le llevó una taza a los labios y ella bebió con avidez, dejando que el agua fresca aliviara la sequedad de su boca y su garganta. Cuando Max apartó la taza, ella volvió a recostarse en las almohadas.

—No entiendo por qué su madre ha permitido que cuidara de mí —dijo con voz enronquecida.

—*Maman* no lo aprobaba —admitió Vallerand mientras ponía bien el cubrecama alrededor de ella—, pero estaba cansada de cuidarte, y yo me mostré muy terco. —Sonrió maliciosamente—. Y más tarde decidió con tristeza que, puesto que probablemente ibas a morir de todos modos, daba igual quién cuidara de ti.

Lysette asimiló aquellas palabras, convencida de que habría muerto sin los inagotables y pacientes cuidados de Max.

—Me ha salvado la vida —le dijo con un hilo de voz—. ¿Por qué?

La punta de un dedo se deslizó por su mejilla llena de pecas.

—Porque el mundo sería un lugar mucho más oscuro y aburrido sin ti, *ma chère*.

Inmóvil, Lysette lo miró ordenar los objetos que había sobre la mesilla de noche. Acordándose del día en que había caído enferma, cuando encontró la carta a Marie que no había llegado a ser enviada, recordó que tenía una buena razón para estar furiosa con él. Sin embargo, aquello podía esperar. Porque, dejando aparte las otras cosas que hubiese hecho, Vallerand había cuidado de ella, tenía que estarle agradecida por eso.

—Si mando que traigan algo de caldo, ¿probarás un poco? —le preguntó él.

Lysette torció el gesto sólo de pensarlo.

—No puedo. Lo siento, pero no.

—Sólo un poquito. —Estaba claro que Max seguiría insistiendo hasta que ella accediera.

Lysette frunció el ceño y suspiró.

—De acuerdo, pero muy poco.

Después de que hubiera llamado a Noeline y le pidiera una taza de caldo, Vallerand volvió a la cabecera de la cama. Lysette observó su pecho cubierto de vello y su rostro bronceado en el que apuntaba una barba incipiente.

—Es usted la enfermera más peluda que he visto jamás —dijo.

Él sonrió; sus dientes muy blancos brillaron en su rostro moreno.

—No puedes permitirte ser demasiado exigente al respecto —apuntó—. Hasta que te encuentres mejor, *petite*, tendrás que conformarte conmigo.

Cuando Lysette se hubo recuperado lo suficiente para desear un cambio de escenario, Max la llevó a la sala de la planta baja. Cuanto más fuerte se sentía, más la turbaba la intimidad que había empezado a surgir entre ellos.

Durante los últimos tres días había intentado interponer alguna distancia entre ambos. Ya no permitía que él la ayudara a bañarse o la peinara y le recogiese el cabello en un par de trenzas, y sólo a Noeline e Irénée les estaba permitido ayudarla a vestirse.

No obstante, mientras Max la tomaba en brazos y la llevaba a la sala, los traicioneros sentimientos de proximidad reaparecieron. Lysette casi podía permitirse olvidar que él la había traicionado y sin duda planeaba aprovecharse de ella todavía más de lo que ya lo había hecho.

Recordándose a sí misma que no podía permitirse ser tan estúpida como para volver a confiar en él, Lysette le dirigió una mirada suspicaz.

—¿Qué pasa? —preguntó él, acomodando el ligero peso de Lysette en sus brazos—. ¿No estás cómoda?

—No es eso —repuso ella sin dejar de rodearle el cuello con los brazos—. Sólo me preguntaba a qué clase de juego está jugando, monsieur.

Él la miró como si no entendiera a qué se refería.

—¿Juego?

Lysette puso los ojos en blanco ante aquella exhibición de pretendida inocencia.

—El juego del que he pasado a ser un peón. El que está jugando con Étienne Sagesse. Está claro que no tiene intención de permitirme recurrir a mi prima en busca de refugio. Quería mantenerme aquí, y lo ha conseguido. Ahora cuénteme cuál es su plan.

—No hablaremos de eso hasta que te encuentres mejor —masculló él.

—El que lo admita no cambiará nada —dijo ella—. Ya he deducido qué es lo que quiere, y cómo piensa obtenerlo.

—¿Sí? —Un intenso destello iluminó los ojos de Max—. Cuéntame qué es lo que crees que quiero.

Antes de que Lysette pudiera responder, él la sentó en el sofá y Noeline se acercó para ponerle una manta de viaje sobre las rodillas.

Lysette sintió un doloroso tirón en el cuero cabelludo. Unos cuantos mechones de pelo se le habían quedado enredados en uno de los botones de la chaqueta de Vallerand. Reparando en lo ocurrido, éste y Lysette extendieron la mano al mismo tiempo. Sus dedos se encontraron, y ella retrocedió, confusa.

El cálido roce del aliento de él en su mejilla desencadenó

un torrente de sensaciones que la aturdieron. Con una lentitud más onírica que real, Lysette dejó caer las manos mientras el corazón le retumbaba dentro del pecho. Vallerand liberó con mucho cuidado la diminuta hebra de cabellos, desmantelando el vínculo suave como la seda que los había mantenido unidos. El olor de él flotó hasta la nariz de Lysette: su masculinidad la embriagaba y le provocaba el deseo de besarlo. La respuesta que Vallerand suscitaba en ella era tan carnal y profunda que se apresuró a apartarse de él, asombrada de sí misma.

Vallerand siguió inclinado sobre ella, con un brazo apoyado en el respaldo del sofá de madera de palisandro y el otro inmóvil cerca de la cadera de Lysette.

—No me tengas miedo —dijo, interpretando equivocadamente la naturaleza de la alarma que reflejaba la mirada de ella.

—¿Tenerle miedo? —susurró ella, cada vez más confusa—. Es el último hombre en el mundo del que tendría miedo.

Sus palabras parecieron estremecerlo. Su respiración se volvió más rápida, y la miró como si no se atreviera a dar crédito a lo que acababa de oír.

Irénée entró en la habitación y su voz rompió el silencio que los mantenía hechizados.

—¿Qué tal te encuentras esta mañana, Lysette?

La peculiar expresión de Max se desvaneció.

—Estupendamente —respondió él en un tono bastante seco mientras iba hacia la puerta—. Estaré en la biblioteca.

Irénée lo siguió con la mirada mientras se iba y sacudió la cabeza.

—Se comporta de una manera muy rara últimamente.

Lysette suspiró, al tiempo que pensaba que su enfermedad sólo había supuesto una escapatoria temporal de cualesquiera que fuesen los planes urdidos por Maximilien.

—Madame —dijo, hablando muy despacio—, usted ciertamente tiene que saber que monsieur Vallerand nunca llegó a enviar la carta a mi prima Marie.

Irénée frunció el ceño.

—Lysette, deberíamos esperar a que hayas recuperado un poco más las fuerzas antes de discutir...

—Monsieur Vallerand planeaba deshonrarme, ¿verdad? —Lysette cruzó las manos sobre su regazo—. Bueno, llevo aquí el tiempo suficiente para que mi reputación haya quedado hecha pedazos, a pesar de vuestra presencia. Supongo que ahora nadie creerá que he podido permanecer durante tanto tiempo bajo el techo de Maximilien Vallerand con mi honor intacto. ¿Exigirá Sagesse un duelo ahora? Así es como reaccionaría cualquier criollo, *n'est-ce pas?* Obviamente, todo ha salido según los deseos de vuestro hijo.

Irénée guardó silencio durante un buen rato.

—Lysette —dijo finalmente—, todavía no es demasiado tarde para devolverte a Sagesse. Si es eso lo que deseas, me aseguraré de que se haga.

Lysette sacudió la cabeza.

—Santo Dios, no. Antes preferiría hacer la calle que volver a su lado.

La anciana quedó claramente sorprendida por la franqueza con que había hablado Lysette. La aparición de Noeline en la entrada le ahorró tener que replicar.

—Madame —dijo el ama de llaves, alzando los ojos hacia el techo—, es monsieur Medart: quiere llevarse consigo a mademoiselle Lysette.

4

Lysette maldijo su debilidad física en cuanto vio que su padrastro y *tante* Delphine entraban en la habitación. El impulso de salir corriendo era incontrolable, pero sabía que no conseguiría alejarse ni cinco metros antes de caer desplomada.

—Lysette —dijo Gaspard, tranquilamente y con una sonrisa en los labios. En sus ojos, sin embargo, había una expresión de odio. El matrimonio de su hijastra con Étienne Sagesse era lo único que se interponía entre él y la ruina financiera, y Lysette casi había conseguido sabotear sus planes—. Tienes mucha suerte, insensata. Sagesse todavía quiere casarse contigo, a pesar de lo que ha ocurrido. El matrimonio tendrá lugar según lo planeado. Ahora que ya estás mejor, vendrás conmigo.

—El matrimonio nunca tendrá lugar —dijo Lysette—. Pensaba que a estas alturas ya te habría quedado claro.

—¡Lysette! —exclamó *tante* Delphine, precipitándose hacia ella en una exhibición de afecto maternal—. Hemos venido a cuidar de ti. Ciertamente no querrás seguir siendo una carga para estos desconocidos. Confiaba en que fueras más considerada. —Le acarició un lado de la cara con su mano regordeta y la arrebujó en la manta de viaje.

Con una súbita punzada de culpabilidad, Lysette comprendió que Delphine tenía razón en parte. Porque lo cierto era que ella había constituido una carga para los Vallerand. Además, no deseaba ser el instrumento involuntario de la destrucción de Maximilien Vallerand. Si el resultado de todo aquello era un duelo, había una posibilidad de que Sagesse consiguiera herirlo o incluso matarlo. De alguna manera, la mera idea era demasiado horrible para concebirla siquiera.

—Lysette —dijo Irénée, asombrándolos a todos con la simpatía que había en su voz—, tal vez deberías ir con ellos. Podría ser el plan más sensato.

—Sí, lo es —apuntó Gaspard, al tiempo que su grueso rostro perdía la expresión amenazadora de antes—. Me complace que sea tan juiciosa, madame Vallerand.

—Debemos pensar en el bienestar de Lysette —replicó Irénée cautelosamente.

—Está claro que madame Vallerand reconoce lo poco apropiada que resulta tu presencia bajo su techo —la interrumpió Gaspard, extendiendo las manos hacia su hijastra—. *Allons*, Lysette. Esperando fuera hay un carruaje, el más espléndido que hayas visto jamás. Los Sagesse han pensado en todas tus necesidades. —La levantó del sofá sin ninguna dificultad, ahogando su resistencia con sus gruesos brazos. Atrapada en aquella presa aplastante, Lysette no podía moverse ni respirar—. Vas a pagar por todos los problemas que me has causado —le dijo Gaspard con la boca junto a su oreja, rociándole la piel con una neblina de saliva caliente.

Abrumada por la desesperación, Lysette lo empujó.

—Max —chilló, preguntándose frenéticamente por qué no estaba allí. ¿Sería que nadie le había comunicado la llegada de su tía y su padrastro?—. Max...

Sintió que el mundo parecía tambalearse de repente, y oyó un extraño gruñido ahogado que sin duda no provenía de Gaspard. Una fuerza invisible la elevó alejándola de la brutal sujeción de su padrastro, y la inercia la incrustó contra el sólido pecho de Vallerand. Lysette se aferró de inmediato a él, pasando los brazos alrededor de aquel cuello que tan familiar le resultaba. Enterró el rostro en su garganta.

—Va a llevarme con Sagesse —jadeó—. No permita que lo haga, no...

—No vas a ir a ninguna parte —la interrumpió Vallerand bruscamente—. Cálmate, Lysette. No te conviene excitarte.

Su posesividad hizo que Lysette se sintiera extrañamente mareada. En lo que concernía a Vallerand, ella era suya, y nadie iba a arrebatársela.

La sentó delicadamente en un sillón y luego se incorporó para clavar la mirada en Gaspard.

—No vuelva a tocarla —murmuró. Aunque había hablado en un tono muy bajo, su voz contenía una nota que a Lysette le heló la sangre—. Si osa tocarle un cabello siquiera, lo haré pedazos.

—¡Es mía! —estalló Gaspard, mirándolos a ambos con incrédula furia.

Lysette le devolvió la mirada con fría satisfacción. Max iba a ponerse de su parte en la disputa, porque convenía a su propósito mantenerla allí. Ella dejaría que hiciera frente a la situación como le apeteciese. El que su reputación hubiera quedado arruinada, o el hecho de que Max estuviera utilizándola, le daban absolutamente igual. Lo único que importaba era que no tendría que casarse con Étienne Sagesse.

Gaspard le habló directamente.

—Sagesse ha dicho que si no le has sido devuelta para esta tarde, ya no querrá tener nada que ver contigo. ¡Te considerará mancillada! ¿Lo entiendes, estúpida? Nadie te querrá. Ya no me servirás de nada, porque ningún hombre decente pedirá jamás tu mano en matrimonio. No sólo habrás manchado tu propio apellido, sino también el honor de Sagesse, y eso es exactamente lo que tiene intención de que suceda monsieur Vallerand. Para él sólo eres una excusa que le permitirá dar por terminada una enemistad que se inició hace años. Una vez que eso esté hecho, no tendrás ninguna esperanza de nada remotamente parecido a la vida que habrías podido llevar siendo la esposa de un Sagesse. Sálvate, Lysette. ¡Ven conmigo ahora y pon punto final a toda esta locura!

De pronto Lysette se sintió agotada. Sus labios se curvaron en una sonrisa llena de amargura cuando le habló a Max.

—Monsieur Vallerand, todo lo que él dice es cierto, *n'est-ce pas?*

Él permaneció de espaldas a ella.

—Sí —se limitó a decir.

Lysette recibió la admisión sin ninguna sorpresa.

—¿Qué pensaba hacer conmigo en cuanto su juego hubiera llegado a su fin?

—Compensarte apropiadamente por la oportunidad que me habías ofrecido —respondió él, sin ninguna traza visible de vergüenza—. Correré con tu sustento de la manera que estimes más adecuada. Descubrirás que mi gratitud por la ocasión de batirme en duelo con Sagesse será ilimitada.

Lysette no pudo evitar sonreír maliciosamente ante tal arrogancia.

—¿Qué ha hecho él para ganarse semejante enemistad por su parte, monsieur?

Vallerand no replicó.

Lysette consideró sus opciones.

—Estoy harta de que se me explote —dijo sin dirigirse a nadie en particular. Su mirada se posó en su padrastro—. *Beau-père*, me temo que tendrá que volver a la hacienda de Sagesse sin mí. Ahora que ya no valgo nada en el mercado matrimonial, quizás encontrará alguna otra forma de obtener dinero. En cuanto a usted, monsieur Vallerand... espero que disfrute de su duelo con monsieur Sagesse. Felicidades: ya tiene lo que quería.

—Pero ¿qué vas a hacer tú, Lysette? —preguntó Irénée, mirándola con el rostro ensombrecido por la preocupación.

—Tan pronto como me encuentre en condiciones de ir allí, me gustaría que me llevaran al convento de las ursulinas. Aunque no tengo ninguna intención de convertirme en monja, estoy segura de que ellas me darán cobijo hasta que decida qué hacer. Sospecho que podré encontrar trabajo como institutriz, o tal vez dando clases en alguna parte. —Extendió una mano hacia Noeline, quien había observado todo el episodio desde la entrada—. Ayúdame a ir al piso de arriba, por favor —le pidió con tranquila dignidad.

Lysette todavía tenía el pelo mojado después de un concienzudo lavado durante el baño. Noeline fue separando cuidadosamene los enredos y comenzó a peinarle los rizos, mientras Irénée permanecía sentada cerca y miraba por la ventana. El sol del atardecer brillaba sobre los robles que crecían a lo largo del camino de acceso y se filtraba hasta el suelo empapado que había debajo. Irénée contempló cómo Max se alejaba de la casa montado en su negro pura sangre. Cuando estuvo segura de que no había ninguna posibilidad de que regresara, Irénée se volvió hacia Lysette y comenzó a hablarle en voz baja:

—Tienes derecho a saber, Lysette, lo que ocurrió entre Max y Étienne Sagesse. Eso te ayudará a entender mejor a mi hijo, y quizás incluso a perdonarlo un poco. Él no es ni la mitad de malvado y egoísta de lo que parece. Cuando era más joven, Max dejó pequeñas todas las esperanzas que su padre y yo teníamos puestas en él. Tenía mucho temperamento, desde luego, y solía portarse mal, pero también era bueno y cariñoso, y estaba lleno de encanto. Prácticamente todas las mujeres de Nueva Orleans, jóvenes o viejas, matronas o doncellas, estaban enamoradas de él. Y una mujer, *naturellement*, fue su perdición.

»Corinne Quérand era la hija de una familia muy respetable de Nueva Orleans. Max tenía tu edad cuando se casó con ella. Era tan joven que no pudo ver a la verdadera mujer tras la hermosa fachada. El primer año de su matrimonio Corinne lo hizo padre de los gemelos, y él se puso contentísimo. Parecía que iban a ser muy felices juntos, pero entonces... —Irénée hizo una pausa y sacudió la cabeza con expresión de pena.

—¿Qué pasó? —quiso saber Lysette.

—Corinne cambió. O quizá permitió que su verdadera naturaleza saliera a la luz. La hermosa máscara cayó, y empezó a dejar a un lado el sentido de la dignidad y las normas morales como si fuesen vestidos que se había hartado de llevar. Corinne no sentía ningún interés por sus hijos. Quería hacerle daño a Max, *alors*, se buscó un amante. Me parece, Lysette, que podrás adivinar quién fue ese amante.

Lysette tragó saliva penosamente.

—¿Étienne Sagesse?

—*Oui, c'était lui.* Corinne alardeó ante Maximilien de la

indiscreción que había cometido con Étienne. Sabía que Max todavía la amaba, y eso fue lo que la indujo a ser tan cruel... *Mon Dieu*, mi hijo sufrió como ninguna madre querría ver sufrir jamás a un hijo suyo. Él deseaba ir a ver a Étienne y retarlo en duelo, pero su orgullo no le permitía admitir ante el mundo que su esposa le había sido infiel.

Noeline le recogió los cabellos sobre la nuca a Lysette y fue a darle un pañuelo a Irénée.

—*Merci*, Noeline —dijo Irénée mientras se secaba los ojos humedecidos por el llanto—. Cualquiera hubiese podido entender por qué tenía que terminar ocurriendo lo que ocurrió. Corinne había utilizado lo que Max sentía por ella para torturarlo, hasta que finalmente llegó un momento en que él perdió los estribos. Estuvo plenamente justificado, ¿verdad, Noeline?

—*Oui*, madame.

—¿Qué sucedió? —preguntó Lysette, aunque ya lo sabía.

Fue Noeline la que replicó.

—Encontraron a madame Corinne en la vivienda vacía del encargado de la propiedad, allá en los bosques. La habían estrangulado.

—Max afirmó haberla hallado así —dijo Irénée—. Insistió en que él no la había matado, pero no contaba con ninguna coartada. Las autoridades consideraron las circunstancias y optaron por mostrarse indulgentes. A veces se las puede persuadir de que miren para otro lado, especialmente en el caso de una esposa infiel. El duelo con Étienne nunca llegó a tener lugar. Max continuó insistiendo en su inocencia, pero nadie daba crédito a sus afirmaciones. Sus amistades no supieron serle leales, y Max se quedó solo con su pena. Yo estaba segura de que pasado un tiempo se recuperaría y volvería a ser el de antes. Pero la amargura lo consumió. Se volvió incapaz de expresar afecto, de confiar en nadie, de permitirse a sí mismo sentir interés por nadie excepto sus hijos.

—Madame, ¿cree en su inocencia? —preguntó Lysette.

El silencio de Irénée se prolongó hasta hacerse insoportable.

—Soy su madre —respondió finalmente.

Lysette frunció el ceño, pensando que aquello no sonaba del todo como un sí.

—¿Tal vez había alguien más que tenía una razón para matarla?

—Nadie más —dijo Irénée con una terrible certidumbre.

Lysette trató de imaginar a Maximilien Vallerand poniendo sus poderosas manos alrededor del cuello de una mujer para estrangularla hasta arrebatarle la vida. Descubrió que le resultaba imposible conciliar aquella imagen con su conocimiento del hombre que la había cuidado cuando estaba enferma. Podía aceptar que Vallerand era implacable, eso por no mencionar su capacidad para manipular a los demás. Pero ¿un asesino? Lysette no habría sabido explicar por qué, pero lo cierto era que no conseguía llegar a creerlo.

—Hay que compadecer a Max —dijo Irénée—. Ahora entiendes por qué te vio como el medio para obligar a Étienne a librar un duelo. Lo considera su oportunidad para vengar el pasado. No me cabe duda de que matará a Étienne. Entonces quizá por fin será capaz de olvidar toda la tragedia.

—O —murmuró Lysette— su hijo simplemente tendrá más sangre en sus manos.

Irénée no pudo evitar sentirse agradecida por el gran número de visitas que recibió el jueves. Todas sus amistades y parientes del sexo femenino acudieron a la casa de los Vallerand sin importarles la distancia que tuvieran que recorrer, en busca de información sobre la habladuría más apasionante de los últimos años. La controversia se había extendido hasta el último rincón de Nueva Orleans. Era obvio que no tardaría en haber un duelo. Todos sabían que Maximilien Vallerand prácticamente acababa de quitarle la prometida de las manos a Étienne Sagesse y había arruinado la reputación de la joven al hacerlo.

—Los rumores que corren no son ciertos —dijo Irénée plácidamente, reinando igual que una emperatriz sobre las visitas reunidas en su salón mientras iba repartiendo platos llenos de repostería y *langues de chat*, unos diminutos pastelillos que se disolvían en la lengua—. Me pregunto cómo alguien ha podido llegar a creer que mi hijo sería capaz de atentar contra la virtud de una joven que vive bajo mi techo. ¡Lysette no sólo me tenía aquí para que le hiciese de carabina, sino que además ella había enfermado de las fiebres! ¡Yo misma la cuidé durante su enfermedad!

Cuatro cabezas grises envueltas en tocas de encajes asintieron al unísono. Claire y Nicole Laloux, Marie-Thérèse Robert y Fleurette Grenet eran sus mejores amigas, e Irénée siempre había podido contar con su apoyo por muy terribles que fueran las circunstancias. Incluso en los oscuros días del asesinato de Corinne Quérand, no habían dejado de visitarla y nunca se les había pasado por la cabeza la idea de retirarle su amistad. Irénée era buena y generosa, y todos sabían que no había dama más refinada que ella. Su hijo, en cambio...

Aun así, la mayoría de los criollos toleraban a Maximilien. Los Vallerand llevaban décadas siendo una de las familias más insignes de Nueva Orleans. A pesar de su vergonzoso pasado, Maximilien siempre era invitado a todos los grandes acontecimientos sociales del año... pero no a las pequeñas reuniones familiares de carácter más íntimo, donde se formaban y se fortalecían las relaciones verdaderamente importantes.

—Todas sabemos que tú nunca habrías permitido que tu hijo se comportase indebidamente, Irénée —dijo Catherine Gautier, una joven matrona que también mantenía buenas relaciones de amistad con algunas de las jóvenes de la familia—. Pero aun así, la reputación de la pobre chica ha quedado arruinada de todas maneras. Porque ha pasado más de dos semanas bajo el mismo techo que Maximilien, quien no cabe duda es el caballero de mayor... renombre de la ciudad. Nadie culpa a Étienne Sagesse porque ahora ya no quiera tenerla por esposa.

Todas murmuraron su acuerdo, extendieron sus tazas para que se las volvieran a llenar con más café, se terminaron las últimas migajas de pastel y empezaron a atacar un nuevo plato.

—Por supuesto que ahora habrá un duelo —dijo Marie-Therese—. Es el único recurso que le queda a Sagesse. De otra manera su honor quedaría manchado para siempre.

—Sí, eso todo el mundo lo sabe —dijo Fleurette al tiempo que se limpiaba delicadamente las comisuras de los labios con una servilleta. Luego asumió una expresión de interés objetivo—. Irénée, ¿qué fue lo que hizo Maximilien para que esa joven decidiera quedarse aquí en vez de volver con Sagesse?

—No hizo absolutamente nada —dijo Irénée decorosamente.

La mirada que intercambiaron Claire y Fleurette dejaba muy claro que ambas sabían que no había sido así. Era obvio que la joven había sido seducida. O eso o amenazada con hacerla objeto de alguna clase de violencia. ¡Maximilien era tan malvado!

Natural de Virginia, William Charles Coles Claiborne sólo tenía veintiocho años cuando el presidente Jefferson lo nombró el primer gobernador americano del territorio de Orleans. Aunque los criollos no habían dejado de oponérsele en ningún momento, era una coalición de refugiados franceses y americanos hambrientos de dinero la que representaba la mayor amenaza para la administración Claiborne.

Entre aquellos a los que Claiborne consideraba muy juiciosamente como un peligro figuraban Edward Livingston, un neoyorquino que había ido a Nueva Orleans para enriquecerse, y el general Wilkinson, quien mandaba el ejército y acababa de ser nombrado gobernador del territorio de la Luisiana Superior. Ambos hombres se habían aliado en mayor o menor grado con Aaron Burr, quien los animaba a que hicieran todo lo posible para solivantar a los residentes más poderosos del territorio.

Max tenía serias dudas acerca de la capacidad de Claiborne para capear la tormenta que iba cobrando forma. Aunque inteligente y decidido, Claiborne todavía lloraba la pérdida de su esposa y su única hija debido a la fiebre amarilla el año anterior. La prensa lo atacaba implacablemente, afirmando que era un réprobo y un jugador, y que había tratado cruelmente a su esposa antes de su muerte. Peor aún, la atención de Claiborne se veía apartada frecuentemente del problema que representaba Burr por la presencia de los cada vez más numerosos piratas que infestaban la bahía de Barataria y los pantanos al sur de Nueva Orleans.

—El problema —le dijo Claiborne con expresión abatida a Max mientras estaban sentados en grandes sillones de caoba y hablaban de los últimos acontecimientos que habían tenido lugar en la ciudad— es que los bandidos conocen los pantanos mejor que mi propia fuerza de policía, y están mucho mejor organizados y avituallados. El presidente Jefferson ha prometido enviar unas cuantas cañoneras para que nos ayuden a combatir a los piratas, pero me temo que no estarán en muy buenas condiciones. Y además sospecho que tampoco habrá un gran número de hombres alistados entre los que escoger.

Max esbozó una sonrisa maliciosa.

—Me permite observar que la mayoría de los criollos no se mostrarán a favor de que se adopten fuertes medidas contra la piratería. Los comerciantes locales pondrán el grito en el cielo si elimina su acceso a la mercancía exenta de tasas. Las fortunas de muchas familias respetables se han basado en el contrabando. Aquí no siempre se lo considera como una vocación deshonrosa.

—¡Oh! ¿Y a qué familias respetables se está refiriendo?

La pregunta, formulada en un tono cargado de suspicacia, hubiera intimidado a muchos hombres. Max se limitó a reír.

—Me sorprendería que mi propio padre no hubiera contribuido a la causa de los piratas —admitió.

Claiborne lo miró fijamente, atónito ante el atrevimiento de aquella revelación.

—¿Y del lado de quién están sus simpatías en este asunto, Vallerand?

—Si me está preguntando si tengo algo que ver con el contrabando o no, la respuesta es... —Max hizo una pausa, dio una calada a su delgado puro negro y exhaló un delgado torrente de humo—. Por el momento no.

La insolencia que podía llegar a mostrar aquel hombre hizo que Claiborne dudara entre el enfado y la diversión. Finalmente ganó ésta y soltó una risita.

—A veces me pregunto, Vallerand, si debería contar con usted como amigo o enemigo.

—Si yo fuera su enemigo, señor, no tendría usted ningún motivo de duda.

—Hablemos por un momento de vuestros enemigos. ¿Qué es eso que me han contado mis asistentes acerca de la rivalidad existente entre usted y Étienne Sagesse a causa de una mujer? ¿Y esa ridiculez de que va a haber un duelo? Meramente un rumor, espero.

—Todo es cierto.

La sorpresa apareció en el rostro del gobernador.

—¿Va a ser tan irreflexivo como para librar un duelo a causa de una mujer? ¿Un hombre de su madurez?

Max arqueó una ceja.

—Tengo treinta y cinco años, monsieur, así que difícilmente puede considerarse que ya haya alcanzado esa edad en la que se empieza a chochear.

—Desde luego, pero... —Claiborne sacudió la cabeza, consternado—. Aunque no hace mucho que le conozco, Vallerand, le considero un hombre sensato, no un joven de sangre ardiente capaz de sacrificarlo todo dejándose arrastrar por los celos y la rabia. ¿Batirse en duelo por una mujer? Le creía por encima de semejante conducta.

Una tenue sombra de diversión vibró en los labios de Max.

—Soy criollo. Dios mediante, nunca estaré por encima de semejante conducta.

—Desespero de poder entender jamás a los criollos —dijo Claiborne arrugando la frente. Estaba pensando en su cuñado, quien había muerto recientemente en un duelo mientras defendía la memoria de su hermana—. Con sus mujeres, y todos esos duelos, y los temperamentos tan apasionados que tienen...

—Descubrirá, gobernador, que los duelos son un aspecto

inevitable de la vida en Nueva Orleans. Puede que algún día encuentre necesario defender su propio honor de ese modo.

—¡Nunca!

Como todos los americanos que vivían en Nueva Orleans, Claiborne no entendía la inclinación de los criollos a librar duelos por lo que parecían ser naderías. Los sables eran el arma preferida, y el arte de la esgrima era enseñado por un floreciente grupo de academias. El jardín detrás de la catedral había absorbido la sangre de muchos galantes caballeros que habían sacrificado sus vidas sólo para vengar lo que ellos imaginaban que era una afrenta. A veces una sola palabra equivocada o la más leve infracción de la etiqueta bastaban para causar un desafío.

—Por Dios, hombre —continuó Claiborne—, ¿cómo puede involucrarse en algo semejante, cuando todavía podría serme de utilidad? Sabe que debo evitar a toda costa ganarme la enemistad de la población de esta ciudad, y si el odio que los criollos sienten hacia mí crece un poco más...

—Los criollos no le odian —lo interrumpió Max como si tal cosa.

—¿No me odian? —Oírle decir eso pareció apaciguar un poco a Claiborne.

—En general, usted les es indiferente. Es a sus compatriotas a quienes odian.

—Maldición, eso ya lo sé. —El gobernador lo miró con expresión sombría—. No me será usted de mucha ayuda si Sagesse sale vencedor del duelo.

Max medio sonrió.

—Eso es bastante improbable. No obstante, si no consigo alzarme con la victoria contra Sagesse, mi ausencia no supondrá una pérdida tan grande como usted cree.

—¡Y un cuerno! En estos momentos el coronel Burr está en Natchez, planeando provocar la revuelta en Luisiana y sembrar el caos en sólo Dios sabe qué otras regiones del continente. Dentro de unas semanas estará aquí buscando partidarios. Para entonces lo más probable es que usted se encuentre enterrado al pie de un árbol en lugar de estar procurando verificar los informes que estoy recibiendo. Y si Burr se sale con la suya, su propiedad será confiscada, las riquezas de su familia le serán arrebatadas, y su deseo de ver cómo Luisiana alcanza la categoría de estado nunca llegará a hacerse realidad.

Un destello de malicia brilló en los ojos castaños de Max.

—Sí, caerán sobre el territorio como una bandada de buitres. Nadie puede igualar a los americanos en lo que concierne al saqueo y el pillaje.

Claiborne hizo como si no hubiera oído su observación.

—Vallerand, el duelo no puede ser realmente imprescindible.

—Hace diez años que lo es.

—¿Diez años? ¿Por qué?

—Tengo que irme. Estoy seguro de que encontrará a alguien dispuesto a ayudarle —dijo Max, levantándose y tendiéndole la mano para darle el breve apretón propio de los comerciantes que los americanos parecían preferir a la costumbre criolla de besar ambas mejillas. Los anglosajones eran realmente muy raros; siempre tan solitarios, quisquillosos e hipócritas.

—¿Por qué tiene que irse? —inquirió Claiborne—. Hay otras cosas de las que quiero hablar con usted.

—A estas alturas la nueva de mi presencia aquí ya habrá circulado. Estoy esperando recibir un desafío en el escalón de su puerta. —Max le hizo una leve y burlona reverencia—. A su servicio, como siempre, gobernador.

—¿Y si mañana está usted muerto?

Max le dirigió una sonrisa saturnina.

—Si necesita consejo desde el otro mundo, me complacerá poder proporcionárselo.

Claiborne rió.

—¿Está amenazando con acosarme desde el más allá?

—No sería usted el primero que se tropieza con el fantasma de un Vallerand —le aseguró Max; volvió a ponerse en la cabeza el sombrero de ala ancha típico de los plantadores y se marchó tranquilamente.

Cuando llegó a la entrada principal del viejo palacio del gobernador, vio que un grupo de hombres venía hacia él. La atmósfera estaba cargada de excitación, porque los criollos habían sido arrancados de su plácida rutina por la perspectiva de un duelo en el que participaría Vallerand.

—¿Puedo ayudarles en algo, caballeros? —preguntó Max sin inmutarse.

Uno de ellos avanzó, respirando rápidamente y con la mirada fija en el moreno rostro de Max. En un súbito movimiento convulsivo, le golpeó la mejilla con un guante.

—Le reto a duelo en nombre de Étienne Gerard Sagesse —dijo.

Max sonrió de un modo que hizo que todos los hombres presentes sintieran que un escalofrío les recorría la espalda.

—Acepto el reto.

—¿Nombrará un padrino para acordar los detalles del encuentro?

—Jacques Clement será mi padrino. Haced los arreglos necesarios con él.

Clement era un hábil negociador que en dos ocasiones había podido zanjar una disputa sin que los aceros hubieran llegado a cruzarse. Esta vez, sin embargo, Max le había dejado muy claro que no habría necesidad de llevar a cabo ninguna negociación. El duelo sería librado a muerte, con sables, en las orillas del lago Pontchartrain.

—¿Y el médico? —preguntó el padrino—. ¿A quién escogerá...?

—Vos lo nombraréis —replicó Max con indiferencia, porque lo único que le importaba era el hecho de que por fin tenía su venganza al alcance de la mano.

Después de oír los rumores que corrían por la ciudad, Justin y Philippe recorrían la casa descalzos, librando duelos con bastones y escobas y tirando al suelo los objetos domésticos cuando tropezaban con mesas, cómodas y estantes. Ninguno de los dos abrigaba la menor duda de que su famoso y temible padre vencería a Étienne Sagesse. Ya habían alardeado ante sus amigos de que Maximilien había demostrado no tener igual, tanto si las armas eran las pistolas como las espadas.

Irénée había ido a su habitación, donde rezaba febrilmente para que a su hijo no le ocurriese nada al día siguiente, y pedía al cielo que fuese perdonado por ser tan implacable y sentir aquel horrible deseo de venganza. Lysette estaba sentada en el salón, perpleja y llena de tensión mientras intentaba convencerse de que le daba igual lo que le ocurriera a Maximilien Vallerand. Volvió la cabeza hacia la ventana para contemplar el cielo caliginoso que brillaba con un rielar opalescente. En Nueva Orleans, la humedad que flotaba en el aire nunca llegaba a ser consumida del todo por el sol, y eso daba lugar a los crepúsculos más hermosos que Lysette había visto nunca.

¿Dónde estaría Maximilien ahora? Había aparecido durante la tarde, y luego se había ido sin cenar. Noeline había dado a entender maliciosamente que iba a visitar a su amante. La idea hizo que una emoción inesperada se derramara dentro del pecho de Lysette. Se dijo que le daba igual que él tuviera un centenar de mujeres, pero las palabras le sonaron a falso.

Por mucho que lo intentara, no conseguía evitar que su imaginación se obstinara en ver a Max con su amante en aquel preciso instante. ¿Qué le diría un hombre a una mujer cuando sabía que podía morir al día siguiente? Lysette entornó los ojos mientras imaginaba a una mujer de rostro irresistible llevando a Max a su lecho, sus esbeltas caderas meciéndose en un movimiento invitador y su mano en la de él. Y Max bajaba la vista hacia ella con una sonrisa sardónica en los labios, inclinando la cabeza mientras le robaba un beso y sus manos se movían para quitarle la ropa. «Tenía que pasar mi última noche contigo», podría estar murmurando. «Rodéame con los brazos...» Y mientras la mujer se ponía de puntillas para ofrecérsele, su cabeza inclinándose de buena gana hacia atrás, Lysette imaginó su propio rostro en la misma postura, sus propios brazos deslizándose alrededor de aquella espalda tan ancha...

—Ah, *mon Dieu*, ¿qué estoy haciendo? —susurró al tiempo que se apretaba las sienes con las manos para expulsar de su mente aquellos pensamientos tan perversos.

—¡Mademoiselle!

La voz de Philippe la interrumpió y Lysette alzó la mirada para verlo venir hacia ella. Justin lo seguía sin ninguna prisa, con unos andares llenos de seguridad en sí mismo que le recordaron a su padre.

—¿A qué viene tanta tristeza? —inquirió Philippe, sus ojos azules danzando de animación—. ¿O acaso no te complace que mañana *mon père* vaya a batirse en duelo en defensa de tu honor?

—¿Complacerme? —murmuró Lysette—. ¿Cómo podría complacerme algo semejante? Es horrible.

—Pero es el mayor cumplido que se le puede hacer a una mujer. ¡Imagínate el entrechocar de los aceros, la sangre, todo por ti!

—El duelo no se librará por ella —dijo Justin secamente, sus ojos azules fijos en el pálido rostro de Lysette—. ¿No es cierto, Lysette?

—Sí —dijo ella con voz átona—. Es cierto.

—¿Cómo? —Philippe parecía perplejo—. Pues claro que el duelo es por ti. Eso es lo que dice todo el mundo.

—Idiota —masculló Justin, y tomó asiento en el sofá junto a Lysette, al parecer sabedor de sus miedos—. Nuestro padre saldrá vencedor, ¿sabes? Él nunca pierde.

—¿Y qué pasa si lo que me preocupa no es él? —replicó ella sin perder la calma.

—¿No lo es? Entonces, ¿por qué estás aquí esperando a verlo regresar?

—¡No estoy haciendo tal cosa!

—Sí, lo haces. Y puede que tengas que esperar toda la noche. A veces él no regresa hasta el amanecer. Sabes con quién está ahora, ¿verdad?

—No lo sé, y no... —La voz de Lysette se perdió en el silencio, y enrojeció—. ¿Con quién está?

—¡No se lo digas, Justin! —intervino Philippe, visiblemente enfadado.

—Está con Mariame —dijo Justin, mirando a Lysette con una sonrisa llena de suficiencia en los labios—. Ya hace años que es su *placée*. Pero él no la ama.

Lysette quería hacer más preguntas, pero se las tragó con extrema dificultad.

—No quiero oír nada más —dijo, y Justin rió despectivamente.

—Te encantaría oír más —dijo—. Pero no te lo diré.

De pronto se oyó un grito femenino lleno de indignación proveniente del piso de arriba.

—¡Justin! ¡Philippe! ¡Ah, ya habéis vuelto a hacer de las vuestras! ¡Venid aquí *immédiatement*!

Como Justin no parecía dispuesto a levantarse del sofá, Philippe le tiró de la manga con impaciencia.

—¡Justin, vamos! ¡*Grand-mère* nos está llamando!

—Ve a ver qué quiere —dijo Justin con languidez.

Los ojos azules de Philippe se entrecerraron en una mueca de disgusto.

—¡No sin ti! —Esperó mientras Irénée volvía a llamarlos, pero Justin siguió sentado sin mover un músculo. Con un bufido de exasperación, Philippe salió de la habitación.

Lysette se cruzó de brazos y contempló al muchacho con todo el cinismo de que fue capaz.

—¿Hay algo más que quieras decirme? —preguntó.

—Me preguntaba si conocías la historia de lo que mi padre le hizo a mi madre —dijo Justin.

Era un muchacho muy malvado, pensó Lysette, y sin embargo sentía pena por él. Tenía que ser terrible vivir con la sospecha de que tu propio padre había sido capaz de hacer algo semejante, terrible saber que tu madre había sido una adúltera.

—No es necesario que me lo cuentes —dijo—. Eso no tiene nada que ver conmigo.

—Oh, pues claro que tiene que ver —replicó Justin—. Porque verás, mi padre se va a casar contigo.

Lysette dejó escapar el aire de sus pulmones en una súbita exhalación. Miró a Justin como si éste se hubiera vuelto loco.

—¡No, él no va a hacer tal cosa!

—No seas estúpida. ¿Por qué otra razón iba a permitir nuestra *grand-mère* que él te comprometiese de esa manera, si no tuviera la seguridad de que luego te compensará como es debido?

—No me voy a casar con nadie.

Justin rió.

—Ya lo veremos. Nuestro padre siempre consigue lo que quiere.

—Él no quiere tenerme —insistió Lysette—. Lo único que quiere es vengarse. El duelo con monsieur Sagesse.

—Antes de que la semana haya llegado a su fin serás una Vallerand —predijo el muchacho—. A menos, naturalmente, que nuestro padre sea derrotado en el duelo... y no será así.

El ruido de una pluma al arañar un delgado pergamino era el único sonido en la habitación mientras Étienne Sagesse permanecía inclinado sobre el pequeño escritorio. Una palabra tras otra iban llenando la hoja de color marfil, y el rostro que había encima de ella iba enrojeciendo debido al esfuerzo.

Secó cuidadosamente la carta, la dobló y la selló, y luego la sostuvo en sus manos con tanto cuidado como si fuese un arma muy delicada. Una suavidad largamente olvidada apareció por un fugaz instante en sus ojos color turquesa cuando los viejos recuerdos danzaron ante él.

—¿Étienne? —Su hermana mayor, Renée Sagesse Dubois, entró en la habitación. Era una mujer impresionante y de gran estatura, admirada por su seguridad en sí misma, respetada por ser una esposa ejemplar y la madre de tres hijos que gozaban de muy buena salud.

Ya hacía años que Étienne era para ella una preocupación tan intensa como lo había sido antes para su madre, y aunque cerraba los ojos ante sus fechorías, no podía evitar ser consciente de su verdadero carácter.

—¿Qué estás haciendo? —quiso saber.

Él agitó la carta a modo de respuesta.

—En el caso de que mañana las cosas no salgan de acuerdo con mis deseos —dijo—, quiero que se le entregue esto a Maximilien Vallerand.

—Pero ¿por qué? —preguntó Renée—. ¿Qué has escrito ahí?

—Eso es algo que sólo le corresponde saber a Max.

Renée fue hacia su silla y apoyó su larga mano en el respaldo.

—¿Por qué tienes que batirte en duelo a causa de esa criatura? —preguntó con voz por una vez apasionada.

—Por muchas razones. Y el hecho de que Lysette Kersaint sea la única mujer con la que he querido casarme no es la menor de ellas.

—Pero ¿por qué? ¡Ni siquiera es hermosa!

—Es la mujer más deseable que he conocido jamás. No, lo digo muy en serio. Lysette es inteligente, está llena de vida y no hay otra como ella. Me encantará matar a Vallerand para poder hacerla mía.

—¿Serás capaz de vivir contigo mismo si él muere?

Una extraña sonrisa curvó los labios de Étienne.

—Eso todavía está por ver. Puedo tener la seguridad, no obstante, de que Max no podrá seguir viviendo consigo mismo si sale vencedor del duelo. —Dejó la carta encima del escritorio—. Si eso ocurre, no te olvides de esta nota. Yo estaré observando desde la tumba mientras él la lee.

Un chispazo de ira encendió los ojos azules de Renée.

—Nunca he entendido tu actitud hacia ese hombre amargado y cruel. ¡Maximilien Vallerand no se merece ni un solo instante de tu tiempo, y sin embargo insistes en jugarte la vida para satisfacer su necesidad de venganza!

Étienne parecía haberla escuchado sólo a medias.

—¿Te acuerdas de cómo era? —preguntó distraídamente—. ¿Te acuerdas de cómo todo el mundo lo quería? Incluso tú.

Una sombra de rubor subió hacia el nacimiento de los cabellos de su hermana, pero Renée era demasiado honesta para negarlo. Al igual que muchas otras mujeres, ella había estado enamorada de Maximilien cuando él poseía aquella galantería juvenil que siempre hacía que el corazón de Renée latiera deprisa.

—Sí, por supuesto que me acuerdo —respondió—. Pero ése no era el mismo hombre, Étienne. El Maximilien Vallerand con el que vas a batirte en duelo mañana se encuentra más allá de toda redención.

El lago Pontchartrain era una pequeña masa de agua que no tendría mucho más de tres metros de profundidad allí donde era más hondo. Sin embargo, aquel lago aparentemente tan dócil podía tornarse peligroso. A veces un fuerte viento agitaba la superficie hasta que las olas se volvían lo bastante violentas para hacer zozobrar las embarcaciones y cobrarse las vidas de muchos hombres.

Aquella mañana, sin embargo, el agua era un espejo gris suspendido bajo el pálido cielo del amanecer. Sólo la sombra de una brisa soplaba sobre el lago y acariciaba la orilla. El duelo entre Max y Étienne tendría lugar lejos de la playa, junto al inicio de un pinar donde el terreno era firme y llano.

Mientras los padrinos y el grupo de espectadores esperaban en su lugar, Max y Étienne se apartaron de ellos para un encuentro privado.

Los dos hombres eran muy parecidos en estatura y corpulencia, ambos experimentados y bien instruidos en el arte de la esgrima. Ninguno de los testigos presentes se hubiese atrevido a decir con cuál de los dos oponentes habría preferido enfrentarse, aunque varios se habían percatado de que un exceso de buena vida no tardaría en pasarle factura a la agilidad de Sagesse, eso suponiendo que no lo hubiese hecho ya. Se permitía disfrutar demasiado a menudo de los buenos vinos y los manjares suculentos que tanto gustaban a los criollos, y llevaba una vida disipada que no le permitiría seguir ostentando durante mucho tiempo su preeminencia como duelista.

Étienne Sagesse se detuvo frente a Max con una leve sonrisa en su rostro toscamente apuesto.

—Vallerand —murmuró—, podrías haber encontrado alguna otra excusa hace años. ¿Por qué has utilizado a mi pequeña prometida para provocar el duelo? No había ninguna necesidad de privarme de un bocado tan suculento.

—Parecía apropiado.

—Supongo que a ti puede parecerte apropiado, pero el trueque no ha podido ser más dispar. Lysette era casta y modesta, así que valía mucho más que esa ramera a la que tenías por esposa.

Max tragó aire con un jadeo ahogado.

—Te mataré.

—¿Como hiciste con Corinne? —Étienne sonrió despreocupadamente—. Nunca tuve oportunidad de decirte qué inmenso alivio fue aquello. Yo ya estaba muy harto de ella. —Parecía disfrutar viendo cómo se oscurecía el rostro de Max—. Cuidado —murmuró—. Si te dejas arrastrar por tus emociones me proporcionarás una gran ventaja.

—Terminemos de una vez con esto —dijo Max hoscamente.

Cruzaron una última mirada antes de volver a recoger sus armas. Max hizo a un lado un recuerdo nada bienvenido que había empezado a flotar en los límites de su conciencia, un recuerdo de los días de la infancia. Se preguntó si a Étienne le habría pasado por la cabeza un hecho del que muy pocas personas se acordaban en Nueva Orleans: el de que hubo un tiempo en el que ellos dos habían sido amigos inseparables.

5

Max se había preguntado a menudo por qué se habría acostado Sagesse con su esposa, y terminó por comprender que había sido inevitable. De niños los dos eran muy amigos y juraron ser hermanos de sangre, pero incluso entonces Étienne también había sido el mayor rival de Max.

Porque eran amigos, Étienne se esforzó por contener sus celos. Con el paso del tiempo, no obstante, conforme se hacían hombres, su amistad se vio oscurecida por demasiadas discusiones y una creciente competición, y durante bastantes años se mantuvieron cuidadosamente alejados el uno del otro.

Cuando Max se enamoró de Corinne Quérand y contrajo matrimonio con ella, la idea de seducirla no tardó demasiado en echar raíces dentro de la mente de Étienne. Una vez que Étienne se hubo salido con la suya, quedó claro que el encanto de Corinne tardaba muy poco en disiparse. Ahora que Max había reparado la deuda mancillando a su prometida, Étienne estaba decidido a saldar la cuenta pendiente de una vez por todas. Había llegado a imaginar que estaba medio enamorado de Lysette Kersaint, y Max pagaría muy caro haberle arrebatado ese sentimiento.

Lysette bajó por la escalera después de una noche en vela. La casa estaba silenciosa, todavía era temprano para que los gemelos se hubieran despertado. Se sentía oprimida por una extraña emoción, y no podía fingir que fuese otra cosa que preocupación por Max. Pero el porqué debiera importarle tanto lo que le ocurriese era imposible de explicar.

Fue a la sala de estar, miró por la ventana y vio que ya había llegado el alba. Sagesse y Max tal vez estuvieran librando su duelo en aquel preciso instante, con los sables cruzándose como las hojas de unas tijeras y reluciendo bajo la pálida luz.

—Ya tiene que haber acabado —le oyó decir a Irénée detrás de ella. La anciana se sentó a la mesa del desayuno vacía—. A veces me parece como si hubiera pasado por un millar de mañanas como ésta —continuó diciendo, ojerosa y un poco demacrada—. Porque éste no es el primer duelo que ha librado Maximilien. Y no es el único de mis hijos que ha empuñado la espada. Nadie puede entender la pena que llega a sentir una mujer cuando la vida de un hijo suyo se ve amenazada.

—No creo que sea derrotado, madame.

—¿Y si no consigue salir vencedor? ¿Cuánto más llegará a ennegrecerse su corazón cuando deba vivir con la muerte de Étienne sobre su conciencia? Quizá sería mejor para él que... que perdiera este duelo antes que llegar a estar tan lleno de amargura.

—No —murmuró Lysette.

Los minutos parecieron transcurrir mucho más despacio de lo habitual. Si no le hubiera ocurrido nada, seguramente a esas alturas Max ya habría regresado. Lysette intentó entablar conversación, pero pasado un rato guardó silencio y contempló sin verlo el líquido que iba enfriándose dentro de su taza.

—¡Madame! —oyó exclamar a Noeline. Tanto ella como Irénée se volvieron con un sobresalto. El ama de llaves estaba de pie en la entrada, sus nervudos brazos abarcando el quicio de la puerta—. ¡El chico de Retta acaba de llegar para decir que monsieur se acerca por el camino!

—¿Se encuentra bien? —preguntó Irénée con voz temblorosa.

—¡Estupendamente!

Irénée se levantó con una sorprendente celeridad y corrió al vestíbulo de la entrada. Lysette fue tras ella, el corazón palpitándole con una emoción inexplicable.

La tensión quedó abruptamente truncada cuando Max

entró en la casa, el rostro ensombrecido por la frustración. Cerró de golpe la enorme puerta, miró con el ceño fruncido a las dos mujeres que tenía delante y fue a la biblioteca. Irénée se apresuró a seguirlo, mientras que Lysette se quedaba helada en el vestíbulo.

—¿Max? —oyó la tenue súplica de Irénée—. ¿Maximilien? ¿Qué ha sucedido?

No hubo ninguna réplica.

—¿Saliste vencedor del duelo? —insistió Irénée—. ¿Está muerto Étienne Sagesse?

—No. Sagesse no está muerto.

—Pero no lo entiendo.

Lysette se quedó inmóvil en el hueco de la entrada mientras Max iba a un mueble librería y contemplaba los lomos coloreados de los volúmenes encuadernados en cuero.

—Poco después de que hubiera empezado el duelo, tuve a mi merced a Sagesse —dijo—. Sus reflejos ya no son los de antes. Sólo hubiese podido vencer al más torpe de los principiantes.

Se miró la mano derecha como si todavía empuñara el sable.

—Fue un juego de niños —continuó con un fruncimiento del labio—. Le hice un arañazo, apenas lo suficiente para que comenzara a fluir la sangre. Nuestros padrinos conferenciaron y nos preguntaron si el honor había quedado satisfecho. Sagesse dijo que no, que el honor requería que lucháramos hasta la muerte. Yo me disponía a mostrarme de acuerdo, pero entonces...

Max gimió y se volvió hacia ella al tiempo que se llevaba las manos a la cabeza.

—Dios mío, no sé qué fue lo que me impulsó a hacerlo. Deseaba tanto matarlo... Habría sido tan fácil, tan condenadamente fácil.

—Dejaste que el duelo terminara en ese punto —dijo Irénée con incredulidad—. No lo mataste.

Max asintió, el rostro ensombrecido por una mueca en la que la perplejidad se mezclaba con el aborrecimiento de sí mismo.

—Eso me complace mucho —dijo Irénée—. Hiciste lo correcto, Max.

Él emitió un sonido de disgusto.

—Necesito una copa. —Dirigió la mirada hacia la bandeja de plata en que estaban los licores, y vio a Lysette inmóvil en el hueco de la puerta.

Se observaron el uno al otro en un silencio súbitamente tenso. A Lysette le faltaban las palabras. Estaba claro que no había nada que se pudiera decir para calmarlo. Max estaba lleno de una intensa hostilidad masculina a la que no se le había permitido encontrar ningún desahogo. Era evidente que estaba furioso por no haber sido capaz de obligarse a sí mismo a matar a su odiado enemigo. Sin duda lo consideraba como una muestra de debilidad.

Lysette, por su parte, reconocía aquel inesperado vuelco en los acontecimientos como la evidencia de que siempre había estado en lo cierto: por mucho que el resto de Nueva Orleans se empeñara en creer lo contrario, Vallerand no era ningún asesino.

—Bien —murmuró—, ¿y ahora qué, monsieur? ¿Será usted sensato y se olvidará por fin de todo este asunto? Probablemente no: hará cuanto esté en su mano para encontrar otra excusa que le permita batirse con Sagesse, y la próxima vez quizás encontrará ánimo suficiente para matarlo. Aunque lo dudo. En cualquier caso, gracias a Dios yo ya no estaré aquí para verlo.

Dirigió una mirada expectante a Irénée.

—Si no le importa, madame, ahora querría ir al convento de las ursulinas. Dudo que vaya a ser ni la mitad de interesante que residir en la mansión de los Vallerand... pero me atrevería a decir que no me disgustaría disfrutar de unos cuantos días de paz y tranquilidad.

Vallerand clavó en ella una mirada cuya callada amenaza hizo que los nervios de Lysette vibraran con un suave temblor.

—No vas a ir a ninguna parte.

—¿Tiene usted algún plan alternativo? —preguntó ella secamente.

—Tu reputación ha quedado arruinada —observó él—.

Ahora no habrá nadie en todo el territorio que quiera acogerte. Todos creen que eres una mercancía echada a perder.

—Sí, gracias a usted el matrimonio ha dejado de ser una opción para mí. Pero las hermanas me abrirán sus puertas. Así que, si me excusa, subiré a recoger mis escasas pertenencias, y luego espero que un carruaje me...

—Te casarás conmigo.

Aunque Lysette medio se lo esperaba, la repentina propuesta —o, para ser más exactos, el anuncio— hizo que su corazón dejara de latir. En su momento de mayor alarma, una parte de ella todavía fue capaz de recapacitar y comprender que si obraba con un poco de astucia, podría conseguir algo que sólo en aquel momento se dio cuenta de que había querido tener.

—¿De veras? ¿Y cómo se le ha podido ocurrir una idea tan absurda?

—Tengo necesidad de una esposa.

—Sólo debido a lo que le hizo a la primera —replicó ella, y dio media vuelta.

Para cuando Max fue capaz de articular una réplica, Lysette ya estaba a mitad de la escalera y sus piernas la impulsaban rápidamente hacia la seguridad de su habitación.

Max miró a su madre sonriendo sardónicamente. Irénée se disculpó con un encogimiento de hombros.

—Parece que no se muestra muy receptiva a la idea —comentó.

Max rió ante la delicadeza con que se había expresado Irénée, y su furia pareció disiparse. Fue hacia ella y depositó un beso sobre su frente fruncida.

—No debes ir por ahí contándoles a mis futuras prometidas que asesiné a mi primera esposa, *maman*. Eso no ayuda nada a hacerme más atractivo.

—¿Crees que serás capaz de persuadirla de que se case contigo, Max?

—Empieza a hacer planes para celebrar una boda dentro de una semana.

—¿Sólo una semana? Pero ¿cómo puedo llegar a preparar...? No, no, es absolutamente imposible.

—No será una gran boda. Te conozco, *maman*. Podrías organizarla en un cuarto de hora si quisieras.

—Pero estas prisas...

—Son completamente necesarias. Me temo que la reputación de mi prometida no podría soportar un compromiso más prolongado.

—Si pudiéramos esperar un poquito más, Alexandre y Bernard estarán aquí. ¡Tus hermanos querrán asistir a tu boda, Max!

—Te aseguro —dijo él sardónicamente— que mi boda resultará igual de emocionante a pesar de su ausencia. Ahora, si me excusas, iré arriba para mantener una conversación privada con Lysette. —Hizo una pausa cargada de significado—. Asegúrate de que no nos molesten.

A Irénée no se le pasó por alto lo poco decorosas que eran sus intenciones.

—No estarás demasiado rato a solas con ella, ¿verdad, Max?

—Tal vez tenga que hacerlo. Después de las confidencias que compartiste con Lysette, quizás haya que recurrir a medidas desesperadas para convencerla de que se case conmigo.

—¿Qué clase de medidas?

Una sonrisa diabólica apareció en el rostro de él.

—No hagas preguntas, *maman*, cuando sabes que no quieres oír las respuestas.

Lysette se apoyó en la cama y observó la puerta con gran atención. El picaporte fue accionado, y la cerradura impidió que girase.

—Lysette, abre la maldita puerta.

—No le he dado permiso para usar mi nombre de pila —dijo ella—. Y las palabras malsonantes difícilmente van a hacer que su propuesta de matrimonio resulte más atractiva.

La puerta fue sacudida con más vigor y las bisagras crujieron en protesta.

—Mademoiselle Kersaint, no tengo ningún deseo de echar abajo la puerta, dado que con toda probabilidad luego seré yo el que deba encargarse de repararla. Abra ahora mismo o...

Haciendo girar la llave en la cerradura, Lysette abrió la puerta de par en par empujándola con la mano.

—Entre. —Regresó a su posición anterior y se cruzó de brazos—. Ardo en deseos de oír la razón por la que debería aceptar su propuesta.

Vallerand entró en la habitación y cerró la puerta. Sus ojos entornados lanzaron un rápido vistazo a la cama en la que se apoyaba Lysette, y ella casi pudo sentir la fuerza de su deseo. A decir verdad, saber hasta qué punto la deseaba Vallerand hacía que disfrutara de aquella confrontación con el varón enorme y lleno de excitación que tenía delante. Así que él había pensado que se limitaría a informarla de que se casarían, y entonces ella caería en sus brazos llena de gratitud, ¿verdad? Oh, no. Si iba a aceptar a Maximilien Vallerand —y eso todavía era un gran *si*—, antes él tendría que convencerla de que merecía el riesgo que debería correr al hacerlo.

—Mademoiselle...

—Ahora puede usar mi nombre de pila.

—Lysette —dijo él, dejando escapar un tenso suspiro—. Yo no maté a mi esposa —añadió de mala gana.

No había ningún rastro de humildad en su tono, ninguna señal de vulnerabilidad en su rostro... pero la neblina de sudor que cubría su frente delataba su agitación, y Lysette se sintió un poco mejor dispuesta hacia él en cuanto la vio.

—Corinne ya estaba muerta cuando la encontré. No sé quién lo hizo. Al principio pensé que había sido Sagesse, pero cuenta con muchos testigos para confirmar que no estuvo con ella aquella noche. Todas las evidencias apuntan hacia mí. Nadie cree que soy inocente. Ni siquiera mi propia madre. No puedo esperar que tú lo creas, tampoco, pero te juro...

—Por supuesto que le creo —dijo Lysette sin perder la calma.

Max se apresuró a desviar la mirada, pero no antes de que ella viera el asombro en su rostro. Aunque su cuerpo estaba muy rígido, percibió un leve estremecimiento en él.

Comprendiendo de pronto la carga que él había soportado durante tanto tiempo, y la forma en que lo había afectado, Lysette pensó compasivamente en lo solo que había estado durante tantos años.

—Es obvio que no es usted ningún asesino —continuó, dándole tiempo de recuperarse—. Esta mañana ni siquiera ha podido decidirse a matar a Étienne Sagesse en un duelo justificable. Pese a todos sus gruñidos y aspavientos, creo que básicamente es inofensivo. Pero eso dista mucho de ser suficiente para recomendarle en calidad de esposo.

—¿Inofensivo? —repitió él, levantando la cabeza bruscamente, ceñudo.

—Y muy poco de fiar —apuntó ella—. Desde el día en que nos conocimos, me ha mentido, traicionado y manipulado.

—Las circunstancias distaban mucho de ser las habituales.

—¿Eso es una disculpa? No suena como tal.

—Me disculpo —masculló él mientras se acercaba a ella.

—Muy bien. —Lysette recorrió su figura desaliñada con una mirada llena de atrevimiento que lo abarcó de pies a cabeza—. Dado que soy optimista por naturaleza, supondré que semejante comportamiento no es habitual en usted. Y ahora haga el favor de explicar por qué debería casarme con usted.

Max la contempló en silencio; empezaba a comprender que tratar de imponerle su voluntad era algo que no iba a dar ningún resultado con ella. Entornó los ojos decidido a negociar.

—Lo que nadie puede negar es que soy muy rico. Convirtiéndote en mi esposa podrías tener cuanto desearas.

Cuán típico de un hombre, pensar que su riqueza era su principal atractivo. Lysette no mostró ninguna reacción ante lo que acababa de oírle decir.

—¿Qué más? —preguntó.

Él continuó acercándose con el sigilo de un depredador hambriento.

—Yo cuidaría de ti. Eso ya lo sabes.

Aquel recordatorio de cómo la había atendido durante las fiebres ablandó todavía más a Lysette, pero se aseguró de no dejárselo ver.

—¿Qué pasa con nuestra diferencia de edad?

—¿Diferencia de edad? —Su orgullo masculino estaba dolido.

Lysette contuvo la sonrisa.

—Nos separan al menos quince años.

—Eso no es infrecuente —observó él.

Era cierto. Muchos varones criollos, especialmente los que provenían de familias ricas, pasaban años teniendo aventuras y disfrutando de la vida antes de que terminaran casándose después de haber cumplido los treinta o los cuarenta. Muchos otros perdían a su primera e incluso a su segunda esposa a causa del parto o de las enfermedades, y luego volvían a casarse con muchachas recién salidas del aula.

—Aun así —insistió Lysette—, una pareja en la que hay tanta diferencia de edad puede encontrarse con ciertas dificultades.

—*Au contraire*. Puedo garantizar que me mostraré mucho más complaciente que un esposo de tu edad. Si te casas conmigo, te permitiré una gran libertad.

Era el argumento más sólido de cuantos le había expuesto hasta el momento, pero Lysette mantuvo su rostro desprovisto de toda expresión.

—¿Hay algo más que deba tomar en consideración?

Max extendió las manos hacia ella, veloz como una pantera cuando ataca.

—Está esto —masculló, atrayéndola hacia sus brazos.

Lysette tragó aire, demasiado aturdida para moverse. La boca de Max era abrasadora, y sus labios buscaban y apretaban con una suave insistencia. Lysette intentó resistirse con un leve empujón, y él la agarró de las muñecas y se las puso alrededor del cuello. El esbelto cuerpo de Lysette quedó apretado contra el de Max desde el pecho hasta las rodillas, anclado allí por la presión que la mano de él ejercía sobre el hueco de su espalda. Sentir tan de cerca su oscuro, dulce y masculino sabor bastó para que una súbita embriaguez se apoderase de ella. La excitación y el placer tomaron posesión de su ser, y no pudo evitar apoyarse en el duro cuerpo del hombre. Max saboreó el labio superior de Lysette y luego tocó el centro del inferior con su lengua, en una húmeda y sedosa caricia que inflamó los nervios de Lysette.

—Abre la boca —susurró al tiempo que le rodeaba la nuca con la mano—. Ábrete para mí, Lysette, sí, sí...

Lysette se asombró al sentir cómo la lengua de Max se deslizaba más allá de sus dientes y pasaba a explorar el interior de su boca. Un gemido tembló en su garganta. Besarlo era todavía más delicioso de lo que ella había imaginado, y ahora ya no podía negarse a sí misma que lo había imaginado muchas veces. Lysette había empezado a ser consciente de la presencia de Max en el mismo instante en que se conocieron, y aquel nuevo conocimiento que tan sensual le parecía finalmente se había expandido hasta convertirse en algo elemental e incontrolable.

Max la reclamó con delicados besos que exploraron la boca de Lysette, al tiempo que sus manos tiraban de sus caderas apremiándolas a unirse aún más a él. Cogió las nalgas de Lysette, presionando así la dura e inconfundible forma de su erección hacia la parte más vulnerable de ella. Lysette dejó escapar una exclamación ahogada ante aquel nuevo calor que, al crecer dentro de ella, le provocaba deseos de arrancarse la ropa y de arrancársela a él, hasta desnudarlos a ambos.

Al darse cuenta de que estaba a punto de perder el control, por no mencionar la cordura, Lysette apartó su boca de la de él y tragó aire a grandes bocanadas. Los labios de Max se pasearon por su cuello, lamiendo y mordisqueando suavemente los lugares más sensibles. Le murmuraba en francés y en inglés, con súplicas que la excitaban todavía más de lo que ya estaba y promesas que la llenaron de asombro.

—Max... —dijo sin aliento—. No estoy segura de que la atracción física sea una razón suficiente para contraer matrimonio.

—Para mí sí que lo es, por Dios —gruñó él, y volvió a sellarle la boca con sus labios. Su sabor era adictivo. Lysette no podía evitar responder ávidamente a las profundas, lánguidas caricias de su lengua. Max recorrió el cuerpo de Lysette con la mano que tenía libre, subiendo lentamente hacia la curva de su seno. El calor que emanaba de aquella mano atravesó el delgado algodón, y su pulgar se movió en círculos cada vez más reducidos hasta terminar llegando al centro exquisitamente endurecido. Max tomó entre los dedos la delicada punta del pezón de Lysette, y el placer le golpeó en la boca del estómago. Aferrándose a los duros músculos de su espalda, Lysette se apretó contra él.

Un gemido reverberó en el pecho de Max; cogió a la muchacha en brazos y la llevó a la cama. Mientras él daba las escasas zancadas que necesitó para llegar hasta ella, Lysette comprendió lo que estaba sucediendo. Aunque su cuerpo exigía que se le entregara allí mismo y sin perder un instante, su mente no había olvidado las razones por las que todavía era demasiado pronto.

Apenas él la hubo depositado en la cama, Lysette se apartó rodando sobre sí misma y se incorporó. Entonces, al ver que Max empezaba a deslizarse sobre ella, extendió una mano para detenerlo.

—No —jadeó—. No, no lo hagas.

Luego la asombraría que unas meras palabras hubieran tenido el poder de detenerlo, cuando Max la devoraba con la mirada como si estuviera famélico y todo en su cuerpo se hallaba tan claramente resuelto a tomar posesión de ella. Sin embargo, se quedó inmóvil y respiró profundamente mientras se esforzaba por dominarse.

—Si fuera a aceptar tu propuesta... —Lysette hizo una pausa para inspirar profundamente—. Necesitaría un poco de tiempo para acostumbrarme a ti antes de que permitiera que vinieses a mi cama. Todavía somos unos extraños, después de todo.

Un destello de satisfacción ardió en los ojos de Max cuando comprendió que habían llegado a un acuerdo, y que ya estaban negociando los detalles.

—Desde mi perspectiva, *petite*, ya hemos llegado a conocernos muy íntimamente.

Ella sabía a qué se estaba refiriendo.

—Dado que pasé la mayor parte de ese tiempo inconsciente, eso casi no cuenta.

—Muy bien. Te concederé un poco de tiempo antes de

que compartamos una cama. No obstante, me reservo el derecho a intentar persuadirte de que no esperes.

Volvió a extender las manos hacia ella, pero Lysette retrocedió sobre la cama, haciendo que sus rodillas se interpusieran entre ambos.

—También debería dejar claro que no soy una mujer obediente por naturaleza.

Una súbita sonrisa acechó en las comisuras de la boca de él.

—Eso lo supe desde el momento en que te conocí. A cambio, permíteme que te informe que mi paciencia tiene sus límites. No la pongas a prueba demasiado a menudo, *d'accord*?

—*D'accord* —convino ella. Bajando la mirada hacia sus rodillas, habló en el tono más tímido de que fue capaz—. ¿Y si me quedara embarazada? ¿Te disgustaría mucho que así fuera?

—En absoluto —dijo Max secamente, mirándole el vientre de un modo que hizo que Lysette sintiera un estremecimiento—. Aunque antes tal vez desees esperar a que hayan transcurrido uno o dos años. Ya tendrás suficientes cambios a los que hacer frente en tu vida.

—Una vez que hayamos empezado a dormir juntos, no me quedará otra alternativa —dijo Lysette—. Esas cosas las decide Dios.

Por alguna razón, él pareció divertido.

—Al fin, algo que no sabes —se burló afablemente—. Siempre hay formas de evitar quedar embarazada.

—¿Cómo?

—Por el momento eso carece de relevancia, ¿verdad? Ya te instruiré al respecto cuando me invites a tu cama.

Se lo veía tan apuesto y lleno de descaro, con sus oscuros cabellos cayéndole sobre la frente y una sonrisa flotando en sus labios, que Lysette se sintió estremecida por una súbita punzada de placer. Apenas podía creer que aquel hombre tan magnífico fuera a ser suyo. Ninguna otra mujer lo estrecharía jamás entre sus brazos o lo llevaría a su cama. Lysette tenía intención de hechizarlo hasta el punto que nunca se le ocurriría serle infiel. Naturalmente, sabía que Max no tenía la mínima intención de enamorarse de ella. Planeaba disfrutar de su cuerpo y asumir el papel de marido sin que su corazón llegara a peligrar por ello. Lysette, sin embargo, tenía otros planes.

Los ojos de Max se ensombrecieron.

—¿Por qué sonríes de esa manera?

Lysette le respondió con la verdad.

—Estoy pensando, Max, que no tardaré en hacer lo que quiera contigo.

Aquella afirmación hizo que él se echara a reír.

—Lysette —replicó suavemente—, soy yo el que no tardará en hacer contigo lo que me venga en gana.

El clan Vallerand —así como toda Nueva Orleans— reaccionó con una mezcla de escándalo y deleite a la noticia de que Maximilien iba a contraer matrimonio. Los criollos, que siempre daban mucha importancia a temas como el cortejo y el matrimonio, ya habían empezado a hacer predicciones sobre el destino de la novia. Algunos decían que la boda nunca tendría lugar, en tanto que otros afirmaban saber por una fuente merecedora de toda confianza que la joven ya estaba *enceinte*. Una cosa era segura: si Lysette traía al mundo un bebé, en cuanto éste naciese se daría inicio a un minucioso recuento de días para determinar cuándo había sido concebido.

La genealogía de Lysette fue analizada en cada sala de estar criolla. Su estirpe era irreprochable, pero eso no sirvió de gran cosa para acallar los rumores que corrían por Nueva Orleans. Después de todo, ni un solo miembro de la familia de la novia asistiría a la boda. Los padres presentaban a sus hijas la situación de Lysette como un ejemplo de los muchos peligros a los que sin duda se exponía una joven desobediente.

Debido a los acontecimientos que habían llevado a la petición de mano, no se celebraría una gran boda en la catedral de San Luis, sino una breve y discreta ceremonia religiosa. Aun así, después habría un gran banquete en la plantación Vallerand. Y por muy indecentes que fuesen los rumores que corrían, en Nueva Orleans todos suplicaban ser invitados al banquete.

Se esperaba que la música, la comida y el vino hicieran que aquella celebración fuese recordada durante muchos años. En los viejos tiempos, la hospitalidad de los Vallerand no había tenido rival en todo el territorio. A desesperada petición de Irénée, un reputado y ya muy anciano repostero francés abandonó temporalmente su retiro para preparar el pastel de bodas de muchos pisos.

El día escogido para la boda, un lunes, no era una mala elección, aunque el martes era el día que había estado más de moda durante los últimos años. Se consideraba vulgar casarse en sábado, o en viernes, que habitualmente era el día en que tenían lugar las ejecuciones públicas. Tal como exigía la tradición, Lysette fue mantenida en una estricta reclusión antes de la boda, mientras que todo el mundo se dedicaba a especular sobre su aspecto. Las expectativas no paraban de crecer, ya que la opinión mayoritaria era que tenía que ser de una belleza realmente extraordinaria. *Vraiment*, ¿qué otra clase de mujer podía hacer que Maximilien Vallerand sucumbiera a la tentación del matrimonio, después de todos esos años?

6

Con una sonrisa de satisfacción, Irénée recorrió los dos salones para cerciorarse de que los invitados no encontrarían la menor imperfección y que no habría ninguna huella de dedos en los cristales ni ninguna flor marchita. Tal como dictaba la tradición criolla, la ceremonia nupcial tendría lugar por la tarde.

Enormes guirnaldas de rosas llenaban la casa, y se le había sacado brillo tanto a la plata como a la cristalería. El pastel de bodas era una creación espléndida e imponente, y las flores de pasta de azúcar que lo adornaban habían sido coloreadas con tal habilidad que resultaba casi imposible distinguirlas de las de verdad. En aquellos momentos, cuando sólo faltaban unas horas para la boda, había poco por lo que preocuparse.

La sonrisa de Irénée se oscureció un tanto cuando oyó una pequeña conmoción en el recibidor. Segura de que los gemelos estarían haciendo alguna de sus travesuras, se dirigió a la entrada con una severa reprimenda en los labios.

—¡Justin! ¡Philippe! *Pas de ce charabia! Pas de ce...*

Se detuvo con una exclamación ahogada cuando vio las altas figuras de sus dos hijos pequeños. Alexandre y Bernard estaban en casa.

—Hijos míos —exclamó con incredulidad—, ¿qué estáis haciendo aquí?

Los dos hermanos, altos y de pelo oscuro, se miraron el uno al otro, y luego la miraron a ella.

—Tenía la impresión de que vivíamos aquí, *maman* —replicó Alexandre en un tono ligeramente burlón.

—Sí, pero... habéis regresado un poco antes de lo que esperaba.

—Decidimos que ya habíamos visto lo suficiente de Francia —dijo Bernard secamente—. Esas hijas de los Fontaine, *maman... Bon Dieu*, algunos de nuestros caballos son más atractivos que la más apetecible del lote.

—¡Bernard, qué poco caritativo eres! Estoy segura de que exageras.

Alexandre giraba lentamente sobre sus pies mientras contemplaba la casa engalanada con flores.

—¿A qué viene todo esto? —preguntó, lleno de perplejidad—. ¿Es que se ha muerto alguien?

Mientras Lysette permanecía a buen recaudo en el piso de arriba haciendo que le arreglaran el pelo, los Vallerand se reunieron en la sala para una conferencia de familia. Con la ropa arrugada y llena de polvo y cansados por el largo viaje, Alexandre y Bernard contemplaron con incredulidad a su madre y su hermano mayor.

—¿Te vas a casar? —exclamó Alexandre, apoyando la cadera en el respaldo del sofá al tiempo que cruzaba sus largos brazos. Rió suavemente y contempló a Max, quien lo miró con expresión gélida—. De todas las cosas que esperaba encontrar a mi llegada... —Por alguna razón, ver a su hermano mayor elegantemente vestido para la boda le parecía muy divertido. Alex siempre había sido el más irreverente de los hijos de Irénée—. ¡*Bien sûr*, por fin lo han cazado! —La hilaridad pudo más que él, y rió tan estruendosamente que al final incluso la seriedad de Bernard se vio amenazada por una sonrisa.

—No consigo ver qué es lo que te resulta tan divertido —dijo Max con expresión adusta.

Para aquel entonces, Alexandre ya casi se había caído al suelo de tanto reír.

—¡Me gustaría saber qué clase de mujer que ha conseguido arrastrarte hasta el altar! ¿Usó un garrote muy grande?

Bernard miró a Max con una mayor seriedad.

—¿Quién es ella? Nadie a quien conozcamos, supongo. Tú nunca te has molestado en mirar dos veces a ninguna de las mujeres de por aquí.

Irénée respondió por su hijo mayor.

—Lysette es una joven de excelente familia, originaria de Natchez. ¿*Te souviens de* Jeanne Magnier? La prometida de Max es hija de Jeanne.

—¿Una Magnier? —repitió Bernard, dirigiendo una mirada especulativa a Max—. Una familia muy atractiva, según recuerdo. Apostaría a que no necesitó llevar consigo ningún garrote.

Max sonrió inesperadamente.

—Lysette posee muchas virtudes, la belleza entre ellas.

—Realmente tiene que ser notable para que tú corras el riesgo de volver a casarte —observó Bernard.

Todos guardaron silencio por un instante, recordando aquella otra boda hacía tantos años.

Irénée rompió el hechizo hablando con vehemencia.

—Lysette hará muy feliz a Max, ya lo veréis. El pasado por fin ha quedado atrás para nosotros.

La mano de Lysette temblaba tan violentamente que Max a duras penas pudo deslizarle el anillo de oro en el dedo. Aunque ambos deseaban casarse, la ceremonia no fue un momento particularmente alegre. Max estaba tenso y mantenía una expresión sombría, y su mano se hallaba extrañamente fría. A Lysette no le cupo ninguna duda de que estaba recordando su primera boda, y la tragedia que no había podido apartar de sus pensamientos desde entonces. Probablemente temía la posibilidad de que su segundo matrimonio fuera a convertirse en un infierno sobre la tierra tal como había ocurrido con el primero.

Por su parte, Lysette se esforzaba por imponerse a sus propias dudas. Las palabras que se disponía a pronunciar la encadenarían para siempre al hombre que había junto a ella. Legalmente Maximilien Vallerand tendría el poder de castigarla, maltratarla o someterla a cualquier capricho, sin importar lo irracional que éste fuese. Dentro del contexto de la cultura criolla, poseería un poder absoluto sobre Lysette.

Lo único que podía hacer ella era esperar que no se hubiera equivocado al juzgarlo. Quizá cometía una locura al ponerse en manos de un hombre al que conocía tan poco. Sin embargo, Lysette se recordó pragmáticamente a sí misma que la mayoría de las novias y de los novios apenas sí se conocían, sus compromisos eran acordados por unos padres que rara vez solicitaban su aprobación.

El incienso impregnaba la atmósfera con su penetrante aroma cuando Lysette se arrodilló ante el sacerdote y rezó a Dios pidiéndole que bendijera el matrimonio. Cuando hubo terminado, puso sus manos en las de Max y dejó que la ayudara a incorporarse.

Pero si bien la ceremonia había sido íntima, al banquete de bodas asistieron tantos invitados que Lysette no pudo contarlos. Incluso perdió de vista a Max, quien enseguida fue monopolizado por multitudes de parientes. Lysette se quedó junto a Irénée, tratando de ignorar los fragmentos de conversación que iba cazando al vuelo.

—Ni la mitad de guapa de lo que esperaba...

—No tiene aspecto de que su reputación haya quedado muy arruinada, *maman*.

—Ese pelo...

—Él no tardará mucho en serle infiel...

—¡Ah, yo no me pondría en su lugar ni por todo el oro del mundo!

Irénée la llevó hacia la mesa donde el enorme pastel de bodas, una impresionante fortaleza de azúcar y rosas, se alzaba en todo su esplendor.

—Es hora de cortar el pastel, Lysette —le dijo.

Las jóvenes casaderas enseguida se apresuraron a hacer corro alrededor de ellas dos. Según la tradición, cada una recibiría una porción, que luego se llevaría a casa y pondría debajo de la almohada junto con los nombres de tres posibles esposos, uno de los cuales quizá se sintiera impulsado a pedirla en matrimonio.

Lysette alzó el cuchillo y estudió la imponente creación, preguntándose dónde hacer el primer corte. De pronto fue consciente de que Max estaba detrás de ella. Un murmullo de excitación recorrió al corro de muchachas cuando él le puso la mano en la espalda a Lysette y le murmuró al oído:

—¿Puedo ayudarte?

Ella lo miró con una media sonrisa. Con alivio, vio que su tensión anterior se había desvanecido y que la expresión de su rostro no podía ser más tranquila.

—Sí, por favor —lo invitó, dirigiendo toda su atención hacia el pastel—. No creo que vaya a bastar con este cuchillo. ¿Por casualidad no tendrás a mano un hacha?

Él rió.

—Es un pastel realmente impresionante, ¿verdad?

Su gran mano se cerró sobre la de ella y, haciéndola retroceder suavemente, la dejó apoyada en su pecho. Los invitados rieron y les dirigieron palabras de aliento mientras Max ayudaba a su prometida a cortar varias porciones, su mano sobre la de ella al tiempo que guiaba el cuchillo. Lysette era intensamente consciente del calor entre sus cuerpos y del modo en que el aliento de él le rozaba el cuello cada vez que Max se inclinaba hacia delante.

—Estás mirando dentro de mi escote, ¿verdad? —murmuró, dejando sobre la mesa el cuchillo manchado de nata.

—Por supuesto que no. Te estoy ayudando con el pastel.

—Mentiroso —dijo ella sin tratar de ocultar su diversión, y lo sintió sonreír apoyado en sus cabellos.

—Si vas a privarme de una noche de bodas, no deberías negarme un pequeño atisbo de tus pechos. Y si no querías que los mirase, no deberías haberte puesto un vestido tan escotado.

—Escogí un vestido con mucho escote porque esperaba desviar la atención de todos de mi pelo —dijo ella secamente—. Por desgracia, no parece haber servido de nada: todos están hablando de él.

Max le tocó la barbilla con las puntas de los dedos y le

alzó la cara hacia él. Mientras todos los miraban, acarició uno de los diminutos rizos que habían escapado de la masa rígidamente aprisionada de su rebelde cabellera pelirroja. La humedad había hecho que se volviera todavía más ensortijada de lo habitual, y parecía como si un halo de llamas envolviese su peinado.

—Tu pelo es una de las cosas que encuentro más hermosas de ti. —Inclinándose un poco más sobre ella, dejó que su boca fuera hacia el delicado borde de la oreja de Lysette—. Pero aun así —susurró—, prefiero mirarte los pechos.

Ella rió y lo empujó suavemente. Cogiéndole la mano, Max le besó la punta del pulgar, donde se había acumulado un poco de nata del pastel. Lysette dejó escapar una exclamación ahogada cuando sintió que la lengua de él hacía desaparecer aquel puntito de dulzor.

—Qué malvado eres —dijo después, sabiendo que su sonrojo contrastaba violentamente con el color de sus cabellos.

—Deja que vaya a visitarte esta noche. Te mostraré lo malvado que puedo llegar a ser.

—No —dijo ella con una sonrisa provocativa—. Tendrás que hacer honor a nuestro acuerdo. Necesito más tiempo.

—Siento oír eso. —Le dirigió una breve sonrisa y luego le soltó la mano.

Pasado un rato se inició el baile, señalando así el momento en que la novia sería conducida al dormitorio donde aguardaría la *dura prueba* todavía por llegar. Tradicionalmente la madre de la novia la ayudaba a ponerse el camisón, y luego le explicaba lo que ocurriría cuando el novio llegara allí para reclamar sus derechos conyugales. Irénée apareció y le dirigió una sonrisa maternal a Lysette.

—Ahora te llevaré arriba, Lysette. Dado que tu madre no se encuentra aquí, para mí será un honor acompañarte a vuestra habitación.

Max llegó junto a Lysette en el mismo momento en que lo hacía Irénée. Sus dedos se cerraron sobre los de la novia mientras se dirigía a su madre.

—No hay ninguna necesidad de que dejes a los invitados, *maman*.

Irénée miró a su hijo frunciendo el ceño.

—Pero he de llevar arriba a Lysette para ayudarla a cambiarse... Max, sabes muy bien que tú tienes que esperar aquí abajo. Es la tradición.

—Tengo intención de romperla esta noche —dijo Max.

Lysette lo miró cejijunta por la perplejidad, pero guardó silencio.

Irénée obligó a sus labios a que esbozaran una afable sonrisa, consciente de que los invitados estaban pendientes de ellos.

—¿Qué van a pensar todas estas personas si desapareces de esa manera con Lysette?

—Que piensen lo que quieran. De todos modos siempre lo hacen.

—Maximilien —insistió Irénée—, te lo voy a explicar de la manera más clara posible. Lysette todavía no ha sido preparada para lo que va a suceder esta noche. No le he explicado nada.

Max sonrió.

—Si Lysette tiene preguntas que hacer, me encantará proporcionarle las respuestas. Y ahora deja que nos vayamos, *maman*.

—¡Maximilien, esto es indecente!

Haciendo oídos sordos a la protesta de su madre, Max se dispuso a llevarse a Lysette de la sala. Tal como les había advertido Irénée, las lenguas se pusieron en movimiento y los ojos se desorbitaron. El que una novia y un novio abandonaran el banquete de bodas juntos era de muy mal gusto, dado que todos los invitados sabían hacia dónde se dirigía la pareja y lo que no tardaría en ocurrir entre ellos.

Alexandre los detuvo en la puerta y, poniendo las manos sobre los hombros de Lysette, la besó cariñosamente en ambas mejillas. Sus oscuros ojos relucieron con un suave destello mientras la contemplaba.

—Tu presencia entre nosotros es muy bienvenida, hermanita. Maximilien debería considerarse afortunado de que yo no te haya conocido antes que él.

Su combinación de descaro y encanto hizo reír a Lysette

mientras Max la apartaba de su hermano con el ceño fruncido por los celos. Luego mantuvo la mano de Lysette apretada en la suya mientras subían por la escalera. Ninguno de los dos habló hasta que hubieron llegado al dormitorio principal.

—Ahora —dijo Lysette con una sonrisa burlona—, cuéntame por qué no has permitido que tu madre me acompañara hasta aquí. Yo ardía en deseos de escuchar su explicación de lo que sucede entre los esposos cuando comparten el lecho.

Max cerró la puerta y deshizo el nudo almidonado del corbatín blanco que llevaba.

—Lo que me temía. Tanto si me permites hacerte el amor como si no, *doucette*, no quiero que mi madre te proporcione ninguna información errónea sobre la relación entre los esposos.

—Después de haber traído al mundo tres hijos, supongo que algo tendrá que saber tu madre acerca de esa relación.

—Mi madre cree que el acto sexual nunca debería llevarse a cabo si no es con vistas a la procreación —dijo él—. Es católica.

—Tú también lo eres.

—Sí, pero yo soy un mal católico.

Lysette se echó a reír.

—Muy bien. Si tal es tu deseo, puedes educarme. Pero no olvides tu promesa.

—Por supuesto —dijo él.

Fue quitándose la chaqueta sin prisa. Su mirada se encontró con la de Lysette en una íntima unión, y el silencio se cargó de tensión. Pese a su intención de no perder la compostura, Lysette sintió que el corazón le latía erráticamente cuando cobró conciencia de que ahora estaban casados. Max podía hacer todo lo que quisiera con ella, y nadie interferiría. Lysette se sentía bastante segura de que Max no traicionaría su confianza precisamente en esos momentos, porque una traición semejante sin duda destruiría cualquier fe que pudiera tener en él. Por otra parte... lo consideraba perfectamente capaz de ponerla un poco a prueba.

Con una sonrisa defensiva, jugó con las ondas de encajes que rebosaban de las mangas largas hasta el codo de su vestido de seda color espuma de mar.

Después de haber dejado su chaqueta y su corbatín en el respaldo de una silla próxima al hogar, Max la miró con unos ojos oscuros como el café.

—¿Sabes qué es lo que ocurre en el lecho marital, Lysette?

—Por supuesto. Acuérdate de que tengo una hermana casada. Y una no puede evitar oír cosas aquí y allá.

—Cuéntame lo que sabes, entonces.

Lysette adoptó una expresión de honda preocupación.

—¿Tanto tiempo ha pasado desde la última vez que ya no te acuerdas, Max?

La impudicia de la respuesta de ella lo hizo sonreír.

—No, sólo quiero oír tu versión y, quizás, efectuar una o dos correcciones si es necesario.

—Muy bien, yo... —Se envaró al ver que Max iba hacia ella. Tomándola delicadamente por los hombros, hizo que se volviera hasta quedar de espaldas a él. Sentir el roce de los dedos de Max en su espalda hizo que le fallara la respiración. Empezó a desabrocharle los botones del vestido de bodas. Cuando volvió a hablar, Lysette descubrió que tenía un nudo en la garganta—. ¿Qué estás haciendo, Max?

—Ponerte más cómoda.

—Me encuentro muy cómoda tal como estoy, gracias. —Un estremecimiento le recorrió el estómago cuando sintió los dedos de él moverse diestramente a lo largo de la hilera de diminutos botones recubiertos de seda—. Max, tu promesa...

—Accedí a no hacerte el amor —dijo él, el suave calor de su aliento sobre la nuca de Lysette—. Pero no estipulaste que no pudiera mirarte.

—Pensaba que habrías tenido suficiente con las casi tres semanas que pasaste viéndome desnuda.

—Dado que permaneciste inconsciente durante la mayor parte de ese tiempo, eso no cuenta.

Lysette no pudo evitar que se le escapara una risa nerviosa mientras oía cómo le eran repetidas sus propias palabras. Después de terminar con la hilera de botones, Max se inclinó sobre los rizos que se elevaban de su cuello para rozárselos con los labios.

El corpiño del vestido le resbaló, y Lysette se apresuró a cerrar las manos sobre la seda y los encajes para mantenerlos firmemente sujetos sobre su delgada camisola. Max se encontraba tan cerca de ella que podía percibir el calor y el peso de su cuerpo, oler la irresistible fragancia de su piel, el tenue aroma del ron y los vestigios del almidón en su camisa. Pero no la tocó.

Lysette respiró hondo, se apartó de él y fue hacia el guardarropa en el que le habían dejado preparadas sus prendas para la noche. Como era habitual en la mayoría de las parejas criollas, habían acordado ocupar dormitorios separados.

—La relación entre esposos parece ser bastante simple —dijo, ingeniándoselas para mantener subido el corpiño al tiempo que sacaba un camisón de uno de los cajones. Mientras se incorporaba, vio el reflejo de Max en el espejo del tocador. Se había quitado los zapatos y estaba sentado en la cama, con los muslos separados.

Lysette se concentró en el camisón que tenía en las manos mientras seguía hablando.

—El esposo y la esposa se abrazan y se besan, hasta que él llega a estar excitado. Entonces él introduce su... su... parte masculina dentro de ella, y eso duele. Después de la primera vez, ya no resulta tan desagradable, pero es una obligación que una esposa no puede rehusar demasiado a menudo. A menos que esté teniendo su periodo, o que alguna otra enfermedad le proporcione un respiro de las atenciones de su marido.

—Un respiro —repitió Max en un tono muy extraño.

Reuniendo valor para lanzarle una rápida mirada de soslayo, Lysette vio en su rostro una mezcla de diversión y consternación que resultaba casi cómica.

—Bueno, sí. No consigo imaginarme a ninguna mujer teniendo ganas de que un hombre le haga eso. Mi hermana Jacqueline dice que es francamente desagradable.

—¿Tu hermana quiere a su esposo?

—No lo creo. Fue un compromiso acordado, y no están hechos el uno para el otro. Él es un poco mayor que ella.

—¿Cuántos años tiene él?

—Alrededor de ciento cincuenta —dijo Lysette lúgubremente, y Max soltó una ruidosa carcajada.

—¿Y tú estabas preocupada por nuestra diferencia de edad?

Lysette se encogió de hombros y sonrió, sin poder evitar comparar al decrépito esposo de su hermana con la viril criatura que tenía delante.

—En realidad no estaba preocupada —admitió—. Sólo trataba de provocarte.

—Pues lo has conseguido —la informó él, y Lysette rió.

Lysette miró el vestido que estrujaba entre los dedos y se preguntó cómo haría para cambiarse de ropa sin dejar de preservar su pudor. No parecía posible. Trató de consolarse con la reflexión de que, en cualquier caso, ella ya no tenía secretos para él. Sin permitirse pensar demasiado, se quitó el vestido y la camisola, se desató las ligas y se bajó las medias. Todo el proceso requirió menos de un minuto, pero sintió la mirada abrasadora de su esposo posada en ella durante todo ese tiempo, y le pareció que transcurría una eternidad antes de que consiguiera llegar a ponerse el camisón.

Cuando por fin lo miró, tenía la cara de un intenso color rojo.

—Eres muy hermosa —dijo Max con voz ronca.

Lysette sabía que difícilmente podía considerársela como una de esas bellezas que hacen enloquecer de pasión a los hombres, pero el modo en que la miraba Max no dejaba ninguna duda acerca de que él opinaba todo lo contrario. Y ciertamente ella no iba a discutírselo.

—*Merci* —murmuró. Fue hacia la cama con pasos cautelosos, se detuvo junto a él y alzó las cejas con expectación—. ¿Y bien? ¿Mi versión de la relación marital se corresponde con la realidad, o deseas modificarla?

Max le hizo un gesto de que se acercara. Extendiendo una mano, tiró de Lysette hasta subirla a la cama, donde se acomodó con las piernas parcialmente dobladas debajo de ella.

—Hay unas cuantas cosas que quiero aclarar —dijo Max.

Alzó la mano hacia los cabellos de Lysette y alisó suavemente con los dedos los rojos rizos hasta encontrar las horquillas que mantenían sujeto su peinado. Con mucho cuidado, le soltó los cabellos y sus dedos buscaron suavemente entre el desorden. Lysette sintió que un escalofrío de éxtasis le bajaba por la espalda. Los diminutos dolores producidos por los tirones de las horquillas enseguida se convirtieron en un agradable cosquilleo.

—En primer lugar —dijo Max—, no es una obligación que sólo se pueda eludir en caso de enfermedad o de tener el periodo. Puedes rechazar mis atenciones en cualquier momento, sin tener que dar una razón para ello. Tu cuerpo te pertenece, para ser compartido o retirado según te venga en gana. Yo no encontraría nada placentero en imponerle mi presencia a una pareja que no estuviera dispuesta a aceptarme, lo que nos lleva a un segundo punto. Existen ciertas cosas que un hombre puede hacer para que su pareja encuentre agradable el acto sexual. No tiene por qué ser incómodo, después de la primera vez.

Lysette permanecía muy quieta, arrullada por la caricia de las manos de él en sus cabellos.

—Max... —Una súbita oleada de calor le encendió el rostro, se sintió sofocada de vergüenza—. Cuando nos besamos el otro día... te sentí... es decir, sentí tu... y no creo que...

—¿Sí? —la animó a seguir él con voz enronquecida ante su silencio acongojado.

—Es imposible que puedas hacerme sentir cómoda —dijo ella atropelladamente.

Para la eterna gratitud de ella, Max no se echó a reír sino que replicó «Lysette» con mucha seriedad. Luego le besó la coronilla y fue bajando poco a poco hasta su oreja. Lysette sintió cómo sus labios le rozaban la delicada piel del lóbulo.

—Creo que tu cuerpo aprenderá a darme cabida —susurró él—. Confía en mí para eso, *d'accord?*

—Está bien.

Un instante después se sorprendió al verlo levantarse de la cama.

—Ahora tengo que dejarte, *petite*.

—Pero todavía me quedan unas cuantas preguntas que hacer.

—Desgraciadamente, existen ciertos límites que no debo rebasar si no quiero perder el control. —Su mano descendió hacia el tobillo de Lysette y lo apretó suavemente—. Deja que me vaya, Lysette, para que así pueda mantener mi promesa de no tomarte. Te prometo que luego hablaremos más.

—¿No puedes quedarte un ratito más? —preguntó ella, extendiendo la mano para tocarle el pecho. Sintió cómo los músculos de Max se movían bajo la tela de su camisa, y aquella súbita tensión le reveló la intensidad del deseo que él mantenía a raya tan firmemente. La tenue claridad de las *veilleuses*, las pequeñas lámparas del tocador y la mesilla de noche, danzaba delicadamente sobre los firmes contornos de su pómulo y su mandíbula.

Torciendo el gesto visiblemente, Max le tomó la mano y se la apartó del pecho.

—No si deseas seguir siendo virgen esta noche —dijo en un tono bastante hosco.

De pronto Lysette se sintió tentada de invitarlo a quedarse. Sin embargo, no podía permitir que un impulso repentino interfiriese en su resolución. Sólo podría consentir que Max le hiciese el amor cuando tuviese la seguridad de que estaba realmente enamorado de ella o, al menos, de que sentía algo muy próximo al amor. Y sabía que la atracción aún no había madurado hasta convertirse en esa emoción más profunda que sólo podía llegar con el tiempo.

—Entonces buenas noches —dijo, y se inclinó hacia delante para rozarle los labios con un rápido beso.

Max sacudió la cabeza melancólicamente.

—Yo intento que puedas confiar en mí y tú no me lo estás poniendo nada fácil, *chérie* —dijo—. Eres demasiado tentadora, y no estoy acostumbrado a renunciar a lo que deseo. —Cogió la chaqueta, se la puso y fue hacia la puerta.

—¿Max? —Sus acciones llenaron de inquietud a Lysette. Max no se habría puesto la chaqueta si no planeara ir abajo. Pero seguramente no estaría pensando en volver allí para reunirse nuevamente con sus invitados, ya que eso habría sido el colmo del mal gusto. ¿Podía ser que tuviera la intención de salir de la plantación?

Él se detuvo y la miró por encima del hombro.

—¿Sí?

—¿Vas a salir esta noche?

Una sonrisa tan breve como irritante flotó por un momento en los labios de Max, como si supiera con toda exactitud qué era lo que temía Lysette: que aquella noche pudiera ir a satisfacer sus deseos con su *placée*, dado que su esposa no se hallaba disponible para él.

—Algún día, *ma petite*, mi paradero durante la noche será asunto de tu incumbencia —dijo. Y luego, con un brillo malvado en los ojos, añadió—: Pero todavía no.

Y con esas últimas palabras se fue, cerrando suavemente la puerta tras de sí.

Lysette se la quedó mirando, consciente por primera vez en su vida del acre sabor de los celos.

Max se detuvo ante la puerta del dormitorio, contrariado por tener que dejar a Lysette cuando cada uno de sus impulsos le exigía que volviera con ella. En su fuero interno sabía que era capaz de persuadirla de que se le entregara, y que ella disfrutaría del acto tanto como él. Sin embargo, la confianza de Lysette le importaba demasiado para arriesgarla. Esperaría durante todo el tiempo que ella quisiera, aunque iba a ser difícil.

¿Había deseado así a Corinne? El recuerdo de su primera noche con ella era poco más que un confuso borrón, pero se acordaba de que después Corinne —la primera y única virgen con la que se había acostado— siempre lo había mirado con resentimiento y reproche. A pesar de lo mucho que él se había esforzado por tratarla con delicadeza, aquella noche había sido una experiencia muy dolorosa y mortificante para ella. A Corinne la habían educado para que aprendiera a temer cualquier clase de intimidad con su esposo, del mismo modo en que a Max se le había enseñado a pensar que el amor que se sentía por una esposa no tenía nada que ver con el que se sentía por una amante.

Gracias a Dios, la edad y la experiencia le habían llevado a creer otra cosa.

Al día siguiente Bernard sostenía entre sus largos dedos una copa llena de vino tinto mientras contemplaba a su hermano mayor. Era la primera ocasión de hablar en privado que tenían desde que él había vuelto de Francia. Max había pasado todo el día fuera de la mansión, supervisando la reparación de un puente defectuoso en la propiedad. Luego fue a la biblioteca sin cambiarse de ropa, con la intención de tomar una copa mientras le preparaban el baño. La suciedad que manchaba sus ropas atestiguaba que había tomado parte de manera muy activa en la reparación del puente.

Bernard no pudo evitar sentirse divertido por el aspecto de su hermano.

—Éste no es el modo en que yo habría esperado que pasarías el día siguiente a tu boda —dijo.

—Yo tampoco me esperaba que fuera así —replicó Max sarcásticamente mientras tomaba asiento y cruzaba las piernas, sin prestar atención a las pellas de barro que se desprendieron de sus botas para caer sobre la magnífica alfombra de Aubusson.

—Veo que hay un aspecto en el que no has cambiado: nada está bien a menos que lo hagas tú mismo. Porque de hecho no hay ninguna necesidad de que vayas por el barro y sudes como un jornalero, ¿verdad?

Max apretó los labios en una mueca de irritación. Ni Bernard ni Alexandre querían cargar con ninguna de las responsabilidades de llevar una plantación. Cuando entraban en la biblioteca, era sólo para alargar el brazo hacia los licores o extender la palma de su mano para recibir sus asignaciones mensuales.

Sin embargo, ambos —Bernard en particular— criticaban a Max con toda libertad cuando no estaban de acuerdo con las decisiones que tomaba acerca de la plantación. Lo más irónico de todo aquello era que a Max ni siquiera le gustaba la agricultura, y sólo había heredado una pequeña parte del intenso amor por la tierra que sentía su padre. Sus intereses se orientaban mucho más hacia los negocios y la política.

Además, sus crecientes actividades políticas habían modificado su manera de ver ciertas cosas. Muchos de los políticos que venían a visitarlos desde el noreste no intentaban ocultar que estaban a favor del abolicionismo, y en el curso de los debates que mantenía con ellos, Max había descubierto que cada vez le costaba más defender el sistema de esclavitud que había heredado.

Había oído decir que ni siquiera el presidente Jefferson tenía formada una opinión muy clara sobre el tema de la esclavitud, y que intentaba equilibrar las cuestiones éticas con los intereses económicos. El dilema moral al que tenía que hacer frente Max, combinado con su falta de interés por el cultivo de la tierra, había hecho que la plantación de los Vallerand se convirtiera en una pesada carga de la que le habría encantado poder librarse.

—Dado que al parecer soy el único Vallerand que se encuentra disponible para llevar la plantación —dijo Max sardónicamente—, me parece que haré lo que considere más adecuado. No obstante, si tú o Alexandre deseáis asumir alguna responsabilidad, os la transferiré de muy buena gana.

—Nuestro padre decidió hace mucho tiempo cuáles serían los papeles que asumiríamos —dijo Bernard con un filosófico encogimiento de hombros—. Tú ibas a ser el modelo, el más selecto representante de toda la descendencia aristocrática de Nueva Orleans... el cabeza de familia. Yo sería el hijo pródigo, y Alexandre el libertino. ¿Cómo te atreves a sugerir que nos salgamos de los papeles que nos adjudicaron?

Max lo miró con escepticismo.

—Ésa es una excusa muy cómoda, Bernard. La realidad es que nuestro padre ya se ha ido de este mundo, y ahora puedes hacer lo que quieras.

—Supongo —masculló Bernard, estudiándose las botas.

Durante el incómodo silencio que sobrevino a continuación, Max intentó encontrar alguna manera de abordar el asunto que tenían que discutir.

—¿Realmente eran tan poco atractivas las hijas de los Fontaine, Bernard? —preguntó finalmente.

Su hermano dejó escapar un suspiro de cansancio.

—No, no... pero ¿cómo voy a pensar en el matrimonio cuando sé que en algún rincón del mundo tengo a una mujer y un hijo ilegítimo que necesitan mi protección?

—Ya hace diez años de eso —le dijo Max en un tono bastante seco—. A estas alturas, ella probablemente habrá encontrado un esposo.

—¿Y se supone que eso debe servirme de consuelo? ¿El hecho de que ahora otro hombre esté criando a mi hijo? ¡Dios mío, durante los últimos diez años no ha habido ni una sola noche en la que no me preguntara por qué ella me dejó sin decirme a mí o a su familia adónde iba!

—Lo siento, Bernard —dijo Max suavemente—. Quizá yo podría haber hecho algo al respecto, pero en lugar de eso...

Se calló. En aquel tiempo había estado demasiado atrapado en la maraña creada por el asesinato de Corinne para dedicar un instante de sus pensamientos a la infortunada aventura de su hermano con Ryla Curran, la hija de un gabarrero americano. Bernard y la joven sabían que el matrimonio entre un católico y una protestante habría significado el desastre para uno de ellos o tal vez para ambos. Cuando Ryla descubrió que estaba embarazada, desapareció. Pese a todos los esfuerzos que hizo Bernard por encontrarla a ella y al bebé, ya habían transcurrido diez años sin que hubiera ni el menor rastro de ellos.

—Bernard —dijo Max—, ya has dedicado suficiente tiempo a buscarlos. Ahora quizá deberías renunciar de una vez al pasado.

—¿Es eso lo que tú has decidido hacer? —preguntó Bernard, cambiando abruptamente de tema—. ¿Es ésa la razón para este matrimonio tuyo tan precipitado?

—Me casé con ella porque la deseo —dijo Max sin perder la calma.

—No pasaste la noche con ella. Toda la casa lo sabe.

—Al diablo con la casa. Es mi matrimonio, y lo llevaré como me venga en gana.

—Sé que lo harás —dijo Bernard alegremente—. Pero me parece que cometes una estupidez al volverle la espalda a la tradición. Recuerda, deberías pasar al menos una semana a solas con tu nueva esposa. —Sonrió sugestivamente—. Como esposo, tienes el deber de domarla apropiadamente.

Max torció el gesto.

—Puede que algún día solicite tu opinión al respecto. Mientras tanto...

—Sí, ya lo sé. —Un destello de humor centelleó en los oscuros ojos de Bernard—. Por cierto, ¿has decidido renunciar a Mariame?

Cuando ya estaba separando los labios para hablar, algún instinto impulsó a Max a volver la mirada hacia la puerta. Lysette estaba de pie en la entrada de la biblioteca, a la que acababa de acudir en busca de Max. Su expresión dejaba muy claro que había oído la pregunta de Bernard. «Oh, diablos», pensó Max con exasperación.

Lysette asumió rápidamente una alegre y resuelta sonrisa mientras entraba en la estancia.

—Perdona que os interrumpa, *mon mari* —dijo afablemente. Con aquel vestido de color melocotón que resaltaba la forma de sus pechos al unirlos y se extendía delicadamente sobre su esbelta figura, se la veía fresca y llena de vida. Max enseguida quiso tomarla entre sus brazos, por muy manchadas de barro y sudor que estuvieran sus ropas, y tomar posesión de su boca con un apasionado beso—. Tu bañera ya está preparada —le dijo—. Supongo que querrás lavarte antes de cenar.

Max estuvo a su lado de inmediato, y sintió que su humor mejoraba con la presencia de Lysette. Su esposa surtía un efecto realmente notable sobre él, recordándole aquella época de su vida en la que era joven, estaba lleno de ideales y el mundo sólo le prometía felicidad.

—Desde luego. Ya hablaremos después, Bernard.

Su hermano murmuró una réplica inaudible mientras ellos se iban.

—Estás muy sucio —dijo Lysette-. ¿Qué has estado haciendo hoy, Max?

Max hizo como si no la hubiera oído, y se preguntó si alguien más en la familia habría especulado sobre su posible paradero la noche anterior.

—¿Hizo mi madre por casualidad alguna mención de mi marcha anoche?

—Oh, sí —replicó Lysette con un filo irónico en la voz—. Me aconsejó que te perdonara por no haberme atendido como es debido durante nuestra noche de bodas, e intentó convencerme de que mejorarás con el tiempo.

Él la cogió del codo mientras caminaban.

—¿Te gustaría saber adónde fui anoche?

—No particularmente —dijo Lysette, y él sonrió ante lo que estaba claro que era una mentira—. Sin embargo —añadió—, si deseas contármelo, adelante.

—Fui a ver a mi antigua *placée*. —La diversión de Max persistió cuando Lysette apartó bruscamente el codo de la mano con que él se lo sujetaba—. ¿Quieres que te cuente lo que sucedió entre nosotros?

—No —replicó ella, y luego se detuvo para mirarlo recelosamente—. ¿Has dicho «antigua»?

—Sí, eso es lo que he dicho. Y no sucedió nada, aparte de que acordamos poner fin a nuestro acuerdo.

—¿Nada? —preguntó ella con suspicacia.

—Ni siquiera un beso de despedida.

—Oh. —Con un inesperado e intenso alivio, Lysette trató de ocultar el placer que sentía. Dejó que él volviera a cogerla del brazo y entraron en su dormitorio, donde lo aguardaba un baño humeante. Una pastilla de caro jabón hecho a mano y una pequeña montaña de toallas dobladas habían sido colocadas encima de un cubo puesto del revés junto a la bañera. Max hizo un sonido de aprobación al verlas, y se quitó la camisa.

Lysette se detuvo, sin poder evitar mirar su cuerpo. Musculoso y bronceado por el sol, Max era un magnífico ejemplar de varón. Una gruesa mata de vello negro cubría su pecho y descendía, estrechándose en una sedosa capa, sobre la tensa musculatura de su abdomen. Sus brazos desnudos aparecían fortalecidos por el trabajo en la plantación, así como por los muchos años de practicar la esgrima. Lysette se quedó sin aliento mientras lo contemplaba ir hacia la cama y tomar asiento en el borde de ésta.

Max la miró con sus ojos oscuros como el café. Una sonrisa inclinó una de las comisuras de sus labios cuando se percató del interés con que lo observaba Lysette. Librándose con un gruñido de esfuerzo de las botas embarradas, dejó caer al suelo aquellos dos objetos impresentables y se sacudió las costras de barro seco que se le habían quedado pegadas a las manos. Los músculos se tensaban bajo su reluciente piel bronceada con cada movimiento que hacía. Lysette vio que tenía unas cuantas marcas en el torso, incluida una cicatriz en forma de estrella sobre el hombro.

—¿De dónde provienen esas cicatrices? —preguntó.

—Son heridas de duelo. Con lo insignificante que es mi honor, he tenido que recurrir a toda mi destreza para defenderlo.

El atractivo aroma almizclado de su piel llegó a la nariz de Lysette. Sentirlo hizo que quisiera ir hacia Max y apretar el rostro contra el calor salado de su cuello. Se acercó lentamente hacia él, volviendo a posar la mirada en sus cicatrices.

—Supongo que algunos de los jóvenes criollos de la ciudad pretenden demostrar su hombría enfrentándose a ti —dijo—. Como lobos que retan al líder de la manada. ¿Alguna vez has herido de muerte a alguien?

Max sacudió la cabeza.

—Lo normal es que el honor quede satisfecho con la primera sangre. Siempre he intentado evitar los duelos, salvo en el caso de Sagesse. Sólo lucho cuando los demás me obligan.

—Comprendo —dijo Lysette con dulzura al tiempo que extendía la mano para tocarle la cicatriz del hombro. No era consciente de haberse aproximado a su cuerpo medio desnudo, pero ahora estaba junto a él y su aliento hacía que el vello del pecho de Max temblara suavemente. ¿Cuántas veces habría hecho frente él a la punta de una espada? ¿Cuán cerca de la muerte había llegado a estar? El pensamiento la llenó de una profunda inquietud. Desconcertada, Lysette se apresuró a volverle la espalda.

—Tienes que estar muy cansado después de tanto ejercicio —dijo—. Sin duda estarás impaciente por disfrutar de tu baño. Te dejaré a solas con...

Un leve rumor detrás de ella hizo que no llegara a completar la frase. Comprendió que Max se había quitado los pantalones. Ahora estaba completamente desnudo. Paralizada por la indecisión, Lysette intentó decidir si quería irse o prefería quedarse.

Oyó el ruido que hizo el cuerpo de Max al meterse en el agua.

—¿Por qué no me ayudas a bañarme, *petite*?

Lysette se volvió, sin poder evitar que sus ojos absorbieran con avidez la visión de toda aquella reluciente piel masculina, las duras curvas de sus hombros alzándose sobre el borde de madera de la bañera.

—¿Necesitas ayuda? —Sentía los pulmones calientes y dilatados, como si hubiera inhalado una parte del abundante vapor que envolvía a Max.

—Dijiste que querías acostumbrarte a mí. Ahora te estoy dando una oportunidad de hacerlo.

—Qué considerado por tu parte.

Max sonrió y se recostó en la bañera, dejando escapar un suspiro cuando el agua caliente bañó sus músculos tensos. Luego entornó los ojos, con la expresión de un gato perezosamente reclinado al sol.

—Al menos podrías pasarme el jabón, *ma petite*. —Una sonrisa flotó en sus labios cuando añadió provocativamente—: Sé valiente, ¿quieres?

Lysette no era el tipo de mujer que retrocediera ante un desafío. Y su curiosidad podía mucho más que su aprensión.

—Ciertamente, *mon mari*. —Cogió la pastilla de jabón y la olió, detectando el aroma de la melisa.

Max se irguió en la bañera, ofreciendo a Lysette su ancha y musculosa espalda. El movimiento volvió a recordarle a un gato cuando pide en silencio que lo acaricien.

Un estremecimiento más placentero recorrió el estómago de Lysette.

—¿Por qué no? —dijo—. Te frotaré la espalda, *mon mari*. Pero el resto tendrás que hacerlo tú mismo. —Subiéndose las mangas por encima de los codos, fue hacia la bañera. El agua estaba muy clara bajo el vapor que ascendía de ella, proporcionándole una buena visión de la erección rampante que había debajo de su superficie. Aunque intentó no reaccionar ante aquel espectáculo impresionante, un súbito rubor subió hasta el nacimiento de los cabellos de Lysette.

Max enarcó una ceja, como si hubiese esperado un grito de sorpresa. Lysette rodeó la bañera hasta detenerse detrás de él.

—Parece como si eso tuviera que doler —comentó.

Él echó la cabeza hacia atrás para observarla desde la bañera.

—¿A ti o a mí?

Lysette no pudo evitar sonreír ante lo provocativo de la pregunta, y se sonrojó.

—A ambos, me imagino.

Sin más comentarios, Max volvió a inclinarse hacia delante. Lysette metió las manos en el agua y frotó la pastilla de jabón entre ellas, hasta que el intenso aroma de la melisa llenó el aire. Dejó el jabón a un lado y empezó a extender la cremosa sustancia sobre la espalda de Max, siguiendo con los dedos los duros contornos del músculo y la gruesa línea de su columna. Hilillos de agua y jabón corrieron por la piel bronceada.

Lavarle el pelo parecía un acto extraordinariamente íntimo, pero Lysette también lo hizo, moviendo sus dedos enjabonados por entre los oscuros rizos mojados y frotando el cuero cabelludo. Max no intentó ocultar lo mucho que disfrutaba con sus cuidados. Lysette se incorporó para coger el cubo lleno de agua fresca y derramársela por la cabeza, enjuagando así el jabón.

Luego volvió a dejar el cubo en el suelo con mucho cuidado, mientras Max se apartaba los mechones mojados de la frente. Sus pestañas llenas de gotitas de agua se elevaron cuando la miró.

—¿Por qué no te reúnes conmigo?

La sugerencia excitó y sorprendió a Lysette. Un delicioso dolor floreció en su pecho y se propagó hasta las puntas de sus senos, convertidos en dos puntos muy sensibles. Cuando por fin consiguió hablar, Lysette sintió que la garganta le hormigueaba como si hubiera bebido miel caliente.

—No hay espacio suficiente para dos personas —dijo.

—Lo hay si nos sentamos lo bastante cerca el uno del otro.

Al ver que Lysette permanecía inmóvil, Max se inclinó hacia ella. Su boca encontró un punto vulnerable en el cuello de la joven, y empezó a lamerlo y mordisquearlo suavemente. Lysette tragó aire, mientras su cuello respondía al roce masculino de la mandíbula de él. El mundo pareció inclinarse poco a poco, como si Lysette estuviera dentro de algún enorme cuenco de cristal que hubiera empezado a rodar lánguidamente sobre su costado.

Cuando extendió los brazos en un intento de no perder el equilibrio, una de las manos de Lysette quedó apoyada en la peluda superficie del pecho de Max. Sus dedos se hundieron en una esterilla de rizos empapados de agua caliente. Su pulgar reposaba sobre el borde sedoso del pezón de Max, y Lysette no pudo evitar acariciarlo hasta que lo sintió contraerse en una dura punta. Max dejó escapar un murmullo y le puso una mano en la nuca. Lysette dejó que atrajera su boca hacia la suya, y Max la besó con avidez no exenta de delicadeza.

Una oleada de placer se agitó dentro de Lysette, y su piel se volvió sensible al más leve de los contactos. Abrió la boca como en sueños y permitió que Max la explorase con lentas caricias de su lengua. No protestó cuando él le cogió la mano y se la guió bajo el agua, el calor de la cual no era nada comparado con el fuego abrasador de su excitación.

Dúctiles y obedientes, los dedos de Lysette se curvaron en torno a la larga virilidad de Max. Su contacto no se parecía a nada de lo que ella había esperado. La piel de Max era como un fino raso firmemente extendido sobre la dureza de su miembro. Lysette recorrió la forma de éste con la mano, explorándolo delicadamente bajo el agua. Max continuó besándola, su aliento parecía ejercer presión contra su mejilla, y Lysette se sintió extrañamente mareada al percatarse de su creciente excitación.

Se inclinó hacia delante para tenerlo todavía más cerca, hasta que la pechera de su vestido quedó empapada y el duro borde de la bañera se le incrustó en el estómago. Fue únicamente ese nuevo dolor lo que la hizo volver en sí. Lysette torció el gesto y retrocedió con un pesado jadeo.

El rostro de Max estaba relajado y profundamente concentrado a la vez. Lysette parpadeó y se pasó las manos mojadas por la cara.

Max extendió el brazo hacia ella y pasó el pulgar por una gotita de agua que iba descendiendo perezosamente por entre sus pechos.

—Bésame otra vez —murmuró.

Lysette dejó escapar una risa temblorosa y se incorporó penosamente, estremeciéndose al sentir la tela empapada de su vestido en el pecho.

—Me parece que ya habéis tenido más que suficiente de mí por hoy, monsieur.

Él se puso de pie dentro de la bañera, el agua corría en una reluciente cascada a lo largo de su cuerpo envarado por la excitación.

—Si hubiera tenido suficiente de ti, *ma petite*, ahora no presentaría este aspecto.

Con un jadeo ahogado, Lysette se apresuró a apartarse de él. Sintió que la mano de Max la rozaba cuando intentó agarrarla, y lo esquivó ágilmente. Un estallido de risitas entrecortadas escapó de sus labios.

—¡No te atrevas, Max! ¡No me toques!

Él salió de la bañera y la siguió, mientras ella huía hacia la puerta. La mano de Lysette se cerró sobre el pomo de porcelana pintada al tiempo que se le ocurría pensar que no podía ir por la casa con el vestido empapado. Tampoco podía batirse en retirada hacia su habitación para cambiarse de ropa, ya que las doncellas probablemente todavía estarían barriendo la alfombra y cambiando las sábanas de la cama.

—Vamos, Max —dijo en el tono más razonable de que fue capaz, todavía dándole la espalda—, ya está bien. Te traeré una toalla y...

Los brazos mojados de Max se curvaron alrededor de ella, quien sintió que el agua de su pecho le empapaba la espalda del vestido. Otro torrente de risitas brotó de los labios de Lysette, y se maldijo a sí misma por haber perdido la compostura hasta ese punto.

—¡Max, me has mojado toda!

La boca de él descendió sobre su nuca y la besó suavemente.

—Mi dulce esposa —susurró—. Deja que tenga sólo un poquito más de tu persona. No faltaré a mi promesa, te lo juro. Sólo deja que te toque. Por favor.

Lysette lo sintió tirar de la tela de su vestido, y las cintas cedieron de pronto para liberar en un impetuoso estallido su carne confinada. El corpiño empezó a deslizarse, y antes de que ella pudiera evitarlo, el vestido cayó al suelo en un confuso montón de tela empapada. Lysette quedó con una camisola mojada y las medias por única vestimenta. La mano de Max recorrió la apretada curva de sus nalgas desnudas, y Lysette dio un salto al sentir el inesperado contacto de sus dedos.

Oyó el suave canturreo que escapó de los labios de Max mientras sentía la delicada presión de su pecho en la espalda con cada una de sus profundas inspiraciones. La mano de Max se deslizó sobre su cadera y luego siguió camino hacia delante, hasta que las puntas de sus dedos rozaron con suavidad el hueco de su ombligo. Lysette puso las palmas de las manos sobre la dura madera del panel de la puerta y la apretó.

—Max —consiguió balbucear—, no deberías...

—Pararé tan pronto como tú me lo digas. —La palma de su mano se deslizó en una delicada caricia por encima del suave mechón de vello que crecía entre los muslos de Lysette. Los dientes de Max capturaron su nuca en un tenue mordisqueo, y luego mitigó la presión con delicados movimientos de su lengua—. No tengas miedo. Sólo quiero darte placer. *Dieu*, qué dulce eres.

Su traidora garganta se cerró sobre la protesta que Lysette quería hacer salir de ella, mientras que la proximidad de Max hacía que todo el cuerpo empezara a dolerle en los lugares más íntimos. Siguió vuelta de espaldas a él, jadeando, mientras Max le subía la camisola hasta la cintura. Luego hizo que la abrasadora longitud de su erección le presionara las nalgas; la punta del miembro parecía marcarla como un hierro al rojo vivo. La realidad que ya apenas podía percibir se le escurrió definitivamente de entre los dedos, y Lysette se apretó a su vez contra la tórrida forma masculina.

Los dedos de Max vagaron por sus rojos mechones, explorando suavemente el delicado montículo femenino. Lysette abrió la boca, pero no fue capaz de decirle que parase. La sensación era demasiado deliciosa. Max prosiguió su exploración del mullido triángulo, hasta que Lysette gimió y separó las piernas en una súplica involuntaria. La boca de Max le tocó la oreja y luego fue hacia su húmeda mejilla.

Los hábiles dedos de él separaron delicadamente los labios hinchados del sexo de Lysette y entraron en la delicada hendidura.

—*Petite*, he soñado con tocarte ahí... de este modo... sí, déjame hacerlo, *ma belle*... —Encontró la diminuta protuberancia de carne que había empezado a palpitar con una nueva e intensa sensación, y las puntas humedecidas de sus dedos tocaron, describieron círculos y excitaron hasta que Lysette empezó a gimotear y apoyó la frente en la puerta. El corazón se le había desbocado, y la sangre corría por sus venas con la fuerza de un torrente.

—Max —dijo con voz entrecortada—. Oh, Max...

El dedo medio de Max entró en ella, deslizándose sin ninguna dificultad a través de la apretada abertura. Lysette se envaró ante aquella delicada invasión, al tiempo que sentía que un extraño calor se extendía por todo su cuerpo.

—¿Quieres que pare? —susurró él. Retiró el dedo, lo que

la hizo estremecerse—. Dímelo, Lysette. Dime qué quieres, y lo haré.

Lysette se volvió hacia él, le pasó los brazos por el cuello y apretó sus pezones contra su pecho. Todos los principios habían quedado reducidos a cenizas en aquella devastadora conflagración del deseo.

—Max, hazme el amor, ahora, por favor, por favor, por favor...

—Todavía no quiero tomar tu virginidad. —Su mano descendió por la espalda de Lysette en una caricia que pretendía calmar, pero sólo sirvió para hacerla debatirse frenéticamente—. No hasta que esté seguro de que realmente lo deseas.

—Lo deseo —gimió ella—. De veras.

La mano de él se deslizó entre sus piernas, sus dedos regresaron infaliblemente al lugar en el que ella más necesitaba tenerlos.

—No quiero hacerte sufrir. Sólo pretendía asegurarme de que lo deseabas.

Si Lysette lo hubiera deseado más habría ardido como una antorcha. Su cabeza cayó hacia atrás sobre el brazo que la sostenía al tiempo que sus caderas realizaban movimientos circulares en respuesta a cada una de sus caricias. Las sensaciones se inflamaron rápidamente, demasiado rápidas, demasiado abrasadoras, y Lysette gritó mientras un gran espasmo se adueñaba súbitamente de su cuerpo, haciendo que sus nervios ardieran y que el placer inundara su ser hasta dejarla sin fuerzas y hacerla temblar. Se dejó caer sobre él, y enterró la cara en su hombro.

—Max... llévame a la cama.

—No —dijo él, robando un duro beso de sus húmedos labios—. No quiero aprovecharme de ti, *petite*.

—Nunca se me ocurriría pensar tal cosa. Por favor, Max.

—No. Después podrías culparme por ello.

Lysette se asombró de que Max fuera capaz de negarle lo que le pedía, cuando era obvio que él también deseaba lo mismo. ¿Tanto le importaban los sentimientos de ella? Pensarlo le aceleró el pulso, y volvió a ofrecerle la boca. Cuando sus labios se separaron, dijo con un hilo de voz:

—Si lo que quieres dar a entender con eso es que ahora no sé lo que hago...

—No lo sabes.

—¡Pues claro que lo sé!

—Una buena esposa criolla nunca le lleva la contraria a su marido —dijo él.

Lysette soltó una carcajada a su pesar y le acarició el pecho.

—Max... —Restregó la mejilla contra la suave lisura de su hombro—. ¿Crees que el agua del baño todavía estará caliente?

—Probablemente. —Le alzó la barbilla y sonrió—. ¿Ahora me toca a mí el turno de bañarte? —preguntó, y la tomó en sus brazos antes de que ella pudiera responder.

7

Aunque había pasado la mayor parte de su vida en una casa donde prácticamente sólo había mujeres, Lysette se encontraba ahora rodeada de hombres. No tardó en descubrir que sus parientes políticos del sexo masculino eran muy distintos de su padrastro.

Los Vallerand se airaban con las misma facilidad que Gaspard, pero no recurrían a las palabras malsonantes ni siquiera cuando se enfurecían. A diferencia de Gaspard, cuyos gritos no surtían ningún efecto sobre los demás, ellos sabían cómo herir con unas cuantas palabras expertamente escogidas, y a veces los hermanos eran realmente implacables el uno con el otro. En presencia de una mujer, sin embargo, ponían freno a las discusiones y la conversación se suavizaba.

Lysette estaba empezando a creer en lo que había dicho Noeline un día, cuando le aseguró que los hombres de la familia Vallerand nacían sabiendo cómo hechizar a las mujeres. Desde su infancia, Lysette había estado acostumbrada al apenas disimulado desdén que Gaspard sentía por ella, y aquélla era la razón de que ahora se viera desarmada con tanta facilidad por las atenciones de que la hacían objeto los Vallerand.

Alexandre solía hacer melodramáticos apartes con ella para pedirle consejo sobre asuntos del corazón, asegurando con un guiño pícaro que una mujer que había conseguido atrapar a su hermano por fuerza tenía que ser una gran autoridad en la materia. Bernard la regalaba con historias de sus viajes por el extranjero. Philippe compartía con ella sus libros favoritos, y Justin la acompañaba cuando salía a cabalgar por la plantación.

Los Vallerand eran una familia muy instruida, y siempre estaban devorando libros, periódicos y cajas llenas de publicaciones importadas de Europa. Lysette no tardó en aprender a disfrutar de las reuniones familiares que tenían lugar en la sala de estar cada mañana, cuando los Vallerand leían en voz alta, o se entretenían con juegos de palabras, o debatían cuestiones políticas mientras los gemelos escenificaban batallas llenas de inventiva con regimientos de soldaditos de plomo pintados.

Irónicamente, ahora Lysette veía a los otros Vallerand mucho más a menudo que a su esposo. Max siempre se encontraba muy ocupado, o con los asuntos de la plantación o con sus actividades políticas y sus operaciones navieras. Se había embarcado en una complicada negociación para adquirir otro navío que añadir a los seis con que ya contaba su flota, y aparte de eso estaba preparando otra ruta a las Indias Occidentales y tenía que nombrar un encargado para que abriera una delegación allí.

Además, estaba supervisando la construcción de más almacenes en el muelle del río. Aquellas actividades siempre lo mantenían ocupado durante la mayor parte del día, hasta que regresaba a la plantación a la hora de cenar. Al anochecer, Max se relajaba con la familia en la sala de estar, o compartía una botella de vino con Lysette en la intimidad de su habitación.

Desde aquel apasionado interludio dos semanas atrás, Max no había hecho nuevos avances. Lysette se había sentido tentada en más de una ocasión de pedirle que le hiciera el amor, pero todavía no le parecía que fuera el momento apropiado, y ahora estaba más decidida que nunca a ganarse su afecto antes. Mientras tanto, disfrutaba mucho con las horas que pasaban juntos hablando, discutiendo y flirteando. Cuanto más llegaba a conocer a su esposo, más lo apreciaba. Max era un hombre que sabía hacer frente resueltamente a sus responsabilidades sin quejarse, motivado por el deber y un sentido de protección hacia su familia. Sin embargo, también poseía una tendencia a dominarlo todo y una firmeza implacable que la fascinaban. Estaba claro que si ella fuese una esposa dócil y apacible, no habría durado ni cinco minutos con él. Pero en vez de sentirse intimidada por la fuerza de su voluntad, Lysette se deleitaba desafiándolo, y él lo sabía.

Aunque no compartían una cama, Lysette estaba al corriente de las idas y venidas de Max. Alrededor de dos veces a la semana, su esposo salía de casa a medianoche y no volvía hasta las tres o las cuatro de la mañana. Lysette no creía que tuviera una amante, pero si no estaba con una mujer, ¿qué diablos hacía?

Finalmente Lysette decidió planteárselo sin rodeos cuando él regresó de una de sus misteriosas salidas. Max entró en su dormitorio a altas horas de la noche para encontrarse a su esposa esperándolo allí, con la lámpara de la mesilla de noche encendida. Recostada sobre las almohadas que había amontonado en el cabezal de la cama, Lysette lo saludó sin perder la calma.

—*Bon soir*, Max. Me preguntaba qué puedes haber estado haciendo a una hora tan tardía.

Max sonrió sarcásticamente.

—Nada que deba preocuparte —le dijo—. Ahora vuelve a tu cama, o presupondré que tu presencia aquí significa que finalmente has decidido cumplir con tus obligaciones como esposa.

La amenaza no la amilanó en lo más mínimo.

—No creas que te será tan fácil echarme de aquí, Max. Si esto sólo hubiera sucedido en una o dos ocasiones, podría haberlo pasado por alto. Pero has convertido estas excursiones de medianoche en un hábito, y quiero saber qué es lo que está pasando.

Max apoyó las manos en la cama y se inclinó sobre Lysette hasta que sus bocas casi se tocaron.

—He estado atendiendo unos cuantos asuntos relacionados con mis operaciones navieras.

—¿Qué razón hay para que esa labor no pueda ser llevada a cabo durante el día?

—Algunos negocios, querida mía, es preferible hacerlos de noche.

—No estarás haciendo nada ilegal, ¿verdad?

Max alzó el pulgar y el índice manteniéndolos separados a un par de centímetros de distancia.

—Sólo es un poquito ilegal. Nada más dañino que un cargamento de medias de seda, unas cuantas balas de canela... y varios miles de libras inglesas.

—¿Libras inglesas? Pero ¿por qué?

—Cuando los americanos tomaron posesión del territorio de Luisiana nos quedamos sin el suministro de moneda fuerte que recibíamos de México, y nadie confía en el papel moneda francés o español que hay disponible. Temo que el plan de distribuir papel moneda americano que se dispone a poner en marcha el gobernador Claiborne tardará lo suyo en llegar a hacerse efectivo, y mientras tanto...

—Pero ¿no quieres contribuir a los esfuerzos del gobernador Claiborne?

La sonrisa de él fue a la vez despreocupada e implacable.

—Oh, no tengo contraída ninguna clase de obligación especial para con Claiborne. Lo ayudo cuando puedo. También me ayudo a mí mismo, cuando surge la oportunidad.

A Lysette no le gustaba nada la idea de que su esposo comerciara con artículos de contrabando, por inocuos que fuesen.

—Si te descubren...

—Vamos, necesitas dormir —la interrumpió él—. Tienes sombras bajo los ojos.

—No las tendría si tú te quedaras en casa durante la noche —gruñó ella, y bostezó aparatosamente cuando él la levantó de la cama y le pasó un brazo por la cintura.

Max frunció el entrecejo mientras la acompañaba a su habitación.

—Estos últimos días has conseguido agotarte. Mi madre me cuenta que has estado haciendo demasiadas cosas a la vez.

Quiero que descanses más, *petite*, especialmente dado que estuviste muy enferma no hace mucho.

Lysette quitó importancia a sus preocupaciones con un gesto de la mano. Se había estado familiarizando con la plantación y buscando maneras de poder ser útil. Había suministros que pedir, libros de cuentas que mantener al día, una cocina que dirigir y mucho pan que cocer, grandes cantidades de muebles, alfombras, cortinajes y mantelería que limpiar, y un inacabable surtido de colada por hacer y cosas que remendar. Aunque le parecía que Irénée y Noeline estaban haciendo un buen trabajo en lo tocante a llevar la plantación de los Vallerand, veía unas cuantas cosas que podían ser mejoradas. Sin embargo, temía que las dos mujeres mayores pudieran sentirse ofendidas si ella intentaba alterar cualquiera de los hábitos que llevaban tanto tiempo siguiendo.

—Max —dijo poniendo la mano en la suya, tan enorme—, me gustaría que me dieras tu opinión sobre algo...

—¿Sí?

—¿No te parece que algunas cosas en esta casa se hacen de una manera bastante anticuada?

Él se detuvo ante el dormitorio de Lysette.

—Bueno, la verdad es que no me había dado cuenta.

—Oh, supongo que no es nada a lo que un hombre preste demasiada atención. Un centenar de pequeñas cosas, realmente... —Habría que adiestrar por lo menos a dos doncellas más para mantener la enorme mansión todo lo limpia que debería estar. En varias habitaciones había alfombras y cortinajes descoloridos por el sol que tenían que ser sustituidos. Lysette había descubierto un auténtico tesoro en objetos de plata que llevaban años sin que se les sacara el brillo. Y a juzgar por lo que había observado, nunca había suficiente ropa de cama limpia a mano. Eso sólo era el principio de la lista. A la edad que tenía Irénée, había cosas que una simplemente no veía. Pero ¿cómo abordar tales cuestiones con ella sin alterarla indebidamente? Ése era el problema.

—Me parece que lo entiendo —le dijo Max con voz maliciosa al tiempo que tomaba sus delgados hombros con las manos—. Escúchame, *petite*: tienes derecho a poner toda la casa patas arriba, si tal es tu deseo. Noeline hará lo que tú le digas, incluso si no está de acuerdo contigo. En cuanto a mi madre, no tardará mucho tiempo en apreciar el poder disponer de la ociosidad de la que disfrutan otras mujeres de su edad. Mientras tanto, no dudo de tu capacidad para hacer frente a su terquedad. Llévala como te parezca más apropiado, y contarás con todo mi apoyo.

—Pero no quiero darle motivos de preocupación...

—Oh, no creo que vayas a darle más motivos de preocupación de los que ella puede soportar. —Sonrió—. Eso sólo pueden hacerlo sus nietos.

—Está bien. Gracias, Max.

Él le acarició con los dedos los bordes de las clavículas, y sonrió lánguidamente antes de rozarle la frente con un beso.

—Buenas noches.

Lysette esperaba que entonces la soltara, pero él titubeó y sus manos se flexionaron suavemente sobre sus hombros. El corazón de Lysette se saltó varios latidos, y no pudo evitar sentir un súbito temblor en las rodillas.

Ahora ocurriría, pensó de pronto. Ahora Max le pediría que se acostara con él, y ella ya no disponía de la excusa de la falta de familiaridad para mantenerlo a raya. Para su sorpresa, lo deseaba con tal intensidad que ya no le parecía imperativo ganarse su corazón primero.

—Max... —dijo con voz temblorosa, tratando de encontrar las palabras para darle ánimos.

—Buenas noches —dijo él al mismo tiempo, volviendo a besarle la frente—. Descansa un poco, *doucette*.

Luego dio media vuelta y la dejó sola para debatirse con una peculiar sensación de decepción.

—Burr llegará mañana, sin duda —dijo el gobernador Claiborne, secándose la transpiración de la cara con un pañuelo—. Maldito calor. Y me han dicho que la barcaza en la que vendrá fue un regalo de Wilkinson. ¡Nuestro Wilkinson! —Le lanzó una mirada asesina a la ventana como si pudiera ver al gobernador de la Luisiana Superior por ella.

Max se acomodó en su asiento. Una sombra de diversión pasó por su rostro.

—¿Nuestro? —repitió—. Puede que él sea su Wilkinson, señor, pero le aseguro que no tengo ningún interés en reclamarlo como mío.

—Maldición, ¿cómo puede usted sonreír? ¿O es que no siente ninguna preocupación por lo que pueda ocurrir? ¡Esos dos, Burr y Wilkinson, forman una pareja muy poderosa!

—Estoy preocupado, cierto. Pero si los planes de Burr son, como sospechamos, hacerse con el territorio de Luisiana y con Texas...

—¡Y con México! —le recordó Claiborne tercamente.

—Y con México —continuó Max—, entonces necesitará fondos considerables procedentes de muchas fuentes. Fondos que no será capaz de llegar a obtener, con o sin la influencia de Wilkinson. Los criollos tenemos un dicho, señor: *Il va croquer d'une dent*.

—¿Qué quiere decir?

—Que sólo dispondrá de un diente para masticar.

Claiborne se negó a sonreírse de la chanza.

—Existe una posibilidad de que Burr consiga todo el dinero que necesita de Inglaterra. Se lleva condenadamente bien con el embajador de Gran Bretaña.

—Los británicos no lo financiarán.

—Podrían hacerlo —insistió Claiborne—. En este momento Estados Unidos y Gran Bretaña no se encuentran en términos demasiado amistosos.

—No obstante, la guerra que los británicos están librando con Francia significa que no pueden permitirse apoyar una causa perdida. Y Burr se suele ir demasiado de la lengua para que sus planes puedan tener éxito.

—Bueno. —Claiborne guardó silencio por un instante—. Sí, eso es cierto. Su empresa depende de que todo se haga en el máximo secreto, y me han sorprendido los rumores que corren acerca de ciertas cosas que ha dicho públicamente. No es propio de Burr ser tan imprudente con sus palabras. ¡Ese bribón se siente demasiado seguro de sí mismo!

—Frunció el ceño—. Si los británicos no quieren financiar a Burr, entonces recurrirá a España.

—¿Cómo lo sabe?

—Yo y muchos otros sospechamos desde hace cierto tiempo que Wilkinson está a sueldo de España.

—¿Hay alguna prueba de ello?

—No, pero la sospecha no es injustificada.

—Y naturalmente —dijo Max hablando muy despacio—, a su muy católica majestad le encantaría que Luisiana volviera a quedar bajo la protección de los españoles. Sí, para España sería muy lógico hacerle de mecenas a Burr.

—Wilkinson mantiene muy buenas relaciones con el alto comisionado español en Nueva Orleans, don Carlos, el marqués de Casa Irujo —observó Claiborne—. Burr probablemente pasará algún tiempo con Irujo durante su visita. Pero mi gente no ha podido obtener ninguna información al respecto. Por el momento, las relaciones entre España y los americanos son demasiado hostiles. La disputa para determinar quién tiene derecho a quedarse con las Floridas podría terminar en una guerra.

—Conozco a Irujo —replicó Max—. Veré qué es lo que consigo sonsacarle.

Claiborne volvió a secarse la cara.

—Algo sabrá. La intriga es algo en lo que los españoles no tienen rival. Probablemente están al corriente de cada movimiento que hace Burr. Espero que pueda conseguir que Irujo revele un poco de lo que sabe, Vallerand... por el bien de todos nosotros.

—Haré cuanto esté en mi mano —dijo Max secamente.

—Santo Dios, menudo enredo. ¿Qué clase de hombre puede ser capaz de manipular hasta semejante extremo a las personas e incluso a los países? ¿De dónde saca Burr toda esa ambición? —Al ver que Max guardaba silencio, Claiborne continuó como si hablara consigo mismo—. Uno de sus íntimos tiene la teoría de que Burr no estaría tomando parte en todas esas conspiraciones si no hubiera perdido a su esposa hace unos años. Padeció alguna clase de cáncer, y desgraciadamente la suya fue una muerte muy larga.

Max tamborileó distraídamente con los dedos sobre el brazo de su asiento.

—Me cuesta creer que eso haya ejercido alguna clase de influencia sobre sus ambiciones políticas, señor.

—Oh, bueno, Burr estaba loco por ella, y cuando ya no la tuvo a su lado... —Los ojos del gobernador se volvieron distantes cuando pensó en su propia esposa, tan recientemente fallecida—. Perder a una mujer, una esposa, puede cambiarlo todo dentro de un hombre... aunque usted ciertamente ya lo sabrá...

Claiborne se calló cuando sus ojos se encontraron con los de Max, en los que no había ni el menor rastro de emoción.

Se hizo el silencio.

—Hay esposas y esposas —dijo Max por fin, con aspereza—. La primera que tuve no supuso una pérdida importante.

Claiborne casi se estremeció ante la frialdad de aquel hombre. Qué atrevimiento, admitir lo poco que le gustaba la mujer a la que se suponía que había asesinado. De vez en cuando Claiborne se veía obligado a recordar aquello de lo que ya había sido advertido por sus ayudantes, que Maximilien Vallerand poseía una inteligencia muy aguda y podía mostrarse encantador, pero que era completamente implacable.

—¿Y qué tal encuentra su segundo matrimonio? —no pudo resistirse a preguntar.

Max se encogió ligeramente de hombros.

—Muy agradable, gracias.

—Tengo muchas ganas de conocer a la nueva madame Vallerand.

Max enarcó las cejas ante aquel comentario. Era raro que su conversación pasara a centrarse en cuestiones personales. Claiborne y él se hallaban en buenos términos porque sus opiniones y objetivos políticos eran similares, pero no hablaban de la familia, los hijos o los sentimientos personales, y cada uno era consciente de que no mantendría ninguna clase de relación con el otro si no fuese por motivos de índole política.

—Espero que no transcurra mucho tiempo antes de que tenga la ocasión de presentársela —dijo Max.

Claiborne pareció sentirse entusiasmado por la perspectiva.

—He de admitir que las mujeres criollas me tienen muy intrigado. Son unas criaturas preciosas, y con mucho brío.

Max frunció el ceño con impaciencia y cambió de tema.

—¿Piensa dar la bienvenida a Burr en cuanto llegue?

Claiborne asintió con expresión abatida.

—Mi discurso ya está escrito.

—Bien —dijo Max secamente—. Y haría usted bien en actuar como si no tuviese nada que temer de él.

—¡Pensaba que acabábamos de acordar que no había ninguna razón para tenerle miedo a Burr!

—Pero no debe olvidar —repuso Max en tono malévolo— que no siempre acierto.

Lysette recorría el diminuto huerto que había detrás de la cocina, recogiendo hierbas que servirían para condimentar los guisos una vez secas. Ver la sombra que su cofia proyectaba sobre el suelo hizo que dejara escapar un suspiro de frustración.

La tradición prescribía que una esposa no podía presentarse en público durante las cinco semanas siguientes a la boda. Como consecuencia de ello, Lysette se veía obligada a quedarse en casa mientras que todos los demás salían y asistían a fiestas y reuniones. Y aunque anhelaba desafiar la tradición, y sin duda Max la animaría a que obrara como le viniese en gana, no quería enemistarse tan rápidamente con la mitad de la población de Nueva Orleans. Nunca se había aburrido tanto. Bernard y Alexandre habían estado ausentes la noche pasada y durante toda aquella mañana, yendo en pos de diversiones que los mantendrían ocupados hasta mucho más avanzado el día. Como de costumbre, Max no se encontraba allí. Y los gemelos estaban ocupados dentro de la casa con sus lecciones.

Aquella mañana Irénée había salido bastante temprano

para ir al mercado en compañía de la cocinera. Encontraba un deleite especial en que se la conociera como *une plaque-mine*, una mujer muy «agarrada» con su dinero. Todos los comerciantes sentían un considerable respeto por la habilidad de que daba muestra a la hora de regatear en busca de los precios más baratos. Después de hablar con todas las personas que eran alguien en la plaza del mercado, Irénée regresaría a casa con los últimos cotilleos y repetiría varios fragmentos de conversación. Mientras tanto, había poca cosa que Lysette pudiera hacer aparte de esperar.

De pronto percibió unos susurros ahogados y pasos sigilosos que se aproximaban desde el lado de la casa. Tras dejar su cesta en el suelo, Lysette vio aparecer dos cabezas oscuras. Eran Justin y Philippe, que transportaban furtivamente algún objeto bastante abultado dentro de un saco que goteaba. Sosteniendo cada uno un extremo del bulto, los gemelos doblaron la esquina y fueron hacia el bosquecillo de cipreses que había junto al campanario. Cuando Justin vio a Lysette, se detuvo abruptamente, con lo que consiguió que Philippe se lo llevara por delante. El pesado saco que acarreaban casi se les cayó de las manos.

Justin miró a su hermano sin tratar de ocultar su enfado.

—¡Creía que dijiste que aquí fuera no había nadie!

—¡No la había visto! —repuso Philippe.

Lysette los miró sardónicamente.

—¿Qué lleváis ahí?

Los gemelos cambiaron una mirada. Justin frunció el ceño.

—Ahora irá y lo contará —gruñó.

Philippe suspiró.

—¿Qué vamos a hacer con ella?

Lysette los miró con sospecha.

—¿Estáis robando algo?

Justin tomó el pesado objeto en sus brazos y señaló con la cabeza a Lysette.

—Secuéstrala —dijo bruscamente—. Si la implicamos, no se lo podrá contar a nadie.

—¿Implicarme en qué? —preguntó Lysette.

—Oh, calla. ¿O es que quieres que nos cojan a todos? —dijo Philippe, agarrándola por las muñecas y tirando alegremente de ella.

—Se supone que estáis estudiando —los reprendió Lysette—. ¿Adónde vamos? ¿Qué hay en ese saco? Si os metéis en un lío, quiero que quede bien claro que mi participación en esto ha sido completamente involuntaria. Soy una víctima. *Mon Dieu*, ¿por qué está goteando?

—Viene de la cocina —dijo Philippe con voz retadora.

Lysette supo inmediatamente de qué se trataba.

—No habéis hecho lo que yo estoy pensando —dijo—. No, no podéis haberlo hecho.

Una enorme sandía traída desde el otro lado del lago llevaba horas en remojo en la cocina, donde la habían metido en un barreño lleno de agua fría. La idea era sorprender a la familia con una exquisitez especial después de la cena de aquella noche. Robar aquella sandía era un crimen muy serio, realmente. A Berté, la cocinera, le daría una apoplejía cuando descubriera que había desaparecido.

—Tenéis que esperar hasta la noche —añadió con tono inflexible—. No vale la pena causar tantos problemas sólo por darse el gusto de robar.

—Pues claro que vale la pena —dijo Justin firmemente.

Lysette sacudió la cabeza.

—Devolvedla ahora mismo a su sitio, antes de que se den cuenta de que ha desaparecido. Inmediatamente. Philippe, ¿cómo has podido permitir que Justin te convenciera para hacer algo semejante?

—La idea fue mía —dijo Philippe suavemente.

Se pusieron a cubierto entre los árboles y depositaron su botín sobre un gran tocón. Lysette tomó asiento en un tronco caído y contempló con consternación cómo los gemelos desenvolvían la reluciente esfera de color esmeralda.

—Yo haré los honores —dijo Justin, y levantó la sandía, que resultó más pesada de lo que creía.

—No puedo mirar —gimió Lysette al tiempo que se encogía temerosamente, y Philippe le puso una mano sobre los ojos mientras la sandía caía sobre el tocón. Lysette oyó un ruido de algo partiéndose entre un derramamiento de líquido y la risita triunfal de Justin.

—Ya habíamos ido demasiado lejos para volvernos atrás —comentó Philippe, enormemente complacido. Lysette apartó cautelosamente de su cara la mano del muchacho y contempló la espléndida visión. Aunque estaba horrorizada por el crimen, no pudo evitar que se le hiciera la boca agua ante la imagen del frío fruto rojo.

—Deberíais sentiros culpables —dijo adustamente— por haber privado de esta sandía al resto de la familia.

—Deberían haber sabido lo que le ocurriría a una sandía sin vigilancia —replicó Justin, sacando un cuchillo antiguo pero bien afilado del pañuelo anudado alrededor de su muslo y empezando a cortar el botín rojo y verde—. Además, ellos nos han privado de un montón de cosas. Esta sandiíta de nada sólo es un primer paso para empezar a igualar las cuentas.

—No es una sandiíta de nada —dijo Lysette—. Es una sandía muy grande. Enorme, de hecho.

Justin le tendió una tajada goteante.

—Pruébala.

—¿Estás intentando comprar mi silencio? —preguntó Lysette con expresión severa.

—Esto no es ningún soborno —la engatusó Philippe—. Sólo es un regalo.

—Es un soborno —lo corrigió Justin—. Y lo aceptará. ¿Verdad que sí, Lysette?

—Creo que sería incapaz de disfrutar de una sandía robada —dijo ella, sintiéndose desgarrada entre los principios y el deseo.

—La sandía sabe mucho mejor cuando es robada —le aseguró Justin—. Pruébala.

Un poco a regañadientes, Lysette se cubrió el regazo con el delantal y aceptó la tajada que se le ofrecía. El dulce jugo corrió por su barbilla en cuanto la mordió, y Lysette se apresuró a secárselo con una esquina del delantal. La sandía estaba muy en su punto, y era el manjar ideal en un día caluroso. Lysette nunca había saboreado nada tan delicioso.

—Tienes razón —admitió de mala gana—. Sabe mejor cuando es robada.

Durante los minutos siguientes los tres permanecieron en silencio porque se concentraron en la sandía. Fue sólo cuando Lysette ya sentía el estómago agradablemente lleno y había unos cuantos trozos de corteza esparcidos alrededor de sus pies cuando alzó la mirada y vio aproximarse una silueta muy alta.

—¿Justin? ¿Philippe? —dijo—. Vuestro padre viene hacia aquí.

—¡Corred! —exclamó Justin, que ya se había puesto en pie.

—¿Para qué? —replicó Philippe—. Ya nos ha visto.

Decidida a salvarse a sí misma, Lysette se apresuró a levantarse y asumió una expresión adusta.

—Espero que habré conseguido haceros entender que habéis sido muy malos —dijo levantando la voz—. Porque si esto vuelve a ocurrir...

El brazo de Max se deslizó por la pechera de su vestido, y la risita que dejó escapar le hizo cosquillas en la oreja.

—Buen truco, *petite*, pero tus mejillas pegajosas te delatan.

Lysette sonrió y Max le rozó la boca con la suya, saboreando la dulzura de la sandía en sus labios.

—Traidora —la acusó Justin, que sin embargo reía con el abandono de un muchacho.

La cálida mirada de Max los recorrió a los tres.

—Al parecer lo que tenemos aquí es una conspiración.

Philippe apeló a su padre con la mirada.

—No se lo contarás a Berté, ¿verdad, padre?

—Por supuesto que no. Pero me temo que os delataréis a vosotros mismos con la cantidad de comida que dejaréis intacta en vuestros platos esta noche.

—Todavía es temprano —dijo Justin—. Cuando llegue la hora de cenar ya volveremos a tener hambre.

—No me cabe duda de que para mis dos chicos, estando en la edad de crecer como están, así será —replicó Max, y luego miró a Lysette con expresión especulativa—. Sin embargo, me pregunto cómo se las arreglará mi pequeña esposa para salir del paso.

Lysette le dirigió una sonrisa radiante.

—Ya me ayudarás a pensar en algo. Porque tienes el deber de defenderme, *n'est-ce pas*?

—Desde luego que sí —dijo Max, tomando asiento junto a ella en el tronco caído y haciéndole un gesto a Justin para que le diera una tajada de sandía.

—¿Cómo nos has encontrado? —Lysette se quitó el delantal y se lo pasó a los muchachos para que se limpiaran las manos y las caras con él.

—Según Noeline, estabas en el huerto. Cuando fui en tu busca, sólo encontré tu cesta y un rastro de pisadas —dijo Max; le dio un mordisco a la sandía y puso cara de placer.

Lysette vio que una de las mangas de su camisa amenazaba con caérsele sobre el antebrazo. Extendió la mano hacia ella para sujetarla.

—Y ahora tú también formas parte de la conspiración —le dijo.

Max intercambió una sonrisa con ella.

—Oh, sólo intento ayudaros a eliminar las pruebas.

Sentada junto a su esposo, Lysette disfrutó de unos minutos de agradable conversación en que los muchachos los obsequiaron con historias de sus últimas aventuras en el pantano. Se sintió conmovida por la obvia admiración que los gemelos le profesaban a su padre y su deseo de ganarse su aprobación. Lo que encontró todavía más conmovedor, sin embargo, fue la paciencia que Max tenía con ellos y la afable atención con que los trataba. Era un buen padre, severo pero innegablemente lleno de amor.

Lysette intentó imaginar cómo sería tener un hijo con Max. No pudo evitar sentir un poco de pena cuando pensó que sus hijos, al igual que Justin y Philippe, tendrían que vérselas con los aviesos rumores y las oscuras sospechas sobre el pasado de Max que corrían entre la gente. No obstante, ella enseñaría a sus hijos a hacer oídos sordos a las cosas que la gente pudiera decir acerca de su padre, y a quererlo de la manera en que él se merecía.

Como estaba empezando a quererlo ella.

El pensamiento la dejó atónita, y se quedó muy quieta. Sí, pensó, aturdida por la súbita comprensión de que así era, realmente estaba enamorándose de él. Un zarcillo de miedo creció en su interior cuando se dijo que debía mantener en secreto aquellos pensamientos durante un tiempo. Porque cabía la posibilidad de que Max no quisiera su amor, de que tardara mucho tiempo en estar preparado para aceptarlo. Había demasiadas sombras procedentes de su pasado... Max no soportaba hablar con ella de su primer matrimonio, y se ponía hosco e irritable cada vez que ella intentaba sonsacarle alguna información al respecto.

Absorta en sus pensamientos, Lysette dejó de prestar oídos a la conversación hasta que oyó que Max les decía a los chicos:

—Doy por sentado que os habréis aprendido todas las lecciones a conciencia, porque de otra manera vosotros dos no dispondríais de tiempo suficiente para ir por ahí robando sandías.

Ninguno de los gemelos le sostuvo la mirada.

—Ya no quedaba mucho por estudiar —dijo Philippe.

Max se rió.

—Entonces sugiero que lo terminéis antes de la cena. Pero primero encontrad alguna manera de hacer desaparecer todo este estropicio.

—¿Qué hay de Berté? —preguntó Justin—. En cuanto lo descubra intentará matarnos.

Max dirigió una sonrisa tranquilizadora a su hijo.

—Yo me ocuparé de Berté —prometió.

—Gracias, padre —dijeron los gemelos mientras veían cómo Max ayudaba a Lysette a levantarse del tronco.

Con sus dedos pegajosos de azúcar suavemente apretados por los de Max, Lysette guardó silencio mientras iban hacia la casa. Él le dirigió una sonrisa burlona.

—¿Por qué te has quedado tan callada?

—Estaba pensando en qué padre tan maravilloso eres. Es obvio que los gemelos te adoran. Justin y Philippe son muy afortunados al tener un padre que los quiere tanto.

—Justin y Philippe son muy buenos chicos —dijo él hoscamente—. El afortunado soy yo.

—Dispones de todas las excusas del mundo para negarte a quererlos y hacer como si no existieran —dijo Lysette—, después de todas esas experiencias tan terribles que llegaste a tener con su madre. Estoy segura de que algunas cosas harán que te acuerdes de ella, y ya sé que Irénée dice que los gemelos tienen los mismos ojos que Corinne. Pero tú nunca pareces permitir que eso interfiera en lo que sientes por ellos.

Oírle mencionar a su primera esposa hizo que Max le soltara la mano.

—No veo nada de Corinne en los gemelos. —Su tono se había enfriado varios grados.

—¿Les hablas alguna vez de ella?

—No —dijo él lacónicamente.

—Podría ser bueno para ellos. Para Justin, en particular. Si le explicaras...

—He pasado diez años intentando olvidar a Corinne —dijo él, mirando al frente con expresión sombría—. Y los gemelos también han tratado de olvidarla. Lo último que necesitamos ahora es ponernos a hablar de ella.

—Pero Corinne era su madre. No podéis hacer como si ella no hubiera existido. Quizá si tú...

—Déjalo estar —dijo él con una súbita vehemencia que la sobresaltó—. No sabes de qué estás hablando.

Lysette buscó refugio en un silencio ofendido y se preguntó si habría hecho mal al sacar a relucir el tema. Pero si Max se negaba a compartir una parte tan significativa de su pasado, la parte que lo había cambiado tan drásticamente, ¿cómo podría ella llegar a conocerlo de verdad alguna vez? Porque anhelaba tener una auténtica relación de intimidad con él... poder contar con su confianza, hablar libremente de cualquier cosa, incluso cuando el tema fuese doloroso o desagradable. Aunque quizás estuviera cometiendo un error al querer sentirse tan unida a él. La inmensa mayoría de las mujeres se conformarían con mantener una relación agradable con sus esposos. Lysette se preguntó con expresión sombría cómo podía llegar a sentirse satisfecha con lo que Max estuviera dispuesto a dar y no pedir nada más que eso.

Pasado un rato, consiguió armarse de valor y volvió a hablar.

—Lo siento —dijo con dificultad—. No pretendía disgustarte.

Él asintió con la cabeza, pero no pronunció palabra.

Max creía haber recuperado ya el control de sus emociones para cuando llegó a la biblioteca, pero la opresión que sentía en el pecho se negaba a disiparse. Cerró la puerta y se bebió de un solo trago una copa de coñac, agradeciendo el suave rastro de fuego que le dejó en la garganta.

Durante años había sido capaz de protegerse, manteniendo el pasado a buen recaudo tras puertas que había creído que nunca volverían a abrirse. Los sentimientos, las necesidades y las vulnerabilidades hervían y se agitaban tras las barreras que él había edificado. Y si sólo una de esas puertas llegaba a abrirse, el resto la seguiría rápidamente, y Max se vería devastado.

No permitiría que eso sucediera. Pero ahora ya podía sentir cómo algo quedaba roto para siempre dentro de él, sin que fuera posible volver a unirlo.

Antes el amor le había costado cuanto tenía. En cierto modo, había sido tan fatal para él como lo fue para Corinne. El antiguo yo de Maximilien había muerto hacía diez años; para siempre, esperó él. Pero parecía como si después de todo este tiempo todavía quedara algo de su corazón, y ahora le dolía cada vez que Lysette se encontraba cerca de él.

Max se fue de la plantación antes de la cena, sin decirle a nadie adónde iba. Cuando tuvo que hacer frente a la visión del lugar vacío en el que hubiese debido estar su esposo, Lysette se enfadó tanto que no pudo cenar nada. Fue desplazando la comida de uno a otro lado del plato mientras la familia hablaba con forzada animación. Viviendo en la misma casa, no podían evitar enterarse de que Max y su esposa habían tenido alguna discusión.

Lysette tuvo el infortunio de escuchar la conversación privada entre Bernard y Alexandre mientras éstos disfrutaban del vino y los puros en una de las dos salas anexas después de la cena. Estaba buscando la labor de costura que había dejado antes, cuando los oyó hablar en voz baja a través de la puerta a medio cerrar, y titubeó al escuchar su nombre.

—No puedo evitar sentir compasión por Lysette —estaba diciendo Alexandre en un tono un tanto jocoso—. El problema estriba en que Lysette es demasiado joven para Max, y eso es algo acerca de lo que ella no puede hacer absolutamente nada.

Bernard habló en un tono más pensativo y su voz sonó mucho más pausada.

—Yo no diría que el problema sea ése, Alex. Pese a toda su juventud, Lysette es inteligente y sabe cómo hay que llevar a Max.

—¿Desde cuándo es deseable la inteligencia en una mujer? —le preguntó Alex secamente—. ¡Yo sé que nunca la busco!

—Bueno, eso explica mucho sobre la clase de mujeres con las que te he visto.

Alex soltó una risita.

—*Dites-moi, mon frère...* ¿cuál es tu opinión acerca de la incapacidad de que da muestras nuestra dulce cuñada para mantener en casa a Maximilien durante la noche?

—Muy simple. Ella no es Corinne.

Alexandre pareció quedarse perplejo.

—¿Estás dando a entender que Max todavía ama a Corinne? Pero si era una pelandusca.

—Sí —dijo Bernard tranquilamente—. Pero era hermosa, encantadora e irresistible. Ningún hombre podía evitar desearla o enamorarse de ella. Y ninguna mujer pudo igualarla jamás. A los ojos de Max, es decir.

—Aparentemente tampoco a los tuyos —dijo Alexandre lentamente—. Nunca supe que Corinne produjera semejante efecto sobre ti.

—Era el efecto que producía sobre cada hombre al que conocía, hermanito. Tú simplemente eras demasiado joven para darte cuenta de ello.

—Tal vez —fue la no muy convencida réplica de Alexandre—. Pero en lo que respecta a esta mujer, ¿crees que hay alguna posibilidad de que Max llegue a amarla alguna vez?

—Ni la más mínima.

Lysette retrocedió, sintiendo que el color le subía por las mejillas. El dolor y la ofensa batallaban con la ira. Sin darse cuenta de lo que hacía, se llevó la mano a aquellos cabellos eternamente rebeldes que tan desgraciada la habían hecho sentirse en su juventud. Corinne tenía que haber poseído el tipo de cabellera oscura y reluciente que tanto valoraban los criollos. Corinne tenía que haber flirteado a la perfección con los hombres que la admiraban, y sabría cómo hipnotizarlos con su belleza.

Sintió una presencia tras ella. Volviéndose en redondo, comenzó a hablar pero luego tartamudeó y se quedó callada cuando sólo vio un espacio vacío en el recibidor tenuemente iluminado. Un espectro, pensó caprichosamente, y suspiró, preguntándose si no habría algún fantasma que poseía a Max sin que ella pudiera evitarlo.

Max regresó a medianoche, llevando consigo una cortina de lluvia y el sordo retumbar del trueno procedente del exterior cuando entró por la puerta. La intensa lluvia había empezado a primera hora del anochecer, poniendo fin al calor opresivo y esparciendo su refrescante contacto sobre los pantanos llenos de neblina y las ciénagas de Luisiana. El aguacero había convertido las calles y los caminos en profundos cenagales, casi imposibles de salvar para los cascos de un caballo y todavía más difíciles de recorrer para las ruedas de un carruaje.

Mientras iba por la casa sumida en el silencio, Max apretó los labios al pensar que ahora su esposa estaría durmiendo apaciblemente en el piso de arriba. Para él las noches no traían ningún descanso, sólo tormento, un incesante dar vueltas y más vueltas en la cama. Fue hasta la curva de la gran escalera moviéndose con el exceso de cautela propio de un hombre que ha empinado demasiado el codo durante las últimas horas. Estaba borracho, porque había pasado la velada en una taberna local bebiendo licores de alta graduación en vez de los refinados borgoñas y oportos con que se conformaban los caballeros criollos en circunstancias normales. Desgraciadamente, no estaba lo bastante borracho.

El agua goteaba de sus cabellos y su ropa para caer sobre las esterillas que cubrían el suelo durante el verano y manchar la alfombra de la escalera. Eso hizo que Max se sintiera mezquinamente satisfecho, porque sabía que por la mañana Noeline se pondría hecha una furia cuando viera las huellas embarradas de sus botas, pero no se atrevería a decir nada al respecto. Nadie se atrevía a reñirlo cuando estaba de mal humor. En tales ocasiones toda la familia, junto con la servidumbre, se mantenía lo más alejada posible de él, sabiendo por experiencias anteriores que no había que cruzarse en su camino.

—Max —oyó que lo llamaba suavemente una voz en cuanto llegó al final de la escalera.

Se detuvo cuando vio a Lysette, en camisón y con su gruesa trenza, que le caía sobre el hombro y le llegaba hasta la cintura. La palidez de su rostro y la blancura del camisón hacían que casi reluciese en la oscuridad.

—Pareces un pequeño fantasma —dijo, dando un paso hacia ella para luego detenerse de pronto como si se hubiera topado con un muro invisible.

—Te he oído entrar. Has estado bebiendo, ¿verdad? —Fue hacia él y le tocó el brazo—. Deja que te ayude a llegar a tu habitación.

—No necesito ninguna ayuda.

—Me reservaré mi opinión acerca de eso —dijo ella, y lo cogió firmemente del brazo—. Por favor, Max.

Sometiéndose con un gruñido malhumorado, Max se estremeció al sentir el frío de la ropa mojada. Entraron en su dormitorio y Lysette fue a encender una de las lamparillas que había junto a la cama.

—No te molestes —masculló Max—. No tardaré en quedarme dormido. Lo único que he de hacer es... librarme de esta ropa.

Se sentó en una silla y se quitó las botas embarradas mientras Lysette le traía unas cuantas toallas dobladas. Al llevarse las manos al corbatín para desatarlo, descubrió que el nudo ya se había aflojado. Se lo quitó, lo arrojó al suelo y se desprendió de la chaqueta y el chaleco, que se le pegaban al cuerpo. Su camisa empapada siguió el mismo camino, hasta que Max se quedó con los pantalones por única prenda mientras Lysette le secaba el pecho y la espalda con una toalla. Ella estaba limpia, seca y perfectamente presentable, mientras que él, sucio y borracho, apenas podía valerse por sí mismo.

—Ahora tienes que irte, Lysette —le dijo con irritación.

Ella hizo una pausa en sus atenciones.

—¿Por qué?

—Porque estoy demasiado borracho para hacer nada aparte de lo único que tú no quieres que haga. Así que más vale que te vayas a tu cama, o dentro de un momento te encontrarás desnuda en la mía.

Un relámpago bañó la habitación con un resplandor blanco azulado. Durante la fracción de segundo que duró la repentina iluminación, la mirada de Lysette se clavó en Max con una intensidad tal que éste sintió cómo se le erizaba el vello de la nuca. Permaneció inmóvil, intentando obligar a su cerebro enturbiado por el licor a que entendiera el significado de la expresión que acababa de ver en el rostro de Lysette.

Un instante después las manecitas de Lysette se movieron sobre sus pantalones y Max sintió cómo sus dedos abrían los botones de la pretina. El aliento surgió de su garganta en una súbita exhalación y su miembro cobró vida, endureciéndose e hinchándose inconteniblemente.

—Lysette... —dijo casi sin aliento—. No, no lo hagas. No. Si me tocas, no podré... —Se interrumpió con una exclamación ahogada cuando la pretina se abrió y la cálida mano de Lysette empezó a moverse lentamente por su miembro, subiendo y bajando a lo largo de él. Max se sintió palpitar en respuesta a aquel contacto que no podía ser más deliberado. Lysette le rodeó los testículos con la otra mano, sosteniendo su peso con la palma al tiempo que los acariciaba suavemente—. No podré... —consiguió articular él por segunda vez, alzando las manos para cerrarlas temblorosamente sobre los delgados hombros de ella.

—¿Qué es lo que no podrás? —preguntó Lysette, dejando que su aliento cayera sobre la tetilla de Max. La punta de su lengua rozó la diminuta protuberancia. Max sintió como si el pecho se le llenara de fuego, y la sangre rugió en sus oídos hasta que apenas pudo oírla—. ¿Hacerme el amor, quizá? —le preguntó.

Max se envolvió el puño con la trenza de Lysette y tiró de ella, obligándole a echar la cabeza hacia atrás.

—No podré parar —respondió con voz entrecortada, y unió su boca a la de ella.

8

Max se quitó los pantalones y, tras despojar a Lysette del camisón, la llevó a la cama.

—Te he deseado desde el primer momento en que te vi —dijo con voz enronquecida—. Incluso sucia, cubierta de arañazos y con los pechos apretados por aquel vendaje, me pareciste hermosa. Estabas tan cansada que apenas podías tenerte en pie, pero me desafiaste como nadie más lo había hecho nunca.

—Y me deseaste —dijo ella con placer, arqueándose hacia arriba cuando él le besó la garganta.

Max le respondió en las pausas entre los besos que le iba dando, cada uno de ellos como un chorro de fuego que ardía lentamente.

—Tanto que me prometí a mí mismo... que haría cualquier cosa con tal de mantenerte a mi lado. —El ritmo de su respiración se aceleró espasmódicamente cuando bajó la mirada hacia su cuerpo desnudo—. Lysette... no cambies de parecer esta noche. Pues me temo que no sería capaz de parar...

Lysette lo interrumpió con su boca y, cogiéndole la mano, la llevó hacia su pecho desnudo.

—No cambiaré de parecer —dijo—. Hazme lo que quieras. Házmelo... todo.

—No, todo no —farfulló él mientras acariciaba el pecho de Lysette con las yemas de sus dedos—. Eres demasiado inocente para eso, *ma petite*.

Un delicioso estremecimiento recorrió la espalda de Lysette.

—Entonces haz tanto como creas que puedo soportar.

A Max le bastó con esa invitación. Su cuerpo descendió sobre el de ella, y dejó que una parte de su peso quedara asentada entre los muslos de Lysette, manteniéndola inmovilizada donde estaba. Su sexo se apretó contra la hendidura oculta en el triángulo de sedosos rizos. Lysette se relajó bajo él y cerró los ojos cuando sintió cómo Max le tomaba el pezón entre los dedos y lo moldeaba con suaves caricias hasta convertirlo en una cima endurecida. Max bajó la cabeza y el suave y húmedo calor de su boca se cerró alrededor de la delicada punta, que luego fue chupando y moviendo suavemente con la lengua hasta que Lysette ya no pudo seguir reprimiendo los gemidos que pugnaban por escapar de su garganta. La boca de Max se deslizó a través de su pecho, descendiendo dulcemente al pequeño valle central para luego ascender lánguidamente por la segunda y delicada curva. Suave como el terciopelo, la lengua de Max le lamió el pecho y lo hizo vibrar con una insoportable palpitación. Lysette tiró de la cabeza de él, apremiándolo a que la tomara más profundamente en su boca, y él accedió a la petición con una lentitud que casi la hizo gritar. Lysette empezó a entender cuál era la clase de juego sensual que estaba practicando con ella, y supo que tenía intención de prolongar su tortuoso deseo, y el suyo propio, hasta que ya no pudieran seguir soportándolo por más tiempo.

Lysette se erguía un poco más con cada suave tirón de la lengua de Max, elevando las caderas contra la parte inferior de su miembro viril. La sensación de su contacto era tan incendiaria que Lysette empezó a concentrarse en el movimiento, separando las piernas y restregando su cuerpo contra el de él en un ritmo cada vez más rápido.

Una risa ahogada escapó de los labios de Max, y rodó sobre el costado apartándose de ella.

—No —jadeó Lysette—. Max, déjame...

—Todavía no —dijo él con dulzura, su voz ya enronquecida por la pasión—. Te daré la clase de satisfacción que estás buscando, *petite*..., pero todavía no.

Lysette se puso encima e hincó los pechos en el grueso vellocino oscuro del pecho de él. Su boca capturó la de Max, y se apretó contra su largo cuerpo en un resuelto esfuerzo femenino por sabotear su control de sí mismo. Durante unos momentos abrasadores, Max permitió que ella le hiciera el amor sin responder a sus actos, tan sólo moviendo las manos por encima de la espalda y las nalgas de Lysette. Pronto, sin embargo, la obligó a darse la vuelta y le sujetó los brazos contra los costados.

—Déjame tocarte —imploró Lysette, hincando los dedos en el colchón.

Fingiendo que no la había oído, Max incrustó sus muslos entre los de ella.

—Max —gimió Lysette—, necesito tocarte. Suéltame las manos, por favor. Necesito sentirte...

La boca de él se alejó de la delicada bóveda de las costillas de Lysette para descender hacia su estómago, los músculos de su abdomen respondieron con una tensión exquisita. Un instante después la lengua de Max entró con un suave movimiento giratorio en su ombligo. Las muñecas de Lysette se resistieron contra la presa con que se las sujetaba él, y jadeó ruidosamente. Max siguió excitándola y acariciándola, hasta que Lysette estuvo rígida y sudorosa debajo de él. Entonces la boca de Max bajó un poco más y empezó a moverse lánguidamente sobre su estómago.

Lysette quedó anonadada al sentir que los labios de él se aproximaban lentamente al triángulo que había entre sus muslos.

—Max... —gimió mientras los largos dedos de él se abrían paso delicadamente por entre el vello. Max percibió su salado aroma femenino e inhaló profundamente. Lysette quiso morir ante aquella insoportable intimidad y buscó con las manos la cabeza de Max, hundiendo sus dedos en aquellos cabellos mojados por la lluvia—. No lo hagas —jadeó, tratando de apartarlo.

—Has dicho que podía hacer lo que quisiera —replicó Max, y sus dedos buscaron la delicada entrada al cuerpo de ella.

—No sabía lo que estaba diciendo. No pensé que... Oh, Dios.

Max había hecho lo inimaginable, invadía con su boca la delicada hendidura para enviar su lengua hasta más allá de los sensibles labios menores. Lysette sollozó y aferró los oscuros cabellos mojados de la cabeza que reposaba entre sus muslos. Max la exploró ávidamente, apretándole las caderas con las manos para mantenerla inmóvil. Con cada nuevo movimiento de su lengua, la inocencia de Lysette se disolvía como el azúcar en el agua. Las atenciones de Max no tardaron en centrarse sobre la pequeña cumbre erguida que palpitaba con vibrante anhelo. Max empezó a succionar, suave y rítmicamente, aquella carne vulnerable.

Lysette abrió aún más las piernas en una desesperada súplica donde ya no había cabida para la vergüenza. Compadeciéndose de ella, Max pasó a excitarla con rápidas y suaves caricias de la lengua, mientras el dedo medio de su mano encontraba la abertura que daba acceso al interior de Lysette y se deslizaba dentro de ella. Lysette llegó al clímax con un jadeo entrecortado, y cerró las piernas en torno a la cabeza de Max al tiempo que se estremecía de placer. Después la boca de Max todavía permaneció sobre ella durante un buen rato, y su lengua alimentaba amorosamente cada temblor de deleite hasta que la sintió quedarse fláccidamente inmóvil debajo de él.

Max se incorporó sobre ella, se colocó entre sus piernas separadas y la penetró con una rápida acometida. Su miembro la llenó por completo, distendiéndola y deslizándose cada vez más adentro hasta que ya no pudo ir más allá. Lysette se mordió el labio y arqueó el cuerpo contra el suyo ante aquella dolorosa intrusión en su delicada carne.

Max se detuvo inmediatamente al sentir que los puños de ella se tensaban sobre su espalda.

—¿Te duele? —Tomó su cabeza entre las manos y le rozó suavemente los labios con su boca que sabía a sal—. Lo siento, *ma petite*. Intentaré tener cuidado. Lo siento tanto...

—No pares —gimió ella, envolviéndolo con su cuerpo.

Max gruñó y empezó a empujar dentro de ella, siempre con mucho cuidado para no hacerle daño. Le besó los pechos y la boca, ajeno a cuanto no fuese ella. Sus violentos jadeos contrastaban con el pausado movimiento de sus caderas, y Lysette comprendió hasta qué punto debían de ser estrictos los límites que se había impuesto a sí mismo. Apretó la cara contra el raso mojado de la curva de su cuello.

—Sabía que sería así —susurró, al tiempo que acariciaba su espalda dura como el hierro. Su piel estaba resbaladiza a causa de la lluvia y el sudor—. Sabía lo delicado que serías. No te contengas. Quiero poseerte por entero.

Ante aquellas palabras, Max pareció perder el control. Gimió y la empaló profundamente, su robusto cuerpo estremeciéndose contra el suyo. Lysette dejó escapar un jadeo de deleite cuando sintió palpitar en su interior la dura seda del miembro de Max. Era extraño, que pudiera sentirse tan vulnerable y sin embargo tan fuerte, con su cuerpo colmado, sujeto y rodeado por el hombre al que amaba. Y lo que era todavía más extraño, por fin se había entregado a Max sin saber si él la correspondía en su amor. Quería darle todo lo que pudiera de sí misma, sin ninguna clase de condiciones o expectativas.

Max se dio la vuelta hasta quedar tendido sobre el costado y la atrajo hacia su pecho. Con un suave ronroneo, Lysette insinuó uno de sus muslos entre los suyos, deleitándose con el calor y la textura del cuerpo de él. El olor de la tormenta entraba por la ventana entreabierta y formaba una mezcla embriagadora con el aroma almizclado del sexo y la piel húmeda.

Max le puso la mano en el pecho. Cuando habló, lo hizo con voz profunda y lánguida.

—La próxima vez será mejor, te lo prometo —dijo.

—Espero que no. —Lysette le acarició la cintura, y sus dedos fueron hacia la línea donde la piel oscurecida por el sol se disipaba dentro del territorio más pálido de su cadera—. No sé si podría sobrevivir a algo mejor que eso.

Max rió, y sus labios le apretaron suavemente los cabellos.

—Qué mujercita tan apasionada que tengo —susurró.

—¿Soy más apasionada que tu *placée*?

La pregunta hizo que él se quedara inmóvil.

—Entre tú y Mariame no puede haber comparación posible, *ma chère*. Nunca había deseado tanto a ninguna mujer, ni encontrado un placer semejante con ella.

—Pero aun así sientes algo por Mariame, *oui*?

—Pues claro que sí. Mariame ha sido una buena amiga y ha sabido ser muy generosa conmigo. Le debo mucho.

—¿En qué sentido? —preguntó Lysette, sintiendo una punzada de celos.

—Después de la muerte de Corinne, pensé que nunca volvería a desear a una mujer. En Nueva Orleans no había una sola mujer que no me tuviera miedo, y yo... —Hizo una pausa, como si las palabras se le hubieran quedado atrapadas en la garganta. Sorprendida de que Max se hubiera aventurado a hablar de su misterioso pasado, Lysette aguardó pacientemente a que continuara—. En cierto modo, me tenía miedo a mí mismo —dijo finalmente—. Todo se había vuelto distinto. Yo estaba acostumbrado a ser querido y admirado, y de pronto todo el mundo me trataba con desprecio, o frialdad, o miedo. Durante casi dos años me mantuve célibe. Entonces oí que Mariame acababa de ser abandonada por el hombre que la había estado manteniendo. Yo la había visto antes y admiraba su belleza. Mariame necesitaba a alguien que cuidara de ella y de su hijo... y yo necesitaba a alguien como Mariame.

—¿Cómo es ella? —preguntó Lysette.

—Hace que te sientas cómodo —dijo él pasado un instante—. Mariame tiene una naturaleza muy agradable. Rara vez la he visto enfadarse, y nunca se ha mostrado exigente o se ha impacientado por algo.

—A diferencia de mí —se lamentó Lysette.

Max se alzó sobre ella, ocultándole los destellos del relampaguear de la tormenta con sus anchos hombros.

—¿Sabes qué es lo que yo cambiaría de ti, *petite*? —preguntó con dulzura.

—¿Qué? —preguntó ella, medio temerosa de cuál podría ser la respuesta.

—Nada en absoluto.

Después su cabeza descendió sobre la de Lysette, y durante un buen rato la mantuvo demasiado ocupada para que pudiera hablar.

9

Max despertó con la sensación de que unos demonios invisibles le golpeaban la cabeza con unos mazos enormes. Abrió los ojos y dio un respingo de sorpresa y dolor cuando un rayo de sol pareció atravesarlos. Mascullando juramentos en francés y en inglés, se acostó boca abajo y escondió la cabeza debajo de la almohada.

—*Mon mari* —dijo Lysette, divertida pero también con una clara simpatía en su voz. Su delicada mano le rozó la espalda desnuda—. Cuéntame cómo puedo ayudarte. ¿Cuál es vuestra cura habitual para... cómo lo llaman los americanos? ¿Haber empinado demasiado el codo, quizá? ¿Tomarás un poco de café? ¿Agua? ¿Un té de corteza de saúco?

Max sintió que se le revolvía el estómago sólo de pensar en tragarse algo.

—*Dieu, non.* Déjame... —No llegó a decir nada más, porque entonces el roce de la mano de Lysette hizo que unos cuantos recuerdos de la noche anterior volviesen a su memoria. Muchos de los detalles se habían disipado entre una neblina empapada de alcohol, pero recordaba haberla visto cuando llegó a casa... ella lo había ayudado a quitarse la ropa... y en algún momento después de eso, él había...

Arrojando la almohada a un lado, Max se irguió de golpe en la cama sin hacer caso de la punzada de agonía que le atravesó la cabeza con la intensidad de una cuchillada.

—Lysette —dijo.

Sentada junto a él en la cama, Lysette llevaba una túnica

blanca con un fruncido de volantes en el pecho y se había recogido el pelo en una trenza sujeta con una tira de encaje. Max habría pensado que parecía un ángel... de no ser porque ningún ángel tenía los labios hinchados a causa de los besos que había recibido.

—Anoche... —dijo con voz temblorosa, sintiendo como si una garra helada le oprimiese las entrañas—. Yo estuve contigo. No me acuerdo de todo, pero sé que tú y yo...

—Sí, lo hicimos.

La información dejó anonadado a Max y lo llenó de vergüenza. Ningún caballero tomaría jamás a su esposa mientras estaba ebrio... mucho menos a una esposa que todavía era virgen, algo que habría requerido delicadeza, habilidad y un gran dominio de sí mismo. Él le había arrebatado su inocencia mientras estaba borracho. Saberlo lo llenó de abatimiento. Tenía que haberle hecho daño. Santo Dios, ahora Lysette nunca permitiría que volviera a acercársele, y él no la culparía por ello.

—Lysette... —Empezó a extender las manos hacia ella, pero se detuvo—. ¿Te tomé por la fuerza? —preguntó con voz enronquecida.

Ella lo miró con los ojos muy abiertos y llenos de sorpresa.

—No —dijo—. Por supuesto que no lo hiciste.

—¿Te hice daño? ¿Fui demasiado brutal?

El que ella se echara a reír pareció dejarlo perplejo.

—¿Es que no te acuerdas de lo que sucedió, *mon mari*? No parecías estar tan borracho.

—Recuerdo mi parte de lo que sucedió. Pero no me acuerdo de la tuya.

Sonriendo, Lysette se inclinó hacia delante y le tocó el labio inferior con la punta del dedo.

—En ese caso yo te lo contaré. Me torturaste, *mon cher*, y me hiciste sufrir muchísimo. Y yo adoré hasta el último momento de esa terrible tortura.

—Luego no supe ocuparme de ti —dijo Max con un vago horror—. No te traje agua, o un paño, o... —Entonces fue como si de pronto se le ocurriera pensar en algo e hizo a un lado las sábanas, descubriendo que la blancura nevada del lino estaba levemente manchada de rojo. Lysette había sangrado y él no había hecho nada por ella—. *Mon Dieu* —masculló.

—Después de todos tus esfuerzos, te quedaste dormido de una manera bastante repentina —admitió Lysette con una sonrisa, pasando los dedos por el muslo velludo de él—. Pero no me importó tener que cuidar de mí misma. Eso no me creó ningún problema, *mon mari*.

Max no entendía cómo ella podía sonreír después de lo que le había hecho él, humillándola a altas horas de la noche cuando estaba tan borracho que apenas podía tenerse en pie. Llevándose las manos a la cabeza, hizo que sus dedos se abrieran paso a través del desorden de su pelo para frotarse el cuero cabelludo dolorido.

—Lysette —dijo sin mirarla—, si puedes encontrar alguna manera de perdonarme, algún día... Te juro que lo de anoche nunca volverá a ocurrir. Estoy seguro de que ahora tú no crees que vaya a ser así, pero...

—Te perdonaré con una condición —dijo ella bondadosamente.

—La que sea. La que sea. Tú sólo tienes que decírmelo.

—Mi condición es... —Acercándose a él, besó suavemente la mejilla que empezaba a cubrírsele con un inicio de barba—. Tienes que volver a hacerlo esta noche —susurró, y dejó la cama antes de que él pudiera replicar.

Max empezó a comprender que la noche anterior no había sido la catástrofe que hubiese podido llegar a ser, apoyó la espalda en el cabezal de la cama y empezó a relajarse. El alivio fue extendiéndose lentamente por todo su ser, y dejó escapar un tenso suspiro.

—¿Un poco de café? —sugirió Lysette—. Podría sentarle bien a tu cabeza.

Max hizo un hosco sonido de asentimiento. Lysette fue a la bandeja de plata que había sobre la mesa junto a la ventana y vertió líquido humeante en una taza de porcelana de Sèvres. Regresó junto a la cama con una taza y un platillo y ayudó a Max a ponerse una almohada detrás de la espalda antes de tenderle el café.

—*Alors* —dijo con naturalidad—, ahora que por fin hemos dormido juntos, quizá dejaré de encontrar trocitos de tela roja debajo de mi almohada.

Max se detuvo en el acto de llevarse la taza a los labios.

—¿Trocitos de tela roja? —repitió cautelosamente.

—*Oui.* Noeline ha estado escondiéndolos ahí para atraer a *le Miché Agoussou.*

—El demonio criollo del amor. Bueno, pues ya le puedes decir a Noeline que esta vez Agoussou realmente ha hecho notar su visita.

Lysette sonrió, y un tenue rubor subió hacia las curvas llenas de pecas de sus mejillas.

—No creo que haya ninguna necesidad de decirle nada a Noeline. Toda la casa parece estar al corriente de lo que sucedió anoche. Una de las desventajas de vivir con una familia tan grande.

—¿La falta de intimidad te molesta? —preguntó él, a quien nunca se le hubiera ocurrido pensar en eso antes.

Lysette se encogió de hombros.

—La casa es lo bastante grande para que yo tenga muchos sitios a los que ir cuando deseo estar sola. Y la compañía de tu familia me resulta muy agradable, aunque estaría bien que hubiera más mujeres. Creo que deberíamos buscarles esposa a tus hermanos.

—Ninguno de ellos ve que haya ninguna necesidad de casarse. Viven en una casa muy bien administrada, y disponen de toda la libertad que desean. Cuando quieren disfrutar de un poco de compañía femenina, en la ciudad hay muchas mujeres dispuestas a darles ese gusto. ¿Por qué deberían querer una esposa?

Lysette lo miró con indignación.

—¿Qué me dices de los niños?

Max la miró sardónicamente.

—Es probable que después de haber vivido con los gemelos, mis hermanos hayan recibido una impresión más bien negativa de las alegrías de la paternidad.

—No todos los niños son como los gemelos.

—Demos gracias a Dios por eso.

—Además, si la soltería es tan maravillosa, ¿por qué te casaste conmigo?

Max estudió a Lysette por encima del borde de la taza de porcelana, admirando la forma de su cuerpo bajo la batista de la túnica.

—Me parece que eso ya te lo dejé bastante claro anoche.

—Ah. —Lysette fue hacia él, sus movimientos imbuidos por una nueva confianza en su propia sexualidad que hizo cobrar conciencia a Max del cambio que acababa de tener lugar en ella. «Válgame Dios», pensó irónicamente—. Te casaste conmigo por mi cuerpo, entonces —dijo Lysette, inclinándose hasta quedar lo bastante cerca de él para que Max pudiera ver dentro del escote de su túnica, desde las puntas de sus pechos hasta los exuberantes ricitos rojos entre sus muslos. Max apuró el café que quedaba en la taza, pero su calor abrasador no era nada comparado con la temperatura que había empezado a crecer en su sangre.

—Exactamente —dijo, y Lysette dejó escapar una suave carcajada.

—Y yo quizá me casé contigo por el tuyo, *mon mari*.

—No pienso quejarme por eso —dijo Max, atrayéndola hacia él para besarla.

Sin embargo, se vieron interrumpidos por una firme llamada a la puerta. Max contempló con disgusto cómo Lysette iba a responder a la llamada. La intrusa era Noeline, trayendo consigo una bandeja cargada con el desayuno. Frunciendo el ceño, Max tiró del cubrecama para subirlo sobre su pecho desnudo.

La situación enseguida mereció la aprobación del ama de llaves. La expresión de Noeline se mantuvo tan serena como de costumbre, pero ahora había satisfacción en sus oscuros ojos cuando dejó la bandeja sobre una mesita junto a la ventana.

—*Bon matin* —dijo plácidamente—. Ya iba siendo hora de que encontrara a madame aquí con usted, monsieur.

Lysette se sentó junto a la bandeja y cogió un cruasán, que luego mordió con obvio placer.

—Ahora —continuó Noeline—, si Dios quiere, volverá

a haber pequeñines en esta casa. Ha pasado demasiado tiempo desde los gemelos. —Conociendo a Max desde sus años de juventud como lo conocía, el ama de llaves solía decirle libremente lo que le viniera en gana, sin importar lo muy personal que pudiera ser.

—Noeline —dijo Max bruscamente—, haz que me preparen un baño inmediatamente. Voy a llegar tarde a una cita que tengo en la ciudad.

El ama de llaves frunció el entrecejo sin molestarse en tratar de ocultar su disgusto.

—¿Va a salir, monsieur? ¿Y dejará aquí a una guapa esposa sin ningún bebé? —En lo que a los criollos concernía, la primera responsabilidad de un hombre era dar hijos a su esposa. Tanto en la alta sociedad como en las clases más bajas, todos estaban de acuerdo en que un recién casado debía invertir todos sus días y sus noches en un tenaz esfuerzo por dejar encinta a su esposa. Después de todo, la luna de miel no tenía otro propósito que ése.

Max traspasó al ama de llaves con una mirada ominosa.

—Vete, Noeline.

—*Oui*, monsieur —replicó Noeline sin perder la calma, y luego mascullό para sí mientras se iba—: Lo que no sé es cómo se las va a arreglar para tener bebés ella solita...

—¿Cuándo regresarás? —preguntó Lysette, dejando caer un poco de miel sobre su cruasán.

—Esta tarde temprano, espero.

—Me parece que hoy iré a dar un paseo a caballo por la plantación —dijo ella—. Todavía hay partes que nunca he visto.

—Llévate a alguien contigo.

—Oh, pero no hay ninguna necesidad...

—Sí que la hay. En el caso de que tuvieras alguna dificultad (el caballo pierde una herradura, o tropieza), no quiero que estés sola.

—Está bien. —Lysette inclinó la cabeza hacia atrás mientras dejaba caer dentro de su boca un trozo de cruasán empapado de miel. El que lo encontrara tan delicioso excitó todavía más a Max, y se volvió sobre el costado para observarla.

—Lysette —le dijo con voz enronquecida—, trae aquí esa miel.

—¿Con un cruasán?

—No, sólo la miel.

La mirada llena de perplejidad de Lysette se encontró con la suya y un instante después, cuando empezó a comprender, sacudió la cabeza con vehemencia.

—No, hombre malvado.

—Ven aquí ahora mismo —insistió él, acariciando la sábana—. Prometiste obedecerme, *chèrie*. ¿Ya estás faltando a tus votos?

—Yo no prometí tal cosa.

—Sí que lo hiciste. En la boda.

—Crucé los dedos durante esa parte. —Viendo que Max no la entendía, añadió—: Es lo que hacen los americanos cuando dicen algo que en realidad no sienten.

Max hizo a un lado el cubrecama, revelando así su cuerpo desnudo, y fue a recuperar a su esposa que no paraba de reír. Cogiéndola en brazos, la llevó a la cama y se trajo consigo el tarro de la miel.

—¿Sabes qué les hacen los criollos a las esposas rebeldes? —preguntó al tiempo que la depositaba sobre el colchón.

—¿Voy a descubrirlo? —preguntó ella, con el rostro iluminado por un intenso rubor.

—Oh, sí —murmuró él, y se reunió con ella en la cama.

Tal como Lysette había esperado, fue sometida a un escrutinio fuera de lo habitual cuando, tras el desayuno, se reunió con los Vallerand en la sala. Incluso Alexandre, que padecía los efectos de una fuerte resaca como resultado de haberse corrido una larga juerga en la ciudad durante la noche anterior, volvió laboriosamente hacia ella unos ojos inyectados en sangre.

—Buenos días —dijo Lysette animadamente.

Justin, que estaba apoyado en la esquina comiendo un bollo espolvoreado de azúcar, disipó la tensión con su típico descaro.

—¿Estamos intentando averiguar qué tal le ha sentado pasar la noche con papá? Pues a mí me parece que tiene bastante buena cara.

La observación no fue hecha con malicia y, de hecho, era imposible resistirse al encanto de sus ojos azules. Lysette sonrió en el preciso instante en que el resto de la familia reaccionaba con disgusto, exigiendo a Justin que abandonara la estancia. Ella le tocó el hombro mientras se iba.

—No es necesario que te marches, Justin —dijo.

—Bueno, de todas maneras iba a hacerlo. Philippe y yo tenemos una clase de esgrima en la ciudad.

—Espero que lo paséis bien.

Justin sonrió al tiempo que se pasaba los dedos por el pelo, que llevaba tan despeinado como de costumbre.

—Oh, siempre se me da bien. Soy el mejor espadachín de la ciudad, en eso he salido a nuestro padre. *Bon matin, belle-mère* —dijo alegremente, y fue en busca de su hermano. Su bravuconada juvenil hizo sonreír a Lysette, pero los otros Vallerand no parecieron encontrarla tan divertida.

—Ese chico... —Irénée no llegó a completar la queja, pero su irritación no podía estar más clara.

—Ya hace muchos años que Max debería haberle administrado una buena sesión con la vara —dijo Alexandre sombríamente, bebiendo un minúsculo sorbo de café y sosteniéndose la cabeza como si ésta fuera a desprendérsele de los hombros—. Ahora los resultados de que lo haya malcriado están empezando a volverse demasiado obvios.

—Justin sólo intenta conseguir que los demás reparen en él —replicó Lysette mientras tomaba asiento junto a Irénée—. Philippe se gana la atención a través de su buena conducta. Naturalmente, la única opción que le queda a Justin es la de ser malo. Si nos mostramos pacientes y comprensivos con él, no me cabe duda de que mejorará. —Se volvió hacia su suegra, decidida a cambiar de tema—. He pensado que hoy podría ir a dar un paseo a caballo por la plantación.

—Haz que te acompañe Elias —dijo Irénée—. Es un buen chico, callado y con unos modales excelentes.

—¿Adónde irás? —preguntó Bernard.

Lysette se encogió de hombros.

—Puede que hacia el este, más allá de los cipreses.

—Ahí no hay nada que ver —replicó Bernard con cierta sequedad—. Salvo las ruinas de la casa del antiguo encargado.

La mención de aquel lugar hizo que el grupo familiar se sumiera en un extraño silencio. Lysette miró a Irénée, quien de pronto estaba concentrando toda su atención en la tarea de echarse más azúcar en el café y removerlo. Al preguntarse cuáles podían ser las razones para una reacción tan extraña, Lysette comprendió que la casa del encargado tenía que haber sido el sitio donde habían asesinado a Corinne.

—Pensaba que la habrían derribado —dijo.

—Es lo que se tendría que haber hecho con ella —dijo Irénée—. Desgraciadamente, nadie de la plantación, o de Nueva Orleans, se ha mostrado dispuesto a hacerlo. La superstición, ¿entiendes?

Lysette lo entendía. La cultura criolla daba mucha importancia a todos los lugares donde se había cometido un asesinato o había muerto alguien. Todo lo que hubiese formado parte de la casa —fuera un trozo de madera, de un ladrillo o de escayola— contenía la esencia del mal y podía emplearse para preparar un poderoso *gris-gris* que haría desgraciada para siempre a su víctima y terminaría causándole la muerte. Nadie estaba dispuesto a hacer que la maldición cayera sobre él por haber profanado un lugar tan lleno de malos espíritus.

—Algunos aseguran que han visto fantasmas allí —dijo Irénée—. Hasta Justin ha afirmado haberlos visto, aunque sospecho que en su caso sólo era otra de sus mentiras.

—Ningún esclavo se acercará a ese lugar —dijo Bernard—. Si intentaras visitarlo, no conseguirías llegar a cincuenta metros de él antes de que Elias se negara a dar un solo paso más.

Lysette no tardó mucho en descubrir que Bernard estaba en lo cierto. Elias, que iba detrás de su yegua baya montado en una plácida mula, se detuvo en seco cuando vio alzarse ante ellos los contornos medio derruidos de la casa del encargado. La estructura no podía ser divisada desde la casa principal. Había sido construida en el límite de unos campos que antaño habían sido productivos, pero que no se tocaban desde hacía diez años. Una abundante vegetación cubría el suelo alrededor de la casa del encargado. Con tiempo suficiente, el clima tropical conseguiría destruir la precaria construcción, que ya se había visto seriamente afectada por la humedad, el moho y las alimañas.

—¿Elias? —lo interrogó Lysette, mirando atrás y viendo que el muchacho permanecía rígidamente inmóvil. Con los ojos muy abiertos y los agujeros de la nariz dilatados, miraba fijamente la casa.

—¿Quiere ir ahí, madame? —le preguntó Elias sin levantar la voz.

—Sí, sólo un momento —dijo ella, haciendo que su yegua avanzara unos cuantos pasos—. *Allons.*

El muchacho no se movió.

—No podemos, madame. Ahí dentro hay fantasmas.

—No te pediré que entres conmigo —dijo Lysette en tono tranquilizador—. Espera fuera hasta que yo regrese.

Pero cuando su mirada se encontró con la de Elias, vio que estaba muy alterado. Un brillo en los ojos del muchacho revelaba la duda entre su miedo de aproximarse a la casa y el deseo de no incurrir en el disgusto de su señora. Elias no dijo nada y su mirada fue nerviosamente de Lysette a la ominosa estructura que se alzaba ante ellos.

—No te muevas de aquí, Elias. Enseguida volveré.

—Pero, madame...

—No me pasará nada. Sólo estaré dentro unos minutos.

Lysette fue hacia la casa medio en ruinas y ató su yegua a la barandilla de madera a punto de caerse del diminuto porche. Luego se desató distraídamente las cintas del sombrero de paja que llevaba y lo dejó encima de un escalón que había empezado a combarse. La casa había sido edificada sobre unos soportes que la mantenían a medio metro de distancia del suelo como precaución por si, como ocurría de vez en cuando, el pantano cercano decidía inundar sus orillas. Lysette puso el pie con cautela en uno de los escalones, preguntándose si aguantaría su peso. La madera crujió ruidosamente, pero no se rompió. Lysette fue hacia la puerta, que colgaba del quicio con los bordes llenos de barro reseco. Una opresiva atmósfera de penumbra flotaba en torno al lugar. Era como si el crimen que había ocurrido allí hubiera llegado a formar parte de cada tabla y cada viga.

Lysette intentó imaginarse cómo habría sido la casa una década atrás, cuando Corinne Vallerand entraba en ella sin ser vista para acudir a sus citas clandestinas con Étienne Sagesse. ¿Cómo podía haber traicionado Corinne a Maximilien en un lugar tan próximo a la casa que ambos compartían? Casi parecía como si hubiera querido ser descubierta.

Empujando la puerta hacia un lado al tiempo que se agachaba para pasar bajo las telarañas que se habían acumulado en el umbral, Lysette entró en la casa. Parecía una tumba. La habitación estaba sucia y olía muy mal, y el moho había oscurecido sus paredes. Centímetros de polvo y una sustancia amarillenta cubrían los diminutos paneles de las ventanas, de modo que el sol apenas podía entrar en la habitación. Las arañas correteaban por los rincones y las grietas de las paredes, huyendo de la intrusión de Lysette.

Impulsada por la curiosidad, Lysette fue a la habitación de atrás abriéndose paso entre los cascotes. Mientras miraba alrededor, sintió que se le erizaba el vello en los brazos. Aunque no había nada tangible que distinguiera aquella habitación de la otra, de alguna manera enseguida supo que era allí donde había sido asesinada Corinne. Una sensación de devastación hizo presa en ella, y se quedó inmóvil donde estaba.

Entonces oyó pasos, el ruido de alguien que apartaba a patadas los restos de un cacharro de cocina hecho pedazos. El corazón le dio un vuelco y se apresuró a darse la vuelta.

—¿Elias?

—No.

Era su esposo, que iba hacia la puerta de la pequeña habitación sin quitarle los ojos de encima a Lysette.

Las facciones de Max parecían haber sido esculpidas en granito, pero su mirada era la de un hombre acosado. No le preguntó a Lysette por qué había ido allí. Parecía encontrar difícil hablar, y su garganta se estremecía violentamente. Estaba muy pálido, y Lysette vio los residuos del horror en sus ojos cuando los recuerdos escaparon de los rincones oscuros de su mente.

Se acercó a él y le tocó suavemente la cara con la mano. Aquella caricia llena de compasión pareció liberar las palabras que habían permanecido atrapadas tras una barricada invisible. Max se lamió los labios resecos antes de decir con voz ronca:

—Encontré a Corinne ahí, en ese rincón, yaciendo en el suelo —dijo—. Enseguida supe qué había sucedido... el color de su piel, las señales en su cuello. He oído que no es sencillo estrangular a una persona. Hace falta mucha ira, u odio, para matar a alguien de esa manera.

Sin apartarse de él, Lysette le acariciaba el pecho con las palmas de las manos.

—Sé que tú no lo hiciste —musitó.

—Podría haberlo hecho, sin embargo —susurró Max—. Quería hacerlo. Corinne hacía y decía cosas inimaginables... Hacía que me sintiera como envenenado. No era difícil odiarla. No sé en qué habría llegado a convertirme si hubiera vivido más tiempo con ella.

—¿Por qué era así? —preguntó Lysette suavemente.

—No lo sé —dijo Max, y sus ojos eran los de un hombre que se ahoga—. Creo que había algo que no iba bien dentro de ella. Corrían rumores de que se habían dado algunos casos de locura en su familia, pero los Quérand siempre lo negaron. —Su mirada fue hacia el rincón lleno de cascotes—. Cuando comprendí que Corinne estaba muerta, me quedé atónito. Sentí pena por ella. Pero al mismo tiempo, una parte de mí se sintió... aliviada. El pensar que por fin me vería libre de ella, que Corinne se había ido para siempre... —Max se calló. Había enrojecido, y le temblaba la mandíbula—. Me sentí tan condenadamente contento de que estuviera muerta —dijo en un susurro entrecortado—. Sentir eso me volvía igual de culpable que el que la había asesinado, ¿no crees?

Lysette lo abrazó.

—No digas insensateces. Porque ésa es una de las cargas que has tenido que llevar a cuestas durante tanto tiempo, ¿verdad? Los sentimientos no son lo mismo que las acciones. Tú no le hiciste ningún daño a Corinne. No tienes ninguna razón para sentirte culpable. —Aunque Max no estaba respondiendo a su contacto, Lysette apoyó la cabeza en su pecho—. ¿Cómo has sabido que estaba aquí? —preguntó contra el palpitar de su corazón.

Max se esforzó por recuperar el control de su voz.

—La cita que tenía en la ciudad fue cancelada, porque a Claiborne le surgieron asuntos más urgentes que atender en otra parte. Cuando regresé a la plantación hace unos minutos, vi a Elias, que iba a casa todo lo deprisa que podía llevarlo ese desastre de mula. Me dijo dónde estabas.

—Lo lamento —dijo ella—. No pretendía hacerle pasar un mal rato. Ni a ti. Sólo sentía curiosidad.

—Lo imagino. Yo ya sabía que sólo era cuestión de tiempo que dieras con este lugar. Voy a ordenar que lo derriben, o lo haré con mis propias manos.

Lysette recorrió la habitación con la mirada, súbitamente ansiosa por alejarse de los horribles recuerdos que encerraba para su esposo.

—Max, llévame a casa. Por favor.

Él no pareció oírla.

—Vamos —lo apremió ella, empezando a alejarse. De pronto Max le dio un buen susto cuando la tomó, temblando entre sus brazos.

—¿Por qué no me temes? —preguntó con voz entrecortada—. Debes de tener dudas, pues todavía soy un desconocido para ti. No puedes estar segura de que sea inocente. A veces ni siquiera yo creo que lo sea.

—Calla. No digas ni una palabra más —susurró ella, volviendo su boca hacia la de él—. Te conozco. Sé exactamente qué clase de hombre eres.

Max sólo se dejó besar por un instante antes de retroceder, claramente remiso a compartir un momento de intimidad con ella en aquel lugar.

—Salgamos de aquí —masculló.

Cuando vio lo preocupado y silencioso que estuvo Max durante el resto del día, Lysette enseguida lamentó haber ido a la casa del encargado. Ella nunca le hubiese causado semejante inquietud a propósito. Aunque Max evitó ver a nadie y pasó el resto de la tarde trabajando en la biblioteca, su estado de ánimo sombrío pareció impregnar de tensión la atmósfera de la casa. Sin embargo, nadie le dijo nada a Lysette... hasta que Bernard se dirigió a ella después de la cena. Se cruzaron por casualidad en el recibidor, cuando él iba hacia la casita de los invitados en la que residía. Mirando alrededor para asegurarse de que nadie los oiría, Bernard le habló con voz áspera.

—Sólo te lo diré una vez, Lysette, y no lo hago sólo por tu bien sino también por el de Max. Quítate de encima esa curiosidad que sientes por Corinne. Es peligrosa, ¿comprendes? Lo pasado pasado está, y debes dejar que siga así... o de lo contrario regresará para arruinar tu vida.

Lysette quedó tan asombrada que no pudo replicar.

Después de haberla contemplado con una expresión de desagrado que ella nunca había visto antes en sus oscuros ojos, Bernard se fue.

10

—¿Otra carta a tu madre? —preguntó Max, acercándose a la mesita de nogal a la que estaba sentada Lysette.

—No consigo encontrar las palabras apropiadas —repuso ella, señalando unas cuantas hojas de pergamino que había estrujado.

Max sonrió mientras se percataba de que el escritorio de Lysette y la silla con patas en forma de garra que hacía juego con éste habían sido misteriosamente trasladadas del dormitorio de ella al suyo. Era otra señal de la invasión femenina que al parecer se estaba produciendo.

Pensándolo bien, supuso que debía dar gracias de que su habitación fuera tan grande. Pese a su acuerdo inicial de mantener dormitorios separados, Lysette había ido llevando un creciente número de pertenencias al territorio que antes sólo le pertenecía a él. Max descubría cada día nuevos objetos esparcidos sobre su tocador y su mesilla de noche. Había botellitas de perfume y cajas de polvos, abanicos, guantes y adornos para el pelo realzados con distintas flores, así como horquillas, peines, medias, ligas y encajes.

Cuando Max iba a acostarse por la noche, encontraba a Lysette en su cama, infringiendo de esa manera la costumbre criolla de que una esposa debía permanecer en su propio lecho hasta que el marido decidiese lo contrario. Sin embargo, no se atrevía a decir nada al respecto. No sólo quería evitar herir los sentimientos de Lysette, sino que, además, por algún motivo que no atinaba a explicar, la situación era muy de su agrado.

Después de años de aislamiento y soledad, Max descubrió que le gustaba mucho la compañía que le ofrecía Lysette y las atenciones que tan generosamente le dedicaba. Había esperado que la súbita falta de intimidad sería difícil de soportar, pero el caso era que no le disgustaba. Y el que Lysette estuviese tan a mano también tenía sus ventajas. Ahora él podía verla a su antojo mientras se bañaba, se peinaba, se vestía... y se desvestía. Descubrió que le encantaba observar los rituales del aseo de una esposa, al igual que lo deleitaba la visión de Lysette probándose pendientes, recogiéndose el cabello, quitándose las medias o aplicándose un poco de perfume detrás de las orejas.

Volviendo a centrar su atención en el motivo de interés más inmediato, Max apoyó los brazos a los lados de Lysette y se inclinó sobre la mesa para leer la carta inacabada.

—Ni *maman* ni Jacqueline han respondido a las primeras cartas que les escribí —le explicó Lysette—. En el caso de *maman*, puede que Gaspard no le permita escribirme. Quizá ni siquiera le permita recibir nada que venga de mí... ¡pero esperaba alguna clase de respuesta por parte de Jacqueline!

Max le rozó la coronilla con los labios.

—Dales un poco de tiempo. Sólo ha transcurrido un mes desde la boda. Y te casaste con uno de los truhanes más notorios de Nueva Orleans.

—Eres demasiado modesto, *mon mari*. Tú no tienes rival como truhán.

Él sonrió y se vengó inclinándole la silla hacia atrás, lo que causó un respingo de sorpresa y una carcajada. Lysette se agarró a sus brazos.

—¡Max!

—Tranquila, cariño... no permitiré que caigas.

—¡Max, haz el favor de comportarte!

La silla fue devuelta lentamente a su posición original, y Lysette se apresuró a levantarse de ella con una sonrisa recelosa.

Sosteniéndole la mirada, Max fue hacia el escritorio y su mano hizo una bola con la carta.

Lysette se quedó boquiabierta.

—¿Por qué has hecho eso?

—Porque no me gustaba —respondió él sin el menor remordimiento—. No quiero que te humilles suplicándoles un poco de atención.

Ella le lanzó una mirada iracunda.

—Le escribiré lo que quiera a mi madre.

Max la miró con ceño y luego hizo una profunda inspiración.

—Lo siento —dijo finalmente—. No pretendía ser arrogante. Pero no quiero que nadie hiera tus sentimientos. Especialmente tu propia familia.

Lysette, cuya ira se desvaneció, dijo en tono más dulce:

—Max, no puedes protegerme de todo.

—Pero puedo intentarlo.

Ella rió y sacudió la cabeza.

—Supongo que me lo tengo merecido por haberme casado con un criollo.

—¿Piensas empezar a escribir otra carta en este mismo instante? —preguntó él.

—Probablemente no. *Pourquoi?*

—Porque me gustaría que me acompañaras a la ciudad. Esta mañana ha llegado un visitante muy importante, y espero oír algunos discursos interesantes en la Place D'Armes.

—Oh, me encantaría salir de la plantación —exclamó Lysette—. No he puesto los pies fuera de ella ni una sola vez desde que llegué aquí. Pero todavía tiene que transcurrir una semana antes de que se considere correcto verme en público, y no quiero ser la causa de que toda Nueva Orleans empiece a murmurar...

—No saldremos del carruaje —la interrumpió Max, divertido por su excitación—. En cualquier caso tendríamos que quedarnos en él, porque habrá demasiada gente para que podamos movernos libremente. Salvas de cañonazos, desfiles, música. Todo para conmemorar la llegada de un tal Aaron Burr.

—¿Quién es ése? Oh, sí, ese hombre que os cae tan mal a ti y al gobernador Claiborne. —Corriendo al tocador, Lysette empezó a rebuscar en el cajón de arriba para coger sus guantes.

La Place D'Armes, plaza mayor que daba al río, acogía a una ruidosa multitud llegada de varios kilómetros a la redonda para ver y oír al famoso coronel Burr. Aquella mañana, el veinticinco de junio, el coronel había llegado a Nueva Orleans después de haber efectuado un largo circuito a través de Ohio, Kentucky, Tennessee y Natchez, en el que había visitado a poderosos aliados y pronunciado discursos ante multitudes de seguidores.

Burr había sido recibido en todas partes con hospitalidad y aclamaciones, ya que aseguraba que los intereses del Oeste eran lo primero para él y que sólo quería ayudar a que el territorio creciera y prosperase. Pocas personas sospechaban el propósito bastante más siniestro que se ocultaba detrás de su viaje.

Pese a todo el hervidero de actividad de las festividades, el carruaje oro y negro de los Vallerand atrajo casi tanta atención como la aparición de Aaron Burr. El rumor de que la nueva esposa de Maximilien Vallerand se encontraba allí circuló rápidamente y alrededor del vehículo no tardaron en aparecer grupos de espectadores, tanto americanos como criollos, que estiraban el cuello para ver en su interior. Ni siquiera Max había esperado la atención que atraería la presencia de Lysette.

Lysette se mantuvo alejada de las ventanas del carruaje, procurando permanecer oculta, pero aun así pudo oír las voces llenas de excitación que sonaban fuera y que se referían a ella llamándola *la mariée du diable*, la esposa del diablo. Miró a Max con ojos llenos de asombro.

—¿Por qué me llaman así?

—Ya te advertí lo que debías esperar —dijo él—. Te casaste conmigo, lo que es razón suficiente. Y sin duda el rojo de tus cabellos hace que la gente dé por sentado que tienes mucho temperamento, así que te enfadas por cualquier cosa.

—¿Que yo me enfado por cualquier cosa? Pero si tengo muy buen carácter —dijo ella, y frunció el ceño al oírlo resoplar. Antes de que pudieran debatir el tema, sin embargo, el gobernador Claiborne dio inicio a su discurso de bienvenida. Lysette se inclinó hacia delante en el asiento del carruaje, deseando poder estar fuera.

Más allá de las paredes del carruaje había un mundo entero de imágenes, olores y sonidos que eran totalmente nuevos para ella: los pregones de los vendedores que ofrecían fruta y pan, el ladrar de los perros, los cacareos de las gallinas.

De vez en cuando captaba un potente hálito de perfume francés cuando unas damas elegantes pasaban junto al carruaje, y la brisa procedente de los muelles del río transportaba hasta ellos los olores de la sal, el pescado y los desperdicios. Los barqueros pasaban a su lado hablando en lenguas que Lysette nunca había oído antes. Y como siempre que los criollos y los americanos compartían el mismo espacio, había enfados, disputas y rápidos desafíos a duelo.

El gobernador Claiborne intentaba hacerse oír por encima de la algarabía. Conforme progresaba el discurso, Lysette aceptó una copa de vino de manos de su esposo y descansó un rato los pies en su regazo mientras él le quitaba los zapatos y le daba un masaje en las plantas. Las manos de Max eran fuertes y concienzudas, y Lysette se estremecía de placer mientras iban haciendo desaparecer los dolores de sus pies.

Relajada por el vino y el delicado masaje, Lysette dejó vagar a su antojo los pensamientos mientras el gobernador detallaba muchos de los pasados logros de Burr.

—Se diría que le gusta hablar —observó, y Max soltó una risita.

—Ésa es la descripción más caritativa de un abogado que he oído jamás —replicó.

—Suena como si el gobernador Claiborne admirara muchísimo al coronel Burr —dijo Lysette.

—El gobernador desprecia a Burr —repuso Max con una sonrisa.

—Entonces ¿por qué...?

—Los políticos, cariño, suelen verse obligados a rendir homenaje a sus enemigos.

—No entiendo... —dijo Lysette, y se calló al oír un sordo rugir que empezó en el inicio de la multitud y fue creciendo hasta convertirse en una gran ola de sonido—. ¿Qué ocurre? —preguntó, abriendo mucho los ojos.

—Burr debe de haberse mostrado —dijo Max—. Gracias

a Dios. Ahora Claiborne tendrá que poner fin a su discurso. —Fue a la puerta y la abrió—. Voy a salir fuera para escuchar.

—Max, ¿puedo...?

—Será mejor que no te muevas de aquí —dijo él, pidiéndole disculpas con la mirada—. Lo siento.

Lysette se cruzó de brazos, muy disgustada, mientras él salía del carruaje.

—Bueno —masculló para sí—, no veo de qué me sirve dejar la plantación si luego he de pasar todo el rato sentada aquí dentro.

El tumulto en el exterior se incrementó, y Lysette se escurrió sobre el asiento para pegarse a la ventanilla y sacar la cabeza en un esfuerzo por ver más allá de la masa de gente, carruajes y caballos. Oyó en la lejanía una nueva voz, potente y llena de fuerza, que se abrió paso a través de la conmoción para saludar a la multitud primero en francés, luego en español e inglés. La congregación respondió con un torrente de aplausos, gritos y silbidos.

Las aclamaciones no cesaron durante todo el preludio del discurso, pero gradualmente Lysette volvió a oír la voz de Aaron Burr.

Se asomó un poco más por la ventana del carruaje. Las mujeres riñeron a sus maridos por haberse quedado mirando a la joven que tenía los cabellos del color del fuego, los jóvenes olvidaron sus discusiones y la observaron atentamente, y las ancianas intercambiaron cotilleos y murmuraciones mientras los ancianos deseaban en voz alta tener aunque sólo fuese diez o veinte años menos.

A un par de metros del carruaje, Max se percató de la creciente agitación y siguió la dirección de las miradas de quienes lo rodeaban. Suspiró con abatimiento cuando vio a su esposa con medio cuerpo asomando por la ventana del carruaje en un esfuerzo por tener una visión más clara de Aaron Burr. Al darse cuenta de que su esposo la estaba observando, Lysette le dirigió una mirada culpable y desapareció como una tortuga que se retira al interior de su caparazón.

Conteniendo la risa, Max fue al carruaje, abrió la puerta y extendió las manos hacia Lysette.

—Ven aquí —dijo, pasándole un brazo alrededor de la cintura y bajándola al suelo—. Pero luego no te quejes cuando todo el mundo se te quede mirando.

—*Mon Dieu* —añadió en voz baja un instante después cuando oyó las palabras con las que Burr había empezado a inflamar a su audiencia—. Lo que está diciendo raya en la traición. Ni siquiera él puede pensar que Jefferson va a quedarse cruzado de brazos en cuanto esas declaraciones hayan llegado a sus oídos.

Lysette se puso de puntillas.

—No puedo ver nada —dijo—. ¿Qué aspecto tiene Burr?

—Ya lo conocerás —le prometió Max—. La semana que viene asistiremos a un baile que darán en su honor.

—¿Sí? —preguntó Lysette, mirándolo fijamente a los ojos—. ¿Cuándo pensabas decírmelo?

—Acabo de hacerlo.

Escucharon hasta que la multitud mostró señales de que no tardaría en volverse incontrolable. Los temperamentos se inflamaban fácilmente bajo el sol de Luisiana, y los brindis y las celebraciones que ya se habían iniciado pronto rebajarían las inhibiciones. Y la presencia de Lysette estaba atrayendo una atención excesiva. La gente se la quedaba mirando y la señalaba abiertamente, los asistentes más jóvenes comenzaban a reunirse en grupos, y se oía cómo los muchachos se retaban mutuamente a correr hacia ella y tocar un mechón de sus cabellos del color de las llamas.

—Es hora de irse —dijo Max burlonamente mientras tiraba de su esposa haciendo que volviera al interior del carruaje—. O dentro de unos minutos me veré obligado a librar una docena de duelos por tu causa.

En parte porque tenía sus propias razones para ello y en parte como un favor a Claiborne, Max organizó un encuentro en privado con el ministro español en Nueva Orleans, don Carlos, el marqués de Casa Irujo. Desde que Aaron Burr llegara a la ciudad el día anterior, había habido muchas idas y venidas entre los dignatarios españoles residentes en Nueva Orleans. Max esperaba poder persuadir a Irujo de que le revelara alguna información pertinente acerca del general Wilkinson, el compañero de conspiración de Burr.

Irujo era un diplomático con mucha experiencia. Sus ojos castaños, su rostro de facciones delgadas y piel aceitunada, no revelaban nada. Pese a la media hora de esgrima verbal que había tenido lugar, Irujo aún no había dicho nada que desenmascarase al gobernador Wilkinson como un agente español, y tampoco había revelado lo que sabía acerca de la traicionera conspiración de Burr. Sin embargo, a Max no le cabía duda de que Irujo sabía muchas cosas.

—Para mí es un enigma muy interesante cómo Claiborne se las ha arreglado para obtener su apoyo, Vallerand —observó Irujo afablemente; mientras hablaban, los dos hombres bebían de sus copas y fumaban delgados puros negros. La conversación se aproximaba a una conclusión a medida que ambos se daban cuenta de que ninguno podría sonsacarle nada al otro—. Nunca le he tenido por un imbécil —continuó el español—. ¿Por qué, entonces, ha querido usted aliarse con un hombre al que están a punto de arrebatarle el control del territorio? Tiene usted mucho que perder.

—¿Por quién le será arrebatado? —replicó Max a su vez, lanzando una cinta de humo hacia un lado.

—Mi pregunta primero, *por favor*.

La sonrisa de Max no llegó a hacerse visible en sus ojos.

—Claiborne ha sido subestimado —dijo con tranquilidad.

Irujo rió, en un claro escarnio de la respuesta.

—¡Tendrá que hacerlo un poco mejor, Vallerand! ¿Qué le ha prometido el gobernador? Supongo que la retención de todas esas concesiones de tierras que hubiesen debido ser abolidas cuando los americanos tomaron posesión del territorio. O quizá se conforma con la esperanza de que así acumulará influencia política. ¿No le parece que corre un gran riesgo al jugárselo todo a la carta de que los americanos podrán impedir la secesión de Luisiana?

—Ahora me toca preguntar a mí —dijo Max—. ¿Quién piensa que va a arrebatarle el control del territorio a Claiborne?

—El coronel Burr, por supuesto. No es ningún secreto que él espera que la desunión termine imponiéndose.

—Sí. Pero Burr está haciendo algo más que limitarse a esperar que así sea —dijo Max, sin quitarle los ojos de encima a Irujo para ver cómo reaccionaba.

La expresión del español no reveló nada.

—Eso, amigo mío, es algo que nadie sabe con certeza. Ni siquiera yo.

Max sabía que aquello era una mentira. Si Wilkinson conspiraba con Burr al mismo tiempo que estaba a sueldo de los españoles, entonces Irujo tenía que estar al corriente de cuáles eran sus intenciones.

Inclinándose hacia delante en su asiento, Max reanudó la ofensiva verbal.

—No hace mucho, don Carlos, se negó usted a entregarle un pasaporte para México al coronel Burr. Obviamente la idea de permitirle entrar en territorio español no era de su agrado. ¿Qué fue lo que hizo que de pronto sospechara tanto de Burr?

—Mis tratos con ese hombre siempre han estado regidos por la cautela —dijo Irujo abruptamente.

—No siempre. En una ocasión le concedió usted permiso para entrar en las Floridas.

El ministro español rió ruidosamente, pero había muy poca diversión en sus ojos.

—Sus fuentes, Vallerand, son mejores de lo que sospechaba.

Sin decir nada, Max volvió a darle una calada a su puro al tiempo que se preguntaba cuánto sabría Irujo en realidad. Burr y Wilkinson tenían la firme intención de quedarse con las Floridas y sin duda intentaban que sus verdaderos propósitos permanecieran ocultos a los ojos de los españoles, quienes nunca renunciarían voluntariamente al territorio. Si al final éste le era arrebatado a España, se consideraría responsable a Irujo de lo ocurrido. Esa perspectiva tenía que alarmarlo.

—Don Carlos —dijo finalmente—, espero que no se deje engañar por nada de lo que pueda decir Burr cuando asegure que intenta servir a los intereses de España.

La mirada que cruzaron los dos hombres dejó muy claro que cada uno entendía al otro.

—Somos perfectamente conscientes —continuó Irujo después de una pausa deliberada— de que el coronel no sirve a más intereses que los suyos.

Max decidió seguir otro curso de acción.

—Entonces tal vez no tendrá usted inconveniente en contarme lo que sepa acerca de la carta de presentación que Burr ha entregado a uno de los comisionados de los territorios españoles que residen en Nueva Orleans, el marqués de Casa Calvo.

—No sé nada acerca de una carta.

—Se sospecha que varias cartas similares les han sido entregadas a aquellos que podrían simpatizar con la causa de Burr. —Max estudió la punta de su bota antes de añadir—: Incluido el marqués de Casa Calvo. —Luego sus ojos dorados volvieron a escrutar al implacable español.

—Estoy seguro de que habría oído hablar de ella, en el caso de que Casa Calvo hubiera recibido una carta de esas características. Lo siento.

Lo categórico de la voz de Irujo no dejaba lugar a nuevas indagaciones. Max apagó su puro, bastante disgustado a pesar de que no había esperado más de lo que acababa de obtener. Le hubiese encantado saber lo que había en aquella carta, tener alguna prueba escrita de las intenciones de Burr.

La noche estaba llegando rápidamente mientras Max cabalgaba de regreso a la plantación de los Vallerand. Hizo que su negro corcel aflojara el paso hasta ponerse al trote cuando vio un carruaje cerrado detenido a un lado del camino. Tenía una de las ruedas rota, y sólo había un caballo uncido al vehículo. No se veía al cochero por ninguna parte. Al detenerse junto al carruaje, Max percibió un movimiento dentro de él. Llevó la mano a una de las dos pistolas que siempre llevaba encima cuando viajaba.

—¿Puedo ayudarle? —preguntó, reteniendo el caballo

con un suave tirón de las riendas al ver que éste empezaba a removerse nerviosamente.

Un rostro de mujer asomó a la ventanilla del carruaje. Era joven y razonablemente bonita, y muy decididamente francesa, aunque Max no recordaba haberla visto antes. Juzgando evidentemente por su apariencia que Max no era un salteador de caminos sino un caballero, la mujer apoyó el antebrazo en el borde de la ventanilla y sonrió.

—*Merci,* monsieur... pero no tenemos necesidad de nada. Nuestro cochero ha ido en busca de ayuda y regresará en cualquier momento.

—No hables con él, Serina —dijo desde el interior del carruaje una estridente voz femenina llena de censura—. ¿O es que no sabes quién es? —Un segundo rostro apareció en la ventanilla.

Max contempló a la mujer y frunció el ceño; supo que se había encontrado con ella antes, aunque no lograba recordar su nombre. Debía de tener su misma edad, tal vez unos años más, su piel era blanca y reseca, y sus pómulos muy prominentes. Sus ojos, de un verde pálido, expresaban malicia, y las comisuras de sus labios se inclinaban hacia abajo como si tiraran de ellas unas anclas invisibles.

—¿No me reconoces? —siseó—. No, ya me imaginaba que no me reconocerías. Los Vallerand nunca habéis tenido muy buena memoria.

—Aimée.. —protestó la mujer más joven.

Con una súbita conmoción, Max comprendió que aquella mujer era Aimée Langlois. La había conocido cuando ambos eran adolescentes. Incluso había llegado a cortejarla durante un tiempo, antes de que conociese a Corinne. Por entonces Aimée era muy guapa. Max recordaba que sus avances le habían arrancado alguna que otra sonrisa huidiza y hasta uno o dos besos cuando su tía, que era bastante corta de vista, había bajado un poco la guardia.

—Mademoiselle Langlois —dijo con gélida cortesía, acordándose de que Irénée había mencionado en una ocasión que Aimée no había llegado a casarse. Al ver aquellos labios apretados, Max imaginó por qué. Ningún hombre tendría jamás el valor necesario para besarla. Pero ¿qué había provocado semejante cambio en ella? ¿Qué había hecho que llegara a estar tan llena de amargura?

Sin dejar de mirarlo fríamente, Aimée le habló a la joven sentada a su lado.

—Éste es Maximilien Vallerand, Serina. El hombre que asesinó a su esposa. Has oído las historias, ¿verdad?

Visiblemente incómoda, la joven le cogió el antebrazo en un intento de calmarla.

—Le ruego que disculpe a mi cuñada, monsieur. El día ha sido tan agotador, y nosotras...

—¡No te atrevas a ofrecer excusas en mi nombre! —chilló Aimée al tiempo que miraba fijamente a Max—. ¡Dejadnos en paz!

Nada le hubiese gustado más, pero estaban solas y carecían de protección, y ningún caballero las habría dejado abandonadas en una situación semejante.

—Permítanme esperar cerca de aquí hasta que regrese vuestro cochero —dijo—. Está anocheciendo, y es peligroso...

—No corremos más peligro que el que supone su presencia —lo interrumpió Aimée—. ¡Por consiguiente, le agradeceré que parta inmediatamente!

Max asintió secamente.

—Buenas noches, señoras —murmuró, e hizo alejarse del carruaje a su caballo.

Tras cabalgar un trecho camino abajo, se detuvo y no le quitó la vista de encima al vehículo hasta que llegó otro carruaje para las dos mujeres. Muy afectado por el encuentro, intentó dejar de pensar en el pasado, pero éste se empeñaba en volver a su mente. Recordó los días llenos de inocencia de su juventud, aquella felicidad que había dado por segura, la severa pero reconfortante presencia de su padre, las temerarias aventuras que solía vivir con sus amigos, y su despreocupada seguridad de que siempre podría hacer suya a cualquier muchacha que despertara su deseo.

La reticencia de Aimée había supuesto un atractivo desafío, hasta que le presentaron a Corinne y Max se olvidó de todo lo que no fuese ella. Corinne lo había deslumbrado, llenándolo de deseo y haciendo que enloqueciese con la necesidad de poseerla.

Sin embargo, poco después de su matrimonio, aquellos súbitos cambios de humor que tan encantadores encontraba él antes empeoraron bruscamente y de pronto ya no supo cómo tratarla. Un día Corinne se mostraba alegre y vivaz, y al siguiente hosca y callada. Tan pronto podía enfurecerse porque Max no le prestaba suficiente atención como gritarle que dejara de estar tan pendiente de ella.

Max había dado ingenuamente por sentado que el comportamiento de Corinne iría mejorando con el tiempo. Por desgracia, se deterioró todavía más, y no tardó en tener violentas rabietas sin ninguna razón aparente. Cuando quedó embarazada, empezó a tratar abiertamente a Max con odio.

Dar a luz a los gemelos casi la mató, y Corinne lo consideró responsable de ello. Perplejo y herido, Max le había rogado que le perdonara lo que fuese que hubiera hecho. Cada vez que se acercaba a ella, Corinne le arrojaba su amor a la cara, hasta que el peso del desprecio que sentía por él terminó volviéndose insoportable. Fue la última vez que Max le había pedido algo a una mujer... hasta Lysette.

Pensar en Lysette lo calmó y alivió el dolor que aquellos recuerdos habían reavivado. Necesitaba a Lysette, necesitaba perderse en el placer de su cuerpo. Con todo lo grande que llegaba a ser, la satisfacción física que ella le ofrecía no era nada comparada con el poder curativo de la fe que tenía en él. Lysette era la única persona en el mundo que no creía lo peor de Max. Si alguna vez ocurría algo que hiciera que Lysette dudase de él, Max sabía que no podría soportarlo. Detestaba depender tanto de ella, pero no parecía tener ninguna elección al respecto.

Tan pronto como llegó a casa y entró por la puerta principal, Alexandre trató de detenerlo.

—Max, te he estado esperando. Hay un asunto del que me gustaría hablar contigo...

—He tenido un día muy largo —dijo Max bruscamente, quitándose la chaqueta.

—Sí, pero...

—Ya hablaremos mañana.

—Sí, pero... este mes he incurrido en unos cuantos gastos extra...

—¿Deudas de juego? —Max fue hacia la escalera con Alex pisándole los talones.

—He dejado una cuenta sobre tu escritorio.

—Deberías intentar encontrar un hábito menos caro con el que divertirte.

—Lo intentaré —dijo Alex—. Mientras tanto, sin embargo, ¿te ocuparás de esto por mí?

—*Bien sûr* —le aseguró Max con aspereza, dejándolo al pie de la escalera. Tenía tantas ganas de ver a Lysette que no estaba dispuesto a esperar ni aunque sólo fuese un minuto.

Alex se tranquilizó, y una sonrisa de alivio se extendió por su rostro mientras lo veía subir los escalones.

—*Merci*, Max. No hace mucho tiempo habrías estado sermoneándome durante una hora.

—Y aún lo haría, si pensara que eso iba a servir de algo.

—Me parece que alguien ha hecho mucho para dulcificar tu temperamento, *mon frère*.

Max no se detuvo a responder, ni siquiera cuando la voz de Irénée subió hasta sus oídos.

—¿Esa voz que acabo de escuchar era la de Max, Alex? ¿Ha cenado? Bueno, ¿por qué no se lo preguntas? ¿Parecía hambriento?

Max entró en su dormitorio, cerró la puerta con el pie y dejó caer la chaqueta al suelo. Lysette salió del guardarropa adjunto, una pequeña habitación que se usaba para vestirse y en algunas ocasiones para darse un baño. Ver a Max hizo que le brillaran los ojos.

—Has estado fuera durante mucho tiempo, *mon mari*.

El sonido de su voz enseguida disipó el abatimiento que se había apoderado de Max. Al parecer Lysette había estado probándose algunos vestidos, pues había prendas de seda y encaje esparcidas por toda la habitación, y varios pares de zapatillas de brocado formaban un reluciente montón al lado de la cama. Lysette llevaba un vestido de baile azul claro, con franjas de gasa del mismo color adornando el corpiño.

El escote, que era muy profundo y elevaba los pechos, estaba cubierto por una gasa translúcida que servía más para realzar que para ocultar. Lysette tenía un aspecto esbelto y felino, el azul de la seda incrementaba la luminosidad de sus ojos y hacía que sus cabellos destellaran como llamas.

Cuando la vio venir hacia él con la clara intención de saludarlo dándole un beso, Max alzó las manos en un gesto que le decía que se quedara donde estaba.

—*Petite*, espera. Estoy cubierto de polvo, y huelo a caballos —dijo con una sonrisa—. Déjame contemplarte.

Lysette dio un par de vueltas en beneficio suyo al tiempo que le lanzaba una mirada seductora por encima del hombro. La espalda del vestido no estaba completamente abrochada, y Max dejó que su mirada se entretuviera en la vulnerable curva de la columna vertebral de Lysette. Sintió el deseo de devorarla.

—Muy bonito —dijo.

—Lo llevaré puesto en el baile, cuando conozca al coronel Burr. ¿Te has dado cuenta de que será mi primera aparición en público como tu esposa?

Max no mostró ninguna reacción, pero en su fuero interno no pudo evitar sentirse un poco turbado. Lysette no estaba preparada para hacer frente a las preguntas mordaces y la curiosidad con que probablemente se encontraría en la celebración. Él ya se había acostumbrado a ello, pero para alguien que había llevado una vida tan resguardada como Lysette, la experiencia tal vez resultara agobiante.

—Deberías estar prevenida acerca de lo que sucederá, Lysette. Lo de ayer no fue nada comparado con lo que será el baile. Estoy cubierto de ignominia, y aquí los recuerdos siempre perduran durante mucho tiempo. Como ya sabes, algunos creen que te has casado con el mismísimo diablo encarnado.

Lysette lo observó con expresión pensativa. Luego fue hacia él y le puso una esbelta mano en la mejilla.

—Pero es que tú eres un diablo. Eso ya lo sé.

Incapaz de contenerse por más tiempo, Max se inclinó sobre ella y le rozó el cuello con los labios.

—No creo que el que una parte tan grande de mi esposa

quede expuesta a las miradas de otros vaya a ser muy de mi agrado —dijo, midiendo con los dedos la cantidad de piel que dejaba al descubierto el generoso escote.

—Oh, pero si es un vestido de lo más recatado. Muchas otras mujeres lucirán modelos bastante más atrevidos.

—Tal vez, pero no estoy casado con ellas.

—No me había dado cuenta de que fueras tan celoso —dijo Lysette, claramente complacida por su posesividad.

Su esposa era tan dulce y adorable que Max la cogió en brazos y la acostó en la cama.

—Pues entonces deja que me encargue de eliminar toda duda —dijo poniéndose encima de ella, con las botas incluidas. El peso de su cuerpo hizo que la seda de las faldas quedara aplastada entre ellos. Lysette rió ante aquella exhibición de ardor, y empezó a debatirse. Max la sometió sin ninguna dificultad, subiéndole las faldas para acomodarse entre sus muslos.

—Max —protestó ella, sin poder contener la risa—, ¡mi vestido, vas a echarlo a perder!

—Te compraré otro. Una docena más. Y ahora deja que haga lo que me plazca contigo.

Cerró los dientes sobre el pico cubierto de seda de su pecho, y Lysette dejó de resistirse. No llevaba camisola, y cuando Max humedeció la delgada tela con la lengua, sintió que la suave cima se elevaba contra ella. Pasó la boca por aquella delicada punta, lamiéndola y mordisqueándola hasta que Lysette se quedó inmóvil con un suave jadeo debajo de él.

Max metió la mano entre sus cuerpos, encontró el suave calor del sexo femenino y deslizó un dedo dentro de él. Lysette estaba húmeda y dispuesta, y su cuerpo lo aceptó de buena gana. Deslizando un segundo dedo dentro de ella, Max le cubrió la boca con la suya. Lysette gimió y se retorció para poder estar todavía más cerca de él, arqueando las caderas hacia el calor de su palma.

Max la besó y siguió excitándola, adorando los pequeños sonidos que hacía y el retorcerse lleno de apremio de su cuerpo. Cuando la sintió tensarse ante la proximidad del clímax, retiró los dedos y se desabrochó los pantalones.

Lysette le buscó ávidamente el miembro y lo guió hacia el lugar donde quería que estuviese. Su cuerpo lo ciñó con una delicada y deliciosa presión, enfundándolo dulcemente. Luego no tardó en empezar a gemir de placer mientras él hundía su miembro en una serie de profundas acometidas que no tardaron en llevarla a un tembloroso orgasmo. Obedeciendo el ronco murmullo que le dirigió Max, Lysette le rodeó la cintura con las piernas y él le hizo el amor hasta que su pasión fue consumida en una súbita explosión de éxtasis.

La noche del baile, Max y Alexandre entretuvieron la espera tomando una copa en la biblioteca mientras Irénée y Lysette estaban muy atareadas en el piso de arriba.

—Las mujeres y su modo de emperifollarse —gruñó Alex.

Max sonrió plácidamente y se llevó una copa de borgoña a los labios.

—¿A qué viene esa súbita preocupación por llegar a tiempo al baile, Alex? No creo que sea para ver a Aaron Burr.

—Podría ser que la política haya empezado a despertar mi interés —replicó Alexandre, y Max soltó un bufido de escéptica diversión.

Volvió a llenarle la copa a su hermano y apoyó el codo en la repisa de la chimenea.

—Supongo que serás consciente, Alex, de que al ser un hombre que carece de compromisos, para ti toda la velada se reducirá a un continuo desfile de madres y *tantes* empeñadas en exhibir a sus jóvenes pupilas. Normalmente tú no puedes soportar ese tipo de reuniones sociales.

—Ah, bueno, por una noche lo soportaré.

Max sonrió, sospechando que alguna joven había atraído la siempre alerta mirada de su hermano.

—¿Quién es ella? —preguntó.

Alex sonrió avergonzadamente.

—Henriette Clement.

—¿La hermana pequeña de Jacques? —inquirió Max con sorpresa, acordándose de la última vez que había visto a la joven delante de una sombrerería acompañada por su hermano mayor—. Hmmm... una muchacha muy atractiva, si no me engaña la memoria.

—¡*Sang de Dieu*, pero si ni siquiera he bailado con ella! El que tú te hayas lanzado de cabeza al matrimonio no significa que la idea encierre ningún atractivo para mí.

Max le sonrió.

—Yo no he mencionado el matrimonio.

Un poco sonrojado, Alex se estrujó los sesos en busca de alguna respuesta y fue salvado por el sonido de las voces de las mujeres.

—*Bien*, ya están listas —dijo, apresurándose a dejar su copa.

Max siguió a su hermano al recibidor con su copa todavía en la mano y se detuvo en el hueco de la puerta. Al principio no vio a Lysette, quien estaba de pie detrás de Irénée y Noeline, pero entonces ambas fueron hacia el espejo para inspeccionar un mechón de los cabellos de Irénée. Max contempló a su esposa sin tratar de disimular el orgullo que sentía. Lysette estaba impresionante con su vestido, de color ámbar y corte exquisitamente sencillo, que realzaba de una manera admirable el tono de su tez y el intenso rojo de su cabellera. El generoso escote y lo ceñido de la cintura exhibían magníficamente la esbeltez de su silueta.

Lysette poseía una compostura asombrosa para una joven de su edad, así como una aguda inteligencia, claramente visible en sus ojos azules. Normalmente Max no era un hombre humilde, pero mientras la veía bajar por la escalera hacia él, se sintió invadido por una intensa gratitud y un asombro profundo. El destino lo había tratado con crueldad en muchas ocasiones, pero ahora el tener a Lysette por esposa lo compensaba todo.

Ella estudió los frunces de su camisa blanca y su corbatín pulcramente almidonado.

—Qué guapo estás —dijo al tiempo que quitaba un hilo de la solapa de su chaqueta negra.

Max inclinó la cabeza y la besó en el cuello.

—Esta noche no tienes igual, madame Vallerand. Nunca te había visto tan hermosa. Toma, quiero darte algo.

Lysette se dejó llevar mientras él la conducía al vestíbulo, donde no podrían ser vistos por los demás. Una vez allí Max se sacó del bolsillo una pequeña bolsa de terciopelo negro y se la dio.

—En honor de tu primer baile.

—No me esperaba ningún regalo, Max —dijo ella con una sonrisa.

Lysette deshizo el cierre de la bolsa y vertió el contenido en su mano. Era un par de pendientes con un brazalete a juego, hecho de diamantes incrustados en un motivo de flores. Los centros de los diez capullos eran diamantes rosados tallados de dos quilates.

Lysette sacudió la cabeza: le faltaban las palabras.

—¿Te gustan? —preguntó él.

—Oh, Max, eres demasiado generoso. ¡Son magníficos! —Deslizó el reluciente brazalete sobre su muñeca enguantada, y luego se quedó quieta mientras Max le ponía los pendientes en las orejas. El intenso destello de las gemas pareció palidecer en comparación con su sonrisa. Lysette sacudió la cabeza para hacer que los pendientes se balancearan de sus orejas—. ¿Cómo podré agradecerte un regalo tan hermoso, *mon mari*?

—Para empezar, con un beso. —Sonrió mientras Lysette le echaba los brazos al cuello y pegaba ardientemente sus labios a los suyos—. Y luego... —murmuró—. Bueno, ya te diré lo que puedes hacer para ganarte el collar a juego.

Ella se sonrojó y rió, y luego lo acompañó de regreso al recibidor de la entrada.

—¡Ah, déjame ver! —exclamó Irénée, reparando inmediatamente en las nuevas galas que lucía su nuera. Le cogió la muñeca y se la volvió de un lado a otro, evaluando el brazalete con la experta mirada de un joyero—. Verdaderamente exquisito, *mon fils* —le dijo a Max—. Las piedras son de una calidad excelente.

Alex se aclaró la garganta con un ruidoso carraspeo, alertándolos así de que ya era hora de irse.

—No queremos llegar tarde, ¿verdad?

Lysette cogió del brazo a Max y murmuró:

—¿Bernard no va a venir?

Max sacudió la cabeza y se puso serio.

—Bernard nunca ha sido muy amigo de este tipo de acontecimientos sociales. Y esta noche quiere mantenerse alejado de mí, porque antes tuvimos una discusión.

—¿Acerca de qué?

—Ya te lo explicaré después.

El baile iba a tener lugar en Seraphiné, una de las plantaciones que había a lo largo del camino del río. Lysette pensó que la casa principal era magnífica, con espaciosas galerías e hileras de ventanales para los dormitorios que asomaban bajo la pendiente del techo de tejas verdes. El interior de la mansión era igual de impresionante, con sus arañas de cristal venecianas, alfombras de magníficos colores e imponentes retratos de los grandes antepasados de la familia Seraphiné.

En los lados del gran salón de baile, las damas fatigadas por la danza daban un poco de reposo a sus pies, y las carabinas que acompañaban a las jóvenes criollas en edad de merecer permanecían sentadas sin perder de vista a sus pupilas. Grupos de hombres jóvenes se mantenían apostados cerca de allí, la mayoría de ellos provistos de *colchemardes*, pequeños pero mortíferos estoques. Los jóvenes de temperamento más ardiente eran proclives a discutir en semejantes celebraciones, y los duelos eran el resultado natural de incluso la más insignificante de las disputas.

Alexandre entretuvo a Lysette con un relato del último baile al que había asistido, en el que de pronto había tenido lugar un duelo en el centro del salón, en vez de ser librado fuera. Los hombres habían escogido su bando, las sillas y los bancos habían sido apartados a un lado, las mujeres se habían desmayado, y la guardia militar no había tenido más remedio que irrumpir en el salón para poner fin al disturbio.

—¿Qué causó el duelo? —preguntó Lysette.

Alexandre sonrió.

—Uno de los jóvenes le pisó el pie a otro. Eso fue interpretado como un insulto deliberado, *et ainsi de suite*... un duelo.

—Los varones criollos son horribles —dijo Lysette con una carcajada, al tiempo que le ponía la mano en el brazo a su esposo—. ¿Por qué no llevas un *colchemarde*, Max? ¿O es que no tienes intención de defender los dedos de tus pies si llega a presentarse la necesidad de hacerlo?

—Tú los defenderás por mí —replicó él, mirándola con afecto.

Una oleada de murmullos y especulaciones acogió a los Vallerand cuando éstos se adentraron en el salón de baile.

Recordándose que no tenía nada que temer, Lysette se obligó a sonreír. De pronto un par de ojos negros como el azabache clavaron en ella su intensa mirada. Pertenecían a un hombre no muy alto y de facciones delicadas que estaba de pie en el otro extremo de la sala, rodeado de un gran corro. El hombre continuó mirándola, con lo que hizo que un ligero rubor se extendiera por el rostro de Lysette.

—Al parecer —le oyó susurrar a Max—, has atraído la atención del coronel Burr.

—¿Ese de ahí es él? —exclamó Lysette en un murmullo—. Pero no puede ser. Yo esperaba que fuese...

—¿Qué? —preguntó Max, visiblemente divertido.

—Más alto —farfulló ella, y él rió suavemente.

En la distancia, Burr le murmuró algo a uno de sus acompañantes.

—Y ahora —susurró Max—, está preguntando quién eres. Y si te presta demasiada atención, va a tener un duelo entre manos. Esperemos que uno de sus ayudantes lo prevenga de que soy mucho mejor tirador que Alexander Hamilton.

Lysette palideció al recordar que según se decía el coronel Burr había forzado a Hamilton, un patriota que había ayudado a redactar la nueva constitución, a librar un duelo que Burr estaba seguro de ganar. Muchos lo habían calificado de asesinato a sangre fría, ya que todos sabían que Burr era mucho mejor duelista que Hamilton. Se rumoreaba que luego Burr no pareció lamentar en ningún momento la muerte de Hamilton.

—No hablemos más de duelos —se apresuró a decir.

Antes de que Max pudiera replicar, el alcalde de Nueva Orleans, el señor John Watkins, apareció junto a él. Después de saludarlos efusivamente, el alcalde los informó de que el coronel Burr deseaba conocerlos.

—Nos sentimos muy honrados —dijo Max mecánicamente, siguiendo al alcalde con Lysette cogida del brazo.

El coronel Burr vestía con la exquisita atención al detalle propia de un dandy. A Lysette le gustó que no llevase peluca, a pesar de que ya había perdido mucho pelo en la frente y en la coronilla. Max le había dicho que al menos tenía cuarenta y ocho años, pero el coronel aparentaba una edad mucho menor. Su rostro estaba muy bronceado, y tenía la sonrisa pronta y segura. Y aquellos ojos negros como el azabache eran todavía más notables vistos de cerca, llenos de intensa energía y vitalidad.

Aunque un hombre de la talla de Burr quedaba físicamente empequeñecido por la superioridad en estatura de Max, el antiguo vicepresidente poseía una presencia magnética que se hacía notar. Les besó la mano con gran aparato a Irénée y Lysette, y luego alzó la mirada hacia Max.

—Monsieur Vallerand —dijo en inglés—, por fin nos conocemos. —Miró a Lysette con un suave destello en los ojos mientras continuaba hablando—. Mis felicitaciones por su matrimonio, señor. Ahora que he visto a su hermosa prometida, le considero el más afortunado de los hombres.

Antes de que Max pudiera replicar, Lysette le respondió hablando en la lengua del coronel.

—Tiene usted una gran facilidad de palabra, monsieur. Pero naturalmente eso no es ninguna sorpresa.

Burr miró a Lysette con un nuevo interés. Como la mayoría de las criollas sólo hablaban francés, no había esperado que ella entendiera lo que acababa de decir.

—¿Puedo presentarle mis cumplidos por su inglés, madame? Lo habla muy bien.

Lysette se lo agradeció con una inclinación de cabeza.

—He tenido la suerte, coronel, de poder oír su discurso en la Place D'Armes la semana pasada sin necesidad de que me lo tradujeran.

—¿Le gustó, madame?

—Oh, sí —replicó ella sin vacilar—. Tiene usted grandes

dotes para la oratoria, y el discurso resultó de lo más convincente. Hasta me sentí tentada de aplaudir en las partes con las que no estaba de acuerdo.

Burr rió tan alegremente que la mitad de los presentes se esforzaron por prestarles atención.

—He de saber, madame, cuáles son las partes con las que no está de acuerdo.

Lysette respondió con una sonrisa provocativa.

—Mis opiniones no pueden ser más insignificantes, coronel Burr. Son las de mi esposo las que debería tomar en consideración.

—Y así lo haré —dijo Burr con una risita. Su mirada se posó en el rostro inexpresivo de Max—. Su esposa no sólo es muy hermosa y elegante, sino que también es inteligente. Es usted un hombre afortunado, monsieur Vallerand.

Aunque Max no respondió al comentario, Lysette sintió el súbito encresparse de sus celos. Cambió abruptamente de tema.

—¿Qué le parece el clima de Nueva Orleans, coronel?

La pregunta hizo sonreír a Burr.

—Creo que se refiere al clima político, ¿verdad? Pues lo encuentro muy agradable, monsieur Vallerand. El viaje hasta aquí también fue muy agradable, ya que nos hemos encontrado con muchos amigos inesperados.

—Eso he oído.

—¿Es verdad que es propietario de un negocio naviero, monsieur? Tengo entendido que eso no resulta demasiado habitual en un hombre de sus orígenes. ¿No es cierto que, por regla general, los criollos consideran todas las actividades mercantiles como algo indigno de ellos?

—Por regla general, sí. Pero yo rara vez sigo las reglas.

—Yo tampoco —dijo Burr afablemente, y le lanzó una mirada especulativa—. He estado conociendo a muchos caballeros de esta comunidad, monsieur, la mayoría de los cuales pertenece a la Asociación Mexicana. Me pregunto si usted también suscribe sus opiniones.

Lysette se acordó de lo que le había contado Max acerca de la Asociación Mexicana, un grupo al que pertenecían muchos ciudadanos prominentes que deseaban la liberación de México, y que todos los beneficios comerciales que se derivarían de ella les fueran otorgados a los comerciantes de Nueva Orleans. Cualquiera que perteneciese al grupo sin duda simpatizaría con la causa de Burr.

—No, no las suscribo —replicó Max—. He descubierto que la pertenencia a cualquier clase de organización siempre acarrea obligaciones no deseadas.

—Interesante —comentó Burr, y los ojos se le iluminaron de alegría ante la agradable perspectiva de un reto—. Me encantaría tener la ocasión de intentar persuadirle de lo contrario, monsieur. ¿Cree que podríamos reunirnos uno de estos días para hablar del asunto?

—Sí, me parece que sería factible.

La atención del coronel Burr no tardó en ser reclamada por otras personas que deseaban serle presentadas, y Max se llevó a Lysette.

—¿Qué impresión te ha causado? —le preguntó.

—Es peligroso —replicó Lysette—. No creo que se mostrara tan seguro de sí mismo si no tuviera buenas razones para ello. Probablemente ya habrá persuadido a muchos hombres para que se unan a su causa, Max.

—Sí, yo pienso lo mismo que tú —dijo él con pesar.

Alexandre fue hacia ellos después de haber dejado a Irénée con sus amistades, que estaban intercambiando cotilleos en uno de los extremos de la sala.

—Mi hermosa cuñada —le dijo a Lysette—, baila conmigo, *s'il vous plait*.

Lysette lo cogió del brazo.

—¿Tienes alguna objeción, Max?

Su esposo sacudió la cabeza, pero dirigió una dura mirada a su hermano pequeño.

—No desatiendas a mi esposa.

—Espero que no me considerarás capaz de tener tan malos modales, *mon frère* —dijo Alexandre con indignación. Se llevó consigo a Lysette y se detuvo allí donde empezaba la multitud—. ¿Ves a la joven del vestido verde? —le preguntó—. ¿La que tiene el pelo oscuro?

—No, no veo...

—Es alta. Lleva cintas amarillas en el pelo. El hombre rubio que está bailando con ella es su primo. ¿La ves? Ésa es Henriette Clement. Quiero atraer su atención. Asegúrate de que parezca que lo estás pasando muy bien. Ríe como si yo estuviera diciendo algo ingenioso.

—Haré cuanto pueda. —Lysette sonrió y puso la mano en la de él—. ¿Tienes intención de cortejarla, Alexandre?

Alex miró por encima del hombro de Lysette y torció el gesto.

—Quiero hacerlo —admitió—. Muchísimo. Pero su familia no me aprueba.

—¿Y mademoiselle Clement siente algún interés por ti?

—No estoy seguro. Si pudiera pasar un poco de tiempo con ella... pero cada vez que me acerco a menos de diez metros de Henriette, toda la familia Clement se lanza sobre mí como una jauría de sabuesos.

—Si quieres hablar con mademoiselle Clement, tendrás que hacerte con la ayuda de su *tante*.

—Su *tante* es un dragón —dijo Alexandre de mal talante.

—Bueno, pues entonces tendrás que dedicar un poco de esfuerzo a la labor de caerle bien. Si consigues que su *tante* te encuentre de su agrado y sabes defender lo bastante bien tus argumentos, tal vez se la pueda persuadir de que te ayude a tener un encuentro con mademoiselle Clement.

—¿Ahora? —preguntó Alexandre, quien no parecía nada convencido—. Pero no te puedo dejar sola. Max me abrirá en canal si no me quedo contigo.

—Irénée está ahí mismo, a cinco metros de distancia. Iré con ella.

—¿Qué pasa con nuestro baile?

—Ya bailaremos después —le prometió Lysette con una carcajada—. Por el momento, esto es más importante.

—Está bien —masculló Alexandre al tiempo que erguía los hombros—. Supongo que no tengo nada que perder, *n'est-ce pas*?

Con una sonrisa en los labios, Lysette fue hacia Irénée y el corro de mujeres de cabellos grises que la rodeaba. No pudo evitar sentirse consciente de las miradas indiscretas que la siguieron. Un grupo de muchachos llegó al extremo de interrumpir su conversación para observar cada uno de sus movimientos. Lysette se sintió absurdamente cohibida, y para cuando hubo llegado a su destino, sintió que un leve rubor le subía por las mejillas. Irénée le dio la bienvenida cariñosamente.

—*Belle-mère* —dijo Lysette—, ¿lo estás pasando bien?

—¡Por supuesto que sí! —replicó Irénée alegremente—. Y a juzgar por todo lo que me han dicho, estás teniendo un gran éxito, querida mía. ¡Vaya, pero si a Diron Clement, ese anciano caballero que ves ahí, le han oído decir que en su opinión eres una auténtica belleza!

Lysette rió.

—Alguien debería limpiarle las gafas.

—Él no lo habría dicho si no fuese cierto. —Irénée tocó con el codo a una opulenta matrona próxima a ella que lucía un vestido con un motivo de flores—. ¡Dile que es así, Yvonne, díselo!

Yvonne, una prima mayor de Irénée, dirigió a Lysette una sonrisa de mejillas regordetas.

—Eres una joven muy atractiva, Lysette. Me acuerdo de que con tu madre pasaba exactamente lo mismo cuando era joven. ¡Qué hermosa era y qué llena de vida estaba, y cómo se la quedaban mirando todos cuando entraba en una habitación!

Lysette pensó melancólicamente que en aquellos momentos nadie consideraría a su madre una belleza, después de los estragos causados por su matrimonio con Gaspard.

Yvonne enseguida intentó cambiar de tema al ver la sombra de tristeza que apareció en su expresión.

—¡Qué diamantes más espléndidos, Lysette! Irénée me contó que han sido un regalo de Maximilien.

Lysette sonrió, bajando la mirada hacia el brazalete que destellaba en su muñeca.

—Mi esposo es muy generoso.

La matrona se inclinó hacia delante y le habló en un tono confidencial.

—Estoy segura de que lo es, querida. Pero, y acuérdate bien de lo que te digo, tu esposo será todavía más generoso en cuanto le hayas dado hijos. Tienes que concebir lo más pronto posible.

Divertida por la obsesión criolla con el producir bebés, Lysette trató de parecer apropiadamente impresionada.

—*Oui,* madame.

—Como esposa de un Vallerand —continuó Yvonne con un creciente entusiasmo—, tendrás que marcarles la pauta a todas las jóvenes matronas criollas. ¡Con todas esas americanas llenas de descaro que están viniendo a Nueva Orleans, necesitamos disponer de buenos ejemplos! —Chasqueó la lengua, visiblemente disgustada—. Son unas desvergonzadas que no conocen ni el pudor ni la delicadeza. ¡Vaya, pero si son capaces de ir por ahí sin ninguna escolta, y se creen autorizadas a interrumpir con toda libertad a sus esposos! ¡Bah! Las jóvenes criollas tienen que asumir la responsabilidad de mantener los antiguos valores. Pero hasta que hayas traído niños al mundo, carecerás de auténtica autoridad.

—Sí, eso es muy cierto —convino Irénée significativamente.

Lysette asintió solemnemente, mientras que en su fuero interno quería reír, porque se temía que ella se parecía mucho más a esas americanas tan descaradas que a las jóvenes criollas.

—Rezaré para verme bendecida con hijos lo más pronto posible, madame.

—*Bien sûr* —replicó Yvonne, satisfecha de que se hubiera prestado oído a sus admoniciones.

Siguieron charlando hasta que un súbito aleteo de excitación pasó por el grupo de señoras y Lysette se volvió a medias para encontrar la oscura figura de su esposo junto a ella. Max saludó educadamente a las mujeres y le ofreció su mano enguantada a Lysette.

—Te robo para un baile —le informó.

Lysette fue de buena gana con él, atraída por la alegre melodía de una cuadrilla.

—¿Te gusta bailar, Max?

—Sí, me gusta. Pero no siempre me ha sido fácil encontrar una pareja de baile. Mi reputación de hombre malvado, recuerda.

—Ahora tienes una pareja —dijo Lysette mientras ocupaban sus lugares en la cuadrilla—. Que además tiene muchas ganas de bailar contigo.

Después de haber bailado varias piezas, se detuvieron mientras los músicos se tomaban un breve descanso. Max llevó a Lysette hacia uno de los lados del salón de baile, junto a una hilera de puertas vidrieras que daban a la galería exterior.

Cuando un sirviente pasó a su lado con una bandeja de champán, Max cogió dos copas de la burbujeante cosecha y le dio una a Lysette. Ella la aceptó sin vacilar y bebió con avidez, sin hacer ningún caso de las miradas de desaprobación que le lanzaron las matronas cercanas. No se consideraba correcto que una mujer joven bebiera en público, ni siquiera una casada. Max, sin embargo, pareció encontrarlo divertido, como si se sintiese entretenido por las travesuras de una gatita con ganas de jugar.

—Mmmm... me siento un poco mareada —dijo Lysette sin aliento en cuanto se hubo terminado el champán. Sonriendo, Max le entregó las copas vacías a otro sirviente que pasó junto a ellos.

—Un poco de aire fresco te despejará —dijo—. ¿Te gustaría salir?

Ella lo miró con suspicacia.

—Me pregunto si me harás objeto de alguna clase de avances en el caso de que lo haga.

—Por supuesto —replicó él sin ninguna vacilación.

—En ese caso, sí.

Max la llevó hacia las puertas vidrieras y la sacó del salón por una de ellas. Lysette rió mientras él la llevaba hacia el jardín, dejando atrás grandes setos y muros cubiertos de romero. Se sentía atrevida y un poco mareada, como si estuviera teniendo una cita clandestina con un amante. Max la cogió en brazos y dio un par de vueltas, haciéndola reír. Lysette le pasó los brazos por el cuello y se apoyó en él, al tiempo que le venía a la cabeza un pensamiento que la hizo ponerse seria.

—Max... ¿y si nos hubiéramos conocido esta noche y yo fuese la esposa de Étienne Sagesse? —Lysette le echó los brazos al cuello—. Hubiese sido tan fácil que me casara con él en vez de contigo. Si yo no hubiera huido, o si Justin y Philippe no me hubieran encontrado... o si tú hubieras decidido devolverme a los Sagesse...

—Nunca te habría devuelto. Y si te hubieras casado con Sagesse, entonces te habría llevado bien lejos de él. Sin que importase cómo hubiera tenido que hacerlo.

Viniendo de cualquier otro hombre, aquello habría sonado como una baladronada. De labios de Max, sin embargo, resultaba enteramente creíble. Lysette lo miró con asombro, contemplando su rostro envuelto en sombras y su cabeza silueteada contra el cielo caliginoso tachonado de estrellas.

—*Mon mari* —le dijo con dulzura—, a veces casi me asustas.

Max le acarició la garganta y dejó que sus dedos descendieran por el valle de su escote humedecido por la transpiración.

Lysette medio cerró los ojos cuando los dedos de él se introdujeron en su corpiño para tocarle el pezón.

—Eres tan implacable cuando se trata de conseguir aquello que quieres. Me pregunto si algo podría detenerte.

—Tú podrías. —Max jugueteó delicadamente con la suave cima del pecho de Lysette hasta que ésta floreció entre sus dedos—. Eso ya lo sabes.

La boca de él descendió sobre su cuello, y Lysette suspiró de placer.

—Entonces si alguna vez te pido que hagas algo en contra de tu voluntad... ¿lo harías?

—Por supuesto.

Lysette sintió que se le aceleraba la respiración cuando percibió el cálido deslizarse de los labios de él sobre su garganta. Poniéndole la mano detrás del cuello, rozó con la boca sus espesos cabellos.

—Max... tengo que decirte lo mucho que yo...

Entonces se calló, sobresaltada cuando una sombra emergió de entre los tejos. Lo primero que pensó fue que se trataba de alguna clase de animal, pero la sombra asumió rápidamente los contornos de un hombre que venía hacia ellos. Max se volvió y puso automáticamente a cubierto a Lysette detrás de él con un brusco tirón mientras hacía frente a la figura que se aproximaba.

Lysette sintió una desagradable conmoción, muy parecida al vértigo que se siente cuando se ha estado a punto de caer, cuando oyó la voz de Étienne Sagesse.

—Ah, Lysette —dijo él, arrastrando las palabras al tiempo que se acercaba un poco más. Era obvio que estaba borracho, ya que hablaba con voz pastosa y tenía las mejillas un poco hinchadas—. Parece que lo estás pasando muy bien, *ma chère*. Pero te compadezco. Algún día te darás cuenta de que habrías hecho mejor permaneciendo junto a mí. Y me temo que la pobre Corinne estaría de acuerdo conmigo.

11

Lysette ya había sabido que era inevitable que algún día se encontrara frente a frente con Étienne Sagesse. Sin embargo, que lo supiera no quería decir que estuviera preparada para ello. Recordó el aborrecimiento que había sentido hacia él, el miedo y la desesperación que la habían impulsado a cometer la temeridad de atravesar el pantano ella sola enfrentándose a todos los riesgos. No dudaba ni por un instante que su opinión acerca de él había estado bien fundada. Si se hubiera casado con Sagesse, él la habría insultado y rebajado de cien maneras distintas con su prepotencia. Lysette buscó a ciegas la mano de Max y sintió cómo los dedos de él se cerraban tranquilizadoramente sobre los suyos.

—¿Qué es lo que quieres? —le preguntó Max secamente.

—Oh, pues felicitarte —respondió Sagesse—. Como no me invitaron a la boda, no había tenido oportunidad de hacerlo hasta ahora. —Su fría mirada de reptil no se apartaba del rostro sonrojado de Lysette—. Pareces estar muy contenta de ser una Vallerand, Lysette. Pero si no me falla la memoria, Corinne también se sintió así... al principio.

—Si quieres otro duelo —gruñó Max—, lo tendrás. Y esta vez llegaré hasta el final.

—¿Eso es un desafío?

—No —se apresuró a decir Lysette—. Max...

—No es un desafío, sino una advertencia —la interrumpió Max. Su mano se tensó para reducirla al silencio, y Lysette torció el gesto al sentir cómo le apretaba los dedos.

—Piensas que has ganado —le dijo Étienne a Max—. Tienes todo lo que quieres, ¿verdad? Pero sólo es cuestión de tiempo que lo pierdas todo, y para mí supondrá un gran placer presenciar tu caída.

Estuvo a punto de perder el equilibrio mientras se iba, describiendo eses de borracho a través del jardín.

Lysette y Max lo siguieron con la mirada sin abrir la boca hasta que desapareció.

—Espero que su familia se lo lleve a casa antes de que organice una escena en público —dijo Lysette—. Parece como si quisiera causar su propia ruina. Es extraño, pero con todo lo que le odio... ahora he sentido compasión por él.

Max la contempló con una expresión sardónica.

—¿Tú no? —preguntó ella.

—No.

—Me parece que sí que la has sentido. —Lysette se apretó contra la pechera de su camisa, respirando el familiar olor de su cuerpo—. No permitiremos que Sagesse nos estropee la velada, Max. Llévame dentro: quiero volver a bailar.

Desgraciadamente, la presencia de Sagesse proyectó una oscura sombra sobre el resto de la noche a pesar de todos los resueltos esfuerzos de Lysette por disfrutar de la celebración. De pie en un rincón de la gran sala, Étienne no apartaba la mirada de ella mientras los otros Sagesse trataban de mantenerlo calmado. Los ojos de los invitados iban de los Sagesse a los Vallerand para volver a posarse en los Sagesse, hasta que finalmente Lysette se dio por vencida y le pidió de mala gana a Max que la llevara a casa.

Max apenas abrió la boca durante el trayecto de regreso a la plantación de los Vallerand. Lysette se dedicó a conversar de cualquier cosa con Irénée y Alexandre, intercambiando observaciones y cotilleos.

—¿Qué tal te ha ido la velada? —le preguntó a Alexandre—. ¿Has podido hablar con la *tante* de Henriette Clement?

—Oh, sí —dijo Alex con expresión lúgubre—. La estuve rondando como un perfecto imbécil durante al menos un cuarto de hora. Al parecer ella cree que ninguna joven inocente estaría a salvo en compañía de un Vallerand, ni siquiera con diez carabinas presentes.

—No entiendo por qué se imagina tal cosa —dijo Lysette secamente, y miró a Max con una sonrisa en los labios—. *Qu'est-ce que c'est?* —preguntó en voz baja, mientras Irénée y Alexandre se ponían a hablar de los Clement—. ¿Todavía estás pensando en Étienne Sagesse?

Max sacudió la cabeza, sin apartar la mirada del paisaje mientras el carruaje rodaba lentamente por el camino enfangado.

—No... no tiene nada que ver con él, pero tengo un mal presentimiento. No estoy seguro del porqué. Pero me alegraré mucho cuando lleguemos a casa.

Por desgracia, la premonición de Max no tardó en verse confirmada. Tan pronto como entraron en la casa, Noeline salió a recibirles con un fruncimiento de preocupación oscureciendo su rostro habitualmente imperturbable. Philippe estaba sentado en uno de los estrechos bancos de la entrada, con aspecto muy triste.

—Monsieur, Justin lleva todo el día fuera de casa —les explicó Noeline concisamente—. Esta noche no ha venido a cenar.

Max se volvió hacia Philippe.

—¿Dónde está tu hermano?

Philippe se levantó para mirarlo con cara de preocupación.

—No lo sé, padre. La canoa ha desaparecido, y eso significa que Justin tiene que haber ido a alguna parte con ella.

—¿Cuándo fue la última vez que lo viste?

—Esta mañana. Justin alardeaba de que anoche salió de casa sin ser visto después de la hora de acostarse. Dijo que había conocido a unos cuantos tripulantes de una gabarra en la calle Tchoupitoulas y que planeaba ir con ellos esta noche. Pero yo no creí que realmente fuera a hacerlo.

—¡Oh, mi pobre Justin! —exclamó Irénée, llena de inquietud.

Max maldijo en voz baja. Los hombres de las gabarras vivían, comían y dormían en la cubierta de sus embarcaciones sin ninguna protección contra las inclemencias del tiempo. Su idea del entretenimiento era trasegar whisky de centeno, buscar pelea y envilecerse en sucios tugurios donde la violencia y la enfermedad campaban a su antojo. Cuando peleaban, mordían, daban patadas y sacaban los ojos con los dedos, mutilando sin piedad al oponente. A esas alturas ya habrían dado buena cuenta de Justin.

—¿Qué tripulación? —quiso saber Max—. ¿Qué gabarra?

Philippe sacudió la cabeza, impotente.

Max se volvió hacia la puerta, donde Alexandre permanecía inmóvil mirándolos con la boca abierta.

—Tenemos que encontrarlo.

Alex dio un paso atrás.

—Oh, no. Siempre hago todo lo posible para mantenerme alejado de esos tipos. No me jugaré el cuello sólo para rescatar al idiota de tu hijo, quien para empezar no quiere ser encontrado. Vete a la cama. Mañana por la mañana probablemente ya habrá regresado.

—O terminará flotando en el río después de que le hayan cortado el cuello —dijo Max, pasando junto a su hermano y saliendo de la casa.

—No conseguirás dar con él —le advirtió Alexandre.

—Oh, sí que lo encontraré. Y en cuanto me haya asegurado de que no le ha pasado nada, le arrancaré los miembros uno por uno.

Lysette fue tras él.

—Max, ten cuidado —le dijo. Él se limitó a hacerle un breve gesto con la mano, sin molestarse en mirar atrás. Lysette se mordió el labio, queriendo volver a llamarlo porque sabía lo mucho que temía por su hijo. Dio media vuelta y fue hacia Alexandre, lo agarró del brazo y tiró de él con todas sus fuerzas.

—Tienes que ir con él. Tienes que ayudarlo.

—De eso nada.

—Max necesita tu ayuda —insistió ella con apremio—. ¡Oh, intenta ser útil aunque sólo sea por una vez, Alexandre!

Irénée se apresuró a intervenir, ayudando a Lysette a empujar a Alexandre hacia la puerta.

—¡Sí, tienes que acompañar a Max, *mon fils!*

—Estoy cansado —dijo él frunciendo el entrecejo.

—¡Piensa en Justin! —ordenó Irénée, tirándole del otro brazo—. Puede que ahora mismo esté metido en algún lío. ¡Puede estar pasándolo muy mal!

—Si hay algo de justicia en este mundo, así será —masculló Alex, quitándose de encima las manos de ambas mientras se apresuraba a seguir a su hermano mayor.

Cerraron la puerta inmediatamente, medio temiendo que pudiese intentar volver a entrar.

—Un día de estos Justin me va a matar de un disgusto —dijo Irénée. Miró a Philippe—. ¿Por qué no puede ser como tú?

De pronto Philippe estalló.

—¿Por qué todo el mundo tiene que preguntar eso? Yo no soy el hermano bueno. Justin no es el hermano malo.

Irénée suspiró, las señales del cansancio claramente visibles en su rostro.

—Estoy demasiado agotada para hablar de esto ahora. Noeline, ayúdame a ir al piso de arriba.

Todos guardaron silencio mientras las dos mujeres iban hacia la gran escalera. Philippe escondió el rostro en las manos y se apretó los ojos con los nudillos. Llena de simpatía, Lysette se sentó a su lado.

—Justin no es como yo —dijo Philippe con voz ahogada—. Para él aquí todo es demasiado lento y aburrido. Siempre ha querido irse lejos. La mayor parte del tiempo siente como si estuviera viviendo dentro de una jaula.

—¿Es por lo que le ocurrió a vuestra madre? —preguntó Lysette—. ¿Porque la gente piensa que Max la mató?

—Sí, en parte —admitió Philippe con un suspiro apesadumbrado—. No es fácil ser un Vallerand. Justin y yo sabemos lo que la gente piensa de nosotros. Hemos oído lo que dicen de nuestra madre: que estaba loca, o que era una cualquiera, o ambas cosas. Y todos en Nueva Orleans creen que nuestro padre tiene manchadas las manos con su sangre.

—Yo no creo que Max matara a vuestra madre —dijo Lysette firmemente—. Y tú tampoco deberías creerlo.

—La mayor parte del tiempo no lo creo. —Su mirada de muchacho acosado se cruzó con la de Lysette—. Pero Justin sí que lo cree, y eso le pone las cosas muy difíciles.

Max y Alexandre pasaron toda la noche fuera, pero regresaron sin Justin a primera hora de la tarde siguiente. Lysette nunca había visto a Max tan fuera de sí. Sus pensamientos parecían discurrir más deprisa que sus palabras.

—Ni rastro de él —dijo con voz ronca, apurando de un solo trago la mitad de una taza de café—. Encontramos a un gabarrero que aseguró haber visto en el muelle a un chico que encajaba con la descripción de Justin. Vete a saber si estaba mintiendo. Justin podría haberse unido a una tripulación, pero no creo que esté tan loco.

—Me voy a la cama —farfulló Alex, el rostro blanco como la harina y los ojos inyectados en sangre.

Lysette se puso detrás de su esposo, y sus manos fueron a sus tensos hombros en un intento de relajarlos un poco.

—Max, tú también necesitas descansar.

Él llamó a Noeline con un ademán para que sirviera más café.

—Volveré a salir dentro de unos minutos. Bernard vendrá conmigo. Voy a pedirles a Jacques Clement y a uno o dos más que ayuden en la búsqueda.

Lysette deseó saber cómo consolarlo.

—No creo que Justin se haya escapado —dijo, sentándose junto a Max—. Me parece que esto sólo es otro intento de llamar la atención. Se mantiene deliberadamente lejos de aquí, y ahora esperará hasta estar seguro de que ha causado una gran conmoción antes de regresar.

Max alzó la taza de café con unos dedos que temblaban ligeramente.

—Cuando consiga echarle el guante, tendrá más atención de la que nunca ha llegado a soñar.

Lysette tomó la mano libre de Max entre las suyas y se la apretó con firmeza.

—Ya sé que ahora estás muy enfadado con él, pero me parece que por encima de todo, lo que sientes es miedo por lo que pueda sucederle. Quizá deberías hacérselo saber a Justin cuando lo encuentres.

Max apoyó los codos en la mesa y se dio masaje en las sienes.

—Justin es demasiado testarudo para escuchar nada de lo que yo diga.

—Creo —dijo ella maliciosamente— que en algunas ocasiones él ha hecho la misma observación acerca de ti.

Max sonrió levemente.

—A veces me veo a mí mismo en él —admitió—. Pero a su edad yo no era ni la mitad de terco.

—Ya le preguntaré a Irénée qué opina de eso —dijo Lysette, bromeando delicadamente—. Sospecho que quizá no esté de acuerdo.

Max se llevó la mano de Lysette al rostro que ya empezaba a mostrar una sombra de barba y le apretó suavemente el dorso con los labios.

—Si no encuentro a Justin, Lysette...

—Lo encontrarás.

La búsqueda continuó durante otro día y otra noche. Max recurrió a la mayor parte de los que trabajaban en su negocio naviero para que averiguaran lo que pudieran. Unos cuantos gabarreros admitieron que Justin, o un muchacho que se le parecía notablemente, había estado con ellos. Después de unas cuantas horas de beber y jugar a las cartas, dijeron, se había ido con una prostituta del muelle y luego ya no se lo volvió a ver.

—Espléndido —había comentado Bernard al oír aquella información—. Ahora parece que deberemos empezar a preocuparnos por si Justin pilla unas purgaciones.

—Si al menos eso fuera lo peor que hemos de temer... —había replicado Max sombríamente.

Después de haber interrogado a docenas de hombres y haber visitado cada gabarra, almadía, barcaza y remolcador que se podía divisar en los muelles, los buscadores se vieron obligados a dispersarse durante un tiempo con el acuerdo de que volverían a reunirse a la mañana siguiente para seguir buscando. Durante dos días y dos noches Max apenas si se había detenido para dar un poco de descanso a sus pies, y el esfuerzo empezaba a hacerse notar. Con un aspecto muy parecido al de los gabarreros sucios y sin afeitar a los que había estado tratando durante las últimas cuarenta y ocho horas, entró en la casa con una exagerada cautela, al tiempo que parpadeaba frenéticamente para mantenerse despierto.

Ya eran las tres de la madrugada pasadas, pero Lysette seguía despierta esperándolo. Verlo tan derrotado y consumido por la preocupación le partía el corazón. Intentó llevarlo al piso de arriba, pero Max se negó a ir a su dormitorio porque temía sumirse en un sueño demasiado profundo. Sólo disponía de tiempo para descansar unas horas. Juntos, Lysette y Philippe lo ayudaron a ir a la sala y quitarse las botas. Max se tendió en un sofá, apoyó la cabeza en el regazo de Lysette y cerró los ojos. Philippe los dejó solos, dirigiéndoles una última y nerviosa mirada por encima del hombro antes de irse.

—Se ha marchado —farfulló Max, volviendo la cara sobre el muslo de Lysette—. Es como si se hubiera esfumado de la faz de la tierra.

Lysette le acarició suavemente la frente.

—Duerme. Ya no falta mucho para que amanezca.

—No paro de acordarme de cuando Justin era un bebé. A veces yo lo tenía en mis brazos mientras dormía. Quería mantenerlo a salvo y feliz durante el resto de su vida. Pero no puedo mantenerlo a salvo de nada.

—Ahora descansa. Mañana darás con él, *bien-aimé*.

Después de que Max se hubiera quedado dormido, Lysette estuvo contemplándolo durante un buen rato. Le sorprendió darse cuenta de lo mucho que habían llegado a importarle Justin y Philippe en el escaso tiempo transcurrido desde que los conocía. Compartía la preocupación de Max por los gemelos, y quería ayudarlos a ser felices. Qué injusta podía llegar a ser la vida, que dejaba caer semejantes cargas sobre los hombros de los inocentes, y permitía que padecieran las consecuencias de los errores cometidos por otros.

Hecha un ovillo junto a Max, Lysette dormitó. El cielo fue cambiando en el exterior, la oscuridad se transformó poco a poco en un gris lavanda. Mientras veía el amanecer, Lysette se frotó los ojos, moviéndose con mucho cuidado para no molestar a su esposo dormido.

La conciencia volvió a ella en un súbito fogonazo cuando oyó un tenue chirrido en el vestíbulo de entrada. Era la puerta principal al abrirse. El intruso entró sigilosamente en la casa y se detuvo en la puerta del salón.

Era Justin, sucio y despeinado, pero con mucho mejor aspecto que Max. Contempló en silencio a Lysette y la larga forma de su padre tendido en el sofá. Lysette pensó en hacerle una seña de que subiera al piso de arriba y así dejar dormir a Max, pero éste querría tener de inmediato noticias de su hijo. Se pondría furioso al saber que le habían impedido encararse con Justin cuando éste había llegado a casa.

—Entra —dijo Lysette en voz baja.

Al oír el sonido de su voz, Max se removió nerviosamente y ella se inclinó sobre su oscura cabeza.

—Despierta —susurró—. Todo ha terminado, *bien-aimé*. Ya ha vuelto a casa.

Max se apresuró a erguirse en el sofá, sacudiendo la cabeza para disipar las últimas neblinas del sueño.

—¿Justin? ¿Dónde has estado?

—Con unos amigos.

—¿Estás bien? —le preguntó Lysette—. No te habrán hecho daño, ¿verdad?

—Pues claro que estoy bien. ¿Por qué no iba a estarlo?

Lysette torció el gesto, sabedora de que la mínima señal de humildad o arrepentimiento por parte del muchacho habría bastado para evitar que Max perdiera los estribos. Pero ante aquella actitud, Max palideció de frustración.

—La próxima vez que decidas irte sin informar a nadie de adónde vas o cuándo planeas regresar —dijo entre dientes—, no vuelvas.

—¡No tengo por qué vivir bajo tu techo ni depender de ti! —estalló Justin—. ¿Quieres que me vaya? ¡Pues entonces me iré y nunca volveré la vista atrás! —Dando media vuelta, se fue corriendo por donde había llegado.

—¡Justin, no! —Lysette se levantó del sofá. Max no se movió. Ella lo miró con los ojos muy abiertos—. ¿Es que no vas a ir tras él?

Era evidente que Max estaba demasiado furioso para pensar con claridad.

—Deja que se vaya.

Lysette lo miró indignada.

—¡No sé cuál de los dos es más terco, si tú o él! —exclamó, y luego se apresuró a seguir a Justin mientras Max prorrumpía en juramentos.

Iba tan deprisa que tropezó con los escalones del porche y se hizo daño en los dedos del pie.

—¡Ay! —gritó, y a continuación—: ¡Justin, detente ahora mismo!

Sorprendentemente, el muchacho así lo hizo. Se quedó inmóvil, con la espalda vuelta hacia ella y las manos apretadas contra los costados del cuerpo. Lysette fue cojeando un trecho por el sendero.

—Max estaba desesperado por encontrarte —dijo—. Ha tenido a no sé cuanta gente buscándote por todas partes. No ha comido. Sólo ha dormido tres o cuatro horas, la última noche, en el sofá.

—¡Si estás intentando conseguir que diga que lo siento, no lo haré!

—Intentaba hacerte entender lo preocupado que ha estado tu padre. Lo aterraba pensar que te hubiera ocurrido algo.

Justin resopló con expresión sardónica.

—A mí no me ha parecido que estuviera tan aterrado.

—Estás siendo injusto con él.

—¡Él no es justo conmigo! Todas las cosas y todas las personas tienen que estar bajo su control.

Lysette cerró los ojos y murmuró una rápida plegaria pidiendo al cielo que le diera paciencia.

—Justin —dijo después, manteniendo un tono de voz lo más tranquilo posible—, haz el favor de darte la vuelta. No puedo hablarle a tu espalda.

El muchacho se encaró con ella, sus ojos azules ardían de ira. Lysette, sin embargo, no retrocedió.

—¿No te das cuenta de lo mucho que te quiere?

—Mi padre es incapaz de querer a nadie —replicó Justin con aspereza—. Ni siquiera a ti.

Aunque sabía que Justin no lo decía en serio, sus palabras dejaron perpleja a Lysette.

—¡Eso no es verdad!

—Y cometes una estupidez al creer que no fue él quien asesinó a su esposa —dijo el muchacho, clavando los ojos en el suelo mientras todo él temblaba.

—Justin —dijo ella suavemente—, en el fondo de tu corazón sabes que tu padre jamás haría algo semejante.

—No. No lo sé. —Justin inhaló profundamente, con los ojos todavía fijos en el suelo—. Podría haberlo hecho. Cualquiera puede verse arrastrado al asesinato.

—No, Justin. —Lysette se acercó a él—. Entra conmigo —añadió, cogiéndolo de la muñeca.

—Él no quiere que yo vuelva a casa —dijo Justin, zafándose con violencia.

—Supongo que ésa es la razón por la que ha acabado agotado de tanto buscarte. —Lysette se abstuvo de volver a tocarlo—. Justin, ¿permaneciste lejos de casa durante todo este tiempo porque sabías que eso lo llenaría de preocupación?

—No. Fue porque... tenía que alejarme.

—¿De qué?

—De todo. No puedo hacer lo que ellos quieren. Quieren que sea un buen chico como Philippe, y que no formule preguntas que les hagan sentirse incómodos, y que no los obligue a pensar en mi madre. —Le brillaban los ojos y apretó los puños, luchando por controlar las traidoras lágrimas—. Pero yo soy como ella, lo sé.

Lysette tuvo que contener el impulso de estrecharlo entre sus brazos y consolarlo como hubiese hecho con un niño desgraciado. No intentó discutir con él, sabía que Justin estaba agotado y era presa de emociones demasiado intensas para que pudiera pensar con claridad.

—Ven conmigo —murmuró—. Tu familia ya se ha preocupado bastante. Y tú necesitas descansar. —Se volvió hacia la casa y contuvo la respiración hasta que oyó los lentos pasos de Justin tras ella.

Temeroso de que, movido por la ira, le dijese a Justin algo de lo que luego con seguridad se arrepentiría, Max evitó encontrarse con él durante el día siguiente. Lysette insistió con cautela en que hablara con el muchacho, y finalmente accedió de mala gana; hablarían inmediatamente después de su reunión con el coronel Burr.

Ya casi era medianoche cuando Max hizo pasar a Burr en su biblioteca, consciente de que el coronel esperaba ganarse para su causa a otro hombre de negocios acomodado. Daniel Clark, un comerciante de Nueva Orleans que tenía una gran flota de navíos mercantes y era dueño de muchos almacenes, supuestamente le había entregado al menos veinticinco mil dólares en efectivo, y luego varios más habían igualado esa suma. Max no tenía intención de contribuir a su causa con un solo centavo, pero estaba muy interesado en oír lo que el ambicioso coronel tuviera que decir.

Burr había conseguido que casi todo Nueva Orleans se prendara de él, y ni siquiera las monjas ursulinas fueron capaces de resistirse a su encanto. Había sido recibido en todas partes con una elaborada hospitalidad. Las autoridades católicas y la Asociación Mexicana, que llevaba mucho tiempo haciendo campaña en favor de la conquista de México, le habían otorgado su apoyo. La opinión general era que Burr planeaba atacar a los españoles, y que había conseguido el apoyo secreto del gobierno de Jefferson. Sin embargo, a oídos de Max había llegado suficiente información confidencial procedente de distintas fuentes y sabía que no era así. Burr ciertamente no se hallaba aliado con Jefferson, sino que estaba urdiendo una conspiración en beneficio propio.

Con una deliberada falta de circunloquios, le preguntó a Burr por qué deseaba aquella reunión, privada y altamente confidencial, cuando ya se había metido en el bolsillo a prácticamente todos los hombres importantes.

—Después de todo —observó Max—, uno más o uno menos no van a suponer ninguna diferencia para sus planes... cualesquiera que sean.

—Se le conoce como un hombre muy emprendedor, monsieur Vallerand. Yo valoraría mucho su apoyo político. Y francamente, es tan rico que no puedo permitirme pasarle por alto. —Max sonrió, pensando que la franqueza de aquel hombre realmente era bastante de su agrado.

—Quizá no ha tomado en consideración mi bastante maltrecha reputación, coronel. Eso podría representar un gran inconveniente para cualquier político que opte por asociarse conmigo.

Burr se encogió de hombros como si aquello careciese de importancia.

—He oído los rumores que corren acerca de usted, pero no creo que vayan a interferir en mis planes.

—¿Que son...? —Aquellas dos palabras parecieron hacer que la atmósfera se cargara de tensión. Se produjo un silencio.

—Me parece —dijo Burr finalmente— que ya se habrá hecho una cierta idea al respecto.

—No, en realidad no —mintió Max sin inmutarse.

Burr rehusó la copa que se le ofrecía, tomó asiento en un gran sillón de cuero e hizo que la conversación siguiera un curso aparentemente alejado de sus objetivos. Apuesto y misterioso allí sentado fuera del círculo de claridad que proyectaba una lámpara, fue interrogando tranquilamente a Max con una larga serie de preguntas acerca de Nueva Orleans, su familia y sus opiniones políticas.

Max entendía perfectamente el dilema al que se enfrentaba Burr. El coronel tenía que arriesgarse a revelar suficiente información para obtener el apoyo de Max, pero no hasta el extremo de que lo que revelara hiciese peligrar sus planes. El antiguo vicepresidente le explicó que tenía intención de utilizar Nueva Orleans como una base desde la que hacerse con México y arrebatarles las Floridas a los españoles; si, naturalmente, llegaba a estallar la guerra entre Estados Unidos y España.

Después de que Burr hubiera terminado de hablar, Max sonrió con una irritante indiferencia.

—¿Y en beneficio de quién se hará todo eso? —preguntó.

Tal como había esperado Max, Burr se abstuvo de confesar que planeaba ser el único gobernante de aquel nuevo imperio.

—Digamos que todo el territorio de Luisiana se beneficiará con ello.

—Y su fortuna también experimentará una mejoría, *n'est-ce pas*?

—Al igual que lo hará la suya —replicó Burr—, si puedo contar con usted.

Max dejó que el momento se prolongara todo lo posible antes de replicar:

—Me resulta imposible comprometerme a prestar mi apoyo a una causa expuesta de una manera tan imprecisa. A menos que me proporcione más detalles...

Burr frunció el ceño, claramente sorprendido ante la falta de entusiasmo de Max.

—Ya le he proporcionado toda la información que puedo permitirme facilitar por ahora. En mi opinión, tiene usted muy pocas razones para no unirse a mí.

Max extendió las manos con las palmas hacia arriba.

—Tengo ciertas lealtades, coronel.

—¿Se refiere a Claiborne?

—Y también a Estados Unidos.

—Me temo, Vallerand, que no entiendo esa lealtad suya a un país que se ha negado a otorgarle la ciudadanía a sus gentes. Debería tener más en cuenta los intereses del territorio, y los de su familia. Está claro que sus lealtades no apuntan hacia donde deberían.

—El transcurso del tiempo tal vez demuestre que así es. Sin embargo, por ahora mantendré el rumbo que ya he elegido. He disfrutado mucho de nuestra conversación, coronel, pero me parece que ya va siendo hora de que se marche.

Burr replicó con una furia apenas controlada.

—Llegará un día en el que lamentará haberse alineado con mis oponentes, Vallerand.

Después de que el coronel se hubiera ido, Max exhaló un lento suspiro. Reflexionó que era posible que Burr consiguiera llevar a cabo cuanto tenía planeado, y entonces algún día Nueva Orleans formaría parte de un nuevo imperio separado de Estados Unidos. Si Max había escogido el curso equivocado, podía perder una considerable porción de su riqueza y sus propiedades. Todo el mundo sabía que Burr siempre se aseguraba de que sus oponentes pagaran muy caro el haberle hecho frente.

—No es muy convincente, en mi opinión. El territorio o esos a los que él llama amigos le importan un comino. Burr quiere el poder para sí mismo.

Al oír la voz de su esposa, Max se volvió hacia ella para interrogarla con la mirada. Lysette estaba de pie a un par de metros de él, luciendo una pelliza blanca ribeteada de encajes y abotonada desde el cuello hasta el suelo.

—Has estado escuchando —dijo con ironía.

Ella no se molestó en negarlo.

—Las voces procedentes de esta habitación se oyen muy bien, incluso con la puerta cerrada. Si deseas intimidad, deberías probar la otra sala de estar.

Max rió secamente.

—Lo recordaré.

Lysette frunció el ceño.

—¿Crees posible que el coronel consiga salirse con la suya? ¿Podría llegar a crear su propio imperio, y hacer que Nueva Orleans formara parte de él?

—Tal vez esté subestimando a Burr —admitió Max—. No creo que nadie hubiera podido anticipar lo popular que llegaría a ser, después de su gira a través del Oeste. Hace poco se le oyó decir que esperaba que algún día un rey se sentaría en el trono de Estados Unidos. Sin duda ya habrá hecho que le tomen las medidas de la cabeza para una corona.

—¿Un rey? ¿No cree en la democracia, entonces?

—No, *petite*.

—¿Y tú, Max? —preguntó ella, sabiendo que muchos criollos albergaban serias dudas acerca del sistema americano de gobierno.

Max sonrió y la tomó entre sus brazos.

—En todas partes salvo en casa.

Lysette insistió en interrogarlo mientras él la llevaba en brazos escalera arriba.

—¿Crees que podrías llegar a lamentar no haber apoyado a monsieur Burr?

—Supongo que podría llegar a lamentarlo, si él consigue hacerse con Luisiana.

Lysette se preguntó por qué no parecía más preocupado.

—Si lo hace, podrías llegar a sufrir grandes pérdidas, ¿verdad?

—He tomado las medidas necesarias para hacer frente a cualquier circunstancia —repuso él, apretándola suavemente contra su pecho como para tranquilizarla—. No olvides que el territorio ya ha cambiado de manos en muchas ocasiones, y que los Vallerand siempre han sabido capear el temporal. ¿Dudas de mi capacidad para cuidar de ti?

—No, por supuesto que no. —Lysette curvó la mano alrededor del hombro de Max, y la punta de su dedo fue describiendo una línea desde su oreja hasta el lado del cuello—. Max... nunca me has llegado a contar por qué discutisteis tú y Bernard, el día del baile en la mansión de los Seraphiné.

Él suspiró, tenso.

—Es algo demasiado complicado para explicártelo ahora. Estoy cansado, cariño. Mañana...

—Vamos, cuéntame aunque sólo sea una pequeña parte —insistió ella.

Él obedeció a regañadientes.

—Muy bien. Después de todos los comentarios que le hice a Bernard acerca de que debía asumir alguna parte de las responsabilidades en la plantación, por fin lo hizo. Para mi gran pesar.

—¿Hizo algo que no debía?

—Peor que eso. Hizo algo realmente aborrecible, por no decir cruel e insensato. ¿Conoces a Newland, el encargado de la plantación? Pues el otro día Bernard le ordenó que azotara a un esclavo porque no rendía lo suficiente. La semana pasada el esclavo había padecido unas fiebres y no se encontraba en condiciones de ir a trabajar a los campos. Así que Newland no obedeció las órdenes, y entonces Bernard hizo que lo azotaran a él. En ese momento yo me encontraba en la ciudad, cosa que siempre lamentaré: ojalá hubiera estado aquí para impedirlo.

—Oh, Max —murmuró ella, sintiendo que se le revolvía el estómago.

Habían llegado al dormitorio, y Max la puso sobre la cama.

—Cuando me enteré, poco faltó para que le arrancase la piel a tiras a Bernard. Él no ve que haya nada de malo en lo que hizo. Está claro que nunca podré permitir que se haga cargo de la plantación, y además en realidad él no siente ningún interés por ella. Al igual que Alex. Mientras yo siga entregándoles sus asignaciones mensuales, ellos se darán por satisfechos con pasar la mayor parte de su tiempo en la ciudad. En realidad, yo tampoco he intentado ocultar que nunca me ha gustado cultivar la tierra.

—Lo sé —dijo Lysette, mientras extendía las manos hacia él para quitarle el corbatín—. Para ti eso no es más que una obligación.

Max suspiró pesadamente.

—A mi padre le encantaba ver crecer las cosechas. Era un hombre de la tierra, y amaba la vida de la plantación de un modo que yo nunca compartiré. Quizá sea una suerte que él no llegara a vivir lo suficiente para ver que ninguno de sus hijos había heredado su pasión por este lugar. Mucho antes de este incidente con Newland y Bernard yo ya había estado pensando en vender la plantación, o al menos reducir sus dimensiones. Pero siempre me ha parecido que esas ideas representaban una traición a mi padre, y a todo aquello que tanto se esforzó por conseguir.

—Y la plantación se ha convertido en un modo de vida para todos los Vallerand —comentó Lysette, apartando el corbatín del cuello de su esposo—. Si la rechazas, habrá consecuencias. Vuestras amistades y vuestros conocidos pueden sentirse traicionados.

—Oh, se sentirán traicionados —le aseguró Max con expresión sombría—. Afortunadamente, hace tanto tiempo que me acostumbré a ser objeto de la desaprobación pública que sus opiniones carecen de importancia para mí. —Se había quedado muy quieto, y sus oscuros ojos se llenaron de preocupación mientras su mirada buscaba la de Lysette—. Pero a ti sí que te importan.

—Soy lo bastante fuerte como para saber hacer frente a cualquier controversia —murmuró Lysette con una tenue sonrisa—. Ya me he acostumbrado a que se me conozca como *la mariée du diable*.

Max la acarició con la mirada mientras extendía la mano hacia sus cabellos para envolverse el dedo con un reluciente rizo pelirrojo.

—No estás atrapado, ¿sabes? —le dijo Lysette—. No tienes por qué mantener este lugar. Haz lo que quieras con él. Cualesquiera que puedan ser las consecuencias, yo las afrontaré contigo.

—Mi pequeña rebelde —murmuró Max con una rápida sonrisa mientras su mano jugaba con los cabellos de Lysette—. Debería haber sabido que me animarías a optar por lo menos convencional. Muy bien, te diré la verdad: detesto este maldito lugar, por todo el trabajo que requiere, los recuerdos que encierra y los compromisos morales que exige.

—¿Vas a venderlo, entonces?

—No en su totalidad. He estado pensando en venderles la mitad de la plantación a nuestros vecinos, los Archambault. Pagarían cualquier precio que yo pidiera.

—¿Qué pasa con los esclavos?

—No quiero poseer esclavos. Es algo que me repugna, y ya estoy harto de tratar de adornarlo con referencias a la política, la economía y la tradición. —Max frunció el ceño y continuó—: Llevo demasiado tiempo en el bando equivocado, y ya no puedo seguir defendiendo la esclavitud. No quiero vivir así, y tampoco quiero que mis hijos conozcan este modo de vida. Sabe Dios por qué no puedo compartir las creencias de mi padre, o las de mi familia y mis amistades, pero... —Hizo una mueca de impaciencia—. Lo que estoy intentando decir es que quiero poner en libertad a los esclavos de los Vallerand.

—¿A todos ellos?

—Sí, a todos. Y luego daré trabajo como jornaleros a los que decidan quedarse. —Sonrió con sarcasmo al ver la cara de perplejidad que estaba poniendo Lysette—. Ya se ha hecho antes, en realidad. En Nueva Orleans hay un mestizo propietario de una plantación de azúcar, Maurice Manville, que ha liberado a sus esclavos y ahora les paga salarios; y además obtiene beneficios, aunque hay que admitir que modestos. Si hago como él y reduzco la plantación a la mitad, dispondré de mucho más tiempo para dedicar a nuestro aserradero y al negocio naviero.

Lysette estaba tratando de asimilar todo lo que él acababa de proponerle.

—Es muy difícil predecir lo que ocurrirá, *n'est-ce pas*? —Extendió la mano hacia la frente de Max para acariciar los surcos entre sus cejas—. ¿Habrá repercusiones financieras, Max?

—¿Me preguntas si perderemos dinero? Sí, al principio. Pero el negocio naviero está creciendo. Tendrás que confiar en mí para que lo convierta en un éxito.

Lysette sonrió y se concentró en la tarea de terminar de quitarle el corbatín.

—Eso no será ningún problema, *mon cher*.

—Pero ¿qué pasa con la herencia de mis hijos, Justin y Philippe...?

—Hay cosas mucho más importantes que un trozo de tierra que puedes legarles. Y ellos seguirán siendo Vallerands, con o sin una gran plantación.

Apartando el trozo de lino almidonado del cuello de Max, Lysette apretó la cara contra su cálida garganta.

—Mmm... qué bien hueles. —Besó el pulso que latía en el hueco triangular—. Haz lo que a ti te parezca que está bien, Max.

Él retrocedió ligeramente y le tomó la cabeza entre las manos. Su oscura mirada estaba llena de ternura.

—Ésta es una de las ventajas de tener una esposa joven

—dijo con una sonrisa—. Es obvio que todavía te queda mucho por aprender antes de que logres disuadirme.

—Hay otras ventajas en tener una esposa joven —puntualizó ella al tiempo que empezaba a tirar de los faldones de su camisa para sacárselos de los pantalones.

—Muéstrame en qué consisten —susurró él, y Lysette así lo hizo.

El que la familia Vallerand pudiera disponer de un poco de paz durante algún tiempo no era mucho pedir, pero al parecer eso no era posible. El nuevo problema fue iniciado sin querer por Philippe, quien se disponía a recibir una lección de esgrima.

Cuando desmontó de su caballo y se encaminó hacia el establecimiento del maestro de esgrima Navarre, Philippe no prestó demasiada atención al sonido de unas voces cercanas. Como de costumbre, sus ojos azules permanecieron fijos en el suelo y sus pensamientos no podían estar más alejados de la rutina del vivir cotidiano. Como tan a menudo señalaba Justin burlonamente, Philippe era un soñador, nada realista.

De pronto Philippe se vio bruscamente apartado de sus reflexiones cuando un hombro muy duro chocó con el suyo, haciéndole perder el equilibrio. Tras dar unos cuantos pasos tambaleantes hacia atrás, alzó la mirada lleno de perplejidad. Se encontró frente a un grupo de tres muchachos que acababan de terminar su lección de esgrima con Navarre. Excitados por todo el ejercicio que acababan de hacer y llenos de vigor, estaba claro que ardían en deseos de encontrar alguna pelea. El encontronazo no había sido ningún accidente. El líder del grupo, Louis Picotte, ya había tenido alguna que otra diferencia con Justin anteriormente, y no era ningún secreto que se detestaban el uno al otro.

Philippe, sin embargo, no tenía ninguna cuenta pendiente con nadie, y prefería que las cosas siguieran así. Pidió disculpas de inmediato, algo que su hermano nunca habría hecho.

—*Pardonnez-moi...* no miraba por dónde iba.

—Tenía que ser un Vallerand —se burló Louis, un muchacho alto y corpulento con una abundante cabellera de un rubio pajizo—. Creen que todas las calles de la ciudad les pertenecen.

Philippe sintió que se le caía el alma a los pies.

—Llego tarde —musitó al tiempo que se apresuraba a apartarse, pero los tres le cortaron el paso.

—Tu disculpa no ha sido lo bastante buena —dijo Louis con una sonrisita burlona en sus labios.

Philippe alzó sus preocupados ojos azules hacia los del muchacho.

—Siento haber tropezado contigo. Ahora dejadme pasar.

Louis señaló el suelo y sonrió desdeñosamente.

—Ponte de rodillas y dilo.

Philippe enrojeció. Quería dar media vuelta y echar a correr, pero sabía que si lo hacía Louis ya nunca dejaría de atormentarlo. Los ojos de Philippe fueron de un rostro a otro y no vieron en ellos nada más que odio, la clase de odio que él y Justin habían aprendido a esperar después de años de ser conocidos como los hijos de Maximilien Vallerand.

—No lo haré —dijo sin bajar la mirada.

—Entonces llevemos el asunto a algún lugar donde podamos estar a solas —dijo Louis, señalando con el pulgar un pequeño solar donde a veces se celebraban duelos apresurados. Quedaba oculto por los árboles y los edificios, y allí no podrían ser vistos por los transeúntes. Posó la mano sobre la empuñadura de la espada que colgaba de su cintura.

Muy sorprendido, Philippe comprendió que el muchacho quería algo más que un mero intercambio de puñetazos. Ya se había resignado a que lo dejaran lleno de morados. Después de todo, Justin había conseguido sobrevivir a ello en bastantes ocasiones. Pero espadas... eso era demasiado peligroso.

—No —dijo, y señaló con la cabeza en dirección al establecimiento del maestro de esgrima—. Lo resolveremos ahí.

Navarre solía supervisar esa clase de encuentros entre sus estudiantes. El maestro de esgrima les había prohibido que resolvieran sus disputas fuera de la escuela, a menos que se limitaran a usar los puños en vez de hacerlo con espadas.

—¿Tienes miedo? —quiso saber Louis.

—No, es sólo que...

—Sí, que tienes miedo. Es lo que dice todo el mundo. Eres un cobarde. Si yo fuera tú, no me sentiría tan orgulloso de ese sucio apellido que llevas. —Louis escupió en el suelo—. Tu padre es un asesino, tu hermano es un fanfarrón que siempre se está metiendo con los demás... y tú eres un cobarde.

Philippe se estremeció con súbita rabia.

—Ah, mirad cómo tiembla —se burló Louis—. Mirad cómo... —De pronto se calló y torció el gesto, porque acababa de sentir un golpe en la nuca. Se llevó la mano a ésta y giró sobre los talones—. ¿Qué...?

Otro impacto, esta vez en el pecho. Louis contempló con incredulidad a Justin, quien acababa de aparecer detrás de ellos y había empezado a lanzarle guijarros. Justin examinó atentamente la piedrecita que sostenía entre el índice y el pulgar.

—¿Qué es lo que le he oído decir, Philippe?

Philippe tragó saliva con una mezcla de alivio y aprensión.

—Nada. Justin, vamos a llegar tarde a...

—Me pareció oír que te llamaba cobarde. —Justin dejó caer al suelo la piedra que había estado examinando y seleccionó otra del puñado que llevaba en la mano—. Nosotros sabemos que tú no eres ningún cobarde. Y también me pareció oírle decir que yo era un fanfarrón. Tampoco estoy de acuerdo con eso.

—No olvides —se mofó Louis— que también he dicho que tu padre era un asesino.

El puñado de guijarros fue abruptamente lanzado y quedó esparcido a los pies de Louis. Justin sonrió, sus ojos azules se habían vuelto tan oscuros que ahora eran casi negros.

—Philippe, dame tu espada.

—No —dijo Philippe, yendo rápidamente hacia su hermano—. Con espadas no, Justin. —Cada uno entendía claramente los pensamientos del otro—. Debería ser yo —añadió Philippe.

—Él no quiere luchar contigo —dijo Justin—. Ha ido a por ti para así poder llegar hasta mí.

—Con espadas no —repitió Philippe.

—¿Vas a permitir que tu hermano también haga un cobarde de ti, Justin? —los retó Louis burlonamente.

Justin contuvo la respiración, muy enfadado. Luego miró a los ojos a Philippe, y juró:

—¡Lo haré pedazos antes de que tenga tiempo de parpadear!

—Hoy ha estado practicando, y tú no —dijo Philippe, abandonando los argumentos morales en favor de los prácticos—. Estará en mucho mejor forma que tú, Justin.

Louis los interrumpió impacientemente.

—Empecemos de una vez, Justin.

—¡Philippe —gruñó Justin—, dame esa maldita cosa!

—No a menos que prometas parar después de haber derramado la primera sangre.

—No puedo...

—¡Promételo!

Se miraron fijamente el uno al otro, y luego Justin asintió.

—Está bien, maldito seas. —Extendió la mano hacia la espada. Poniéndose muy pálido, Philippe se la dio.

El pequeño grupo fue hacia el solar. Por un consenso tácito, todos se movían furtivamente e intentaban no hacer ruido, sabiendo que el duelo sería detenido si alguien se enteraba. Los chicos de su edad normalmente no resolvían sus diferencias de semejante manera, que no se consideraría apropiada para ellos hasta que fueran un par de años mayores.

Ateniéndose a las reglas que habían aprendido en la escuela de esgrima de Navarre, nombraron a unos padrinos. Louis se quitó la chaqueta sin prisas, mirando a los gemelos por encima del hombro mientras lo hacía. Philippe aguardaba con los puños apretados, la rígida tensión de su postura revelando toda la ansiedad que sentía. Justin aguardaba con una paciencia sorprendente.

Louis casi empezaba a lamentar haber retado a los Valle-rand. La mirada de Philippe había sido apocada y temerosa, pero los duros ojos azules de Justin prometían algo mucho más serio con lo que lidiar. También sabía que a Justin se le daba muy bien la esgrima, reflexionó, casi tanto como a él. Lo había visto practicar en la escuela de Navarre y, como decía el maestro de esgrima, Justin sería un soberbio espadachín de no ser por cierta falta de disciplina. Louis avanzó hasta que sólo estuvieron separados por un par de metros, y adoptó la postura apropiada.

El grupo guardó silencio mientras los dos esgrimistas se saludaban y daban inicio al duelo con un chasquear del acero contra el acero. Probaron unas cuantas combinaciones elementales, cada uno tratando de averiguar lo que necesitaba saber para superar a su oponente. Doble finta, estocada, parada, seguida por una rápida respuesta. Ambos se movían con excelente coordinación e idéntica habilidad. Uno de los compañeros de Louis no pudo evitar murmurarle al otro que le hubiese encantado que Navarre viese aquello. La lid era realmente impresionante.

El duelo aceleró su ritmo, y el equilibrio se alteró. Louis empezó a sudar profusamente mientras intentaba mantener la concentración. Justin luchaba con una fría agresividad llena de técnica que nunca había exhibido en la escuela. Philippe era el único que entendía la sombra de temeridad que hacía tan eficiente a su hermano. A Justin le daba igual lo que pudiera sucederle, y cuanto más tiempo transcurriese, menos le importaría. Su hermano no le tenía ningún miedo al dolor o a la soledad, quizá ni siquiera a la muerte... y eso llenó de terror a Philippe.

Louis retrocedió sorprendido cuando sintió que la punta de la espada de Justin le tocaba el hombro. Bajó la mirada con incredulidad hacia el puntito de sangre que había en su camisa. Los muchachos prorrumpieron en exclamaciones, y Justin se apresuró a ir hacia el padrino de Louis.

—El honor ha quedado satisfecho —murmuró mientras se limpiaba el sudor que le perlaba la frente.

Louis se sintió terriblemente humillado. Veía a Justin a

través de una neblina de furia, sin poder creer que un error tan minúsculo, una diminuta abertura en su guardia, lo hubiera conducido a la derrota. Sus amigos se reirían de él. Todavía más insoportable que eso era el sorprendente silencio de Justin. Louis esperaba que un Vallerand alardease de su victoria. En cambio, Justin mostraba una expresión muy seria mientras veía conferenciar a los padrinos... y por alguna razón, a Louis eso le pareció un desprecio mucho más grande que el abierto ridículo.

—Se acabó —dijo Philippe, sin hacer ningún esfuerzo por ocultar la alegría en su voz. Sonrió levemente cuando vio el alivio en los ojos de Justin.

—¡No se ha acabado! —rugió Louis, pero no le prestaron ninguna atención.

Justin echó a andar hacia Philippe, con la intención de devolverle la espada, y un instante después se detuvo cuando vio la expresión de horror que cruzó velozmente por el rostro de su hermano.

—¡No! —fue todo lo que tuvo tiempo de gritar Philippe antes de que Justin se volviera rápidamente y viera que Louis se disponía a acometerlo.

Sorprendido, Justin notó un intenso calor en el costado, bajó la mirada y vio retirarse la delgada hoja del acero. Luego sintió una punzada de dolor. Justin cayó de rodillas, sin apartar los ojos de la mancha de sangre que empezaba a extenderse en su camisa. Se llevó la mano a la herida y se desplomó mientras sentía que le daba vueltas la cabeza. Respirando entrecortadamente, percibió el intenso olor de su propia sangre y se apretó aún más la cintura.

—Oh, Justin —jadeó Philippe, arrodillándose en el suelo junto a él—. Oh, Justin.

Louis tardó un poco en darse cuenta de lo que había hecho. Sus amigos lo miraban con asombro y disgusto.

—No pretendía... —comenzó a decirles, y su voz se disipó en un silencio avergonzado. Había hecho algo demasiado deshonroso, demasiado poco viril, inenarrable. Retrocedió lentamente, dio media vuelta y huyó.

Finalmente el sonido de los ansiosos ruegos de Philippe

hizo que Justin volviera a moverse y abriera sus aturdidos ojos azules. Giró la cabeza, apartando el rostro de la fría hierba, y miró a su hermano.

—No es más que un rasguño —dijo, arreglándoselas para encontrar su viejo tono de disgusto.

Philippe dejó escapar una carcajada estrangulada.

—Estás sangrando, Justin.

—¿Dónde está el traidor de Louis? Maldito cobarde rastrero...

—Se ha ido —respondió Philippe, sintiendo que una parte de su temor inicial empezaba a disolverse—. Me parece que estaba tan sorprendido como el resto de nosotros.

Justin se esforzó torpemente por incorporarse.

—¿Sorprendido? ¡Lo mataré! Lo...—Se calló y jadeó, sintiendo un súbito dolor en el costado. Un nuevo chorro de fluido caliente empezó a manar bajo sus dedos.

—¡No te muevas! —gritó Philippe, agarrándolo por detrás de los hombros—. La sangre... necesitamos un médico. Ahora te dejaré aquí, pero sólo por unos momentos, y...

—No. Iré a casa, donde nuestro padre probablemente me administrará el golpe de gracia.

—Pero...

—Llévame a casa —susurró Justin con una intensidad que redujo al silencio a su hermano.

Philippe intentó detener la hemorragia con la presión de su mano, desencadenando así una nueva sarta de juramentos por parte de Justin. No se percató de que los otros dos chicos estaban de pie junto a ellos hasta que uno se inclinó sobre él para ofrecerle su chaleco enrollado.

—Gracias —dijo Philippe con un hilo de voz; cogió la prenda y la metió dentro de la camisa de Justin, encima de la herida.

—Louis no debería haber hecho eso —comentó el donante del chaleco—. Nunca volveré a servirle de padrino.

—¡Para empezar no debería haber habido un duelo! —exclamó Philippe con furia. Justin había cerrado los ojos y guardaba silencio. Sus manos ensangrentadas permanecían inmóviles sobre el suelo con las palmas vueltas hacia arriba.

El otro muchacho contempló con admiración la larga forma de Justin tendida ante él.

—Tiene agallas.

—Y ningún seso —masculló Philippe.

—Ganará un buen montón de duelos antes de irse al otro mundo.

—Morirá antes de haber cumplido los veinte —dijo Philippe con un hilo de voz.

Justin abrió los ojos, que no reflejaban su habitual e intensa energía. Alzó el brazo con un penoso esfuerzo para agarrar a Philippe por el cuello de la camisa, manchándoselo de sangre.

—Vámonos de aquí.

Philippe no se molestó en preguntarle a Justin cómo había llegado a la ciudad. Uno de los amigos de Louis le trajo su caballo y entre los tres lograron subir a Justin a la grupa. Philippe montó detrás de él, cerciorándose de que su hermano aún sostenía el chaleco enrollado sobre su herida.

—Estoy listo —dijo Justin con voz ronca, inclinándose hacia delante para quedar apoyado sobre el cuello del caballo—. En marcha, antes de que me caiga.

El regreso a casa fue una auténtica tortura. El sufrimiento de Philippe no tenía nada que envidiar al de Justin. Pensar que su hermano iba a morir lo aterrorizaba.

—¿Por qué querías pelear con Louis? —le preguntó con perplejidad cuando llevaban recorrida la mitad del camino—. ¿Tanto lo odias?

Ahora que la herida había dejado de sangrar, Justin sentía la mente un poco más clara.

—Quería pelear, eso es todo —respondió con un hilo de voz—. Hace que te sientas tan bien... Siempre tengo ganas de pelear.

—¿Por qué?

—Satisface algo que hay en mi interior... no sé el qué.

—Algo en tu interior que quiere que te destruyas a ti mismo —dijo Philippe—. Pero yo no dejaré que lo hagas, Justin. No puedo perderte.

Justin supo que Philippe le decía algo más, pero de pronto las palabras se tornaron sonidos indistinguibles, y sintió cómo los ojos empezaban a girar hacia atrás en sus cuencas. Fue como si entrara en un extraño sueño para luego salir rápidamente de él. Estaban en la casa y unas manos subían hacia él, y caía dentro de un mar de color púrpura oscuro, donde se veía arrastrado por la cresta de una ola. Le dolía la cabeza, le dolía el costado. Se sentía como si volviera a ser pequeño. Entonces se dio cuenta de que lo acostaban con mucho cuidado en su cama, su cabeza descendiendo hacia la almohada, y descansó durante lo que parecieron ser horas hasta que fue despertado por una terrible sensación de soledad.

—*Mon père* —murmuró, moviendo nerviosamente la mano hasta que fue rodeada por otra mano, grande y fuerte. La fuerza vital de aquel apretón pareció hacerle volver en sí. Vio el rostro tenso de su padre, y la ternura que reflejaban sus ojos. Aquello no tenía ningún sentido, pero de pronto le pareció que mientras su padre le tuviera cogida la mano, estaría a salvo. Percibiendo la necesidad de Justin, Max no se la soltó, ni siquiera en presencia del doctor.

Justin no paró de retorcerse de dolor mientras le limpiaban la herida, pero guardó silencio, el sudor goteando de su rostro. Sentía como si alguien estuviera removiéndole las entrañas con un atizador al rojo vivo.

—¿Todavía no habéis terminado? —preguntó cuando ya no pudo seguir soportándolo por más tiempo.

Su padre lo abrazó y trató de calmarlo mientras el doctor terminaba de limpiarle la herida. Después de que se la hubiera vendado, le dieron a beber una medicina que tenía un sabor repugnante, y Justin insistió en sostener el vaso con su propia mano.

—¿No vas a gritar y hacérmelo pagar caro? —graznó cuando los últimos restos de la amarga medicina hubieron desaparecido.

—Ya habrá tiempo para eso mañana —dijo Max mientras ponía bien el cubrecama alrededor de su hijo—. En estos momentos sólo puedo sentir alivio al ver que te encuentras bien.

Justin bostezó aparatosamente, la medicina empezaba a

hacer que le entrara sueño. Sus ojos se abrieron de golpe cuando sintió que el peso de Max cambiaba de posición.

—¿Te vas?

—No, *mon fils*.

—Si quieres puedes irte —musitó Justin, pese a que anhelaba que él se quedara allí.

—No te dejaría por ninguna razón del mundo —fue la suave réplica de su padre, y Justin se relajó lleno de alivio. Volvió a buscar la mano de su padre, y se quedó dormido sujetándola.

12

—¿Cómo se encuentra? —preguntó Alexandre al tiempo que se disponía a servirle una copa a Max. Éste le indicó con un gesto que dejara la botella.

—Se pondrá bien. —Max acababa de bajar del piso de arriba, donde Justin estaba durmiendo cómodamente, para reunirse con sus hermanos en la biblioteca. Lysette y Noeline estaban ocupadas ayudando a acostarse a la muy alterada Irénée, para lo que le administraban generosas dosis de café reforzado con coñac—. La herida no es grave, gracias a Dios. —Sacudió la cabeza, el rostro empalidecido por la tensión—. No puedo creer que le haya ocurrido algo semejante a mi hijo.

—¿Esto ha sido una sorpresa para ti? —preguntó Bernard—. Lo único que me sorprende es que no haya ocurrido antes.

—Justin está siguiendo los pasos de su padre, ¿verdad? —añadió Alexandre.

Max les dirigió una mirada helada a ambos.

—Bueno, es verdad —dijo Bernard—. Max, tú ya sabes cómo es el muchacho. No puedes decir que no te esperaras esto. Y serás un idiota si no esperas que vuelva a ocurrir.

Antes de que Max pudiera dar rienda suelta a su furia, la voz llena de calma de Lysette intercedió.

—Max —dijo, entrando en la habitación y cogiéndolo del brazo—, no deseo privarte de semejantes muestras de compasión y simpatía por parte de tus hermanos, pero Berté ha calentado algo de comida para nuestra cena. Anda, come algo.

—No tengo hambre...

—Sólo un poquito de alguna cosa, *bien-aimé* —lo animó ella en su tono más coqueto—. No querrás que tenga que comer sola, ¿verdad? Por favor... hazlo por mí.

Con un gruñido ahogado, Max dio media vuelta para acompañarla y la discusión quedó olvidada por el momento. Cuando estaban llegando a la entrada, Lysette volvió la cabeza y dirigió a los hermanos una rápida mirada de reproche antes de seguir serenamente a su esposo fuera de la biblioteca. Aquella mirada contrastaba hasta tal punto con la dulzura de la expresión que había utilizado antes con Max que Alexandre no pudo evitar soltar una risita.

—A su manera suave y delicada —comentó con una sonrisa—, Lysette es bastante déspota.

—No le veo la gracia —dijo Bernard.

—¿Por qué no? Es evidente que su presencia le está haciendo mucho bien a Max.

—Yo no diría tanto. —Bernard bebió un largo sorbo de su copa, sin apartar los ojos de la entrada vacía.

Alexandre ladeó la cabeza pensativamente.

—Lysette no te gusta, ¿verdad? Nunca me había dado cuenta de eso antes.

—No, no me gusta —replicó Bernard con frialdad—. No me gusta el efecto que Lysette tiene sobre Max, ni los problemas que crea en la familia. Todo iba mejor antes de que ella viniera aquí.

Cuando Justin despertó la mañana siguiente a su duelo, encontró su habitación invadida por su hermano, su padre y su madrastra. Lysette estuvo pendiente, sirviéndole el desayuno y atándole una servilleta alrededor del cuello como si Justin tuviera cinco años en vez de quince. Él agradeció su presencia, debido a su acuerdo tácito de que ella utilizaría en beneficio de Justin la influencia que ejercía sobre su padre. Justin no estaba muy seguro de cuándo o cómo se había convertido Lysette en su aliada, pero mientras miraba en sus tranquilos ojos azules, sintió una súbita adoración por ella.

Su padre, naturalmente, dio inicio a la mañana exigiendo una explicación completa de los acontecimientos del día anterior.

—Cuéntame qué parte tuviste tú en ellos, Philippe —dijo Max, que estaba sentado junto a la cama en una silla de caoba.

Como siempre, Philippe escogió cuidadosamente sus palabras.

—Me las estaba viendo con tres chicos, uno de los cuales quería provocarme para que nos enfrentáramos en un duelo. Yo me negué, y entonces fue cuando apareció Justin...

—Y tú te apresuraste a recoger el guante —dijo Max con tono de pesadumbre.

Justin torció el gesto.

—Lo llamaron cobarde —dijo defensivamente—. Nadie insulta a un Vallerand sin pagarlo muy caro.

—¿Eso fue todo lo que dijeron?

—No. —La mirada de Justin descendió hacia la colcha que cubría su regazo—. Me llamaron fanfarrón, y a ti... —Se calló súbitamente, y una repentina marea roja se extendió por su rostro.

—¿Y a mí qué me llamaron? —preguntó Max con suavidad, aunque estaba claro que ya lo sabía.

El sonrojo se propagó al cuello y las orejas de Justin.

—Lo mismo que te han llamado siempre —dijo con voz ronca.

—¿Y qué es?

—¿Por qué me lo preguntas? ¡Ya lo sabes!

—Quiero oírtelo decir.

Justin se pasó unas cuantas veces las manos por los cabellos, nervioso como un animal enjaulado.

—Dilo, *mon fils* —insistió Max sin levantar la voz—. Por favor.

Lysette y Philippe podrían no haberse hallado presentes en la habitación. La tensión fue creciendo hasta que ninguno de los cuatro se atrevió a moverse o respirar.

De pronto las lágrimas brillaron en los ojos azules de Justin, que apretó los dientes con expresión de ira.

—Te llamaron asesino. Eso es lo que dicen siempre. Todos. ¿Y me preguntas por qué luché? Nunca he sabido lo que es tener un amigo. Philippe tampoco. —Volvió la cabeza hacia su hermano y clavó la mirada en él—. ¡Díselo!

Max fue hacia la cama y se sentó junto a su hijo.

—Escúchame, Justin. Comprendo todo lo que...

—No...

—¡Por el amor de Dios, no me interrumpas! Nunca podrás cambiar lo que dice la gente. Nunca conseguirás que dejen de decirlo. Los rumores seguirán circulando, y tú no lograrás silenciarlos. Puedes matar a un hombre, Justin, o a docenas de ellos, pero el pasado no cambiará, y seguirás siendo mi hijo. Maldice ese hecho si quieres, pero no puedes alterarlo. Morirás si lo intentas... y eso me destrozaría más que nada en el mundo.

—¿Qué le ocurrió a mi madre? —inquirió Justin con las mejillas bañadas en lágrimas.

—No puedo contarte gran cosa —replicó Max ásperamente—. Me casé con tu madre porque la amaba. Pero nuestro matrimonio no tardó en echarse a perder, y poco después de que nacierais, comprendí que Corinne estaba teniendo una aventura con otro hombre.

—¿Con quién? —quiso saber Justin.

—Eso carece de importancia...

—¿Era Étienne Sagesse?

—Sí.

—¿Por qué? —preguntó Philippe desde un par de metros de distancia—. ¿Qué pudo impulsarla a hacer eso?

—Creo que pensaba que se había enamorado de él —respondió Max, manteniendo la calma. Sólo Lysette sabía cuán inmenso era el esfuerzo que tenía que hacer para hablar del pasado—. Yo era incapaz de hacer feliz a Corinne. Eso, en parte, la impulsó a buscar otro hombre.

—No hace falta que intentes excusarla —dijo Justin—. Me alegro de que esté muerta.

—No, Justin. Compadécela, pero no la odies.

—¿Étienne Sagesse la mató? —inquirió el muchacho.

—No, no creo que lo hiciera.

—Entonces, ¿fuiste tú? —preguntó Justin, con voz temblorosa.

—No —contestó Max, con patente dificultad—. La encontré ya muerta. No sé qué le ocurrió.

—¡Pero has de saberlo! —exclamó Justin con una mezcla de ira e incredulidad—. Tienes que saberlo.

—Ojalá lo supiera —dijo Max—. Y si hay algo que deseo por encima de todo es que no hubieras tenido que crecer bajo la sombra de todo esto. Haría lo que fuese con tal de cambiar eso, Justin. Tu felicidad es lo que más me importa en el mundo.

Justin cerró los ojos y volvió a apoyar la cabeza en la almohada.

—¿No sospechas de nadie? ¿Hay alguien que hubiera querido verla muerta?

—Hace años hablé con Étienne Sagesse, pensando que él tal vez estuviera en una situación de revelarme algo.

—¿Y?

—Cree que yo maté a Corinne impulsado por los celos.

—Deberías haber matado a Sagesse en ese duelo —masculló Justin.

—Mírame. —Max esperó en silencio a que Justin abriera los ojos, y continuó—: Has de tener mucho cuidado a la hora de escoger tus combates. Prefiero que te tengan por un cobarde a que aceptes el desafío de cualquier muchacho pagado de sí mismo. Cuanto más temible sea tu reputación, más intentarán provocarte los demás, y cuanto más uses tu espada, más tendrás que usarla. No quiero eso para ti, ni para tu hermano. Significas demasiado para mí, Justin. La próxima vez tienes que dar media vuelta y marcharte... por mí. Por favor.

Justin tragó saliva con dificultad y se incorporó en la cama, inclinándose hacia Max.

—*Je t'aime, mon père* —dijo con voz ahogada.

Max lo rodeó con los brazos, teniendo mucho cuidado de no hacerle daño, y le revolvió los cabellos al tiempo que le hablaba en un suave murmullo. Lysette reparó en que Philippe daba un dubitativo paso adelante, y enseguida se detenía al comprender que aquel momento les pertenecía únicamente a Justin y a su padre. Qué generoso sabía ser Philippe, pensó, y extendió el brazo hacia él para cogerle la mano. El muchacho bajó la mirada hacia ella al sentir los dedos de Lysette alrededor de su palma, y la tensión desapareció de su rostro cuando ella se estiró hacia arriba para besarle la mejilla.

Después de alcanzar todos los objetivos que se había marcado en Nueva Orleans, Aaron Burr regresó a San Luis para conspirar con el general Wilkinson. Inició el viaje por tierra yendo en dirección a Natchez, con caballos proporcionados por Daniel Clark, el comerciante más influyente y respetado de todo el territorio. La visita de Burr al Oeste se había visto coronada por el éxito. Si todo salía de acuerdo con sus cálculos, no le resultaría difícil soliviantar a la población contra los españoles para así hacerse con México y el oeste de Florida.

Burr estaba seguro de que había sabido ocultar a los altos dignatarios españoles, y especialmente a Irujo, cuáles eran sus verdaderas intenciones, y que había logrado convencerlos de que no sentía ningún interés por sus tierras. En menos de un año, razonó Burr, sería capaz de organizar una expedición y podría hacer que todas sus ambiciones pasaran a ser realidad. Y todos aquellos que habían intentado obstaculizar su plan —Maximilien Vallerand, por ejemplo— suplicarían que se les permitiera mostrarse a favor de él.

El mensajero partió de la residencia de don Carlos, el marqués de Irujo, a primera hora de la mañana. Mientras iba hacia el sur sin darse prisa por salir de la ciudad, de pronto se vio obligado a tirar de las riendas de su montura. Dos jinetes armados con pistolas le salieron al paso. Pálido de miedo, el mensajero comenzó a balbucear en español. Seguro de que pretendían robarle, dijo que no tenía dinero ni nada que ofrecerles. Uno de los asaltantes, un hombre muy corpulento de pelo oscuro, le indicó que desmontase con un gesto de la mano.

—Dame las cartas que llevas —dijo el hombre del pelo oscuro, cuyo español era un poco tosco pero comprensible.

—N... *no puedo* —tartamudeó el mensajero, sacudiendo la cabeza—. Son privadas, altamente confidenciales. He... he empeñado mi vida en la misión de entregarlas sin...

—Tu vida es precisamente lo que está en juego —le interrumpió el hombre—. Si quieres conservarla entrégame las cartas.

El mensajero hurgó en el forro de su chaqueta y extrajo media docena de cartas, todas las cuales presentaban el sello oficial utilizado por Irujo. Luego se enjugó con la manga la frente sudorosa mientras el hombre del pelo oscuro las examinaba rápidamente. Una de ellas pareció despertar su interés, y se la quedó al tiempo que le devolvía las demás.

Max miró a Jacques Clement con una media sonrisa irónica en los labios.

—Va dirigida a un comisionado fronterizo español que, por razones que no se explican, se ha quedado en Nueva Orleans.

—Quizá le gusta la ciudad —observó Clement tímidamente.

Max abrió la carta, haciendo caso omiso del débil grito de protesta del mensajero. Su sonrisa se desvaneció rápidamente mientras la leía. A continuación miró a Clement con un brillo de satisfacción en los ojos.

—Me encanta el modo en que los dignatarios se despiden de un amigo, deseándole el mejor de los futuros posibles para acto seguido (y siempre con la máxima cortesía) apuñalarlo por la espalda.

Sin entender de qué hablaban aquellos dos, el mensajero los observaba con preocupación, hasta que finalmente se atrevió a exclamar.

—¡*Señor*, no puedo entregar la carta con el sello roto! ¿Qué voy a hacer? ¿Qué...?

—No vas a entregar esta carta —le interrumpió Max—, porque me la voy a quedar.

El mensajero respondió a dicha aseveración con un torrente de palabras en español. Hablaba demasiado deprisa para que Max pudiera seguirlo, pero estaba claro que se sentía muy desgraciado.

—Probablemente irá a parar a la cárcel en cuanto lo descubran —comentó Jacques—. No le perdonarán que haya permitido que robaran la carta.

Max le arrojó una bolsita al mensajero, quien interrumpió su letanía el tiempo suficiente para cogerla al vuelo. La bolsa cayó en su palma con un ruidoso tintineo metálico.

—Ahí dentro hay dinero suficiente para que desaparezcas y vivas cómodamente durante mucho tiempo.

Otro rápido discurso siguió al primero. Max interrogó con la mirada a Jacques, cuyo dominio del español era mayor que el suyo.

—¿Qué está diciendo?

—Necesita más, para su esposa y sus hijos.

Max esbozó una sonrisa sarcástica.

—Dale lo que tengas —le dijo a Jacques—. Ya te lo reembolsaré después.

—¿Tanto vale esa carta? —preguntó Clement con incredulidad.

Max se la guardó con gran satisfacción en un bolsillo de la chaqueta.

—Ya lo creo que sí.

Max disfrutó con el asombro que Claiborne mostraba mientras leía la carta una y otra vez.

—¿Saben los españoles que tenemos esto? —le preguntó el gobernador finalmente.

Max se encogió de hombros.

—El que lo sepan o no carece de importancia. No alterará sus planes.

—Esto sí que es una gran noticia —dijo Claiborne lentamente—. No sólo no confían en Burr, sino que además se disponen a crearle serios problemas. ¡Si lo que dice esta carta es cierto, lo desacreditarán por completo! —Volvió a leer la carta—. ¡Y los muy bastardos son tan astutos que están utilizando a un americano para hacerlo! ¿Conocía a Stephen Minor?

—Tuve un breve encuentro con él.

—¿Sabía antes de leer esa carta que trabajaba para los españoles?

—No. —Max sonrió con indiferencia—. Pero tampoco se puede esperar de mí que tenga localizados a todos los americanos que están a sueldo de los españoles.

—Criollo insolente —repuso Claiborne con una sonrisa de oreja a oreja—. ¿Está dando a entender que se puede comprar a los americanos con facilidad?

—Parece ser que así es, señor.

Claiborne contuvo su júbilo y asumió una expresión más propia de un estadista.

—Por ahora lo único que tenemos que hacer es esperar. Si esta información es correcta, Minor difundirá por todo el territorio rumores de que Burr planea separar al Oeste del resto de la nación, unirlo con ciertas posesiones españolas y luego reclamarlo como su propio imperio. Eso debería bastar para que todo el país se ponga en pie de guerra desde aquí hasta el noreste.

—Los rumores deberían llegar a San Luis en el mismo momento en que lo haga Burr —convino Max.

—Daría una fortuna por ver la cara que pondrá el general Wilkinson. No debería tardar mucho en cortar cualquier clase de relación con Burr.

Max se levantó y le tendió la mano.

—Ahora tengo que irme. Si me necesita para alguna otra cosa...

—Sí, sí. —Claiborne se levantó y le estrechó la mano, apretándosela con más calor de lo habitual—. Vallerand, hoy ha demostrado su lealtad.

Max enarcó una ceja.

—¿Es que alguien dudaba de ella?

—Me preguntaba qué había omitido cuando me descri-

bió su reunión con Burr —admitió Claiborne—. El coronel
es un hombre muy persuasivo. Podría haber compartido parte de su gloria poniéndose de su lado.

—No siento ningún deseo de alcanzar la gloria. Sólo quiero conservar lo que es mío —dijo Max, muy serio—. Buenos días, excelencia.

En una decisión totalmente inesperada por su parte, Max le dijo a Justin que supervisara la destrucción de la casa del antiguo encargado. La noticia dejó muy complacida a Lysette, que enseguida comprendió su significado. El pasado empezaba a perder el terrible poder que había ejercido sobre Max y sus hijos. Justin se sintió muy orgulloso de que se le hubiera encomendado aquella responsabilidad, y organizó una cuadrilla de trabajadores para que lo ayudaran a derribar la precaria estructura y quemar los escombros. Philippe prefirió aplicarse a sus estudios, sintiéndose feliz en su mundo de libros.

Lysette, por su parte, tuvo que hacer frente a retos de distinta naturaleza. Aunque ella e Irénée se profesaban un gran aprecio mutuo, seguían existiendo los inevitables puntos de desacuerdo entre una nuera y su suegra. Irénée se mantenía fiel a las antiguas tradiciones criollas en tanto que Lysette era una firme partidaria de los cambios que empezaban a aparecer en su pequeña sociedad. Irénée nunca se había mostrado tan horrorizada como la primera vez que Lysette invitó a algunas de las jóvenes matronas americanas de Nueva Orleans a que visitaran su plantación.

—Son unas mujeres encantadoras, y tienen muy buenos modales —le había dicho Lysette con dulzura.

—¡Son americanas! ¿Qué pensarán mis amistades cuando se enteren de esto?

—Ahora los americanos son tan parte de Nueva Orleans como los criollos. Compartimos muchas preocupaciones.

Irénée la miró escandalizada.

—Lo próximo que dirás es que te parece perfectamente aceptable que los criollos se casen con las americanas.

—Oh, eso jamás —dijo Lysette.

Irénée entornó los ojos y la miró con suspicacia.

—¿Maximilien está al corriente de esto?

Lysette sonrió, sabedora de que la anciana señora planeaba acudir a Max a sus espaldas.

—Lo aprueba de todo corazón, *maman*.

Irénée soltó un suspiro de disgusto y se juró en silencio que esa misma noche hablaría del asunto con su hijo.

Pero Max no prestó ninguna atención a las quejas de Irénée, y dijo que no veía qué daño podía causarles el que Lysette hiciera amistad con unas cuantas americanas.

Irénée también estaba muy preocupada por el modo en que Max accedía a todos los caprichos de Lysette, animándola a hablar francamente acerca de todo y haciéndole confidencias sobre cuestiones mundanas que los caballeros criollos nunca mencionaban a sus esposas. Lo que era todavía peor, Max parecía esperar que toda la familia prestara atención a las opiniones de Lysette.

No hacía mucho, nadie hubiese creído que ninguna mujer pudiera llegar a manejar con semejante destreza al temible cabeza de familia de la plantación Vallerand. El hecho de que una joven desprovista de experiencia y con un aspecto que no tenía nada de excepcional fuera capaz de semejante proeza era simplemente asombroso.

Atrapada entre el placer que sentía ante la obvia felicidad de su hijo y la inquietud que le inspiraban las maneras nada convencionales de Lysette, Irénée estuvo discutiendo el problema consigo misma durante un tiempo hasta que decidió hablar con Max en privado.

—Si Lysette fuera una niña —le repuso—, consideraría que la están malcriando. La alientas a creer que ella puede decir, hacer o tener lo que le dé la gana.

—Pero es que puede —dijo él sin perder la calma.

—Lysette se cree autorizada a llevarle la contraria a cualquier persona con la que no esté de acuerdo, sin importar la edad o la autoridad de esa persona. A una joven matrona criolla nunca se le ocurriría decirle a un hombre qué debe hacer. ¡Y esta misma mañana Lysette estaba intentando imponerle sus opiniones al pobre Bernard, diciéndole que debería trabajar más y beber menos!

Eso hizo que Max se echara a reír.

—En ese caso me temo que Lysette sólo estaba repitiendo mi opinión. Y ya sabes que estoy de acuerdo con ella.

—¡No es ahí adonde quiero ir a parar!

—¿Y adónde quieres ir a parar, *maman*?

—A falta de una expresión mejor, diré que tienes que atar más corto a Lysette, Max. Tanto por su bien como por el de todos los demás. El que se le permita disfrutar de tanta libertad no es bueno para ella.

Max le lanzó una mirada llena de perplejidad, como si Irénée no entendiera algo que hubiese debido ser obvio.

—¿Atarla más corto? Haré cuanto esté en mi mano para que Lysette llegue a sentirse lo más segura de sí misma que pueda. Debería tenerme pánico, y sin embargo de algún modo tiene el valor de encararse conmigo como una igual. No merezco semejante regalo del cielo, y bien sabe Dios que cometería una estupidez si intentara prescindir de él. Antes me cortaré el cuello que pedirle a Lysette que se incline ante las reglas de nuestra insignificante sociedad.

—¡Pareces olvidar, Maximilien, que tanto tu familia como todas tus amistades forman parte de esa sociedad a la que llamas insignificante!

—Una sociedad que hace diez años me expulsó de su seno. —Hizo una pausa al ver la expresión de Irénée—. Ya no culpo a nadie de ello. Pero no puedes negar que la sombra que proyecto cae sobre todas las personas que me importan, Lysette incluida. Especialmente sobre ella.

—¡No digas disparates! —exclamó Irénée—. Tienes muchos amigos.

—Relaciones comerciales, querrás decir. Jacques Clement es el único hombre en todo Nueva Orleans que se llama a sí mismo amigo mío por razones distintas de la cantidad de dinero que puedo hacerle ganar. Tú misma has visto cómo todos cambian de lado en la calle para así no tener que reconocer que estoy ahí.

—La gente viene aquí de visita...

—Es a ti a quien vienen a visitar, no a mí.

—Se te invita a acontecimientos sociales...

—Sí, y esas invitaciones son enviadas por parientes en apuros económicos que le han echado el ojo a nuestro dinero, o por aquellos que creen debérselo a la memoria de mi padre. Cuando asisto a esos acontecimientos sociales, me veo rodeado por sonrisas congeladas y conversaciones ensayadas. Tú sabes que si no fuera un Vallerand, ya hace mucho que me habría visto obligado a dejar Nueva Orleans. Aquí las murmuraciones perduran como un veneno de acción lenta. Y ahora Lysette tendrá que padecer por un pasado con el que ella no ha tenido nada que ver.

Max guardó silencio por un instante, sabiendo que su madre no podía entender del todo el miedo que le atravesaba el corazón cada vez que pensaba en aquello. El odio y las sospechas de los demás que antes habían ido dirigidos únicamente hacia él, podían volverse contra su esposa. Le horrorizaba la posibilidad de que en el futuro Lysette tuviera que hacer frente a muchos desaires sólo porque había tomado su apellido.

—Para Lysette no es fácil ser mi esposa, aunque nunca ha llegado a pronunciar una palabra de queja.

—Max, me parece que exageras la dificultad...

—¿Exagerarla? No, en todo caso lo que estoy haciendo es subestimarla.

—Tienes que poner freno cuanto antes a la indisciplina de Lysette, o no tardará en volverse ingobernable —lo previno Irénée—. No querrás que llegue a ser como Corinne, ¿verdad?

Entonces fue cuando Max perdió los estribos y respondió con una ira tan vehemente que Irénée no le dirigió la palabra durante días. Finalmente Irénée comprendió que ya no podría seguir influyendo sobre Max tal como lo había hecho en el pasado. Él nunca tomaría partido por nadie contra Lysette. Y el resto de la familia se vio obligado a aceptar el hecho de que si alguien se atrevía a criticar a Lysette, sin duda se enfrentaría a la ira de Max.

Frustrada por la manera en que Max se había comportado durante una de las veladas dominicales de los Vallerand, Lysette decidió reñirlo en privado. Max había estado bastante grosero con un invitado que acompañaba a uno de sus primos, el cual no se molestaba en tratar de ocultar la hostilidad que sentía hacia el gobernador Claiborne y los americanos. Aunque Lysette sabía que semejantes observaciones harían que Max se subiera por las paredes, le había lanzado una mirada implorante con la esperanza de que contuviera la lengua.

Haciendo caso omiso de su súplica silenciosa, Max había respondido con tal aspereza que la reunión social se volvió muy desagradable para todos. Normalmente, en las veladas criollas había música, conversación y un poco de baile, todo ello seguido por refrescos servidos a las once de la noche, y los asistentes se marchaban alrededor de la medianoche. Esta velada terminó a las once, cuando ni siquiera se habían servido los refrescos.

Llena de resolución, Lysette fue a la biblioteca, donde su marido se había reunido con Bernard para tomar una copa después de que los invitados se hubieran marchado. Max se volvió hacia ella sin darle tiempo de decir nada y la miró sin revelar la menor sorpresa.

—Estoy de muy mal humor —le advirtió.

—Yo también —se limitó a replicar ella.

Bernard comprendió que se aproximaba una tormenta, y dejó su copa.

—Estoy agotado —dijo, sin saber qué cara poner—. Buenas noches.

Ninguno de los dos reparó en su partida.

—No había necesidad de mostrarse tan desagradable con monsieur Gregoire sólo porque hizo unas cuantas observaciones acerca del gobernador —dijo Lysette con disgusto—. ¡Yo te he oído decir cosas mucho peores acerca de Claiborne!

—Cuando yo critico a Claiborne, al menos sé de qué estoy hablando. Gregoire es un idiota.

—Tu opinión no es la única correcta, Max. Y un hombre

no es un idiota sólo porque dé la casualidad de que no está de acuerdo contigo.

—En este caso sí —dijo Max con obstinación.

Aunque estaba muy disgustada, Lysette no pudo evitar encontrar graciosa aquella réplica, y se apresuró a apretar los labios para ocultar su diversión. Decidió probar suerte con otro argumento.

—Ser un buen anfitrión consiste, en parte, en pasar por alto la necedad de un invitado para que los demás puedan disfrutar de la velada.

—¿Quién ha dictado esa regla? —preguntó él, arqueando una ceja.

—Yo.

Max le dirigió la mirada más adusta de que era capaz.

—Soy el cabeza de familia, y puedo hacer o decir lo que me dé la gana.

Sin dejarse impresionar por aquella exhibición de autoridad, Lysette puso los brazos en jarras.

—Eso no ha estado nada mal —dijo secamente—. Pero tendrás que encontrar alguna otra manera de salir vencedor de la discusión.

Max se levantó de su asiento; parecía todavía más alto e imponente de lo habitual con su traje de etiqueta, sus musculosas piernas realzadas por los ceñidos pantalones color gris perla y sus anchos hombros claramente definidos por su chaqueta negra.

—¿Estás desafiando mi autoridad?

Lysette fue consciente de un súbito cambio en la atmósfera, el reto entre ellos se tornaba sexual de alguna manera indefinible. El corazón empezó a latirle con fuerza, y sintió que un torrente de deseo recorría su cuerpo cuando ella y Max se sostuvieron la mirada.

—¿Y qué pasa si lo estoy haciendo? —preguntó, en un tono todavía más suave que el de él. Reconociendo el destello de alegría depredadora que apareció en los ojos de Max, tomó una ruta estratégica hacia la mesa redonda de caoba que ocupaba el centro de la biblioteca, manteniéndola entre ellos.

Max la siguió sin darse ninguna prisa.

—Entonces, como esposo criollo y cabeza de esta familia, tendré que dejarte claro quién dicta las reglas... y quién las acata.

Lysette sonrió provocadoramente mientras ambos describían círculos alrededor de la mesa.

—*Mon mari*... la verdad es que eres realmente adorable, a tu manera dominadora y arrogante.

—Adorable —repitió él con voz pensativa, sin abandonar su lenta persecución—. No creo que nadie me haya llamado así antes.

—Eso es porque nadie más sabe cómo hay que manejarte.

Él contuvo la risa y dijo:

—Pero tú sí sabes cómo hay que hacerlo, ¿verdad?

—Por supuesto.

La llama del deseo que ardía en la mirada de Max y la creciente excitación que tomaba posesión de su cuerpo no podían estar más claras.

—*Ma femme*, necesitas aprender una lección —murmuró él en un tono tan deliciosamente amenazador que Lysette sintió que se le endurecían los pezones en respuesta a aquellas palabras. La mirada de Max bajó hacia los paneles de seda de su corpiño, y reparó en los inconfundibles picos que acababan de alzarse bajo el brillo de la tela—. Reza para que no te pille antes de que hayas llegado a esa puerta.

Lysette apoyó las palmas de las manos en el tablero reluciente de la mesa que los separaba, se inclinó hacia Max y lo miró fijamente.

—La lección a la que te estás refiriendo ¿será quizá la de que incluso cuando te muestras arrogante, grosero e insoportable, yo tengo que resignarme a ello porque eres el esposo y eso te hace omnipotente?

Un destello de malicia relució en los ojos de él.

—Sí, ésa es.

—No lo creo, *mon mari*. Dado que soy más rápida que tú, saldré por esa puerta y subiré a mi habitación sin que consigas capturarme. Cuando por fin llegues a mi puerta, la encontrarás cerrada con llave. Y entonces podrás pasar el resto de la noche haciéndote compañía a ti mismo. Eso te dará un poco de tiempo para meditar acerca de lo mal que te has portado durante la cena.

—Inténtalo —la invitó él con una sonrisa.

Lysette echó a andar hacia la puerta a grandes zancadas. Sin embargo, no había contado con que las faldas de su vestido le estorbarían, ni con que Max tenía las piernas mucho más largas que ella. Pese a la ventaja inicial de Lysette, él llegó a la puerta de la biblioteca en el mismo instante mismo en que lo hacía ella, y la cerró para impedirle que huyese. Conteniendo la risa, Lysette dejó que Max le diera la vuelta y la abrazase.

—No ha sido justo —dijo, sintiendo que le faltaba la respiración—. Yo llevo faldas.

—Pronto dejarás de llevarlas —jadeó Max, para luego besarla en la boca. Lysette le puso las manos en la nuca y lo apremió a que la besara con más pasión, sintiendo cómo sus labios se abrían anhelantes bajo los de él. El peso de Max la apretaba contra la puerta, y gimió al sentir la excitante huella de su cuerpo en el suyo, la dureza del pecho y el estómago, el rígido promontorio masculino que podía notarse incluso a través de las capas de tela de su vestido. Besándola ávidamente, Max buscó la puerta con la mano e hizo girar la llave en la cerradura. Luego sus manos se cerraron sobre las nalgas de Lysette para levantarla un poco más arriba y dejarla todavía más apretada contra sus caderas. Lysette quería devorarlo, morderlo, lamerlo, besarlo, meterlo completamente dentro de ella. Él le pertenecía, y eso incluía cada excitante centímetro de su cuerpo.

La boca de Max se liberó de la suya, y la llevó hacia la mesa como un depredador que arrastra a su presa vencida. Lysette emergió de la abrasadora niebla del deseo el tiempo suficiente para poder jadear:

—Aquí no. Alguien nos interrumpirá.

Max la alzó en vilo y la sentó sobre la mesa, subiéndole las faldas a manotazos.

—La puerta está cerrada con llave.

—Aun así lo sabrán —protestó Lysette, intentando apartar aquellas manos que tan ocupadas estaban con ella.

Demasiado excitado para que eso pudiera importarle, Max encontró las cintas de sus ligas y acarició sus muslos desnudos. Sentir aquellos dedos encallecidos sobre su delicada piel hizo que Lysette se estremeciera de placer, y sus muslos se separaron pese a toda su firme decisión de negarle lo que tanto deseaba.

—Max, vayamos arriba —gimoteó, sintiendo cómo los dedos de él llegaban al mechón de vello color canela y separaban los rizos mojados.

—No puedo esperar —masculló él, acariciando el brote suavemente resbaladizo que enseguida se hinchó bajo su delicado contacto. La yema de su dedo empezó a moverse sobre la pequeña cima rosada, y Lysette se retorció con una súbita desesperación. Metiendo las manos en la chaqueta de Max, arañó frenéticamente su camisa de etiqueta en un súbito anhelo de tocar su cálida piel masculina.

La boca de Max capturó la suya en otro apasionado beso, al tiempo que usaba el pie para atraer hacia él una silla cercana. Max llevó a Lysette hacia el borde de la mesa, se sentó en la silla y enterró la boca en los delicados pliegues del sexo de Lysette, haciendo que su lengua buscara ávidamente su sabor íntimo. Ella se mordió el labio para reprimir un grito involuntario mientras su cuerpo se curvaba hacia arriba para sumirse en el calor devastador de la boca de Max. Incapaz de seguir conteniéndose por más tiempo, pasó los dedos por los espesos mechones negros de la cabellera de él y jadeó al sentir que deslizaba la lengua dentro de ella.

—¿Max? ¿Estás ahí dentro? ¿Por qué está cerrado con llave?

La voz ahogada de Alexandre llegó hasta ellos a través de la puerta, y el picaporte vibró con un chasquido metálico. Lysette se quedó inmóvil y dirigió una mirada de horror a la puerza. Cuando quedó claro que Max no tenía ninguna intención de responder, lo obligó a alzar la cabeza tirándole del pelo.

Aunque la respiración de Max se había vuelto tan rápida

como la de ella, la voz con que respondió a su hermano sonó bastante normal.

—Vete, Alex.

—Quiero tomar una copa.

Max deslizó dos dedos dentro del canal más íntimo del cuerpo de Lysette, que se ruborizó al instante.

—Ve a buscar tu licor a la cocina —le dijo secamente a su hermano.

—Pero mi coñac especial está ahí dentro —se quejó Alexandre—. Si me dejas entrar aunque sólo sea un momento, lo cogeré y me iré...

—Alex, mi esposa y yo estamos teniendo una disputa. De un momento a otro ella empezará a tirarme cosas. —Los largos dedos de Max se movieron en un lento girar, haciendo que Lysette jadease de placer—. No te conviene estar en la línea de fuego, créeme. —Bajó la cabeza y pasó la lengua por encima de la cumbre rosada del sexo de Lysette en una serie de lametones que se correspondían con los movimientos de sus dedos. Lysette se tapó la boca con la mano para acallar sus gemidos. El ritmo de Max se aceleró; su boca era exigente y llena de ternura, sus dedos penetraban profundamente en el sexo de ella.

Lysette apenas oyó las últimas palabras de Alex.

—Lysette, si estás discutiendo con mi hermano por las observaciones que le hizo a Gregoire durante la cena, estoy completamente de tu lado.

—Gra... gracias —balbuceó ella.

—*Bon soir* —dijo él tristemente, y se fue.

Max añadió un tercer dedo a los dos que ya había dentro de Lysette, y empezó a chupar su carne dolorida con rápidos y delicados tirones. Lysette sollozó cuando un clímax se abrió paso a través de ella, cegador, oscuro y abrasadoramente dulce, palpitando dentro de su cuerpo en una sucesión de incontenibles oleadas. Mientras ella se estremecía bajo los últimos hálitos del placer, Max la puso plana sobre la mesa, manteniéndole las piernas extendidas junto a sus caderas. Sus ojos parecían arder, y su rostro brillaba a causa de la transpiración. Entró en ella muy despacio, cortejando delicadamente su carne turgente y avanzando hasta que Lysette hubo engullido el último centímetro de su virilidad. Entonces la agarró por las caderas desnudas y la manipuló con un ritmo que la obligó a moverse hacia atrás y hacia delante sobre la mesa, lo que hizo que su vestido de seda se deslizara grácilmente sobre la reluciente madera. Lysette nunca hubiese creído que tal cosa fuera posible, pero el placer volvió a crecer dentro de ella, aumentando con cada nueva acometida del miembro endurecido de él. Se convulsionó en un segundo clímax, y Max la siguió con un gemido ahogado, mientras su robusto cuerpo se estremecía sobre ella.

Lysette recobró gradualmente la razón, para encontrarse atrapada entre la dura mesa y el peso de la cabeza de su esposo sobre su pecho. El pecho de Max subía y bajaba en una rápida serie de inspiraciones que ella sentía como un suave cosquilleo en el pezón. Completamente exhausta y con el cuerpo repleto de sensaciones deliciosas, alzó la mano para acariciarle el pelo.

—¿Quién se alzó con la victoria en la discusión? —preguntó lánguidamente.

Sintió sonreír a Max junto a su pecho.

—Oh, sí, la discusión. —Rozándole con los labios la piel enrojecida, él deslizó su lengua lentamente de una peca dorada a otra—. ¿Qué te parece si declaramos que la cosa terminó en empate?

Con un ronroneo de aprobación, Lysette le pasó los brazos alrededor del cuello.

A veces Max era un hombre con el que resultaba bastante difícil vivir, pero Lysette no dudaba ni por un instante de que ella era capaz de estar a su altura. Su esposo había llegado a serlo todo para ella: amigo, amante, protector, una fuente de excitación, un santuario en el que sentirse reconfortada. Había momentos en los que Lysette tenía la sensación de que los brazos de Max eran el único lugar del mundo donde estaría a salvo. Y había otros momentos en los que Max disipaba cualquier ilusión de seguridad. Podía ser diabólicamente paciente, dedicando horas a llevarla hasta un estado de locura sensual... o podía ser implacable y salvaje, haciendo que cada nervio ardiera y consumiéndola en la deflagración.

Para deleite de Lysette, Max no vacilaba en llevársela consigo a todas partes, incluso cuando estaba trabajando. Interesada por su negocio naviero, Lysette lo acompañaba frecuentemente al muelle de Nueva Orleans, donde había tantas barcazas y gabarras que uno podía recorrer un kilómetro entero pasando a través de sus cubiertas. Cuando alguno de los navíos de los Vallerand que se dedicaban al comercio oceánico llegaba a puerto, cargado con mercancías procedentes de Europa y de los trópicos, Lysette subía a bordo con su esposo mientras el cargamento era inspeccionado y descargado.

Max dejó a Lysette al cuidado de un oficial mientras él bajaba a las bodegas con el capitán para examinar las mercancías que hubieran sido dañadas por el agua durante la travesía. Mientras ella permanecía de pie junto a la borda de la fragata, contemplando cómo la tripulación de una gabarra cercana descargaba las cajas y los suministros de una compañía de teatro, muchos de los tripulantes de la fragata hacían corro alrededor de ella manteniéndose a una respetuosa distancia. Desaliñados y de dudosa catadura, los tripulantes vestían prendas muy holgadas de aspecto bastante extraño y llevaban camisas abrochadas mediante pequeñas clavijas de madera introducidas a través de los ojales. La parte de arriba de sus zapatos había sido recortada, dejando únicamente dos o tres agujeros para los cordones.

—No tenga miedo, señora —le dijo el primer oficial—. Sólo quieren mirarla.

—¿Para qué?

—Oh, pronto hará un mes que no ven a una mujer.

Lysette les dirigió una sonrisa vacilante que le arrancó un murmullo apreciativo a la tripulación. Mientras señalaba sus pies, Lysette preguntó en inglés qué les había pasado a sus zapatos, ya que la parte de arriba había sido recortada y los agujeros para los cordones se hallaban cosidos entre sí.

—Son nuestras zapatillas —le explicó uno de los marineros—. Cuando el contramaestre nos grita que subamos a las jarcias, no tenemos tiempo para atarnos los cordones de los zapatos.

Intrigada, Lysette hizo unas cuantas preguntas más, y entonces ellos empezaron a competir entre sí para ganar su atención, entonando salomas marineras bastante subidas de tono, mostrándole un puño de hierro y haciéndola reír al asegurar que ella era una sirena que se había subido a la fragata durante su viaje.

Cuando subió de las bodegas del barco, Max se detuvo al ver a su esposa sonriendo ante las gracias de los marineros. Una brisa ceñía la tela amarilla de su vestido a la esbelta forma de su cuerpo, mientras que sus cabellos relucían con el color de las llamas contra el intenso azul del cielo. Un súbito orgullo posesivo hizo presa en él.

—Vaya, vaya —dijo el capitán Tierney, deteniéndose junto a Max para admirar la imagen—. Me perdonará, señor Vallerand, pero no envidio a un hombre que tiene una esposa tan guapa. Si fuese mía, la mantendría encerrada bajo llave donde nadie pudiera verla.

—La idea resulta tentadora —dijo Max, y rió—. Pero prefiero tenerla conmigo.

—Puedo entender por qué —le dijo Tierney fervientemente.

Cuando Max descubrió lo mucho que le gustaba el teatro a Lysette, empezó a llevarla al St. Pierre, donde las personalidades más distinguidas de la comunidad se reunían los martes y los sábados para disfrutar de la música, el drama y la ópera. Durante los entreactos, la gente iba a dar una vuelta por el teatro para hacer un poco de vida social e intercambiar cotilleos.

De manera gradual muchas parejas adquirieron la costumbre de pasarse por el palco de los Vallerand y charlar con ellos durante un rato, pues ya era notorio que desde su matrimonio Maximilien había experimentado un marcado cambio en su carácter. Aunque todavía mostraba una cierta reserva, ahora se comportaba de una manera mucho más afable y relajada, y a muchos les recordaba al joven encantador que había sido en los años anteriores a su matrimonio con Corinne Quérand. Los viejos rumores fueron perdiendo una parte de su poder a medida que tanto los criollos como los americanos veían que la nueva esposa de Maximilien no les tenía ningún miedo. Quizá, se susurraba, Maximilien no era un demonio después de todo. Ningún hombre que estuviera tan pendiente de su esposa podía ser del todo malo.

—*Maman* —dijo Lysette suavemente, poniéndole la mano en el hombro a Irénée mientras ésta permanecía inclinada sobre su labor de costura en la sala de estar—, he de preguntarte una cosa.

—¿Sí?

—¿Tendrías algo que objetar a que les echase una mirada a las cosas que hay guardadas en el desván?

Irénée permaneció con la cabeza inclinada sobre la labor, pero sus dedos dejaron de moverse. Estaba claro que se sentía intranquila.

—¿Por qué quieres hacer eso?

Lysette se encogió mansamente de hombros.

—Por ninguna razón en particular. Justin mencionó que allí arriba hay algunas cosas que podrían interesarme: retratos y ropa, juguetes viejos. Uno de estos días, tal vez habrá necesidad de poner a punto el cuarto de los niños, y...

—¿El cuarto de los niños? —repitió Irénée, poniéndose alerta—. ¿Sospechas que podrías estar encinta, Lysette?

—No.

—Resulta incomprensible —murmuró Irénée. Al principio el voraz deseo que su hijo sentía por su nueva esposa le había parecido divertido, pero ahora estaba empezando a encontrarlo vagamente inexplicable. Con satisfacción, Noeline lo había atribuido a los amuletos del vudú que había escondido debajo de la almohada de Lysette durante las primeras semanas de su matrimonio.

Lysette sonrió distraídamente.

—Ahora que ya te he hablado de ello, me pondré un delantal y veré qué puedo encontrar ahí arriba.

—Espera —dijo Irénée, con un filo en la voz que Lysette nunca había oído—. Vas a subir ahí para rebuscar entre las cosas de ella, ¿verdad?

—Sí —admitió Lysette, sin que sus ojos azules pestañearan ni una sola vez.

—¿Qué es lo que esperas encontrar?

—No lo sé. Pero no veo qué daño puede hacerle a nadie que yo mire dentro de unas cuantas cajas y baúles viejos.

—¿Lo sabe Max?

—Todavía no. Se lo diré esta noche, cuando vuelva a casa.

Irénée se guardó para sí el consejo de que esperara y consultase a Max. Abrigaba la esperanza de que éste se pusiera furioso cuando Lysette le contase lo que había hecho. Entonces quizá la metiera en vereda de una vez y Lysette dejara de obrar siempre a su antojo. Max necesitaba darse cuenta de que le estaba permitiendo gozar de demasiada libertad.

—Muy bien —dijo suavemente—. Pídele las llaves de los baúles a Noeline.

Lysette y Justin habían subido al desván y despejado un espacio entre las pilas de trastos viejos. En la esquina había un juego de lámparas de bronce y una vieja bayoneta. Detrás de los baúles había un dosel de cama desmontado, una cuna y una bañera de madera.

Lysette estornudó repetidamente y luego agitó la mano para disipar la nube de polvo que había producido mientras luchaba con la enorme tapa de un baúl. Cuando por fin consiguió abrirla, sus bisagras llenas de óxido chirriaron. Hubo un ruido de protesta procedente de Justin, quien estaba intentando hacer girar una llave en la cerradura de otro baúl cercano.

—*Sang de Dieu*, no vuelvas a hacer eso —exclamó el muchacho—. Detesto ese sonido. ¡Es peor que el de unas uñas arañando una pizarra!

—No sabía que tuvieras los nervios tan frágiles, Justin. —Lysette rió mientras sacaba del baúl una colcha doblada, bordada con un suntuoso motivo rococó hecho de delicadas enredaderas, flores y volutas. Millares de diminutas puntadas y un minucioso trabajo de costura habían contribuido a su exquisita textura—. ¿Qué dijo Philippe cuando le contaste lo que estábamos haciendo? —preguntó.

—Se alegró de que yo estuviera contigo. Alguien tiene que protegerte si el fantasma de mamá sale de pronto de uno de esos baúles.

Lysette frunció el entrecejo.

—¡Justin, no digas esas cosas!

Él sonrió.

—¿Tienes miedo?

—¡Lo tendré como sigas hablando de fantasmas! —Le sonrió con pesar. Motas de polvo danzaban en el rayo de luz que entraba por la ventana del desván—. Justin, ¿te pondrá nervioso que yo mire estas cosas?

—No, siento tanta curiosidad como tú. Esperas poder encontrar alguna pista acerca de quién pudo matarla, *n'est-ce pas?* Pues lo harás mejor con mi ayuda. Yo podría reconocer algo que tú...

El muchacho dejó de hablar y se quedó mirando la colcha que sostenía Lysette.

—¡Me acuerdo de eso! —dijo, abriendo mucho los ojos.

Lysette bajó la mirada hacia la colcha y pasó la mano por los intrincados bordados.

—¿De veras?

—Estaba en la cama de *maman*. Debería haber una mancha en uno de los bordes. Una vez me subí de un salto a su cama y le hice derramar el café. —Una expresión distante había aparecido en su rostro—. Se enfadó muchísimo. *Dieu*, menudo temperamento tenía.

—¿Le tenías miedo?

Justin contempló la colcha con expresión meditativa.

—A veces era tan hermosa y delicada. Pero cuando tenía uno de sus arranques de mal genio... *oui*, entonces me daba miedo. Es extraño querer mucho a alguien y al mismo tiempo temer que pueda matarte.

—Justin, no tienes por qué estar aquí arriba conmigo. Si te trae malos recuerdos...

—Fue extraño, el modo en que ocurrió —continuó él distraídamente—. Un día *maman* estaba allí, y al siguiente se había ido. Sin dejar el menor rastro. Nuestro padre se aseguró de que hasta el último vestigio de ella desapareciese. *Grandmère* me dijo que se había ido a hacer una larga visita. Entonces nuestro padre estuvo fuera de casa durante varios días. Cuando regresó, no parecía el mismo. Se había vuelto frío y duro... como el retrato del diablo que había en uno de mis libros. Se le parecía tanto que yo pensé que realmente era el diablo. Pensé que se había llevado a *maman*.

Pensar en lo terribles que habrían tenido que ser aquellos días para Max y sus hijos llenó de pena a Lysette. Dejó a un lado la colcha y volvió a rebuscar dentro del baúl, sacando de él un puñado de gorritos y diminutas prendas de bebé.

—No es difícil adivinar a quiénes pertenecieron —dijo—. Todo viene en pares.

Justin extendió la mano y tomó uno de los trajes en miniatura entre sus largos dedos encallecidos.

—Se los puede distinguir. Todo lo que llevaba yo tiene una mancha o un desgarrón. Todo lo que llevaba Philippe está inmaculado.

Lysette se echó a reír. Luego siguió examinando el interior del baúl y encontró pilas de cuellos de encaje, guantes bordados y delicados abanicos pintados. Todos ellos tenían que haber pertenecido a Corinne. Cogió un par de guantes hechos con encajes de seda y luego se apresuró a soltarlos, sintiéndose culpable por estar rebuscando entre las posesiones de una muerta. Para aumentar todavía más su incomodidad, también sintió una punzada de celos. Ver todas aquellas pertenencias personales hacía que de pronto todo pareciese real, le demostraba que verdaderamente había habido otra mujer a la que Max quiso lo suficiente para casarse con ella. Él le había hecho el amor, y ella le había dado dos hijos.

Rebuscando dentro de más baúles, Lysette encontró complementos festoneados y adornados con hileras de cuentas, magníficos vestidos y delicadas prendas de ropa interior. Todo había sido hecho para una mujer alta y esbelta. La sensación de ser una intrusa que había empezado a experimentar Lysette fue haciéndose más intensa con cada nueva revelación. Descubrió una cajita de bronce que contenía dos capas resecas de pintura facial roja, y un peine adornado con perlas y una pluma de airón. Dos o tres largos cabellos oscuros habían quedado atrapados entre las púas del peine. Eran cabellos de Corinne, pensó Lysette, y una sensación helada le bajó por la espalda.

—Justin —preguntó de mala gana—, aquí arriba ¿hay algún retrato de tu madre?

Necesitaba saber cuál era el aspecto de Corinne. Su curiosidad era casi insoportable.

—Supongo —dijo Justin, y se subió por el lateral de un armario para alcanzar una pila de marcos cubiertos por una lona atada con cuerdas. Sacó su cuchillo, cortó las cuerdas y tiró de la tela recubierta de polvo. Lysette se levantó del suelo, un poco dolorida por haber estado de rodillas durante tanto tiempo. Se acercó a Justin y, mirando por encima de su hombro, contempló un retrato tras otro. Uno de ellos representaba a una mujer muy atractiva.

—¿Es ella? —preguntó esperanzada.

—No, ésa es *grand-mère*. ¿Es que no lo ves?

—Oh, sí —dijo Lysette, reconociendo los oscuros ojos de Irénée en aquel rostro tan joven y lleno de solemnidad.

—Aquí está *maman* —dijo Justin, apartando el retrato para mostrar el siguiente.

El asombro que produjo en Lysette la belleza de aquella mujer fue tal que por un instante se sintió incapaz de moverse. Sus ojos eran de un violeta azulado —iguales a los de Justin— y sus pestañas espesas, sus cabellos rizados y negros como el azabache, y sus labios muy rojos. Pese a toda su deslumbrante hermosura, sin embargo, Corinne poseía una cualidad delicada y vulnerable. No era de extrañar que Max hubiese sucumbido a ella.

—¿Realmente era así? —preguntó Lysette, y Justin sonrió ante la nota quejumbrosa que había en su voz.

—Sí, *belle-mère*. Pero tú eres igual de guapa.

Lysette sonrió con pesar y se sentó en un baúl. Una nube de polvo se elevó del suelo y giró alrededor de ella. Oyó que Justin soltaba una risita burlona.

—¿Qué pasa? —le preguntó.

—Tienes todo el pelo gris. Y la cara.

Lysette le devolvió la sonrisa, para luego observar que sus negros cabellos estaban cubiertos de polvo y telarañas, y que había surcos de suciedad en su rostro.

—Tú también.

Él sonrió torcidamente.

—¿Has visto suficiente por hoy, *belle-mère*?

—Sí —respondió ella—. *Allons*, Justin. Bueno, ya nos podemos ir.

Comenzó a bajar del desván a través de una abertura cuadrada enmarcada por vigas, hasta una escalera de mano apoyada en la pared de abajo. Justin le advirtió que procurase no perder el equilibrio, ya que había una larga distancia hasta el suelo de madera de ciprés del piso de abajo.

—Con cuidado —dijo, al verla descender los primeros peldaños—. Antes había una barandilla, pero se rompió.

—¿Por qué no la arregla alguien?

—Porque nadie sube nunca aquí arriba.

Lysette no dijo nada mientras se concentraba en mirar dónde ponía los pies para no caer. De pronto el silencio fue roto por un grito ensordecedor.

—¿Qué estás haciendo ahí arriba?

Lysette dio un respingo ante aquel ruido inesperado. Aterrorizada, sintió que perdía el equilibrio y caía hacia atrás. Con un brusco grito, extendió desesperadamente las manos en busca de algún asidero, pero sus dedos sólo encontraron el vacío. Entonces Justin se inclinó rápidamente por la abertura del desván y la cogió a tiempo de la muñeca. Lysette dejó escapar una exclamación ahogada al advertir que estaba suspendida en el vacío.

Miró hacia abajo y vio a un hombre de pelo oscuro.

—¡Max!

Pero no era Max, sino Bernard, quien repitió su furioso grito.

Lysette buscó desesperadamente el brazo de Justin con la mano que tenía libre.

—Tranquila —dijo el muchacho—. No vas a caer. ¿Puedes llegar a la escalera con los pies?

Lysette lo intentó con todas sus fuerzas, pero no pudo tocarla.

—Tío Bernard... socorro... —jadeó Justin, pero entonces una desgarradora punzada de dolor en el costado le impidió seguir hablando.

Bernard se mostró extrañamente lento en reaccionar.

Lysette sintió que la presa que le sujetaba la muñeca empezaba a resbalar.

—¡Justin!

—Os ayudaré —murmuró Bernard, colocándose debajo de Lysette.

Sin embargo, Justin ya había utilizado hasta el último gramo de fuerza que le quedaba para izar a Lysette a través de la abertura del desván. Siguió tirando hasta que la tuvo medio encima del regazo. Lysette se quedó tendida allí, inmóvil, mientras Justin apartaba los dedos de su brazo tembloroso y se pasaba la manga por la cara. Luego parpadeó rápidamente y sacudió la cabeza, como si no pudiera enfocar muy bien la mirada.

Bernard apareció en lo alto de la escalera, con una expresión de furia en el rostro.

—Podrías haber esperado a que te ayudara.

Justin se humedeció los labios y dijo con esfuerzo:

—Tú querías que ella cayera, Bernard.

—¡Sólo un demente podría acusarme de eso! ¡Me disponía a ayudar!

—Pues te tomaste tu tiempo para hacerlo —dijo Justin ásperamente.

—Explicadme qué estabais haciendo aquí arriba —exigió Bernard.

Fingiendo que no lo había oído, Justin se inclinó sobre Lysette y la hizo incorporarse. Aturdida, ella se llevó las manos al vientre y respiró profundamente.

—Justin —dijo, dándose cuenta de lo que acababa de hacer él—, ¿te has hecho daño? Tu herida... ¿está sangrando?

Él sacudió la cabeza con impaciencia.

—Estabas hurgando entre las pertenencias de Corinne, ¿verdad? —gritó Bernard—. No tienes ningún derecho a hacer tal cosa. ¡Te lo prohíbo!

Justin comenzó a replicarle con una apasionada vehemencia, pero Lysette lo hizo callar tocándole el hombro. Miró fríamente a Bernard.

—¿Me lo prohíbes? —dijo—. No había caído en la cuenta, Bernard, de que estuvieras en situación de prohibirme nada.

—¡Yo tampoco! —exclamó Justin, incapaz de estarse callado.

—No es decente —dijo Bernard salvajemente—. Hurgar entre sus posesiones sólo para satisfacer tus mezquinos celos, husmear y mirar... ¡Por Dios, espero que ella te maldiga desde la tumba!

Sus palabras rasgaron el silencio con la fuerza de un latigazo. Lysette nunca lo había visto tan fuera de sí. Le pareció curioso que la ira de Bernard hubiera aflorado en beneficio de su cuñada muerta.

—¿Por qué estás tan alterado, Bernard? —preguntó, en un tono muy suave.

Él hizo como si no hubiera oído la pregunta.

—Tan pronto como Max llegue a casa, le contaré lo que estabas haciendo. Cuando haya terminado de explicárselo, te dará una buena paliza... tal como debería haber hecho hace mucho.

—Ya veremos —dijo Lysette—. Ahora haz el favor de permitir que yo y Justin bajemos de aquí sin nuevos percances.

Bernard enrojeció de furia y bajó la escalera. Desgraciadamente, Justin todavía estaba furioso y se inclinó por encima del borde de la escalera para hablarle a gritos mientras su tío se iba.

—¿Quién te ha nombrado guardián de sus pertenencias, Bernard? Corinne era mi madre. ¿Qué era para ti?

Bernard se volvió en redondo como si lo hubieran golpeado, y alzó la vista hacia Justin con un destello de odio en la mirada. Justin miró a su tío con expresión de perplejidad.

De haberlo querido, Lysette habría sido la primera en acudir a Max para contarle su versión de la historia antes de que Bernard o Irénée hablaran con él. Optó por no hacerlo. Abrió la puerta del dormitorio y miró hacia abajo mientras Max entraba en el vestíbulo. Bernard e Irénée lo asediaron de inmediato, uno furioso y la otra meramente preocupada, mientras Max se los quedaba mirando en un perplejo silencio. Lysette no pudo oír lo que le decían, pero el tono de sus quejas era muy claro.

—*Bon soir*—murmuró con una sonrisa que no conseguía disimular su cansancio, sabiendo que Max indudablemente estaría furioso con ella. Pero estaba demasiado cansada para discutir, o para ganárselo de alguna manera, o para recurrir a cualquiera de las tácticas con que lo distraía habitualmente—. Dímelo ya, *mon mari*... ¿cómo de grande es el lío en que me he metido?

13

Max la miró de arriba abajo, y su expresión se dulcificó mientras cruzaba la habitación. Lysette dejó escapar un suspiro de alivio cuando él la tomó entre sus brazos. La opresión que había estado sintiendo en el pecho disminuyó. El familiar olor que emanaba de Max era agradable y reconfortante, y la fortaleza de su cuerpo hizo brotar un estremecimiento de consuelo de la misma médula de los huesos de Lysette.

Los labios de Max rozaron suavemente los suyos; se sentó en la silla y se la sentó encima del regazo.

—Madame, ¿os importaría contarme qué ha ocurrido hoy? —Lysette se acurrucó contra su pecho.

—No esperaba que una pequeña visita al desván fuera a causar semejante conmoción. Además, tú ya me habías dicho que podía hacer lo que quisiera en esta casa.

—Por supuesto que puedes.

—Justin estaba conmigo.

—Sí, eso me han dicho.

—Lo único que hicimos fue abrir unas cuantas cajas y baúles.

La cálida mano de él se movió lánguidamente sobre la espalda de Lysette en un distraído vaivén.

—¿Encontraste lo que estabas buscando?

—No buscaba nada. Sólo miraba. Y Bernard se comportó de un modo muy raro, Max. —Levantó la cabeza del hombro de él y lo miró seriamente—. Por el modo en que se comportó, cualquiera habría pensado que Corinne había sido su esposa. Estaba furioso.

—Comprendo. Bueno, a veces Bernard se toma las cosas demasiado a pecho.

—¡Fue algo más que eso!

—Permíteme que te explique algo sobre mi hermano, *petite* —dijo Max con dulzura—. Tú siempre le has visto guardarse sus emociones para sí mismo. Pero de vez en cuando esas emociones salen a la superficie, y cuando eso ocurre van acompañadas por una súbita explosión. Hoy Bernard tuvo uno de sus raros arranques de temperamento. Mañana volverá a ser el Bernard callado y tristón al que estás acostumbrada. *C'est ça.* Mi hermano siempre ha sido así.

—Pero cuando habló de Corinne...

—La muerte de Corinne, y las circunstancias que la rodearon, nos afectó mucho a todos. Estoy seguro de que Bernard también se ha preguntado qué le ocurrió a Corinne, y si él podría haber hecho algo para evitarlo. Tal vez sea ésa la razón por la que ahora se muestra tan deseoso de proteger sus posesiones.

Lysette ponderó la explicación que acababa de darle Max. Visto bajo esa luz, el episodio resultaba mucho más comprensible de lo que le había parecido aquella tarde. Pero había una pregunta que pugnaba por salir, y tenía que hacérsela, incluso si con ello corría el riesgo de enfadarlo.

—Max, ¿estás seguro de que Bernard no sentía por Corinne algo más que un afecto fraternal? Cada vez que se menciona el nombre de Corinne, tu hermano reacciona de un modo que me parece bastante extraño. Esta tarde no ha sido la primera vez que Bernard y yo hemos hablado acerca de Corinne. Después de mi visita a la casa del antiguo encargado (¿te acuerdas de ese día?), Bernard me dijo que no volviera a indagar en el pasado, o éste regresaría para provocar mi ruina.

Max guardó silencio, pero Lysette percibió que estaba tenso.

—¿Por qué no me hablaste de ello antes?

—No te conocía lo suficiente —respondió Lysette—.

Temía que te enfadaras si lo hacía. —Escrutó el rostro de Max, intentando leerle los pensamientos—. No has respondido a mi pregunta acerca de lo que tu hermano sentía por Corinne.

—Que yo sepa, Bernard sólo ha querido a una mujer en su vida. Se enamoró locamente de Ryla Curran, la hija de un americano que trajo a su familia a Nueva Orleans después de pasar muchos años recorriendo el río a bordo de una gabarra. El matrimonio estaba descartado, porque Ryla pertenecía a una familia protestante, pero terminaron teniendo una aventura, y ella quedó embarazada. Ryla desapareció sin avisar a sus amistades o a su familia adónde iba. Bernard ha pasado años buscándola, pero nunca ha conseguido dar con ella.

—¿Cuándo ocurrió todo eso?

—Al mismo tiempo que fue asesinada Corinne. No, entre Bernard y Corinne jamás llegó a haber nada. Él estaba loco por Ryla Curran. Perderla lo afectó tan profundamente que no ha querido casarse con ninguna otra mujer.

—No lo sabía. —De pronto Lysette se encontró sintiendo pena por Bernard—. *Bien-aimé* —dijo en tono dubitativo, alzando la mano para acariciar la mejilla de Max—, ¿estás muy enfadado por lo que he hecho esta tarde?

—En realidad, estaba esperando que lo hicieras.

—Vi el retrato de Corinne —dijo ella serenamente—. Era muy hermosa.

—Sí —admitió Max, apartándole un mechón de la frente—. Pero no tenía el cabello del color de una puesta de sol. —Su pulgar se deslizó sobre los labios de Lysette—. Ni una boca que me apetecía besar cada vez que la veía. —Sus labios fueron hacia la oreja de Lysette— . Y ciertamente no tenía una sonrisa que hiciera que mi corazón dejara de latir.

Lysette entornó los ojos y se acercó un poco más a su esposo. Cuando le pasó los brazos alrededor del cuello, su muñeca chocó con el respaldo de la silla. El inesperado dolor hizo que torciera el gesto.

Max la miró fijamente.

—¿Qué pasa? ¿Te has hecho daño?

—Oh, no es nada —respondió, gimiendo para sus adentros al comprender que la visión de su muñeca amoratada traería consigo más preguntas acerca de ese día, cuando ella estaba dispuesta a olvidarse de todo el asunto.

Sin prestar atención a sus protestas, Max apartó los brazos de Lysette de su cuello y la miró fijamente.

—Dime qué ocurre.

—Sólo es un pequeño...

Max tragó aire de golpe en cuanto vio su muñeca hinchada y descolorida. La negrura de las marcas de dedos resaltaba sobre la pálida piel. La expresión que apareció súbitamente en los ojos de Max hizo que Lysette se pusiera muy nerviosa.

—¿Qué ha pasado?

—Sólo ha sido un pequeño accidente. Yo estaba bajando del desván (los escalones son tan estrechos, y no hay barandilla) y perdí el equilibrio. Justin fue lo bastante rápido para agarrarme por la muñeca y subirme hacia la abertura. Dentro de uno o dos días mi muñeca estará perfectamente...

—¿Esto ocurrió antes o después de que apareciese Bernard?

—Ejem... justo entonces. Bernard gritó y me sobresaltó, y entonces fue cuando me caí.

Lysette no le dijo lo lento que se había mostrado su hermano a la hora de ofrecer ayuda. Su percepción de las cosas podía haber estado un poco alterada, Bernard probablemente se encontrara demasiado aturdido para moverse con rapidez. Algunas personas, como Justin, sabían reaccionar con presteza ante esa clase de situaciones, mientras que otras se quedaban paralizadas.

—¿Por qué no me lo mencionó Bernard?

—No lo sé.

Max la levantó de su regazo y le puso los pies en el suelo.

—Voy a pedirle una explicación.

—No es necesario. —Lysette trató en vano de calmarlo, no queriendo causar más problemas entre los hermanos—. Ahora ya se ha terminado, y...

—Calla. —Max le cogió el brazo y lo levantó con mucho cuidado para inspeccionarle la muñeca. Luego masculló una maldición que hizo ruborizarse a Lysette—. Quiero que vayas a ver a Noeline. Ella tiene un ungüento ideal para los golpes.

—Pero ese ungüento es asqueroso —protestó Lysette—. Estuve presente en una ocasión en que se lo estaba poniendo a Justin. Olía de una manera que me revolvió el estómago.

—Ve a verla ahora mismo —insistió Max—. O me aseguraré de que lo hagas después. —Hizo una pausa significativa—. Y te aseguro que si he de intervenir, preferirás haberlo hecho ahora.

Unos minutos después Lysette estaba sentada con expresión abatida en la cocina junto a Noeline, centrando la atención en los recipientes cuyo contenido burbujeaba alegremente en los fogones mientras el ama de llaves se ocupaba de su muñeca. Una doncella estaba de pie junto a la gran mesa de madera, limpiando la lámpara de hierro que colgaba del techo. Noeline esparció diestramente la pasta de color verde mostaza sobre el brazo de Lysette. Su repugnante olor hizo que Lysette se apresurara a echar la cabeza hacia atrás.

—¿Cuánto tiempo tendré que ir untada con esto? —preguntó con disgusto.

—Hasta mañana. —Noeline esbozó una sonrisa—. Me parece que esta noche no vas a hacer bebés con monsieur.

Lysette puso los ojos en blanco.

—¡*Bon Dieu*, tendré suerte si Max vuelve a acercárseme alguna vez!

Justin apareció en la puerta de la cocina y fue hacia ellas con las manos en los bolsillos.

—¿Qué es ese olor? —preguntó, y luego se llevó las manos a la garganta, fingiendo que le había dado un súbito acceso de náuseas.

Lysette decidió que se lavaría la muñeca tan pronto como hubiera conseguido escapar de Noeline.

Justin le dirigió una sonrisa consoladora.

—Huele fatal, *sans doute*, pero da resultado, *belle-mère*.

—Él ha tenido ocasión de saberlo —dijo Noeline, mientras le envolvía el brazo a Lysette con un paño.

—Sé lo que echas en tu ungüento, Noeline —dijo Justin.

Se puso en cuclillas junto a Lysette y le murmuró confiden-cialmente—: Lenguas de serpiente, sangre de murciélago, pelos de sapo...

Lysette frunció el ceño ante la tomadura de pelo.

—¿Por qué no vas a buscar a Philippe? Puede echarte una mano con algunas de esas clases de latín que te has perdido.

Justin sonrió.

—No es necesario que recurras al latín. Me iré. Pero...

Miró el vendaje de Lysette y guardó silencio, como si quisiera decir algo pero no encontrase las palabras apropiadas. Se pasó la mano por el cabello hasta que se lo hubo dejado de punta, miró el suelo, luego el techo, y finalmente sus ojos se encontraron con los de Lysette.

—¿Qué pasa? —murmuró ella, sorprendida por su repentina timidez.

Noeline fue a comprobar uno de los recipientes que tenía al fuego.

—No pretendía lastimarte, *belle-mère* —susurró Justin, señalándole la muñeca—. Lo lamento.

—Me ayudaste, Justin —dijo Lysette suavemente—. Te estoy muy agradecida por lo que hiciste. De otro modo me habría hecho mucho daño.

Con expresión de alivio, Justin se levantó y se sacudió el polvo de los pantalones aunque no había ninguna necesidad de hacerlo.

—¿Le has contado a mi padre lo que ocurrió?

—¿Que me salvaste de caer? Sí, le...

—No, me refiero al tío Bernard, y lo raro que estuvo esta tarde.

—Sí. —Lysette sonrió burlonamente—. Tu padre no pareció encontrarlo tan raro. Dijo que tu tío siempre ha sido un poco peculiar.

—*Bien sûr*, eso es bastante cierto. —Justin se encogió de hombros—. Bueno, me voy.

Lysette lo siguió con la mirada mientras se iba, pensando que el muchacho había cambiado desde el duelo y aquella conversación con Max. Ahora se mostraba más afable y menos hosco que antes, como si su oscura naturaleza se hubiera visto atemperada por una nueva comprensión. Noeline volvió a tomar asiento junto a ella y sacudió la cabeza con una sonrisa en los labios.

—Ese chico ha nacido para meterse en líos.

—¿Y en qué consiste exactamente su queja? —preguntó Bernard, que parecía sentirse muy herido—. ¿No me moví lo bastante deprisa, quizá? Me llevé un buen susto, Max. Para cuando pude volver a moverme, Justin ya la había puesto a salvo.

—Parece ser que te comportaste de una manera bastante beligerante —dijo Max, ceñudo—. ¿A qué se debió?

Bernard agachó la cabeza avergonzado.

—No tenía intención de perder los estribos, pero sólo podía pensar en lo mucho que te afectaría saber que ellos habían estado hurgando entre las reliquias del pasado. Eres mi hermano, Max. No quiero que nada vuelva a traerte a la memoria aquella época terrible. Intenté explicarles que era mejor olvidar el pasado, y supongo que me expresé con excesiva vehemencia.

—Corinne era la madre de Justin —dijo Max—. Tiene derecho a mirar sus pertenencias siempre que quiera.

—Sí, por supuesto —reconoció Bernard, contrito—. Pero Lysette...

—Lysette es cosa mía. La próxima vez que no estés de acuerdo con algo que ella haya hecho, ven a hablar conmigo. No olvides que Lysette es la señora de esta casa, y que para mí es mucho más una esposa de lo que nunca lo fue Corinne. Y... —Max hizo una pausa para dar más énfasis a lo que se disponía a decir, al tiempo que miraba fijamente a su hermano—. Si vuelves a levantarle la voz, tendrás que buscarte otro sitio donde vivir.

Bernard enrojeció a causa del esfuerzo que tuvo que hacer para reprimir sus emociones, pero consiguió asentir.

Temprano por la mañana, Max bajó por la larga curva de la escalera, tras haber sido expulsado del dormitorio por la categórica negativa de Lysette a ir a dar un paseo a caballo con él. La noche anterior habían hecho apasionadamente el amor, y Lysette decidió que dominar al brioso corcel árabe que Max le había comprado recientemente supondría un esfuerzo excesivo para ella.

Mientras se dirigía a la puerta principal, Max oyó un gemido procedente de uno de los salones. Fue a investigar y encontró a Alexandre tendido en él, con un pie, todavía calzado con la bota, apoyado en el dorado brazo de estilo rococó y el otro reposando en el suelo. Estaba despeinado y sin afeitar, y sus ropas se hallaban en el más absoluto desorden. Un intenso olor a alcohol flotaba en el aire.

—Esto sí que es algo digno de verse —observó Max en tono sardónico—. Un Vallerand después de una noche de desenfreno. —Apartó los cortinajes de las ventanas, dejando entrar la luz del sol.

Alex gimió como si acabaran de apuñalarlo.

—Oh, eres un bastardo.

—¿La cuarta noche en lo que llevamos de semana? —preguntó Max como si tal cosa—. Incluso para ti, eso es un exceso.

Alex buscó refugio en el sofá, como haría un animal herido.

—Vete al infierno.

—No hasta que haya averiguado qué te preocupa. Porque con el ritmo que llevas ahora, a finales de semana ya habrás conseguido matarte.

Alex chasqueó los labios y percibió el olor de su propio aliento. Una mueca de disgusto ensombreció su rostro. Entornó los ojos, alzó la mirada hacia Max y levantó un dedo vacilante para señalarlo.

—Tú... —dijo—. Esta mañana has hecho el amor con tu mujer, ¿verdad?

Max sonrió.

—Siempre te lo noto por esa sonrisilla tan desagradable que aparece en tus labios —añadió Alex—. Dime... ¿la vida de casado te sienta bien? Pues me alegro. Lástima que al casarte nos hayas echado a perder la vida a los demás.

—¿De qué hablas?

—No me mires así. ¿Nunca se te ha ocurrido pensar que quizá me gustaría tener una esposa, una mujer a la que poseer siempre que me apeteciese hacerlo... y con la que algún día tal vez incluso tener hijos?

—¿Por qué no lo haces?

—¿Por qué? —Tras erguirse penosamente hasta quedar sentado en el sofá, Alex se sostuvo la cabeza como si temiese que fuera a desprendérsele de los hombros—. Después de que arruinaras la reputación de los Vallerand, ¿piensas que alguna familia decente le daría su hija en matrimonio a un hermano tuyo? Oh, sí, ahora a ti todo te va de maravilla, tienes a Lysette, pero yo...

—Alex, *tais-toi* —dijo Max, mientras la compasión reemplazaba a la diversión. Tomó asiento en una silla cercana—. Calla. —Nunca había visto tan abatido a su hermano pequeño—. Debería esperar a que estuvieses sobrio antes de intentarlo, pero aun así vamos a hablar de ello.

—De acuerdo —dijo Alexandre mansamente.

—Bueno, supongo que todo esto será por Henriette Clement, ¿verdad?

—Sí.

—¿Estás enamorado de ella? ¿Quieres que te den permiso para hacerle la corte?

—Sí.

—Pero no crees que el padre de ella vaya a otorgarte su consentimiento.

—Sé que no lo hará. Ya lo he intentado.

Max frunció el ceño.

—¿Le has pedido permiso a Clement para hacerle la corte a Henriette, y él te lo ha denegado?

—¡Sí! —Alexandre asintió con una mueca—. Y ella me ama, o eso creo.

—Yo me ocuparé de ello —dijo Max, inclinándose hacia delante—. Por tu parte, quiero que... ¿me estás escuchando, Alexandre? Quiero que permanezcas en casa durante

lo que queda del día y que descanses. Y se acabó la bebida,
¿de acuerdo?

—Se acabó la bebida —repitió Alex, obediente.

—Iré a decirle a Noeline que te traiga su remedio especial.

—*Bon Dieu*, no.

—Te lo tomarás —dijo Max sin perder la calma—, si
quieres que Henriette sea tuya algún día. Quiero que mañana por la mañana parezcas un jovencito que acaba de levantarse de la cama.

—Puedo hacerlo —dijo Alex tras reflexionar por un instante.

—Estupendo. —Max sonrió y se puso en pie—. Deberías
haber hablado conmigo de esto antes, en lugar de ir a beber
por ahí hasta perder el sentido.

—No creía que tú pudieras hacer nada al respecto. —Alex
hizo una pausa—. Sigo sin creerlo, realmente.

—Siempre hay formas de convencer a la gente —le aseguró Max.

—¿Lo amenazarás con retarlo a duelo? —preguntó Alex.

—No —respondió Max con una carcajada—. Me parece
que los Vallerand ya han tenido suficientes duelos.

—Max... si convences a Clement de que acceda, yo... te
besaré los pies.

—No será necesario —dijo Max en un tono bastante seco.

Jacques Clement dio la bienvenida a Max en el vestíbulo y lo miró sin tratar de ocultar su diversión.

—Ya me imaginaba que hoy te pasarías por aquí, Vallerand. Vienes en nombre de tu hermano, ¿no? Padre está tomando café en la sala de los desayunos.

Max se apoyó en una de las columnas elaboradamente
talladas que delimitaban el vestíbulo. No tenía ninguna prisa por enfrentarse al padre de Jacques, Diron Clement, un
venerable león de hombre que siempre estaba de muy mal
humor. Descendiente de los primeros colonizadores franceses que se establecieron en el territorio de Luisiana, y crio-

llo hasta la última gota de su sangre, Diron detestaba a quienes deseaban que Luisiana se imcorporase a Estados Unidos. Y a quienes mantenían buenas relaciones con el gobernador americano.

Inteligente y lleno de experiencia, el anciano había demostrado ser un superviviente nato. Junto con Victor Vallerand, Diron había sido generosamente recompensado por los españoles por haber utilizado su influencia para calmar el descontento en la ciudad cuando éstos tomaron posesión de ella arrebatándosela a los franceses hacía cuarenta años. Ahora Diron era rico y lo suficientemente influyente para hacer lo que se le antojara.

Victor y Diron habían sido buenos amigos. Desgraciadamente, Max nunca había llegado a ser partícipe del afecto que Diron sentía por su padre. Para empezar, las convicciones políticas de Diron estaban demasiado alejadas de las suyas. Además, la muerte de Corinne había servido para que el abismo que los separaba se hiciera todavía más profundo, ya que Diron no soportaba los escándalos.

Max miró arriba.

—Jacques —dijo especulativamente—, ¿tu hermana ha indicado que sienta alguna clase de afecto por Alexandre?

—Henriette es un poco simple —dijo Jacques—. Siempre lo ha sido. Dile a tu hermano que no le costaría nada encontrar a otra chica igual de apetecible.

—¿Significa eso que Henriette no vería con buenos ojos que él la cortejase?

—Henriette se imagina que está locamente enamorada de Alexandre. Y esta comedia de amor imposible...

—Hace que se sienta todavía más desgraciada —le dijo Max—. ¿Y tu padre? ¿Qué opina del asunto?

—Lo desaprueba, naturalmente.

—A decir verdad, mi hermano no sería un mal partido para ella.

Jacques se encogió de hombros.

—Amigo mío, yo ya sé cómo es Alexandre. Nunca conseguirás hacerme creer que sería capaz de mantenerse fiel a Henriette. Ese supuesto amor durará un año como mucho, y entonces él se buscará una amante, y Henriette quedará destrozada. Es mejor para ella que se case sin la ilusión del amor. Con un compromiso concertado como es debido, Henriette sabrá exactamente qué es lo que debe esperar.

—Por otra parte, un año de ilusión tal vez sea mejor que ningún amor entre ellos.

Jacques rió.

—Ésa es una idea muy americana. El amor antes del matrimonio es uno de esos conceptos suyos que los criollos nunca aceptaremos. Y te lo advierto, Vallerand: no intentes convencer a ese viejo obstinado del piso de arriba, o te arrancará la piel a tiras.

—Gracias por la advertencia. Bueno, iré a ver a tu padre.

—¿Prefieres que te acompañe?

Max sacudió la cabeza.

—Conozco el camino.

La mansión de los Clement era sencilla pero muy elegante. Los suelos de pino rojo relucían como rubíes, y las habitaciones estaban repletas de muebles de roble y magníficas alfombras hechas a mano. Mientras subía la escalera, Max pasó los dedos por la balaustrada, recordando cómo se había deslizado por ella cuando él y Jacques eran unos niños.

Llegó al descansillo y se detuvo al sentir la mirada de alguien posada en él. Por encima del hombro, vio que una de las puertas se hallaba entornada. Henriette le dirigió una mirada de súplica a través de la rendija. Max supuso que alguna tía rica andaría cerca, y que Henriette no se atrevía a abrir la boca por miedo a que la oyeran. Max le hizo un gesto tranquilizador con la cabeza. Prescindiendo de toda cautela, Henriette abrió la puerta un poco más, y de pronto una voz femenina la riñó desde el interior de la habitación. La puerta se cerró de inmediato.

Max sonrió y sacudió la cabeza con expresión de abatimiento. No soportaba sentir que él era la última esperanza de aquellos pobres enamorados. Fue a la sala donde se desayunaba, aferrándose a la esperanza de que sabría qué decirle a Clement.

Diron Clement lo recibió con una mirada bastante hosca. Un halo de cabellos blancos enmarcaba su cabeza. Cuando habló, el borde de una afilada mandíbula se hizo visible a través de sus carrillos aflojados por la edad. Ojos de un gris acero taladraron a Max mientras le señalaba una silla.

—Siéntate, muchacho. Hace mucho que no hablamos.

—La boda, señor —le recordó Max.

—No. Cruzamos cuatro palabras, quizá. Estabas demasiado ocupado contemplando a esa prometida tuya cuyos cabellos parecen arder para dedicarme ninguna atención.

Max reprimió una sonrisa al tiempo que se acordaba de aquella velada, que no había podido ser más frustrante. No había sido capaz de apartar la mirada de Lysette, muriéndose de ganas de poseerla pero sabiendo que era demasiado pronto para que pudiera ser suya.

—Lo lamento, señor.

—¿De veras? —carraspeó Diron—. Sí, supongo que lo lamentas, ahora que deseas ganarte mi favor. ¿Qué tal va tu matrimonio? ¿También lamentas haberte casado?

—En lo más mínimo —replicó Max sin titubear—. Mi esposa sabe hacerme muy feliz.

—Y ahora has venido a abogar por la causa de tu hermano, ¿eh?

—Venía a abogar por la mía, de hecho —repuso Max—. Dado que ésa parece ser su principal objeción a la petición de Alexandre.

—Falso. ¿Eso te dijo?

—Tiene la impresión, señor, de que si no fuera por el daño que yo le he causado al buen nombre de los Vallerand en el pasado, sus intenciones para con su hija serían bien acogidas.

—Ah. Te refieres a ese asunto de tu primera esposa.

Max sostuvo la mirada penetrante del anciano y asintió brevemente.

—Fue algo terrible —dijo Diron enfáticamente—. Pero mi objeción al compromiso tiene que ver con el carácter de tu hermano, no con el tuyo. Voluble, perezoso, falto de voluntad... Alexandre es insatisfactorio en todos los aspectos.

—Alexandre es como todos los otros jóvenes de su edad,

ni mejor ni peor. Y podrá dar a Henriette una vida como es debido.

—¿Cómo es eso? Apuesto a que a estas alturas ya se ha gastado la mayor parte de su herencia.

—Mi padre me encomendó la responsabilidad de supervisar las finanzas de la familia. Le aseguro que Alexandre dispone de los medios económicos necesarios para mantener como es debido a una familia.

Diron guardó silencio y siguió mirando fijamente a Max desde debajo de sus enormes cejas grises.

—Monsieur Clement —dijo Max—, usted sabe que los Vallerand son una familia de la mejor estirpe. Creo que su hija sería feliz siendo la esposa de Alexandre. Aspectos sentimentales aparte, ella y Alexandre harían una buena pareja.

—Pero no podemos prescindir de esos aspectos sentimentales, ¿verdad? —replicó el anciano—. Toda esta situación apesta a sentimentalismo barato. ¿Es ésa la base para un buen matrimonio? ¡No! Todas esas proposiciones impetuosas, todos esos histrionismos y salidas de tono, todo ese rechinar de dientes y darse puñetazos en el pecho... eso no es amor. Desconfío de todo eso.

Max enseguida comprendió cuál era la verdadera objeción del anciano. Permitir que su hija se casara por amor significaría un duro golpe para el orgullo de Diron. No era así como se hacían las cosas en el continente. La gente se mofaría de la decisión del anciano, y dirían que su voluntad de hierro había empezado a flaquear. Quizás incluso se atrevieran a decir que había obrado influenciado por los nuevos valores americanos que empezaban a infiltrarse en el territorio. En suma, un matrimonio por amor pondría a Diron en una situación bastante embarazosa.

—Estoy de acuerdo —dijo Max, pensando rápidamente—. Supongo que es usted consciente de que si los mantenemos separados, toda esta emoción desaforada continuará. Por eso estoy a favor de la idea de un largo noviazgo; con la más estricta supervisión, *naturellement*. Así les daremos el tiempo suficiente para que se desenamoren.

—¿Eh? ¿Qué?

—Sólo hará falta un poco de tiempo, ni siquiera un año. Usted ya sabe lo inconstantes que son los jóvenes.

Diron frunció el ceño.

—Sí, ciertamente.

—Y entonces, cuando todo este ardiente amor de ahora se haya desvanecido para perderse en la indiferencia, los casaremos. Para entonces, Henriette probablemente ya no acceda al compromiso. Constituirá una lección para ambos. Después, con el curso de los años, Alexandre y Henriette desarrollarán poco a poco la clase de afecto mutuo sensato y prudente que tenían mis padres... el mismo que disfrutaban usted y su esposa.

—Hummm. —Diron se acarició la barbilla. Max casi contuvo la respiración mientras aguardaba la respuesta—. Sí, la idea encierra un cierto atractivo.

—Yo le veo mucho sentido —dijo Max, dándose cuenta de que el anciano se sentía secretamente aliviado de que se le hubiera ofrecido una solución al dilema. De esa manera Henriette tendría al esposo que deseaba, y el orgullo de Diron quedaría a salvo.

—Hummm. Sí, eso es lo que haremos.

—*Bien.* —Max adoptó una expresión lo más prosaica posible—. Ahora, acerca de la dote...

—Hablaremos de eso en un momento más apropiado —lo interrumpió Diron hoscamente—. Ya estás pensando en la dote... muy propio de un Vallerand.

—¿Fingir que no la amo? —exclamó Alexandre—. No lo entiendo.

—Confía en mí —dijo Max, cogiendo de la cintura a Lysette cuando pasó por su lado y sentándosela en el regazo—. Cuanto más pronto Henriette y tú convenzáis a todo el mundo de que no sentís nada el uno por el otro, más pronto podréis casaros.

—Sólo a ti se te podía llegar a ocurrir un plan tan retorcido —dijo Alex con amargura.

—Tú quieres que Henriette sea tuya —replicó Max—. Bueno, pues así es como podrás llegar a tenerla.

Lysette se apoyó en el pecho de su esposo y le acarició el pelo.

—Muy inteligente por tu parte, Max.

—En absoluto —dijo él modestamente, sintiéndose muy complacido por el elogio.

—Será un final feliz, y todo gracias a tu naturaleza romántica —dijo Lysette bajando la voz y provocando una sonrisa en Max.

Alexandre se levantó para irse.

—¿Quién iba a imaginarse que Max era un romántico? —masculló, evidentemente disgustado—. Debo de estar teniendo una pesadilla.

Durante las semanas siguientes, el romance de Alexandre con Henriette Clement siguió su precario curso. Fueron incontables las veladas que pasaron juntos en la sala de estar, rodeados por la totalidad de la familia Clement. Cuando él la llevaba a dar un paseo en carruaje, la madre y la tía de ella los acompañaban. Alexandre nunca se atrevía a permitir que su mirada se encontrase con la de Henriette en la iglesia o en los bailes a los que asistían. La proximidad de Henriette, y la distancia rigurosamente impuesta entre ellos, hizo que los sentimientos de Alexandre alcanzaran nuevas cimas de anhelo.

Las más leves señales de la presencia de Henriette eran significativas: el modo en que sus pasos se tornaban más lentos cuando tenía que dejar a Alexandre, el fugaz destello que aparecía en sus ojos cuando por fin se permitía mirarlo. Era la idea perfecta del infierno tal como se lo imaginaba cualquier hombre joven.

Para gran sorpresa suya, Alexandre descubrió que era incapaz de desear a ninguna otra mujer. Reaccionó con auténtica indignación a la sugerencia de Max de que él y Bernard visitaran algunos de los lugares que solía frecuentar antes.

—Los rumores de tus nuevas costumbres de practicante del celibato están llegando a oídos de Diron —le informó Max tranquilamente—. Tanto él como todos los demás tienen muy claro que estás locamente enamorado de Henriette.

Va siendo hora de que empieces a dar la impresión de que estás perdiendo el interés por ella.

—¿Y por lo tanto quieres que me vaya con una cualquiera?

—Lo has hecho con anterioridad —señaló Max.

—Sí, pero de eso ya hace mucho tiempo. ¡Al menos dos meses!

Max rió y le sugirió que encontrara otra manera de aparentar que se estaba hartando de perseguir a Henriette. Con gran pesar, Alexandre comenzó a espaciar sus visitas a la casa de los Clement, mientras que Henriette se esforzaba por aparentar indiferencia ante la nueva oleada de rumores de que no tardaría en anunciarse un compromiso.

Lysette no podía evitar sentir compasión por la pareja de enamorados, y así se lo dijo a Max.

—Someterlos a semejantes pruebas sólo para preservar el orgullo de monsieur Clement me parece ridículo. Convierte algo muy simple en algo extraordinariamente complicado...

—Tampoco será malo para Alexandre desear algo que no puede tener de inmediato. —Max sonrió y se inclinó hacia ella para besarla. Sentada a su tocador, Lysette se recogía el pelo en una trenza antes de que fueran a acostarse—. Con las cosas realmente valiosas, siempre merece la pena esperar. Como me ocurrió a mí contigo, por ejemplo.

—Si no recuerdo mal, no tuviste que esperar mucho para tenerme.

—He pasado toda mi vida esperándote.

Conmovida, Lysette sonrió y frotó la mejilla contra su mano.

—*Bien-aimé* —susurró—, tú siempre sabes encontrar las palabras justas. —Empezó a desabrocharse el vestido y señaló el guardarropa—. ¿Serías tan amable de traerme un camisón?

—Luego —murmuró él al tiempo que le apartaba el vestido de los hombros.

Uno de los bailes más concurridos de la temporada social se estaba celebrando en la plantación Leseur con motivo del compromiso de una de las tres hijas de los Leseur con Paul Patrice, el último hijo que le quedaba por casar a un médico de Nueva Orleans que gozaba de una excelente posición económica. Normalmente el hijo de un médico no habría sido considerado como el partido más apropiado para la hija de un plantador, pero Paul era un joven muy apuesto que tenía unos modales exquisitos y el porte de un auténtico caballero. Sólo tres años mayor que Justin y Philippe, estaba más que dispuesto a perder su soltería a cambio de entrar en una familia rica a través del matrimonio.

—¡Dieciocho años de libertad, y ahora Paul quiere ponerse los grilletes! —había comentado Justin amargamente—. El año que viene, probablemente un bebé... *Mon Dieu*, ¿es que no ha pensado en lo que está haciendo?

—Félicie Leseur es lo mejor que puede llegar a ocurrirle en el mundo —replicó Philippe, con expresión un poco soñadora—. El matrimonio no es un destino tan malo como tú pareces pensar, Justin.

Justin lo miró como si se hubiera vuelto loco. Luego su boca se frunció en una sonrisita despectiva.

—Supongo que no tardarás mucho en casarte.

—Eso espero. Confío en que seré capaz de encontrar a la chica adecuada.

—Ya sé qué clase de chica escogerás —apuntó Justin—. Sensata y amante de los libros. Hablaréis de arte y de música, y de todas esas aburridas tragedias griegas.

Muy ofendido, Philippe cerró el libro de latín que tenía delante.

—Será delicada y hermosa —dijo con dignidad—, y nunca hablará demasiado. Y tú te pondrás muy celoso.

Justin resopló.

—Me haré a la mar y tendré mi propio harén en Oriente. ¡Cincuenta mujeres!

—¿Cincuenta? —repitió entre risas Lysette, que acababa de entrar en la habitación—. Eso te mantendrá muy ocupado, Justin.

Él abandonó su actitud burlona y le dirigió una sonrisa angelical.

—Pero si encuentro a alguien como tú, *petite maman*, sólo tendré una.

Su descarado encanto hizo reír de nuevo a Lysette, que se volvió, sonriente, hacia Philippe.

—Esta noche, *peut-être*, verás a la joven con la que sueñas. ¿Irás en el carruaje que llevará a Bernard y Alexandre? —No mencionó a Irénée, quien sufría un ataque de reuma y no asistiría al baile.

Philippe asintió.

—Sí. Padre dejó muy claro que tú y él iríais solos en el primer carruaje.

—¿Solos? —murmuró Justin con expresión pensativa—. ¿Por qué iba a querer padre estar solo contigo en el carruaje, cuando podría tenernos allí a Philippe y a mí? Bueno, supongo que siempre puede intentar...

—¡Justin! —estalló Philippe, mortificado por el atrevimiento de su hermano. Le arrojó un cojín a la cabeza y Justin lo esquivó con una protesta.

—Os veré en la plantación de los Leseur —dijo Lysette con una sonrisa, y volvió al vestíbulo, donde Noeline la aguardaba con su sombrero y sus guantes.

El hogar de los Leseur era grande y majestuoso, aunque de un diseño bastante simple. Junto a uno de sus lados crecía un enorme roble cuya edad se estimaba al menos en tres siglos. Las paredes estaban cubiertas por rosas trepadoras. Los destellos de los intrincados prismas de las arañas de cristal danzaban hasta en los rincones más remotos. Los invitados llenaban las galerías exteriores, y los sirvientes iban y venían entre ellos llevando bandejas de plata cargadas de refrescos.

Cerca de allí estaba la *garçonnière*, una estructura independiente que servía para alojar a los invitados del sexo masculino o los solteros de la familia que necesitaban disfrutar de un poco de intimidad. Unos cuantos caballeros acompañados por sus ayudas de cámara llevaban desde primera hora de la tarde en la *garçonnière*, bebiendo, fumando y comentando los últimos acontecimientos que habían tenido lugar en la ciudad. Las señoras habían estado descansando dentro de la casa, y ahora iban llegando al salón de baile ataviadas con sus vestidos más elegantes. Una orquesta especial había sido traída de Nueva Orleans para que se encargara de proporcionar la música, y las alegres notas de una orquesta llenaban el aire.

—Lysette —dijo Max mientras la ayudaba a bajar del carruaje—, una pequeña advertencia.

—¿Sí? —repuso ella, mirándolo con una expresión de inocencia en los ojos muy abiertos—. ¿De qué se trata, *bien-aimé*?

—No creas que no me he dado cuenta de que Alexandre ha intentado convencerte de que lo ayudaras a pasar unos cuantos minutos a solas con Henriette durante la fiesta. Planeáis algo, ¿verdad?

Ella pareció sorprenderse.

—No sé de qué estás hablando.

Max le dirigió una mirada de advertencia.

—Si consiguen fingir de una manera tan convincente que lo que sienten el uno por el otro no es más que indiferencia, en cuestión de meses estarán casados. Pero si se los descubre en una cita clandestina, no podré hacer nada para ayudarlos.

—No los sorprenderán juntos —le aseguró Lysette.

—Alex podría perder a Henriette por una tontería como ésa. Tú no entiendes hasta dónde llega el orgullo de Diron.

—Te aseguro que lo entiendo perfectamente. —Lysette trató de irse, pero él la retuvo cogiéndola por la cintura y la miró a los ojos—. Max —protestó—, ¡no he hecho nada!

—Sigue así —le aconsejó él, y la dejó marchar.

Durante las dos horas siguientes Max no apartó la mirada de Alexandre y Lysette, pero ninguno de ellos dio un solo paso para dejar el salón de baile. Después de beber una o dos copas del magnífico vino que se les estaba sirviendo a todos los invitados, Max empezó a relajarse. La cosecha procedía de los viñedos de los Leseur.

Max felicitó a Leseur, tanto por el excelente vino como por el compromiso entre Félicie y Paul Patrice, y ambos estuvieron conversando tranquilamente mientras otros invitados se les unían.

A una cierta distancia, Lysette permanecía al lado de Alexandre y observaba a su esposo llena de orgullo. Max llevaba un austero traje en negro y blanco y una copa de vino entre sus largos dedos mientras conversaba con los hombres que lo rodeaban. Era elegante, viril, diabólicamente apuesto... y suyo.

Alexandre siguió la dirección de su mirada.

—Tener por hermano a Max no es fácil —observó.

Lysette lo miró con el ceño fruncido y pensó en todas las veces que había visto a Max sacar de apuros a sus hermanos, haciendo cuanto podía para asegurar que tuvieran cuanto deseaban, asumiendo sus deudas y responsabilidades sin una palabra de reproche. Oírle decir aquello a Alex le pareció toda una muestra de ingratitud por su parte.

—Max hace muchas cosas por ti, ¿no?

—Cierto, pero durante bastantes años Bernard y yo hemos tenido que tratar de mantenernos a su altura. Max fijaba las pautas, y todo lo que él hacía era perfecto. Y entonces, de pronto, cayó en la más absoluta desgracia, lo que supuso un desastre para todos nosotros. El apellido Vallerand quedó manchado para siempre, y Bernard y yo padecimos las consecuencias, al igual que Max.

—¿Y tú todavía le guardas rencor por ello?

—No, no. Puede que en un tiempo lo hiciera, pero ahora no. Sin embargo, Bernard... —Alexandre se interrumpió.

—¿Qué? —lo animó a seguir Lysette.

Él sacudió la cabeza.

—Nada, nada.

—Dímelo, Alex, o no te ayudaré con Henriette.

Él frunció el ceño.

—Sólo iba a decir que Bernard parece encontrar difícil

perdonar del todo a Max. Pero no hay que olvidar que Bernard es el segundo hijo. Siempre ha sido comparado con Max y nunca a podido llegar a su altura.

—No creo que nadie pueda considerar que la culpa de eso la tiene Max —dijo Lysette en un tono muy frío—. *Vraiment*, Alex... tú y Bernard tenéis que dejar de utilizar como excusa a Max sólo porque os resulta muy cómodo hacerlo. Debéis asumir la responsabilidad por vuestras acciones. Max ya tiene bastantes asuntos que atender.

—De acuerdo —reconoció Alex, alzando las manos como si intentara defenderse de ella—. No diré ni una palabra más. Pero ¿por qué, *ma soeur*, a ti te está permitido criticar a Max, pero luego no permites que nadie más lo haga?

Ella sonrió.

—Porque soy su esposa.

Max no supo en qué momento exacto desapareció Lysette. Cuando reparó en su ausencia, se separó educadamente del grupo y se encaminó hacia las galerías exteriores. No había ni rastro de ella.

—Maldita sea, Lysette, ¿qué estás haciendo? —masculló en voz baja. Fue al jardín, sabiendo que si su esposa había organizado un encuentro entre Alexandre y Henriette, éste probablemente tendría lugar allí.

El jardín de los Leseur era grande e intrincado, repleto de árboles exóticos, flores y plantas llegadas de Europa y Oriente. Sus lagunas artificiales estaban llenas de peces y eran atravesadas por preciosos puentes. Un pavo real se apresuró a apartarse indignado del camino de Max cuando éste pasó por debajo del arco cubierto de rosas que señalaba la entrada al sendero principal. A partir de allí el jardín fue volviéndose más oscuro y los fanales se hicieron cada vez menos frecuentes, hasta que Max llegó al corredor que formaban los tejos. Una fuente adornada por querubines y peces de los que manaban chorros de agua ocupaba el centro del jardín, a partir del que se bifurcaban varios senderos.

Max maldijo en voz baja. Había pocas probabilidades de

que consiguiera dar con su esposa, o sus acompañantes. Su único recurso era regresar a la sala de estar y esperar.

De pronto oyó pasos sobre el sendero de grava. Buscando refugio entre las sombras, contempló la figura que se aproximaba.

Era Diron Clement. Evidentemente el anciano había reparado en la ausencia de su hija. Con rápidas y ruidosas zancadas, Diron pasó junto a Max sin verlo. Max torció el gesto al percatarse de la actitud beligerante de Diron. Si encontraba a Henriette con Alexandre, las consecuencias serían terribles. El anciano fue hacia la izquierda, siguiendo un sendero que —si la memoria de Max no lo engañaba— conducía a una diminuta pagoda. Una sonrisa involuntaria acudió a sus labios. Cuando era más joven, él mismo había utilizado la pagoda. Todavía guardaba unos cuantos recuerdos muy agradables de aquel lugar. No, Alexandre no la habría escogido para que sirviese de escenario a su cita secreta. Era demasiado obvia.

Dejándose llevar por una súbita corazonada, Max escogió la dirección opuesta, un sendero que llevaba a un invernadero lleno de árboles frutales exóticos. Pegado a las sombras, fue acercándose hasta que vio a Lysette de pie en la esquina del invernadero. Un búho ululó en la lejanía, y Lysette dio un bote al tiempo que miraba en todas direcciones.

Verla allí, después de que ella le hubiera prometido que no tomaría parte en ningún encuentro ilícito entre Alex y Henriette, lo hizo sonreír con melancolía. Tendría que enseñarle que no podía jugar con él de aquella manera y luego irse tan contenta sin temer ninguna represalia.

Lysette suspiró, deseando estar de vuelta en el salón de baile. Se preguntó si Max todavía no se habría dado cuenta de que se había ausentado. El búho ululó de nuevo, y Lysette se sobresaltó.

De pronto un brazo muy robusto le rodeó la cintura desde atrás. Una gran mano le cubrió la boca en el mismo instante en que ella empezaba a chillar de miedo. Lysette se vio arrastrada hacia atrás hasta que topó con una superficie tan dura como una pared de ladrillos. Mientras tiraba frenéticamente de la mano que le tapaba la boca, oyó una voz familiar en su oreja.

—De haber sabido que querías dar una vuelta por los jardines, querida, me habría ofrecido a acompañarte.

Llena de alivio, Lysette se apoyó en él y dejó escapar un jadeo cuando la mano se apartó de su boca.

—Max... —Se volvió y le echó los brazos al cuello—. ¡Me has dado un buen susto! —Apoyó la frente en su pecho.

—Ésa era mi intención.

Lysette torció el gesto al ver lo ominoso de su expresión.

—¿Dónde están? —preguntó él.

Ella se mordió el labio inferior y volvió la mirada hacia el invernadero. La puerta se abrió, y Alexandre asomó la cabeza. Estaba despeinado, y sus labios se hallaban sospechosamente húmedos.

—¿Lysette? Me pareció oír... —Se quedó helado cuando vio a Max. Los tres guardaron silencio.

Max fue el primero en hablar.

—Tienes un minuto para despedirte de Henriette, y considera que vuestra separación podría ser permanente.

Alexandre desapareció en el interior del edificio.

Lysette decidió explicarse lo más deprisa posible. Habló sin pararse a tomar aliento.

—Max, ellos sólo querían estar juntos durante cinco minutos, y yo ya había prometido que los ayudaría, así que no podía echarme atrás, y si hubieras visto lo contentos que se pusieron los dos en cuanto traje aquí a Henriette, habrías entendido por qué yo tenía que...

—Cuando lleguemos a casa, te pondré encima de mis rodillas y me aseguraré de que tardes mucho tiempo en poder sentarte cómodamente.

Lysette palideció.

—Tú nunca harías algo semejante.

—Disfrutaré inmensamente con ello —le aseguró él.

—Max, hablémoslo con calma... —dijo ella, pero calló al darse cuenta de que Max no estaba escuchándola, sino que miraba a lo lejos, con expresión súbitamente alerta—. ¿Qué ocurre? —preguntó.

Max la atrajo hacia sí y le cubrió la boca con la suya. Lysette se debatió, sorprendida, pero los brazos de él la apretaban con demasiada fuerza, mientras la lengua penetraba profundamente por entre los labios de Lysette. Una mano bajó hacia el trasero de ella, rodeando la suave carne y apretándola contra su sexo hinchado. Lysette sintió que se le nublaba la vista, y toda su resistencia cesó. Tragó saliva y trató de pegarse todavía más a él. De pronto Max levantó la cabeza, sin prestar ninguna atención a la tímida protesta de Lysette.

—Ah... buenas noches, monsieur Clement —dijo con voz pastosa.

Lysette volvió la cabeza y vio el ceñudo semblante de Diron Clement a un metro de distancia de ella. Su mirada penetrante pareció atravesarla.

—Me han dicho que mi hija Henriette estaba con vos, madame Vallerand —dijo el anciano—. ¿Dónde se encuentra ahora?

Lysette se volvió hacia Max y le dirigió una mirada de impotencia.

—Me parece que no podremos seros de ninguna ayuda, señor. —Max rozó suavemente con el pulgar la espalda de Lysette—. Vine aquí con mi esposa para compartir un momento de intimidad.

—Entonces, ¿no habéis visto a Henriette esta noche?

—Juro por mi honor que no la he visto.

Lysette cerró los ojos, esperando fervientemente que Alex y Henriette hubieran sido lo bastante sensatos para no salir del invernadero.

14

Clement los miró sin decir nada, reparando en el sonrojo de Lysette y el desaliño de su vestido, el rostro inescrutable de Max y su obvio estado de excitación sensual. La pareja no llevaba mucho tiempo casada, así que parecía plausible que hubieran salido al jardín para escabullirse en busca de un poco de intimidad. Clement les dirigió una última mirada suspicaz, carraspeó ruidosamente y les volvió la espalda, alejándose de ellos para reanudar su búsqueda de Henriette.

Lysette miró a su esposo con expresión de perplejidad y gratitud.

—Si tú no hubieras estado aquí, Clement los habría descubierto. Gracias.

—Ponte bien el vestido —dijo él fríamente—. Y llévate de aquí a Henriette ahora mismo.

Los enamorados salieron sigilosamente del invernadero. Lysette contempló el rostro ensombrecido por la culpabilidad de la joven y obligó a sus labios a que esbozaran una sonrisa tranquilizadora.

—*Allons*, Henriette. Tenemos que ir con tu *tante*, deprisa.

La joven se apartó tímidamente de Alexandre y precedió a Lysette por el camino que conducía al edificio principal. Alex se mordió el labio inferior sin atreverse a enfurecer a su hermano todavía más de lo que ya estaba.

Max, evidentemente disgustado, observó a su esposa hasta que se perdió de vista.

Alex le lanzó una mirada de rebeldía.

—¿Es que eres incapaz de entender el amor, Max? ¿No sabes qué es lo que se siente cuando deseas a alguien hasta que te duelen los brazos de tanto que deseas abrazarla? ¿Vas a decirme que tú no habrías hecho lo mismo si hubieras estado en mi lugar? Sé cómo comprometiste a Lysette para obligarla a que se casara contigo. Y me parece que...

Max alzó las manos burlonamente como intentando defenderse.

—Basta, Alex. Me da absolutamente igual que veas a Henriette o no, porque el único que se arriesga eres tú. Pero cuando haces cómplice a mi esposa, tengo derecho a intervenir.

La ira que Alexandre se había sentido tan autorizado a sentir se desvaneció al instante.

—Claro —farfulló—. Pero Lysette quería ayudar.

—De eso no me cabe ninguna duda. Mi esposa tiene el corazón muy blando, y no cuesta mucho ganárselo. Resulta fácil aprovecharse de una naturaleza tan generosa, *n'est-ce pas*? No vuelvas a involucrarla en este asunto, Alex: no toleraré que lo hagas.

Alexandre asintió, muy avergonzado por las palabras de su hermano.

—Lo siento, Max. Yo sólo podía pensar en Henriette y...

—Ya lo sé —lo interrumpió Max.

—Estás furioso con Lysette. Te ruego que no la culpes. Ella sólo hizo lo que tanto Henriette como yo le suplicamos que hiciera. No la castigarás, ¿verdad?

Max alzó las cejas y sonrió despectivamente.

—Vamos, Alex... parece como si creyeras que mi esposa necesita que se la proteja de mí.

Después de confiar nuevamente a Henriette a los cuidados de su tía, quien había prometido no delatarlos ante Diron, Lysette se retiró a un rincón oscuro de la galería exterior. Esperaba, con sentimiento de culpa que Max no la encontrase allí, aunque sabía que tarde o temprano tendría que hacerle frente. La multitud de invitados que llenaba la casa había empezado a dirigirse hacia el comedor, donde se serviría la cena de medianoche. Lysette, para quien el baile había perdido todo su atractivo, se sentía muy nerviosa e inquieta.

Había herido el orgullo masculino de Max, y lo lamentaba. Aunque él era un marido comprensivo y tolerante, también era un varón criollo, y Lysette había ido en contra de sus deseos expresos. Con expresión preocupada, se puso a pensar en posibles maneras de calmarlo.

Entonces oyó pasos, y vio aproximarse una forma oscura.

—¿Max? —preguntó, sabiendo que él había ido en su busca. Los pasos se detuvieron. Lysette mantuvo la mirada vuelta hacia otro lado mientras hablaba—. Perdóname. No soportaba ver tan infelices a Henriette y Alexandre. Pero tú tenías razón, y debería haberte escuchado. Hagamos las paces, *d'accord*? —Se acercó a él con una sonrisa conciliadora en los labios—. Deseo tanto darte placer, *bien-aimé*...

Se detuvo con una exclamación ahogada cuando el rostro de él se hizo visible. No era Max, sino Étienne Sagesse.

Tenía los ojos vidriosos, y Lysette percibió que el aliento le olía a licor.

—Qué oferta más tentadora —murmuró él—. Ya me imagino cómo harás las paces, con tu dulce boca y esas manecitas tan hábiles que tienes. Envidio a tu esposo... nunca he tratado de ocultarlo.

Lysette sintió que se le ponía la piel de gallina cuando vio la expresión en el rostro rechoncho de Sagesse. Estaba muy borracho. Intentó pasar por su lado, pero él se lo impidió.

—Déjame pasar —dijo ella sin levantar la voz.

—Todavía no. Quiero un poco de lo que le das a tu marido. Después de todo, primero me perteneciste a mí. Deberías pasar cada noche en mi cama. Yo debería ser el hombre que encuentra placer entre tus piernas, no Vallerand.

—No seas estúpido —dijo Lysette secamente mientras su mente discurría a toda velocidad. No podía permitir que Sagesse causara una escena. Eso crearía un escándalo, y otro duelo. Tenía que alejarse de él rápidamente, antes de que alguien los descubriera—. No te quería entonces, y ciertamente no te quiero ahora. Apártate de mi camino, maldito borracho.

Él sonrió, y sus labios relucieron con un húmedo destello.

—Eres toda fuego y pasión, Lysette. Puede que no seas la mujer más hermosa de Nueva Orleans, pero sabes cómo mantener satisfecha la polla de un hombre, ¿verdad? —Fue hacia ella con paso vacilante—. Pobre Lysette. Habrías podido ser mi esposa, y en lugar de eso ahora compartes la cama con un asesino.

—Creo que fuiste tú quien la mató.

Sagesse sonrió.

—No, no fui yo. Corinne no representaba ninguna amenaza para mí. Me había dado todo lo que yo deseaba; más, de hecho. Aparte de que estaba mortalmente aburrido, yo no tenía ninguna razón para matarla.

Extendiendo los brazos, apoyó las manos en la pared por encima de la cabeza de Lysette. Ella lo miró, paralizada por la expresión que había en su rostro.

—Sabes qué fue lo que le ocurrió, ¿verdad? —preguntó en voz baja.

El aliento impregnado de licor de Sagesse se extendió sobre el rostro de Lysette.

—Sí.

—Cuéntamelo.

Él recorrió su cuerpo con la mirada.

—¿Y si lo hago? ¿Qué me ofrecerás a cambio?

Viendo que ella guardaba silencio sin dejar de observarlo, Sagesse extendió la mano hacia su pecho y se lo apretó brutalmente. Lysette lo golpeó lo bastante fuerte para obligarlo a volver la cara, y luego intentó huir. Sagesse la agarró por el pelo y tiró de ella, obligándola a retroceder. Lysette soltó un grito de dolor y le clavó las uñas en las manos, tratando de liberarse.

Las palabras de Sagesse se estrellaron contra su mejilla como una salva de disparos.

—Por una vez sabré lo que es tenerte en mis brazos.

—No...

—Deberías haber sido mía. —Sagesse le plantó una rodilla entre los muslos, y le mordió la mejilla. Un grito escapó de los labios de Lysette, y Sagesse le tapó la boca con una mano mientras con la otra buscaba sus pechos. Estremeciéndose de asco, Lysette le mordió la mano y volvió a gritar.

De pronto oyó una voz llena de furia detrás de ella, y Lysette fue bruscamente alejada de Sagesse por un tirón tan violento que su cabeza se vio impulsada hacia atrás. En cuanto aquellas manos la soltaron se tambaleó, y tuvo que apoyarse en una columna para no perder el equilibrio. Temblando, vio que Justin se arrojaba sobre Sagesse con las manos extendidas hacia su garganta. Lysette los vio pelear, estremeciéndose ante el sonido de cada golpe.

—¡No, Justin! —Miró frenéticamente alrededor, buscando ayuda. Los invitados ya se habían dado cuenta del altercado y no tardaron en hallarse rodeados de gente. Alguien la señaló. Lysette buscó refugio dentro de las sombras, retrocediendo hacia la oscuridad mientras se apartaba los cabellos de la cara y se subía el escote para cubrirse los senos.

Un hombre surgió de entre el gentío y se abalanzó sobre Justin, apartándolo de Sagesse. Era Bernard.

—¡No seas idiota y cálmate de una vez! —masculló mientras se esforzaba por retener al chico que se debatía entre sus brazos.

—¡Maldito seas! —juró Justin—. ¡Suéltame! ¡Lo haré pedazos!

Varios parientes de Sagesse aparecieron, entre ellos el cuñado de Étienne, Severin Dubois. Hicieron corro alrededor de Étienne, discutiendo entre ellos mientras comenzaban a tirar de él para llevárselo a la *garçonnière*. La conducta de Étienne suponía una deshonra para toda la familia. Después de haberse visto humillados de aquella manera, lo único que querían era ocultar a Étienne antes de que su honor pudiera quedar todavía más malparado.

Lysette se encogió al sentir una multitud de miradas posadas en ella. Ojalá hubiera podido desaparecer. ¿Pensarían acaso que ella se lo había buscado, que había permitido que

Étienne la sedujese, tal como había seducido a Corinne en el pasado? Se sobresaltó al oír que le decían casi al oído:

—¿Lysette?

Philippe acababa de aparecer a su lado y la miraba a los ojos con preocupación. El muchacho le pasó un brazo por los hombros, como si temiese que ella fuera a desmayarse en cualquier momento. Lysette se apoyó en él, hallando un poco de consuelo en su presencia. Philippe era tan tranquilo y mesurado... tan distinto de su turbulento hermano, quien seguía soltando juramentos mientras intentaba liberarse de Bernard. Siguiendo la dirección de la mirada de Lysette, Philippe observó el rostro enrojecido de su hermano, y esbozó una sonrisa.

—Nunca le perdonará a Bernard que lo haya apartado de Sagesse —comentó.

—Estoy de acuerdo —dijo Lysette con una risa trémula.

—¿Estás bien?

Ella asintió brevemente.

—¿Dónde está Max?

—Alguien ha ido a buscarlo... —Philippe no llegó a concluir la frase cuando el gentío que no paraba de hablar se calló de pronto. La congregación se separó para dejar pasar a Max mientras éste se abría camino a empujones entre la gente. No hubo ningún sonido. Incluso Justin guardaba silencio.

Max se detuvo y sus ojos fueron velozmente del rostro sonrojado de Lysette al de Justin. Se volvió y vio a Étienne Sagesse, de pie entre sus parientes, y Lysette se quedó helada cuando vio la sed de sangre en los ojos de su esposo.

—Max, no —dijo vivamente.

Él no pareció prestarle atención mientras clavaba la mirada en Sagesse.

—Juro por Dios que te mataré —dijo con un tono de voz que helaba la sangre de quien lo oyese, Lysette incluida. Antes de que nadie atinase a reaccionar, Max ya había llegado hasta Étienne en dos zancadas.

Lysette se llevó las manos a la boca para contener un grito mientras veía que su esposo se convertía en un desconocido. Abriéndose paso por entre los Sagesse, Max saltó sobre el borracho y le golpeó la cabeza contra el suelo. Hicieron falta los esfuerzos combinados de Bernard, Alexandre, Justin y Philippe para llevárselo de allí.

Severin Dubois se abrió paso entre la multitud reunida, mientras Max se debatía intentando zafarse de los brazos que lo retenían. La voz tranquila y llena de autoridad de Dubois consiguió contener la furia ciega de Max.

—No puede haber excusa para el insulto de que ha sido objeto su esposa, Vallerand. Lo que acaba de hacer Étienne es imperdonable. En nombre de la familia Sagesse, os ofrezco nuestras más humildes disculpas. Lo único que puedo hacer es juraros que no volverá a suceder.

—No, no volverá a suceder —dijo Max en tono burlón—. Porque esta vez no cometeré el error de dejarlo con vida. Que alguien le traiga una espada. Acabaré con esto ahora mismo.

—No podéis batiros en duelo con él —replicó Dubois—. Sagesse no se encuentra en condiciones de empuñar una espada. Sería un asesinato.

—Entonces mañana por la mañana.

—Sería un asesinato de todos modos —insistió Dubois, al tiempo que sacudía la cabeza—. Y además...

Étienne lo interrumpió de pronto con su voz pastosa. Sus parientes lo habían ayudado a levantarse del suelo. Le sangraba la nariz, pero no trató de restañar la sangre.

—Pero Max ya ha probado el sabor del asesinato.

Max intentó zafarse.

—Soltadme —gruñó, pero Bernard y Alex se limitaron a sujetarlo con más fuerza.

—Étienne —dijo Dubois secamente—, guarda silencio.

Sagesse avanzó hacia ellos con paso vacilante y una mueca que se parecía a una sonrisa.

—Llevas años mintiéndote a ti mismo acerca de lo que le sucedió a Corinne —le dijo a Max—. ¿Por qué eres incapaz de enfrentarte a la verdad? Todas las piezas están ahí. Y sin embargo tú nunca has sido capaz de unirlas. Podrías encontrar las respuestas bajo tu propio techo, pero no quieres hacerlo. —Rió al ver la cara que ponía Max—. Qué estúpido eres...

—¡Étienne, basta! —lo conminó Dubois, agarrándolo por el cuello de la camisa y llevándoselo de allí.

Max los vio marchar como en un sueño. Se quitó de encima abruptamente las manos de sus hermanos y miró alrededor en busca de Lysette. Estaba sola junto a la barandilla de la galería, con los cabellos revueltos. Max llegó inmediatamente hasta ella y la tomó por los hombros.

Lysette temblaba incontroladamente.

—Creo que Sagesse sabe quién mató a Corinne, Max.

Max tomó su rostro entre las manos y lo cubrió de besos que eran a la vez de consuelo y posesión.

—¿Te ha hecho daño? —preguntó.

—No, en absoluto.

Él acarició sus hombros, su espalda y sus caderas. Lysette sabía que la gente los miraba, pero lo abrazó, sin importarle lo que pudieran pensar. Max se había puesto rígido, y el corazón le retumbaba dentro del pecho.

—Esto no volverá a suceder —le oyó murmurar Lysette—. De lo contrario, estoy dispuesto a matarlo.

Ella echó la cabeza hacia atrás, sorprendida.

—No digas eso. Todo ha quedado aclarado, Max.

Los ojos de Max eran negros e insondables, y una intensa palidez había aparecido bajo el moreno de su rostro.

—No —repuso en voz baja—. Pero quedará aclarado.

Lysette separó los labios para replicar, pero él la apartó de su cuerpo y la empujó suavemente hacia Alexandre.

—Llévala a casa.

—¿Qué vas a hacer? —preguntó Lysette.

—No tardaré mucho en volver —dijo él por toda respuesta.

—Ven conmigo —le rogó ella.

Intercambiando una mirada con Alex, Max dio media vuelta y se fue.

—¡Max! —gritó ella, siguiéndolo.

Alexandre la cogió del brazo.

—No te preocupes, Lysette. Max sólo va a hablar con

Severin y uno o dos de los Sagesse. Estoy seguro de que Jacques Clement estará allí para encargarse de mediar entre ellos. —Volvió su atención hacia Bernard, quien esperaba no muy lejos—. ¿Vas con él?

Bernard negó con la cabeza.

—Mi presencia no sería de mucha utilidad —dijo, y añadió venenosamente—: especialmente teniendo en cuenta que deberíamos haber dejado que Max matara a ese bastardo insolente.

La voz de Justin se abrió paso a través del silencio.

—Si él no lo hace, lo haré yo.

Repararon en el muchacho. Alex frunció el ceño, mientras que Bernard soltó una risa despectiva.

—No eres más que un bravucón —le dijo.

Lysette se acercó inmediatamente a Justin y le cogió una mano.

—No digas esas cosas —pidió.

—Llevo toda la velada observando a Sagesse —dijo Justin con voz ronca—. Mientras él te observaba. Cuando desapareciste, enseguida fue en tu busca. Lo seguí, y...

—Gracias —lo interrumpió ella con dulzura—. Gracias por rescatarme. Ahora que todo ha terminado podemos...

—Lo vi salir a la galería —continuó Justin, bajando la voz hasta convertirla en un susurro para que nadie más pudiera oír lo que decía. Se volvió, dando la espalda a los demás. Su intensa mirada no se apartó del rostro de Lysette—. Para cuando llegué a una de las puertas, él ya te tenía cogida. Eché a correr, y pasé junto a alguien que estaba inmóvil en aquel lado de la galería. De pie allí, observándoos. Era el tío Bernard. No iba a mover ni un dedo para ayudarte.

Lysette sacudió la cabeza, sin entender por completo qué encontraba él de tan significativo.

—Justin, ahora no...

—¿Es que no lo entiendes? Algo va mal cuando un hombre no está dispuesto a defender a un miembro de su familia. La actitud de Sagesse no sólo representaba una ofensa contra ti, sino contra nuestro padre, y contra mí, y...

—Estoy muy cansada —susurró ella, sin querer oír nada

más. Los ánimos se hallaban demasiado encendidos, y era evidente que el muchacho estaba fuera de sí. Ya habría tiempo para aclararlo todo más tarde.

Lysette yacía en la cama hecha un ovillo, sola. Le castañeteaban los dientes y permanecía con los ojos muy abiertos en la habitación sumida en la penumbra. Los acontecimientos de la noche se repetían una y otra vez en su mente, y no conseguía librarse de la sensación de que algo terrible se había puesto en movimiento, algo que ni ella ni Max podían evitar.

Nunca había visto perder el control a Max, como le había sucedido esa noche. Por un instante había pensado que su esposo mataría a Sagesse delante de ella. Se llevó las manos a las sienes y apretó con la esperanza de alejar de sí las tenebrosas imágenes. Pero éstas continuaron acosándola implacablemente, al igual que el eco del juramento hecho por Max: «Juro por Dios que te mataré.»

Con un gemido, Lysette giró en el lecho y hundió la cara en la almohada. La casa estaba silenciosa. Todos los Vallerand se habían ido a dormir, excepto Bernard, quien había optado por pasar la noche en algún otro lugar. Todos habían acordado no mencionarle lo ocurrido a Irénée.

Las horas parecieron transcurrir muy despacio antes de que Lysette oyera los ruidos que anunciaban la llegada de alguien. Saltó de la cama, y estaba llegando a la puerta cuando Max entró en el dormitorio. No pareció sorprenderse de encontrarla despierta.

—¿Qué ha pasado? —preguntó ella, rodeándole la cintura con los brazos. Sintió que dentro de Max parecía hervir a fuego lento una violencia apenas contenida. Max la estrechó contra su pecho por un instante y a continuación la hizo retroceder un poco para así poder contemplarla.

—*Ça va?*

—Sí, ahora que estás aquí me encuentro perfectamente —respondió Lysette. Lo observó intentando adivinar el estado de ánimo de él—. ¿Va a haber un duelo mañana?

—No.

—Me alegro —dijo ella, infinitamente aliviada—. Ven a la cama, y hablaremos de...

—Todavía no, *petite*. He de salir de nuevo.

—¿Por qué?

—Debo atender un asunto pendiente.

—¿Esta noche? —Lysette sacudió la cabeza—. Max, tienes que quedarte aquí. Me da igual qué asuntos de negocios tengas que atender o en qué consista eso que has de hacer. Te necesito. Quédate conmigo...

—No tardaré en volver —dijo él—. No me queda más elección, Lysette —añadió con firmeza.

Lysette no podía permitir que Max fuera a ninguna parte aquella noche, mientras se encontrara en aquel estado de ánimo tan peligroso. Todos sus instintos insistían en que lo mantuviera a salvo junto a ella.

—No te vayas —imploró al tiempo que lo cogía por la pechera de la chaqueta.

Cuando vio que él se disponía a rechazar su petición, Lysette jugó una carta que había esperado no tener que emplear.

—Una vez me dijiste que si te pedía que no hicieras algo, me darías ese gusto. Bien, pues ahora te lo estoy pidiendo. No te vayas.

Max dejó escapar un gruñido de frustración.

—Maldita sea, Lysette. Tengo que ir. No me hagas esto precisamente esta noche.

—¿Te niegas a hacer lo que te pido? —preguntó Lysette, mirándolo a los ojos. Advertía que su deseo de complacerla chocaba violentamente con cualquiera que fuese la tarea que se había impuesto a sí mismo. Max apretaba los labios en una mueca de exasperación.

El silencio se prolongó como una cuerda a punto de romperse. Antes que permitir que Max sufriera otro momento de torturante debate interior, Lysette decidió inclinar la balanza. Sus esbeltas manos descendieron de la chaqueta de él y le alisaron la parte delantera de los pantalones. Sintió que Max se estremecía ante aquel contacto tan inesperado. Lysette buscó su miembro, que ya empezaba a reaccionar, lo rodeó con la mano y, apretando suavemente, hizo que cobrara una vida palpitante. Luego apoyó los senos contra el pecho de él.

Cuando Max volvió a hablar, su voz sonó profunda y vacilante.

—Lysette, ¿qué estás haciendo? —le preguntó.

—Distraerte, eso es lo que estoy haciendo.

El miembro de Max ya había alcanzado su máximo grosor, y Lysette tiró de los botones de ónice tallado de sus pantalones para liberarlo. Ayudados por la presión que los tensaba bajo la gruesa tela, los botones salieron fácilmente de sus ojales. Lysette emitió un gruñido de placer cuando sus dedos se deslizaron alrededor del miembro erecto.

Max dejó escapar una exclamación ahogada y dio un paso hacia atrás, y Lysette se apresuró a seguirlo, haciendo que los dedos con los que lo provocaba descendieran hacia la zona sedosa que había bajo sus testículos.

—Lysette —dijo él con voz ronca—, si piensas que con esto vas a evitar que me vaya, estás muy equivocada.

—¿Qué me dices de esto? —replicó Lysette, bajando la cabeza para tomar el miembro en su boca cálida. Su lengua buscó delicadamente hasta que encontró una vena palpitante.

Oyó un sonido ahogado encima de ella, antes de que él encontrara el aliento necesario para balbucear:

—Sí, creo que eso me mantendrá aquí. —Apoyándose contra la pared, Max respiró entrecortadamente mientras ella usaba su boca y sus manos para excitarlo todavía más. Cuando no pudo seguir soportándolo por más tiempo, la tomó en sus brazos y la llevó a la cama para consumar el acto con ávida pasión.

Nueva Orleans era un hervidero de murmuraciones. Todos conocían la rivalidad entre Étienne Sagesse y Maximilien Vallerand, pero lo ocurrido en el baile de los Leseur iba más allá de lo imaginable. La historia de cómo un Sagesse completamente borracho se había propasado con la esposa pelirroja de Vallerand corrió de casa en casa.

Se decía que la joven madame Vallerand había sido vista medio desnuda en la galería. Un testigo aseguraba haber oído jurar a Vallerand que se vengaría de todos los miembros de la familia Sagesse. Otro afirmaba que Vallerand había amenazado con estrangular a su segunda esposa, tal como hiciera con la primera, si alguna vez la sorprendía mirando a otro hombre.

Mientras iba a las oficinas de la pequeña empresa naviera que tenía en la ciudad, Max fue muy consciente de la estela de excitación que iba dejando a su paso. Las mujeres no lo miraban así desde antes de su matrimonio, como si él fuera un animal muy peligroso al que había que evitar. Los hombres se mostraban en su presencia como muchachos que acabaran de tropezar con el matón de la escuela. Disgustado, Max se dio prisa por concluir lo que tenía que hacer. Obviamente, su destino en la vida era verse perseguido por el escándalo tanto si lo merecía como si no.

Cuando regresó a la plantación, vio varios carruajes inmóviles en el largo sendero que llevaba al edificio principal. No era el día habitual de recibir visitas de Irénée. Max entró y se quitó los guantes y el sombrero. Un rumor de voces procedentes del salón llegó a sus oídos.

Antes de que pudiera ir a investigar, se presentó Lysette.

—Son las amistades de Irénée —susurró con una sonrisa conspiratoria mientras lo cogía del brazo—. No te dejes ver. No queremos que nadie se desmaye.

Lo condujo a la biblioteca. Max dejó que fuese tirando de él mientras se llenaba los ojos con la visión de su cuerpo. Llevaba un vestido azul ribeteado de delicados encajes blancos.

—Tu madre ha tenido una mañana maravillosa —lo puso al corriente ella mientras cerraba la puerta de la biblioteca—. Tanto si viven cerca como si viven lejos, todas han venido a verla para escuchar su versión de lo que ocurrió anoche. El que ella ni siquiera estuviese allí carece de importancia.

Max sonrió de mala gana mientras pensaba que allí donde cualquier otra esposa se mostraría tensa y preocupada por la situación, Lysette todavía era capaz de tomársela a broma. Se inclinó para besarla y paladeó la dulzura de sus labios.

—No te preocupes —dijo en tono burlón—. El escándalo quedará olvidado en apenas diez o doce años.

Lysette sonrió y volvió a bajar la cabeza.

—Bueno, en ese caso tendremos que llevar una vida muy recogida hasta entonces.

—Madame Vallerand —susurró, y la besó en el cuello—, usted haría que el mismísimo infierno pareciese atractivo.

—Puedes estar seguro de que te seguiré adondequiera que vayas, *bien-aimé*.

Ya entrada la noche, Lysette fue bruscamente despertada de su sueño cuando Max alzó el brazo que tenía sobre su cintura y se levantó de la cama. Echando de menos el calor del cuerpo de él, Lysette farfulló una confusa protesta.

—Tengo que salir un rato.

—¿Salir? —Adormilada y llena de irritación, Lysette se apartó los cabellos de la cara—. ¿No hablamos de eso la noche anterior?

—Lo hicimos —dijo Max; se puso los pantalones y buscó la camisa que se había quitado al acostarse—. Y debería haberme ocupado de mi asunto entonces... pero me vi distraído.

—¿Ese asunto no puede ser atendido a la luz del día?

—Me temo que no.

—¿Vas a hacer algo peligroso? ¿Ilegal?

—No del todo.

—¡Max!

—Regresaré en unas dos horas.

—No lo apruebo —dijo ella—. Detesto que salgas de casa durante la noche.

—Duérmete —susurró él; la hizo acostarse y le dio un beso en la frente—. Cuando despiertes, estaré aquí a tu lado —añadió mientras la arropaba.

Por la mañana, una ligera llovizna despertó a Lysette, y se abrigó un poco más de lo que habría sido necesario en un día de septiembre. Su sencillo vestido de terciopelo era de un tono rojo óxido que resaltaba el color de su pelo. Se recogió el cabello en una larga cola de caballo.

Un débil gemido llegó hasta ella procedente de la cama, y Lysette miró por encima del hombro a la masa de sábanas enredadas y largos miembros recubiertos de vello. Tal como prometió, Max había regresado durante la noche. Se negó a dar ninguna explicación de dónde había estado, se quitó la ropa, puso fin a las preguntas de Lysette haciéndole el amor, y luego se quedó dormido enseguida. Lysette se irritó ante su actitud evasiva, pero también sintió alivio al tenerlo nuevamente junto a ella.

Fue hacia la cama con las manos apoyadas en las caderas.

—Vaya, así que estás despierto —dijo animadamente.

—Estoy cansado —musitó él.

—Me alegra saberlo. Espero que estés agotado, Max. Así esta noche quizá te quedarás en tu cama en vez de ir a atender algún asunto tan misterioso que ni siquiera puedes explicárselo a tu esposa.

Max se irguió en la cama, la sábana cayó hasta su cintura mientras se restregaba la cara con las manos. Aunque estaba muy enfadada con él, Lysette no pudo evitar apreciar la visión de su cuerpo moreno y musculoso.

—Está bien —musitó él—. Te lo explicaré todo, ya que está claro que de otra forma no me dejarás en paz. Anoche fui a...

Se calló cuando oyó un ruido de pasos que corrían escaleras arriba.

Frunciendo el ceño, Lysette salió al pasillo y vio a Philippe. El muchacho tenía el rostro demudado por el pánico.

—¿Dónde está Justin? —chilló apenas la vio—. ¿Está en casa?

—No lo sé —respondió ella, cerrando parcialmente la puerta del dormitorio a su espalda mientras Max se ponía un batín—. Me parece que ha ido a dar una vuelta por la ciudad con unos cuantos amigos. ¿Por qué? ¿Qué pasa?

Philippe trató de recuperar el aliento.

—He ido a mi clase de esgrima —jadeó—. He oído... n... nuevas sobre Étienne Sagesse...

Lysette sintió un ominoso escalofrío cuando el muchacho se calló. Advirtió la presencia de Max detrás de ella, y se apoyó en su pecho.

—Continúa —pidió Max—. ¿Qué pasa con Sagesse, Philippe?

—He oído decir que lo encontraron anoche en el Vieux Carré, cerca de Rampart Street... Étienne Sagesse ha sido asesinado.

15

El verdadero alcance de las sospechas que pesaban sobre Max fue revelado por la visita de Jean-Claude Gervais, el capitán de las *gens d'armes*. Gervais, la máxima autoridad policial en Nueva Orleans, no habría ido a verlo en persona a menos que la situación fuese extremadamente grave.

El capitán Gervais habría dado cualquier cosa por estar en la piel de otro. No había olvidado el favor que le hizo Maximilien Vallerand no hacía mucho tiempo, cuando dejó caer unas cuantas palabras en los oídos apropiados para asegurar que las *gens d'armes* recibirían nuevo armamento y equipo. Y ahora él le devolvía aquel favor entrometiéndose en su intimidad e interrogándolo acerca de un asesinato. Tratando de ocultar la incomodidad que sentía, Gervais se mostró impasible cuando se le dio la bienvenida en el hogar de los Vallerand.

—Monsieur Vallerand —comenzó, manteniéndose más tieso que un palo mientras Max cerraba la puerta de la biblioteca para que pudieran hablar a solas—. La razón por la que estoy aquí...

—Ya sé por qué está aquí, capitán. —Vallerand fue hacia una hilera de licoreras de cristal y alzó una con una mirada interrogativa.

—*Non, merci* —dijo Gervais, aunque tenía muchos deseos de beberse una copa.

Vallerand se encogió de hombros y se sirvió un coñac.

—Siéntese, si quiere. Supongo que esto nos llevará un tiempo.

—Monsieur Vallerand —dijo Gervais, acomodando su corpachón en un gran sillón de cuero—, ante todo debe saber usted que esto no es una investigación oficial...

—Ya sé que tiene muchas preguntas que formularme, capitán. Para ahorrar tiempo, seamos lo más directos posible. —Vallerand esbozó una sonrisa—. Reservemos la charla entre amigos para una ocasión más agradable, ¿de acuerdo?

Gervais asintió.

—¿Es cierto, monsieur, que hace dos noches, en la plantación de los Leseur, estuvo usted a punto de matar a Étienne Sagesse?

Vallerand asintió.

—Sagesse acababa de insultar a mi esposa, y, naturalmente, yo quería hacerlo pedazos. Pero las familias de ambos evitaron que nos peleáramos. Y me persuadieron de que no debía retarlo a duelo debido al estado en que se encontraba.

—Sí. Me han contado que bebió. —Sólo un criollo entendería el delicado significado que Gervais imprimió a la última palabra. La frase era como una acusación directa dirigida contra la masculinidad, el honor y el carácter de Sagesse. Se consideraba imperdonable que un criollo bebiera más licor del que podía aguantar—. Monsieur —añadió—, su esposa y monsieur Sagesse estuvieron prometidos en cierto momento, ¿verdad?

Vallerand entornó los ojos negros como el azabache.

—En efecto, lo estuvieron.

—La familia Sagesse afirma que usted se la quitó a Étienne. ¿Cómo ocurrió exactamente?

Vallerand se disponía a replicar cuando llamaron suavemente, y la puerta fue abierta una rendija.

—¿Sí? —dijo Vallerand abruptamente.

Gervais oyó un suave murmullo femenino.

—Me gustaría escuchar, *mon mari*, si te parece bien. Prometo no interrumpir.

Vallerand interrogó con la mirada a Gervais.

—Si el capitán no tiene nada que objetar... —dijo después—. Capitán Gervais, mi esposa, Lysette Vallerand.

Gervais se inclinó cortésmente, descubriendo que la joven madame Vallerand era una mujer impresionante, con aquella cabellera roja como el fuego y sus vívidos ojos azules. Transmitía sensatez y energía, pero al mismo tiempo hacía que su interlocutor no pudiera evitar imaginarla desnuda, y ante la visión de su boca, tan suave y carnal, acudían a la mente pensamientos asombrosamente lúbricos. Incluso con su imponente esposo presente en la habitación, Gervais sintió que la cara le empezaba a relucir, y se alegró de poder volver a tomar asiento en el sillón de cuero.

—¿Capitán? —lo instó Vallerand.

Gervais dio un respingo.

—Monsieur... las preguntas que tengo que formular podrían resultar embarazosas para madame.

—Podemos ser francos ante mi esposa —dijo Vallerand, tomando asiento junto a ella.

—Bien. Se trata del secuestro de la prometida de Étienne Sagesse.

—¿Secuestro? —repitió madame Vallerand con incredulidad—. Yo no lo llamaría así. Cuando puse los pies en Nueva Orleans por primera vez, había dejado la casa de los Sagesse sin que nadie me obligara a ello: tomé esa decisión debido a que monsieur Sagesse se estaba comportando de una manera muy poco caballerosa conmigo. Por invitación de la madre de Maximilien, vine a residir aquí (ella conocía a mi madre, ¿sabe?), y luego enfermé. Durante mi convalecencia, me enamoré de Maximilien y acepté su oferta de matrimonio. Nadie me secuestró. Es muy simple, *voyez-vous*?

—Ciertamente —musitó Gervais—. Monsieur Vallerand se batió en duelo con monsieur Sagesse por dicha cuestión, ¿verdad?

—Sí.

—¿Diría usted que eso volvió todavía más profunda la enemistad que ya existía entre ambos?

—No —respondió Vallerand—. De hecho, terminé el duelo prematuramente.

—¿Por qué?

—Sentí pena por Sagesse. Cualquiera de los que asistieron estará de acuerdo en que yo podría haberlo matado fácilmente, en legítima defensa de mi honor. Pero he llegado a la edad, capitán, en que un hombre desea disfrutar de un poco de paz. Hasta me atreví a abrigar la esperanza de que los Sagesse y los Vallerand por fin dejarían de ser enemigos. —Un leve temblor estremeció sus cejas cuando vio que incluso su esposa lo miraba con escepticismo—. Es cierto —añadió en tono neutro.

—¿Incluso conociendo la relación que Sagesse había mantenido con su primera esposa? —preguntó el capitán.

—El odio es una emoción que lo consume todo —declaró Vallerand—. Deja espacio para muy poco más. —Miró a su esposa con una sonrisa en los labios—. Finalmente empecé a renunciar al odio cuando comprendí que la vida sería mucho más rica sin él. —Su atención volvió a centrarse en el capitán—. No es que perdonara a Sagesse, entiéndame. Su traición me había herido profundamente, y tengo tanto orgullo como cualquiera. Pero llegué a hartarme de tanto alimentar el resentimiento, y deseaba dejar atrás el pasado.

—Pero Sagesse lo hizo imposible...

—Yo no diría eso. Después del duelo ya no hubo prácticamente ninguna comunicación entre nosotros.

El capitán Gervais formuló unas cuantas preguntas más acerca de la relación que había existido entre Corinne y Étienne, y luego cambió de tema.

—Monsieur Vallerand, dos testigos lo vieron anoche en el Vieux Carré. ¿Qué propósito lo llevó allí?

Vallerand pareció ponerse en guardia, y titubeó antes de responder:

—Fui a visitar a mi antigua *placée*.

Tanto Lysette como el capitán enrojecieron. ¿*Mariame*?, pensó Lysette. ¿Qué diablos podía haber estado haciendo él con Mariame? Parpadeó mientras caía en la cuenta de que el capitán Gervais le estaba hablando.

—Madame Vallerand, si desea dejar la habitación...

—No, me quedaré —dijo ella con voz átona.

Claramente consternado, Gervais reanudó el interrogatorio.

—¿Su amante? —le preguntó a Max.

—Sí, durante varios años.

Lysette sólo escuchó a medias el resto de la entrevista. Un sinfín de posibilidades desagradables se agitaban dentro de su mente. O Max le había mentido y aún mantenía a Mariame como amante suya, o ahora le estaba mintiendo al capitán Gervais para ocultar la verdadera razón por la que había estado en el Vieux Carré.

Finalmente, el capitán Gervais se puso en pie para indicar que el interrogatorio había terminado.

—Monsieur Vallerand —dijo solemnemente—, me siento obligado a hacerle notar que debería tener muy presentes ciertos hechos. Digo esto de manera extraoficial, por supuesto.

Max inclinó la cabeza y su mirada escrutadora se clavó en el rostro del capitán, que agregó:

—Es importante que los habitantes de Nueva Orleans sientan que la ley es tan competente ahora como antes de que los americanos tomaran posesión del territorio. El pueblo no tiene demasiada fe en ninguna institución gubernamental; incluida, lamento admitirlo, mi propia fuerza policial. Étienne Sagesse pertenecía a una antigua familia que siempre ha sido muy respetada por todos, y su muerte es considerada como una gran pérdida. La gente exige que semejante crimen reciba un rápido castigo. Además, hoy en día no es posible garantizarle un proceso justo a nadie. El sistema judicial pasa por una fase de gran agitación. Uno tendría que estar loco para confiarle su vida a la esperanza de que recibirá un trato justo y equitativo.

Max asintió lentamente.

—Especialmente —añadió Gervais—, cuando varios destacados miembros de la comunidad han alzado su voz para denunciarlo a usted. Uno de esos hombres es el juez del tribunal del condado. Piden que lo arresten. Como comprenderá, se trata de algo más que un mero ruido de sables, monsieur.

—¿Pertenece alguno de esos hombres, por casualidad, a la Asociación Mexicana? —quiso saber Max.

—La mayoría de ellos, creo —contestó Gervais, un poco sorprendido por la pregunta.

Los amigos de Burr, comprendió Lysette con indignación. Los cómplices de Aaron Burr pedían que se arrestara a Max, muy probablemente porque habían prometido a Burr que harían cuanto estuviera en su mano para vengarse de él por el desdén que había mostrado hacia su causa. No podía haber mejor oportunidad que ésta.

—Le estoy dando tiempo para prepararse, monsieur. —Gervais miró a Max—. Porque muy pronto me veré obligado a arrestarlo. —Hizo una pausa—. ¿Tiene alguna pregunta que hacerme, monsieur?

—Sólo una —dijo Max—. ¿Cómo fue asesinado monsieur Sagesse?

—Lo estrangularon —respondió Gervais—. Matar de esa manera a un hombre de la corpulencia de Sagesse requiere una gran fuerza, monsieur. —Observó significativamente el musculoso pecho de Max y sus anchos hombros—. Pocos hombres habrían sido capaces de hacerlo.

Lysette fue incapaz de emitir el mínimo sonido mientras Max acompañaba al capitán a la puerta principal. Se apretó el estómago con los puños. Se sentía como si estuviese atrapada en una pesadilla, y anhelaba despertar de ella.

Transcurrió un minuto que pareció un año, y Max volvió con ella. Hincó una rodilla en el suelo junto a la silla y tomó los fríos puños de Lysette en su cálida mano.

—Cariño —murmuró—. Mírame.

Ella lo miró fijamente sin tratar de ocultar la desesperación que sentía.

—Anoche vi a Mariame —continuó Max—. Tenía que hacer los arreglos necesarios para que su hijo, el que tuvo de otro hombre, saliera del territorio. Es un mestizo, y la semana pasada se descubrió que estaba teniendo una aventura con una mujer blanca. Su vida corre peligro. Quizá ya sepas qué es lo que les hacen a... bueno, será mejor no entrar en detalles. Hace unos días Mariame me envió un mensaje pidiéndome ayuda. Sabiendo lo que significa el muchacho para ella, no podía negarme.

Lysette apenas había escuchado la explicación.

—¿Qué fue lo que dijo el capitán Gervais acerca de darnos tiempo para prepararnos? Lo que ha hecho es darnos tiempo para que nos vayamos lo más lejos posible. Se refería a huir, ¿verdad?

—Sí —respondió Max con un suspiro—. A eso se refería.

—Tenemos que irnos esta misma noche. No tardaré mucho en hacer el equipaje. ¿México? No, Francia...

—No vamos a ir a ninguna parte —la interrumpió él con dulzura.

Lysette lo cogió por las solapas de la chaqueta.

—¡Sí, vamos a hacerlo! Me da igual dónde viva, siempre que esté contigo. Si te quedas aquí, ellos... —Se le quebró la voz—. Creo lo que ha dicho el capitán Gervais, Max.

—Yo no maté a Étienne Sagesse.

—Eso ya lo sé. Pero nunca conseguiremos probarlo, y aunque lo consiguiéramos, nadie nos escucharía. Las autoridades americanas quieren alardear de su poder sobre los criollos, y acabar con un hombre de tu posición les haría sentir que por fin han conseguido hacerse con el control de la ciudad. Debemos irnos. Te declararán culpable. ¿Es que no lo entiendes? Si te ocurriera algo, Max...

—No vamos a salir huyendo. Eso no sería vida, ni para ti ni para mí.

—¡No! —dijo ella, apartándose de él cuando intentó tranquilizarla—. ¡No, no digas ni una palabra más! —Recuperó rápidamente el control de sí misma—. Voy a ir arriba y haré el equipaje para nosotros y los chicos. Dile a Noeline que mande bajar los baúles. No, no, ya se lo diré yo. —Saltó hacia atrás cuando vio que Max extendía las manos hacia ella—. ¡No me toques!

—Nos quedamos, Lysette —dijo él con suavidad.

Ella consideró rápidamente distintas maneras de obligarlo a marchar.

—Yo partiré hacia Francia esta misma noche, y tú puedes quedarte aquí y dejar que te ahorquen con tus principios, o venir con tu familia y ser feliz. ¡No deberías necesitar mucho tiempo para elegir!

Comenzó a salir de la habitación hecha una furia y un instante después, rauda como el rayo, volvió a aparecer en el hueco de la puerta.

—Y mientras consideras tus opciones —dijo—, podrías ir pensando que a estas alturas lo más probable es que yo ya esté embarazada. ¡Nuestro hijo necesitará un padre! Y si eso no te llena de inquietud... —Entornó los ojos, que se convirtieron en dos rendijas—. ¡Entonces juro por todos los santos que si te quedas aquí para que te ahorquen, aun así iré a Francia y encontraré otro hombre con el que casarme! ¿Te convence eso de venir conmigo?

Mientras Lysette subía las escaleras, Max se sentó en su sillón. A pesar de lo preocupado y apesadumbrado que estaba, no pudo evitar sonreír. Aunque recorriese el mundo entero, nunca encontraría una mujer que lo comprendiera ni la mitad de bien que su esposa. Con cuatro frases concisas, Lysette había conseguido acertar de lleno en todos los lugares donde él era vulnerable.

La casa estaba tan silenciosa como una tumba, salvo por los sonidos que acompañaban a Lysette mientras hacía el equipaje a toda prisa. Cubierta por un grueso velo y con las facciones demudadas por la pena, Irénée se había llevado consigo a Noeline a la catedral, donde pasó varias horas recibiendo el consejo de un viejo sacerdote amigo de la familia, y pidiendo el perdón para su hijo en una larga y desesperada serie de plegarias. No había sido capaz de hablar con Max, o de mirarlo siquiera, mientras dejaba la plantación.

Naturalmente, reflexionó Max, a Irénée no se le había ocurrido pensar que él quizá no hubiese matado a Étienne Sagesse. Su madre llevaba años viviendo en la creencia de que él había dado muerte a Corinne. Se preguntó, desolado, cómo era posible que la anciana siguiera queriendo a un hijo al que creía capaz de matar a sangre fría.

Hasta que empezó a anochecer, Max estuvo sopesando la idea de huir, pero por fin la desestimó. Mucho tiempo atrás había adquirido propiedades en Europa, por si sus posesiones en Luisiana llegaban a correr peligro. Si se veía obligado a huir, disponía de los medios necesarios para que él y Lysette vivieran cómodamente durante el resto de sus vidas. Pero los años de exilio, el verse perseguido por su reputación, mirando siempre por encima del hombro por temor al castigo de los Sagesse o sus parientes... No, él y Lysette nunca serían felices. Por no mencionar que la venganza de los Sagesse también incluiría a sus descendientes. Las vidas de sus hijos correrían peligro, hasta que alguien pagara por el crimen del que se acusaba a Max. Tenía que quedarse y luchar por demostrar su inocencia.

Se detuvo al pie de la doble curva de la escalera y alzó la mirada. Philippe se había encerrado en su habitación. Después de que hubiera vuelto a casa y fuese informado del inminente arresto de Max, Justin había partido en alguna misteriosa misión. Una doncella pasó sigilosamente junto a Max y subió la escalera llevando una maleta de cuero, mientras Lysette la apremiaba a que se diera prisa. Max sacudió la cabeza con expresión melancólica. Nadie podría acusar de falta de coraje a la mujer con la que se había casado. Puso el pie en el primer escalón, con la intención de ir arriba y poner fin a todos aquellos preparativos que no iban a servir de nada.

Lo detuvo el estruendo que resonó detrás de él, cuando Justin abrió la puerta principal e irrumpió en la casa como si se hubiera vuelto loco.

—¡Padre! —gritó—. Pad... —Se detuvo en seco ante Max. La niebla impregnada de humedad que flotaba en el aire le había empapado la ropa y el pelo, y cuando se quedó inmóvil las gotas enseguida empezaron a caer sobre la alfombra.

Max tendió las manos hacia él para sostenerlo.

—Justin, ¿dónde has...?

—He estado si... siguiendo... —tartamudeó Justin al tiempo que lo cogía de los brazos—. He estado siguiendo a Bernard. —Tiró impacientemente de su padre—. Está en la ciudad, bebiendo y jugando en La Sirène.

Aquello no sorprendió a Max.

—Bernard tiene su propio modo de hacer frente al infortunio familiar, *mon fils*. Bien sabe Dios que ha tenido que sufrirlo en muchas ocasiones. Deja que haga lo que quiera. Y ahora...

—¡No, no! —exclamó Justin—. Tienes que hablar con él.

—¿Por qué?

—Has de preguntarle... Ciertas cosas.

—¿Como cuáles?

—Pregúntale por qué odia tanto a Lysette. Y por qué estaba dispuesto a dejar que cayera del desván. ¡Pregúntale por qué estaba en aquella galería, por qué la vio con Sagesse y no trató de ayudarla! ¡Pregúntale dónde estuvo anoche!

—Justin —dijo Max con impaciencia—, está claro que, por la razón que sea, tú y Bernard habéis tenido una discusión muy seria. Pero en estos momentos hay cosas más importantes que...

—¡No, nada es tan importante como esto! —se obstinó Justin—. ¡Pregúntale qué sentía por mi madre! ¡Y luego pregúntale qué era lo que sabía Étienne que lo volvía tan peligroso!

Max lo sacudió violentamente.

—¡Basta!

Justin cerró la boca.

—Comprendo que quieras ayudar —añadió Max—. No quieres que me culpen de ese asesinato, pero eso no te autoriza a lanzar acusaciones contra otras personas, especialmente de tu propia familia. Bernard quizá no te caiga bien, pero...

—Ven conmigo —suplicó Justin—. Habla con él. Si lo haces, enseguida comprenderás lo que intento decirte. Es lo único que te pido. ¡Maldita sea, y no me digas que no tienes tiempo para ello! ¿Qué otra cosa planeabas hacer esta noche? ¿Esperar a que te arrestaran?

Max lo miró a los ojos, mientras Justin contenía la respiración.

—Está bien —cedió por fin.

Justin lo rodeó con los brazos y escondió la cara en su pecho, y luego saltó a un lado.

—No quiero encontrarme con ninguno de los Sagesse. Hemos de evitar el camino principal...

—Tendremos que usarlo —dijo Max—. Porque a la hora que es, los otros caminos ya se habrán convertido en un lodazal. —Fue hacia la puerta, y Justin se apresuró a seguirlo.

Renée Sagesse Dubois estaba sentada a solas en el salón con la carta sellada en su regazo, contemplándola con ojos enrojecidos. Estaba dirigida a Maximilien Vallerand. Recordó haber visto a Étienne escribiéndola justo antes del duelo. Étienne la había sellado con sus propias manos, y se había negado a revelarle su contenido. Le había indicado que le entregara la carta a Maximilien, si Vallerand salía vencedor del duelo.

Renée se preguntó vagamente por qué Vallerand le había perdonado la vida a Étienne entonces, por qué había dado por finalizado el duelo sin que se produjera un verdadero derramamiento de sangre. Étienne se lo había mencionado en más de una ocasión durante los meses siguientes, y parecía sentir todavía más desprecio que antes por Maximilien.

Desde el duelo, Renée había tratado de devolverle la carta a Étienne, pero éste había insistido en que debía guardarla, con las mismas intrucciones. En cuanto él hubiera muerto, ella se la entregaría a Maximilien.

Pero Renée no podía hacerlo. Pese a la promesa que había hecho, se sentía incapaz de comparecer ante el asesino de su hermano.

—Lo lamento, Étienne —susurró—. No puedo hacerlo. —Arrojó la carta al suelo y se echó a llorar.

Al cabo de unos momentos, Renée recuperó la compostura y fijó la vista en la carta. ¿Qué podía haber escrito Étienne? ¿Cuáles eran sus verdaderos sentimientos hacia el hombre que había sido su amigo, su enemigo y, finalmente, su asesino? Renée la recogió y rompió el sello de lacre escarlata.

Comenzó a leer, mientras se enjugaba las lágrimas. La primera página era tan críptica que no había forma de entenderla. Pasó a la segunda.

—Oh, no —murmuró—. Étienne... ¿cómo es posible?

Mientras cabalgaba con su hijo por el camino cubierto por la niebla, Max se preguntaba sombríamente qué loco impulso se habría adueñado de él para que estuviera yendo a la ciudad con Justin. No sacaría nada de hablar con Bernard, quien probablemente ya estaría demasiado borracho para articular una frase completa.

¿Por qué estaba Justin tan resuelto a involucrar a Bernard en aquel maldito embrollo? Max tuvo que contenerse para no decirle a su hijo que regresaba a la plantación. Pero como le había hecho notar Justin, el muchacho nunca le había pedido nada.

Justin puso su montura al galope. Llegaron a una curva del camino y aflojaron la marcha, porque acababan de ver a cuatro jinetes inmóviles a unos metros por delante de ellos. Los jinetes se desplegaron de inmediato, formando un semicírculo al tiempo que iban hacia la pareja.

Max reconoció a Severin Dubois, los dos hermanos de Étienne y uno de los primos Sagesse. Era fácil imaginar cuál sería el propósito que los había unido: se habrían propuesto vengar la muerte de uno de los suyos. Max se llenó una mano al costado. Un instante después masculló una maldición al darse cuenta de que se había dejado las pistolas en casa.

Justin tiró de las riendas e hizo que su montura volviese grupas hacia la derecha, listo para huir.

—No, Justin —dijo Max con voz ronca. Los jinetes estaban demasiado cerca, y tratar de escapar no serviría de nada. El muchacho hizo caso omiso y siguió adelante con aquella temeridad. Uno de los Sagesse blandió su rifle agarrándolo por el cañón y utilizó la gruesa culata de madera de arce como si fuera un garrote.

Un grito enronquecido brotó de la garganta de Max, y el pánico se adueñó de él.

—¡Malditos seáis! —les rugió a los Sagesse al tiempo que se apeaba de un salto. Corriendo por el barro, consiguió llegar hasta su hijo a tiempo de sostener el cuerpo desmadejado cuando éste resbaló de la silla de montar.

Los caballos arañaron el suelo con los cascos y se removieron nerviosamente. Severin Dubois contempló sin perder la calma cómo Max bajaba a su hijo al suelo.

—Hoy en día no te puedes fiar de la justicia —observó Dubois—. Hemos pensado que sería mejor que nos ocupáramos personalmente del asunto.

Max volvió la cabeza de su hijo a un lado y apartó con mucho cuidado los mojados cabellos negros para examinar la herida. Un estremecimiento de ira recorrió su cuerpo cuando vio el corte y el morado en la sien. El muchacho gimió y se debatió entre sus brazos.

—Lo siento —murmuró Max, besando su pálida mejilla—. *Je t'aime*, Justin. Ya verás que no te ocurre nada. No te muevas. —Se quitó la capa y lo envolvió protectoramente con ella.

—No le haremos más daño —dijo Severin—. A menos, naturalmente, que intente crearnos dificultades.

Max miró a Dubois con ojos llenos de odio y dejó en el suelo a Justin. Sin moverse de donde estaba, no ofreció ninguna resistencia cuando uno de los Sagesse empezó a atarle las muñecas.

—¿Dónde está monsieur Vallerand? —inquirió Renée. Lysette no pudo evitar mostrarse asombrada. Por lo que recordaba de su breve estancia con los Sagesse hacía ya varios meses, la hermana de Étienne siempre había poseído una gélida compostura que nada parecía capaz de modificar. Pero ahora parecía una mujer completamente distinta, agitada y temblando de emoción—. He de hablar con su esposo —añadió rápidamente, negándose a entrar en el salón—. *Immédiatement*.

—Me temo que ahora no se encuentra aquí —dijo Lysette.

—¿Dónde está? ¿Cuándo regresará?

Lysette miró a su interlocutora, preguntándose si los Sagesse la habrían enviado con algún propósito malévolo.

—No lo sé —respondió sin faltar a la verdad.

—Tengo algo de mi hermano para él.

—¿De qué se trata? —preguntó Lysette sin molestarse en ocultar su recelo.

—Una carta. Étienne quería que le fuese entregada a monsieur Vallerand cuando él muriera.

Lysette asintió fríamente. Sin duda la carta era un último intento de mofarse de su marido contando mentiras. Sólo Étienne podía haber sido capaz de encontrar un modo de reírse de Max desde la tumba.

—Si tiene a bien confiármela, me aseguraré de que la reciba.

—No lo entiende. La carta cuenta todo lo referente al pasado... La aventura... Todo.

Lysette abrió los ojos como platos.

—Déjeme verla —dijo, y arrancó la carta de las manos de Renée antes de que ésta llegara a tendérsela. Luego dio media vuelta y leyó rápidamente las líneas escritas a toda prisa. Parecían arrojarse sobre ella desde la página.

El amor te ciega y nubla tu mente, Max. Te conozco lo bastante para saber que preferirías cargar con la responsabilidad por un crimen que no cometiste antes que creer que tu propio hermano fue capaz de semejante traición.

... te di lo que deseabas... vi cómo te hundías en tus propios engaños, mientras que yo...

Lysette dejó de leer y miró a Renée.

—¡Bernard! —gritó.

Renée la miró como si no pudiera evitar sentir piedad por ella.

—Eso es lo que asegura la carta. Después de que la relación entre Étienne y Corinne hubiera llegado a su fin, ella dio inicio a una nueva aventura con Bernard. Prácticamente lo admitió ante Étienne, y también le habló de sus planes para hacer pública la relación que estaba manteniendo con Bernard, si éste no accedía a huir con ella.

Lysette leyó frenéticamente el resto de la carta.

> ... no cabe duda de que la idea de librarse de Corinne le pareció mucho más atractiva a Bernard que la de tener que soportar su compañía durante una vida de exilio. Si se me hubiera dado a elegir entre esas dos cosas, yo mismo podría haber estrangulado a la zorra. Pero hacer que pareciese que había sido el esposo convertido en cornudo quien lo había hecho... eso fue un toque magistral digno únicamente de un Vallerand.

—Étienne escribe que su esposo cometió un grave error al no considerar la posibilidad de que Corinne y Bernard hubieran tenido una aventura —dijo Renée—. Étienne menospreciaba a Maximilien porque había pasado por alto lo que hubiese podido ver sólo con que se hubiera molestado en mirar.

—Pero Max creía que Bernard estaba muy enamorado de otra.

—Sí, una chica americana.

—Bernard la dejó embarazada, y ella huyó... oh, cómo se llamaba...

—Ryla Curran —la interrumpió Renée—. En la carta Étienne asegura que las cosas no sucedieron así. Bernard estaba interesado en la chica, pero nunca llegó a tener nada que ver con ella.

—¿Cómo se enteró Étienne?

—Porque no fue Bernard sino Étienne quien la sedujo. —Renée sonrió con amargura—. Desgraciadamente ella no fue la primera joven a la que él le arruinó la vida... ni la última. Pero a Bernard le convenía fingir que había sido amante de Ryla, porque así sería menos probable que la gente sospechara cuál había sido la verdadera naturaleza de su relación con Corinne.

Sintiendo que se le helaba la sangre en las venas, Lysette

se preguntó qué efecto tendría sobre Max descubrir lo que había hecho su hermano. La cabeza empezó a darle vueltas.

—Bernard mató a Étienne... —dijo.

—Eso creo. Naturalmente, no existe ninguna prueba, sólo...

—¡Fue él! —insistió Lysette—. La noche del baile en la mansión de los Leseur, Bernard debía de estar convencido de que Étienne no permanecería en silencio durante mucho tiempo, y... ¡sí, tiene que haberlo matado! Sólo que, por este segundo asesinato, Max pagará todas las consecuencias.

—No se deje llevar por el pánico —dijo Renée—. Hay tiempo. Lo único que habrá que hacer será enseñar la carta a las autoridades cuando vengan en busca de su esposo. —Hizo una pausa y añadió—: A menos que Maximilien ya haya huido del territorio. ¿Lo ha hecho?

Lysette le dirigió una mirada acerba.

Renée se disponía a preguntar algo más cuando las distrajo una súbita intrusión.

—¿Max? —preguntó Lysette, volviéndose en redondo—. ¿Dónde...? —Las palabras murieron en sus labios.

Justin estaba apoyado en el marco de la puerta, jadeando y resoplando tras haber corrido kilómetros sin detenerse en ningún momento. Estaba pálido y tenía la frente amoratada y manchada de sangre. Hasta el último centímetro de su cuerpo estaba cubierto de barro y sudor.

—Necesito ayuda. ¿Dónde está Alexandre?

—Con Henriette y los Clement —respondió Lysette—. Justin, ¿qué...?

—¡Philippe! ¡Philippe, ven aquí! —exclamó el muchacho.

Philippe apareció en lo alto de la escalera, miró a su hermano y se apresuró a bajar. Justin miró a Renée Dubois y dijo con expresión de odio:

—Todo un detalle por su parte hacerle compañía a mi madrastra mientras su esposo y su hermanos asesinan a mi... —Súbitamente mareado, se apoyó en el marco de la puerta mientras se llevaba las manos a la cabeza—. Mi padre —concluyó con un jadeo ahogado, y extendió las manos hacia Lysette mientras ésta iba hacia él para sostenerlo. Justin la estrechó entre sus brazos, sin pensar en el barro que le manchaba la ropa y las manos—. Se lo llevaron —balbuceó, luchando por no perder el conocimiento—. No sé adónde. Lo matarán. Oh, Dios, puede que ya lo hayan matado.

El pequeño grupo sacó el caballo de Max del camino principal y lo llevó por senderos secundarios. Los Sagesse estaban decididos a castigar al hombre que, según ellos, había asesinado a Étienne. En aquel territorio, donde el poder parecía cambiar de manos prácticamente cada mes, las definiciones de lo que estaba bien y lo que estaba mal eran variables. Para los Sagesse, la única manera de estar seguros de que realmente se le hacía justicia a un hombre era confiar en la familia de éste.

Con las manos atadas a la espalda, Max aguardó mientras ellos cogían las riendas de su caballo y lo conducían hasta un remoto rincón de la plantación de los Sagesse medio oculto entre los campos en barbecho. Cuando sus captores se detuvieron junto a una arboleda y desmontaron, Max entró en acción clavando los talones en los flancos de su montura, que saltó hacia un lado, con la esperanza de que el tirón le arrancara las riendas de la mano a Severin Dubois.

Dubois cogió el extremo de la cuerda con que habían atado a Max de las muñecas, haciendo que éste cayese al suelo. Max se desplomó sobre el costado con un gruñido de dolor. Su ignominioso descenso no provocó risas o burlas. Aquello era un asunto muy serio, y los Sagesse no obraban impulsados por un mezquino deseo de venganza, sino para cumplir con su deber moral.

Aunque sabía que no serviría de nada, Max se debatió desesperadamente mientras lo levantaban. El primer golpe llegó con una fuerza cegadora, que lanzó su cabeza hacia atrás entre un fogonazo de dolor que le atravesó el cráneo. Antes de que pudiera recuperar la respiración, Max recibió un torrente de golpes que le partieron las costillas y lo dejaron sin aliento. Su cabeza fue bruscamente empujada hacia un lado, y Max sintió que las fuerzas lo abandonaban. La luz y la oscuridad giraron a su alrededor, y todos los sonidos se desvanecieron en un súbito rugido.

Renée palideció.

—¿Dices que mi esposo se lo ha llevado? —preguntó con tono de incredulidad—. ¿Severin y...?

—¡Sí! —rugió Justin—. ¡Toda su maldita familia!

—¿Cuánto hace de eso?

—No lo sé. Media hora, quizá.

Renée puso una mano sobre el hombro de Lysette.

—No sabía que planearan hacer tal cosa.

—Oh, claro —masculló Justin.

—Tu insolencia no va a ayudar a nadie, jovencito —dijo Renée, y volviéndose hacia Lysette, añadió—: Creo que sé adónde lo han llevado, pero no estoy segura. Mi carruaje está esperando fuera.

—¿Por qué iba a querer ayudarme a encontrarlo? —preguntó Lysette sin percatarse apenas de la presencia de Philippe cuando éste se reunió con ellos.

—Étienne no obró bien al guardar silencio durante todos estos años, cuando sabía que Maximilien era inocente. Nadie puede reparar lo que ha hecho, y nadie...

—Quizá —la interrumpió Justin con voz gélida— podríamos dejar los discursos para más tarde, y tratar de encontrar a mi padre antes de que la familia de usted le alargue el cuello. —Con un gemido de dolor, abrió la puerta principal y señaló el carruaje.

Philippe escoltó a Lysette fuera de la casa, y Justin cogió firmemente a Renée por el codo. Ella lo fulminó con la mirada.

—¡Me estás poniendo perdido el vestido con esa mano tan sucia, muchacho!

En vez de soltarla, Justin se apoyó en ella para mantener su precario equilibrio.

—Cuéntame adónde vamos y por qué piensas que mi padre está ahí —dijo mientras bajaban los escalones de la entrada—. Probablemente sólo quieres hacer que sigamos una pista falsa para impedir que lo encontremos.

—Ya lo he explicado —dijo Renée con altivez—. Y vamos a un campo en el extremo noroeste de mi plantación, un lugar muy discreto y alejado de todo. —Una sombra de malicia se infiltró en su voz—. Donde hay árboles de sobra para un ahorcamiento. Severin mató allí a un hombre en una ocasión. Lo sé porque lo seguí.

—¿Qué delito había cometido ese hombre?

Se detuvieron ante la portezuela del carruaje. Renée se apartó de Justin y decidió decir algo que hiciera callar de una vez al arrogante muchacho.

—Severin sospechaba que ese hombre era mi amante —respondió. Complacida con su propio descaro, esperó en vano un sonrojo juvenil que nunca llegó.

—¿Y lo era? —Los oscuros ojos de Justin eran demasiado adultos para un muchacho de su edad.

—Sí —contestó ella, confiando en que eso lo redujera al silencio.

Justin miró de arriba abajo a Renée con expresión lasciva.

—Tienes que ser muy buena en la cama para hacer que un hombre arriesgue su vida a fin de acostarse contigo.

Para gran disgusto suyo, fue Renée la que se sonrojó mientras se apresuraba a subir al carruaje.

Los Sagesse se habían reunido junto al tronco de un anciano roble, y pasaron una soga por la rama más gruesa de éste.

—Esperaremos que vuelva en sí —dijo Severin Dubois, y los hombres gruñeron mientras subían el cuerpo desmadejado de Max a la silla de montar del nervioso garañón negro, que sólo toleraba la proximidad de su dueño. Max era el único que podía montarlo.

Tomas Sagesse, el más joven de los hermanos de Étienne, pasó la soga alrededor del cuello de Max, le ciñó el nudo y cogió con mucho cuidado las riendas del garañón.

—No podré mantenerlo sujeto durante mucho rato.

—Tienes que hacerlo. Quiero que Maximilien esté consciente —replicó Severin—. Quiero que se entere de lo que le va a ocurrir.

Cuando soltaran al caballo, el cuerpo de Vallerand quedaría suspendido en el aire. Su cuello no se rompería. La soga le oprimiría la tráquea, y Vallerand moriría estrangulado. Severin se acercó al nervioso caballo y clavó la mirada en el rostro ensangrentado de Vallerand.

—Abre los ojos. ¡Acabemos con esto de una vez!

Al oír aquella voz con la que no estaba familiarizado, el caballo dio un paso hacia un costado y el nudo quedó todavía más apretado. Vallerand abrió los ojos y al moverse el garañón levantó la cabeza, aliviando así la presión asfixiante de la soga. Severin había esperado ver en su rostro ira, resentimiento, súplica, pero no había emoción alguna en los oscuros ojos.

Con un penoso esfuerzo, Vallerand separó los hinchados labios.

—Lysette... —dijo con un hilo de voz.

Severin frunció el entrecejo.

—Yo no me preocuparía por su esposa, Vallerand. Sospecho que se alegrará mucho de verse libre de un bastardo implacable como usted. —Se volvió hacia Tomas y le indicó con un ademán que soltara las riendas del garañón—. Ahora, mientras todavía está consciente.

De pronto, oyeron el grito desesperado de una mujer.

—¡Nooo!

Divisaron a lo lejos uno de los carruajes de los Sagesse, cuyas ruedas estaban atascadas en el fango, y a una mujer que se acercaba a ellos dando traspiés. Tomas alzó la mano para descargar una palmada sobre los cuartos traseros del garañón, pero Severin lo detuvo con una seca orden. Acababa de ver que Renée salía del carruaje. Una cólera tempestuosa apareció en su rostro mientras veía que la esposa y los hijos de Vallerand seguían a Renée.

Lysette cayó y se apresuró a levantarse para echar a correr por la blanda tierra que se hundía bajo sus pies. El terror se apoderó de ella cuando observó que nadie sujetaba las riendas del caballo. Había una soga alrededor del cuello de Max, atada a la rama de un árbol. Lo habían golpeado salvajemente, y tenía los ojos cerrados. Apartando con gran esfuerzo la mirada de aquel horrible espectáculo, se dirigió a Severin Dubois con voz trémula.

—Comete un error. —Le tendió la carta—. Mire esto... por favor... no haga nada hasta que la haya leído.

Tomas extendió la mano hacia las riendas del garañón en un gesto vacilante, pero el corcel se movió nerviosamente y abrió mucho los ojos, listo para estallar en un súbito frenesí de movimientos. Lysette le puso la carta en la mano a Severin y miró al garañón, fascinada, dándose cuenta de que la vida de su esposo pendía de un hilo muy delgado. Un millar de plegarias cruzaron por su mente. El papel crujió cuando Severin volvió una página, y el garañón sacudió la cabeza impaciente. Max ya no parecía estar consciente, y Lysette esperaba verlo caer de la grupa en cualquier momento.

De pronto oyó la voz de Justin que hablaba suavemente tras ella.

—Cortaré la soga. No te muevas.

La esbelta y oscura forma del muchacho pasó por detrás del garañón para ir hacia el roble. Empezó a trepar, un cuchillo sujeto entre los dientes.

—Quieto, muchacho —dijo Severin Dubois, sacándose una pistola de los pantalones. Justin continuó trepando tronco arriba como si no lo hubiera oído—. Muchacho... —volvió a decir Dubois, y Lysette lo interrumpió.

—Guarde la pistola, monsieur Dubois. Usted sabe que mi esposo no es culpable.

—Esta carta no prueba nada.

—Tiene que creer lo que dice —dijo Lysette, mirando el cuerpo desplomado de Max—. Su hermano la escribió con su propia mano. —Nunca había imaginado que llegaría a sentir una agonía semejante. Todo lo que amaba, su única oportunidad de conocer la felicidad, se hallaba precariamente suspendido ante ella.

—Una mano que temblaba bastante, a juzgar por su letra —fue la réplica de Severin—. Étienne estaba borracho cuando escribió esta carta. ¿Por qué debería aceptar yo una sola de las palabras que contiene?

Renée se encaró con él.

—¡Deja de atormentarla, Severin! Por una vez sé lo bastante hombre para admitir que te has equivocado.

Una brisa se enredó en los pliegues de la capa de Lysette y los hizo aletear. El movimiento bastó para hacer que el garañón se estremeciera y se lanzara al galope. Lysette oyó un áspero grito —el suyo— mientras veía cómo el cuerpo de su esposo caía del caballo con una lentitud de pesadilla.

Pero la soga ya no se hallaba sujeta a la rama. Justin la había cortado.

El cuerpo de Max chocó con la blanda tierra y se quedó inmóvil. Una brisa helada agitó sus negros cabellos. Lysette extendió inmediatamente las manos hacia Max, y cayó de rodillas junto a él con un sollozo de terror.

16

Después de mirar el cuerpo que yacía en el suelo, Severin se volvió hacia Renée.

—Si lo que dice esta carta es cierto, Renée —dijo con una mueca de desprecio—, si realmente fue Bernard quien mató a Corinne, eso no cambia el hecho de que Maximilien asesinó a tu hermano porque Étienne era incapaz de mantenerse alejado de su hermosa mujercita.

—¿Por qué iba a recurrir Maximilien al asesinato si deseaba la muerte de Étienne? —inquirió Renée—. ¡Étienne le dio todas las ocasiones de hacerlo honorablemente! Maximilien podría haberlo matado en el duelo, pero no lo hizo. Podría haber exigido una satisfacción en el baile de los Leseur y dado muerte a Étienne allí mismo con una espada, y nadie habría pensado mal de él por eso. Pero no lo hizo. ¡Severin, sé razonable por una vez!

Tras quitarle la soga del cuello, Lysette hizo que Max apoyara la cabeza y los hombros en su regazo. Tenía la camisa hecha jirones, y la ropa mojada y cubierta de barro. Lysette palpó el cuello de su esposo y encontró el débil ritmo de su pulso.

—Ya estás a salvo —susurró, utilizando un pliegue de su vestido para limpiarle la sangre de la cara. Una lágrima se deslizó por la mejilla de Lysette, y se la enjugó, aunque eso no evitó que manaran otras muchas. Max dejó escapar un tenue gemido, y Lysette se apresuró a tranquilizarlo con un murmullo—. Estoy aquí, *bien-aimé*.

Él cerró los dedos temblorosos sobre el terciopelo de la falda de Lysette, como si buscara refugio en el cálido cuerpo de ésta.

—Lysette... —Intentó volverse sobre el costado, y enseguida hizo una mueca de dolor.

—No, no, estáte quieto —dijo Lysette, apretándole suavemente la cabeza contra los pechos.

—Te quiero —susurró él.

—Sí, *mon cher*, ya lo sé. Yo también te quiero. —Miró a Justin, quien permanecía inmóvil a un par de metros de ellos y parecía estar un poco aturdido. Su expresión se endureció al añadir—: Justin, dile a monsieur Dubois que vamos a llevar a casa a tu padre.

Justin asintió y se acercó a Dubois, que seguía discutiendo con su esposa.

—¿Por qué lo defiendes? —quiso saber Dubois, empezando a enrojecer.

—No estoy defendiéndolo —dijo Renée en tono tranquilizador—. Sólo pretendo que se castigue al verdadero asesino de mi hermano. ¿Por qué no quieres tratar de encontrar a Bernard? Ahí está esa justicia que buscas, si eres capaz de sonsacarle la verdad.

—Tal vez lo hagamos —dijo Severin con aspereza, y levantó la voz para que todos lo oyeran—. ¿Dónde está Bernard?

Nadie respondió. Lysette pensó a toda prisa, preguntándose qué era lo mejor para el bien de Max. Si sus propios deseos fuesen lo único a considerar, Lysette los animaría a que encontraran a Bernard e hicieran lo que quisiesen con él, con tal que ella nunca tuviera que volver a ver su aborrecible rostro. Pero Bernard era el hermano de Max, y Max tenía derecho a decidir cómo había que ocuparse de él.

—Bernard está en casa —dijo Lysette sin inmutarse—. Hoy ha acompañado a su madre a la iglesia.

Justin y Philippe la miraron discretamente, sabedores de que estaba mintiendo.

—Así es —dijo Justin—. Más vale que os déis prisa, si queréis encontrarlo.

Lysette no había apartado la mirada de Severin Dubois.

—Yo me quedaré la carta, monsieur, si no le importa. Es lo único que evitará que el capitán Gervais arreste a mi esposo.

—Primero debo saber —dijo Severin— qué piensa contarle a Gervais acerca de lo que ha ocurrido hoy.

En otras palabras, Lysette podía quedarse con la carta si daba su palabra de que no denunciaría ante Gervais o sus subordinados que los Sagesse habían golpeado brutalmente a su esposo. Impotente, Lysette pensó que de todos modos las autoridades no harían nada. Pero el odio que le inspiraban Dubois y los Sagesse perduraría el resto de su vida, y se prometió a sí misma que algún día pagarían lo que habían hecho. No tuvo que mirar a Justin para saber que el muchacho estaba pensando lo mismo.

—Guardaremos silencio a cambio de la carta —dijo—. Ahora he de llevar a mi esposo a casa lo más deprisa posible, o podría ser que todavía hubierais conseguido matarlo.

—Por supuesto —dijo Severin, con una aspereza que ocultaba la incomodidad que experimentaba.

Era incapaz de sentir verdadero arrrepentimiento, pero algo en el modo como lo miraba la joven esposa de Vallerand hizo que se sintiera avergonzado.

—Es muy joven para tener una lengua tan afilada —murmuró dirigiéndose a Renée, y a continuación dio media vuelta e hizo una seña a los hermanos Sagesse de que fuesen hacia el carruaje atascado en el barro—. Ya veo por qué la llaman *la mariée du diable*.

—Es una muchacha muy valiente —dijo Renée, y una sombra de melancolía cruzó por su rostro—. Ojalá se hubiera casado con Étienne: podría haber llegado a cambiarlo.

Los Sagesse y su cuñado cabalgaron hacia el camino que llevaba a la plantación de los Vallerand. El carruaje de Renée fue a lo largo del campo y se detuvo cerca, y ella misma abrió las puertas, dando rápidas órdenes al cochero.

Philippe se puso en cuclillas junto a Lysette.

—No lo entiendo —dijo—. Sabes que Bernard está en La Sirène. ¿Por qué les has dicho que estaba en casa?

—Porque así ganaremos un poco de tiempo —repuso Lysette, usando su capa para proteger de la lluvia el rostro de Max.

—¿Tiempo para qué? —preguntó Philippe.

—Para advertir a Bernard antes de que lo encuentren.

—No —dijo Philippe, indignado—. ¿Por qué se debería advertir a Bernard? ¿Por qué no permitir que los Sagesse caigan sobre él?

—Porque tu padre no querría algo así. Y ahora llevamos a Max al carruaje.

A pesar de lo delgados que estaban, los gemelos eran unos muchachos muy fuertes y consiguieron llevar hasta el carruaje el cuerpo inconsciente de su padre. Max no emitió sonido alguno, y Lysette se preguntó con creciente temor si no estaría herido de gravedad.

Después de que Max estuviera a salvo dentro del carruaje, Justin cogió del brazo a Lysette y la llevó aparte. Su rostro mostraba señales de cansancio, pero su expresión era tranquila y resuelta.

—Iré a hablar con Bernard —anunció—. ¿Qué debería decirle?

—Dile... —Lysette hizo una pausa—. Dile que los Sagesse lo buscan. Durante esta noche, al menos. Creo que conseguirá ponerse a salvo si se esconde en el nuevo almacén que Max ha hecho construir en el muelle del río. —Frunció el ceño—. ¿Cómo llegarás a la ciudad?

Justin señaló con un movimiento de la cabeza el garañón negro, que no se había alejado mucho y en ese momento pastaba bajo un árbol.

—Me llevaré el caballo de nuestro padre.

—No puedes montarlo —protestó Lysette, sabiendo lo desconfiado que era el animal.

—Sí que puedo —replicó Justin.

Lysette sabía que el muchacho no haría tal afirmación si no estuviese seguro de que podía hacerlo. Ella no daría su consentimiento, sin embargo, hasta que una cosa hubiera quedado muy clara.

—Estoy depositando mi confianza en ti —dijo—. Prométeme que no te dejarás arrastrar por ese temperamento que tienes. Dale el mensaje a Bernard y vete. Nada de acusaciones, nada de discusiones. Confío en que no alces la mano contra él, Justin. ¿Será eso demasiado difícil para ti?

Mirándola a los ojos Justin respondió:

—No. —Cogió la mano de Lysette, se la llevó a los labios y luego apretó suavemente la mejilla contra ella—. Cuida de él —añadió con voz ronca, y la acompañó hasta el carruaje.

La juerga en La Sirène era la habitual en un lugar de reputación ligeramente dudosa. En cualquier otra ocasión, Justin habría estado encantado de visitarlo. Se trataba de la clase de taberna que le gustaba, sin ningún fingimiento de sofisticación pero aun así lo bastante decente para que a los habitantes de la parte alta del río, siempre tan vulgares y fanfarrones, no les estuviera permitido visitarla.

Justin entró en el local y se abrió paso entre el gentío hasta las salas de juego que había en la parte de atrás. No le resultó difícil localizar a su tío. Bernard estaba sentado a una mesa con un grupo de amigos, mezclando distraídamente las cartas.

—Bernard —lo interrumpió Justin—, tengo un mensaje para ti.

Bernard lo miró sorprendido.

—¿Justin? *Bon Dieu...* mira la pinta que llevas. Te has vuelto a pelear, ¿verdad? —Un brillo de disgusto iluminó sus ojos oscuros—. No me molestes.

—El mensaje es de Lysette. —Justin sonrió al ver que los otros caballeros sentados a la mesa ya empezaban a prestar atención a lo que decían—. ¿Te gustaría oírlo en privado, o debo decirlo delante de todos?

—Mocoso insolente. —Bernard arrojó las cartas sobre la mesa, se puso de pie y se llevó a Justin hacia el rincón—. Ahora dime lo que tengas que decir, y luego márchate.

Justin apartó la mano de su tío y miró a éste con un súbito destello de fuego en sus ojos azules.

—Habrían sido tres asesinatos —murmuró—. Por tu culpa, esta noche casi matan a mi padre.

—¿Qué insensatez es ésta? —preguntó Bernard, inexpresivo.

—El mensaje de Lysette —dijo Justin— es que los Sagesse saben que mataste a Étienne. Te están buscando. Si valoras en algo tu vida, más vale que encuentres alguna manera de desaparecer. Lysette sugiere que te escondas en el nuevo almacén del muelle.

Bernard no reaccionó, salvo por un violento estremecimiento en la comisura de su boca.

—Eso es una mentira —dijo con dulzura—. Es un farol para hacerme admitir algo que yo...

—Tal vez lo sea —replicó Justin—. ¿Por qué no te quedas y lo averiguas? Creo que deberías hacerlo. —Esbozó una leve sonrisa—. En serio.

Bernard miró al muchacho con una mezcla de furia e incredulidad. Luego alzó las manos como si fuera a estrangularlo.

Justin no se movió.

—No lo intentes —dijo suavemente—. Ni estoy borracho ni soy una mujer indefensa, así que disto mucho de ser tu tipo de víctima favorita.

—No lamento nada —dijo Bernard ásperamente—. El mundo es un lugar mucho mejor ahora que se ha librado de Sagesse... y de la ramera que te trajo al mundo.

Justin palideció. Sin abrir la boca, vio que su tío salía con paso tambaleante de la sala de juego.

Después de que Max hubiera sido atendido por el doctor, Noeline tuvo que dar su visto bueno al tratamiento añadiendo todavía más vendajes y ungüentos de su propia cosecha, y luego colgó unos cuantos amuletos sobre el dintel de la puerta. Lysette no se atrevió a quitarlos de allí, ya que Noeline le había asegurado que eran muy poderosos.

Para gran alivio suyo, Max finalmente recuperó el conocimiento y consiguió abrir sus ojos amoratados.

—¿Qué ha pasado? —preguntó, soltando un juramento de dolor mientras se llevaba una mano a sus maltrechas costillas.

Lysette se apresuró a ir hacia la cama con un vaso de agua. Le levantó la cabeza con mucho cuidado y lo ayudó a beber. Le contó todo lo que había sucedido después de su casi ahorcamiento, y le mostró la carta que le había salvado la vida.

—Renée Dubois la trajo hoy hace unas horas. Étienne le dijo que debía dártela cuando él muriese.

—Léemela —pidió Max con voz ronca mientras dejaba el vaso.

Lysette leyó la carta tratando de que su voz sonara lo más firme e impersonal posible. Cuando hubo terminado de leer la primera página y llegó a la primera mención de Bernard, no miró a Max, pero percibió el torrente de indignación, miedo y furia que se apoderó de él.

—No —lo oyó mascullar.

Lysette continuó leyendo. Antes de que hubiera llegado al final de la carta, Max ya se la había quitado de las manos y estaba haciendo una bola con ella.

—Sagesse era un borracho mentiroso.

—Max, ya sé que no quieres creerlo, pero...

—Pero tú sí lo crees —se mofó él—. Eso hace que todo se vuelva mucho más fácil, ¿verdad? Atribuyámosle la culpa a Bernard, alguien que ya no es muy de tu agrado para empezar, y entonces el misterio de lo que ocurrió hace diez años deja de existir. ¿Qué importa que Sagesse tuviera tan poco sentido del honor como una rata de las cloacas? Es obvio que tú te sientes más que satisfecha con la explicación de un bastardo borracho. ¡Pero no fue así como sucedió, maldita sea!

—¿Y por qué estás tan seguro de eso? ¿Simplemente porque Bernard es hermano tuyo?

—Maldita sea —repitió Max con aspereza—. ¿Dónde está Bernard ahora?

Comprendiendo su ira, y la angustia que había tras ella, Lysette respondió sin enfadarse.

—Es posible que haya ido a esconderse al nuevo almacén del muelle del río. Sabe que los Sagesse están buscándolo. Puede que ya se haya puesto en camino para salir del territorio.

Max apartó las ropas de la cama y trató de pasar las piernas por encima del borde del colchón.

—Max, ¿qué estás haciendo? —exclamó Lysette—. ¡Todavía no te encuentras lo bastante bien como para ir a ninguna parte, cabeza dura! *Nom de Dieu*, hoy te han dado una paliza que estuvo a punto de matarte.

Él dejó escapar un gemido de dolor y se llevó las manos a las costillas.

—Ayúdame a vestirme.

—¡Ni lo sueñes!

—Tengo que ver a Bernard.

—¿Por qué? ¡Sabes que él lo negará todo!

—Cuando lo vea sabré si es cierto o no.

—¡No dejaré que te mates, Max!

Llena de determinación, Lysette lo empujó hacia atrás con toda la fuerza de que fue capaz. Aunque su peso sólo era una fracción del de él, las heridas lo habían debilitado considerablemente. Desplomándose sobre la almohada con un gemido, Max perdió el conocimiento por unos instantes.

Alertada por el alboroto, Noeline apareció junto a ella.

—¿Madame?

Lysette agradeció la presencia competente del ama de llaves.

—Dale un sedante, Noeline, antes de que consiga volver a levantarse. Adminístrale una dosis lo bastante grande para dormir a un elefante, porque de otro modo no se estará quieto.

—*Oui,* madame.

—Voy a salir un rato —anunció Lysette, y se dirigió hacia la silla de la que colgaba su capa manchada de barro—. Sí, ya sé que es tarde. Me llevaré conmigo a Justin.

Los contornos de las cajas, el mobiliario y las balas de algodón quedaron brevemente iluminados por la luz de la luna cuando una de las puertas del almacén giró sobre sus bisagras. La voz de una mujer atravesó aquel aire viciado.

—¿Bernard? ¿Estás ahí?

Un rumor de pasos y arañazos en el rincón rompió el silencio.

—¿Lysette? —Bernard, cuya voz estaba impregnada por una sombra de recelo y sorpresa, encendió una cerilla.

Mientras Justin permanecía inmóvil junto a ella, Lysette vio que su cuñado encendía una lámpara de aceite.

—Ten cuidado con eso —le advirtió—. Después de todo lo que he tenido que soportar hoy, no quiero vérmelas con un incendio.

—Después de lo que has tenido que soportar —dijo Bernard, con voz trémula—. Santo Dios, yo llevo horas escondido aquí, y temiendo por mi vida.

—Haces bien en temer —le aseguró Lysette.

—¿Qué estáis haciendo aquí? —preguntó Bernard con expresión hosca—. ¿Qué le ha pasado a Max?

—Lo hirieron de gravedad —respondió Lysette—, pero el médico dice que se recuperará.

—No gracias a ti —intervino Justin, y Lysette le dio un codazo para que guardara silencio.

Sostuvo sin pestañear la mirada de odio de Bernard.

—Tu vida corre peligro, Bernard. Los Sagesse quieren matarte, y si ellos no te encuentran primero, serás arrestado por el capitán Gervais y sus hombres. Étienne Sagesse dejó una carta en la que explicaba cuanto sabía sobre el asesinato de Corinne. Estoy segura de que no te sorprenderá enterarte de que estás implicado.

—Maldita ramera pelirroja... —masculló Bernard al tiempo que daba un paso hacia ella. Justin avanzó inmediatamente, sacando su *colchemarde*. Al ver que tendría que enfrentarse a aquella arma reluciente, Bernard retrocedió y fulminó con la mirada a Lysette—. ¿Qué es lo que quieres de mí?

—Sólo la verdad —contestó Lysette—. Max nunca será capaz de aceptar todo esto a menos que confirmes lo que dice la carta. Responde a mis preguntas, y te ayudaré a salir de aquí con vida.

—¿Qué quieres que diga? —inquirió él, temblando de furia y con el rostro demudado por la culpa.

—¿Por qué tuviste esa aventura con Corinne?

Bernard la miró a los ojos. Al parecer procuraba evitar el pálido rostro de Justin.

—Simplemente ocurrió. No tuve ningún control sobre ello. Y nadie salió perjudicado, porque Corinne ya había traicionado a Max con Sagesse. Más tarde comprendí que Corinne estaba medio loca. Quería huir conmigo, dejarlo todo... Le dije que yo no podía hacer tal cosa, pero ella insistió. Y un día consiguió hacerme perder los estribos. Antes de que pudiera darme cuenta de lo que hacía, mis manos ya estaban alrededor de su cuello. Max fue más feliz sin ella... Corinne convertía su vida en un infierno...

—Por favor —lo interrumpió Lysette—, no intentes afirmar que le estabas prestando un servicio a Max. Lo acusaron injustamente de asesinato y durante años padeció las consecuencias. Dejaste que él cargara con todas las culpas de lo que tú habías hecho.

—Tienes que ayudarme —dijo Bernard, con el rostro bañado de sudor—. Da igual lo que yo haya hecho, porque sabes que Max no querría que me mataran.

—Hay un barco que zarpa para Liverpool al amanecer —dijo Lysette—. El *Nighthawk*. He hablado con el capitán Tierney hace menos de una hora. Permitirá que subas a bordo sin hacerte preguntas. —Desató una bolsita de su cintura y se la arrojó a las manos. Bernard la cogió mecánimente en un puño—. Hay dinero suficiente para ayudarte a iniciar una nueva vida en algún otro sitio. No vuelvas nunca, Bernard. —Se volvió hacia Justin, quien seguía sosteniendo el *colchemarde* en su mano temblorosa. Sus ojos azules relucían con el brillo de las lágrimas. Parpadeó para impedir que manasen—. Vamos, Justin —murmuró—. Llévame a casa.

Salieron del almacén sin que ninguno de los dos mirase atrás.

Pese al clamor de los cómplices de Aaron Burr, Max no fue arrestado. La carta de Étienne, combinada con una discreta presión por parte del gobernador Claiborne y el inesperado silencio del director de la *Gaceta de Orleans*, convencieron al Consejo Municipal y las *gens d'armes* de que el ausente Bernard Vallerand realmente era culpable del crimen.

Aquellos hombres influyentes que habían estado conspirando con Aaron Burr tal vez podrían haber hecho que la cosa no terminara ahí, pero estaban ocupados con asuntos más acuciantes. Aquel verano del año 1806, Burr había reunido hombres y suministros en una pequeña isla en el río Ohio para preparar su plan de conquistar México y el Oeste. Sin embargo, los rumores que no habían dejado de acosarlo desde que fue a Nueva Orleans terminaron siendo su perdición.

Abandonando lo que veía como un navío que se hunde, el general Wilkinson cambió de bando y añadió sus advertencias a todas las que ya había recibido el presidente Jefferson. Éste terminó ordenando el arresto de Burr, al mismo tiempo que una de las cartas escritas en código que éste había enviado a Wilkinson era publicada en un importante periódico.

Cuando Irénée fue informada de lo que había hecho Bernard, se mostró tan apenada como si su hijo hubiese muerto. Para una madre era muy difícil aceptar que un hijo pudiera ser capaz de semejante maldad, y la conmoción causada por la noticia pareció envejecerla. Sin embargo, Irénée poseía una enorme fortaleza interior, e informó con una gran dignidad a la familia de que el nombre de Bernard nunca debía volver a mencionarse en su presencia.

Max se recuperó rápidamente de sus lesiones, y no tardó en estar tan fuerte como antes. Aunque la revelación de la verdad acerca de Bernard había supuesto un duro golpe para él, también lo alivió saber por fin qué le había ocurrido a Corinne. Con su nombre libre de toda mancha y su reputación restaurada, Max por fin se sintió en paz consigo mismo y con el mundo. Y Lysette lo mantuvo demasiado ocupado para que pudiera dedicarse a pensar en su oscuro pasado, arropándolo con su calidez y su cariño hasta que Max ya no pudo dar cabida en su corazón a nada que no fuese la felicidad.

En primavera, Alexandre contrajo matrimonio con Henriette Clement y la boda llenó de felicidad a cuantos tuvieron algo que ver con ella. Durante un tiempo había parecido como si el escándalo de la muerte de Étienne Sagesse fuera a impedir que Diron Clement accediese a que su hija contrajera matrimonio con un Vallerand. Sin embargo, consiguieron persuadir al anciano de que aquello era lo mejor para ambos jóvenes, y finalmente otorgó su consentimiento con una calculada exhibición de autoridad, porque temía que alguien pudiera llegar a entrever la bondad que se ocultaba tras todo aquel hacerse de rogar.

Lysette se puso muy contenta cuando recibió una carta de su hermana Jacqueline en la que le pedía cariñosamente que perdonara aquel largo silencio entre ellas. Eso la indujo a abrigar la esperanza de que Jeanne y Gaspard no tardarían en deponer su actitud y reconocerían su matrimonio con Max. A insistencia de Lysette, Jacqueline y su ya muy maduro esposo acudieron a la plantación y pasaron casi un mes allí. Aunque a Max no le hizo demasiada gracia aquella intrusión en su intimidad, soportó la visita por la felicidad que le aportaba a Lysette.

Poco después de la boda de Alexandre, Philippe fue a Francia para proseguir sus estudios y visitar todos los lugares sobre los que había leído y con los que llevaba tanto tiempo soñando. Aunque la familia le rogó a Justin que lo acompañara, el muchacho optó por quedarse, declarando que no sentía ningún interés por los museos llenos de moho y las ruinas antiguas. Con su hermano lejos, Justin solía vagar solo por Nueva Orleans, a veces pasando horas en el muelle y siguiendo con la mirada cada navío que veía partir como si fueran su única posibilidad de escapar.

Justin había cambiado después de los acontecimientos del otoño pasado para convertirse en un joven mucho más maduro y considerado, había dejado atrás su insolencia adolescente. Pasaba una gran parte del tiempo en compañía de su padre, ambos profundizaban en su relación y llegaron a estar más cerca el uno del otro de lo que nadie hubiese esperado jamás.

No transcurrió mucho tiempo antes de que Lysette descubriese que estaba encinta. No pudo evitar sentirse encantada por la actitud de Max, quien se mostró convencido de que eso suponía un logro realmente notable por parte de ella.

—*Vraiment*, no es algo tan inesperado —repuso Lysette tomándoselo a broma—. Como dice tu madre, lo único notable es que haya tardado tanto en suceder.

—Si me das una hija —le había dicho él, rodeándola con sus brazos—, pondré el mundo a tus pies.

—Podría decidir darte un chico —dijo ella—. ¿No te gustaría tener otro hijo?

Él sacudió la cabeza con una sonrisa.

—No, *petite*, necesitamos más mujeres en la familia.

Max había sido excluido durante el embarazo de Corinne, tal como solía hacerse, y a decir verdad nada de todo aquello había tenido el menor significado para él hasta que nacieron los gemelos. Con Lysette, sin embargo, asumió un interés nada recatado.

Si alguien había dudado de que Maximilien estuviera realmente prendado de su mujer, tal duda quedó disipada para siempre. Cada vez que Lysette experimentaba un amago de malestar o una sombra de náuseas, se llamaba al médico de la familia, que recibía una buena reprimenda si se demoraba más de la cuenta. Irénée le contó a una de sus amigas en la más estricta de las confidencias que a pesar de las protestas del doctor, Maximilien insistía en estar presente en la habitación mientras Lysette era examinada. Las ancianas señoras pasaron toda una tarde escandalizándose con horrorizado deleite ante tal extravagancia.

Para disgusto de Lysette, la tradición la obligó a permanecer en casa en cuanto se le empezó a notar que estaba embarazada. Según era costumbre entre los criollos, sólo podía asistir a pequeñas reuniones o fiestas privadas con sus amistades más íntimas. Para aliviar el aburrimiento de Lysette durante los últimos dos o tres meses de su embarazo, Max redujo al mínimo imprescindible sus actividades en la ciudad y pasó la mayor parte del tiempo en la plantación. Le llevaba libros, juegos, grabados, y para la velada de un sábado incluso contrató a unos cuantos actores del St. Pierre para que representaran una obra en el salón.

La noche de esa memorable ocasión, Lysette se sintió particularmente contenta, asombrada como estaba por el hecho de que su esposo llegara a semejantes extremos con tal de hacerla feliz. Sonrió y se acurrucó entre los brazos de Max mientras éste la llevaba al piso de arriba, manteniendo la mano apoyada en la pronunciada curva de su vientre.

—Qué suerte tengo de ser tu esposa —dijo.

—No hace mucho, no habrías encontrado a nadie que estuviera de acuerdo contigo —señaló Max.

—Bueno, ahora todos ven lo mal que te juzgaron, y se dan cuenta de lo maravilloso que eres, *bien-aimé*.

—Me importa un comino lo que piensen de mí —dijo él con expresión de cariño—. Con tal de que tú seas feliz.

—Podría ser más feliz.

—¿Oh? —Él enarcó una ceja—. Dime lo que quieres, amor mío, y será tuyo.

Lysette jugueteó distraídamente con el nudo de su corbatín.

—Te lo haré saber cuando estemos en la cama.

Max rió suavemente.

—Para ser una mujer que está *enceinte*, eres notablemente apasionada, *petite*.

—¿Eso supone algún problema?

Un brillo malicioso apareció en los ojos de él.

—Oh, sí. Uno del que me encantará ocuparme —prometió.

Lysette rió y se quitó las zapatillas empujándolas con las puntas de los pies, dejando que rodaran escalones abajo mientras él la llevaba al dormitorio.